에도가와 란포 기담집

에도가와 란포 기담집

에도가와 란포 지음 · 김은희 옮김

EDOGAWA

RAMPO

BOOK∧ER

차례

双生児

쌍생아

어느 사형수가 교도원에게 털어놓은 이야기

선생님, 오늘은 꼭 말씀드리기로 결심했습니다. 제 사형일
도 점점 다가오고 있는데 마음에 남은 이야기는 빨리 전부 털
어버리고 최소한 죽기 전 며칠만이라도 마음 편하게 보내고
싶습니다. 귀찮으시겠지만 부디 이 가련한 사형수를 위해 잠
시 시간을 내주십시오.

선생님도 아시다시피 저는 한 남자를 죽이고 그 사람의 금
고에서 3만 엔(현재 가치로 약 1억 6,000만 원)을 훔친 일로 사형을
선고받았습니다. 아무도 그 이상은 저를 의심하는 사람이 없
더군요. 사형까지 선고받은 지금, 굳이 제가 실은 더 중대한
범죄를 저지른 게 있다고 고백할 필요는 없겠지요. 설령 그것
이 알려진 것보다 훨씬 더 중대한 범죄라 할지라도 이미 극형

을 선고받은 제게 더 큰 형벌을 가할 방법은 없기 때문입니다.

　아니, 필요도 없을 뿐 아니라 이제 곧 죽으러 가야 할 신세지만 악명은 조금이나마 덜고 싶은 허영심 비슷한 것이 있답니다. 그래서 저는 말할 수 없이 큰 고통을 견뎌냈는지도 모릅니다. 그 일을 숨긴다고 해서 어차피 사형을 면할 수 있는 것도 아닌데, 법정의 엄한 조사에도 저는 금방이라도 입 밖으로 튀어나오려고 하는 것을 꾹 눌러 참고 그것만큼은 자백하지 않았습니다.

　그런데 지금은 선생님께서 제 아내에게 자세한 얘기를 전해주었으면 하는 바람이 생겼습니다. 독한 악인도 죽을 날이 가까워져 오면 착한 사람이 되나 봅니다. 제가 만일 그 죄를 자백하지 않고 죽는다면 제 아내가 너무도 가엾습니다. 게다가 제가 죽인 그 남자의 집념이 너무 무서워서 더 이상은 견딜 수도 없습니다. 아닙니다, 돈을 훔칠 때 죽인 남자가 아닙니다. 그것은 이미 자백한 일이며 그다지 마음에 걸리는 것도 없습니다. 그것보다 더 전에 또 한 사람을 죽인 일이 있습니다. 그를 생각할 때마다 저는 참으로 견딜 수가 없습니다.

　그건 바로 제 형입니다. 형이라고 해도 그냥 형이 아닙니다. 저는 쌍둥이로 태어났기에, 제가 죽인 남자는 형이라고 부르기는 해도 저와 동시에 어머니의 배에서 태어난 다른 한쪽입니다.

형은 밤이고 낮이고 저를 나무랐습니다. 꿈속에서는 제 가슴에 천근의 무게로 올라타서 제 목을 졸랐습니다. 낮에는 낮대로 감방 벽에 모습을 드러내면서 무어라 표현하기 어려운 눈길로 절 노려본다거나 창밖에서 목을 들이밀고 기분 나쁜 냉소를 퍼붓곤 했습니다. 무엇보다 견딜 수 없는 것은 쌍둥이 형의 얼굴과 모습이 저와 조금도 다르지 않다는 점입니다. 형은 제가 이곳에 들어오기 전부터 그랬습니다. 형을 죽인 다음 날부터 제 앞에 모습을 나타내기 시작했습니다. 생각해 보면 제가 두 번째 살인을 저지른 것도, 그토록 완전 범죄를 꾀한 그 살인죄가 발각된 것도, 모두 형의 집념이 시킨 술수일지도 모릅니다.

저는 형을 죽인 다음 날부터 거울이 두려워졌습니다. 거울뿐 아닙니다. 모습이 비치는 모든 것이 무서워졌습니다. 그래서 집에서 거울뿐 아니라 유리 종류는 모조리 내버렸습니다. 그렇지만 그런 게 무슨 소용이 있었겠습니까. 도시에는 건물마다 쇼윈도가 있고, 그 너머에는 거울이 빛나고 있습니다. 보지 않으려고 의식하면 할수록 저도 모르게 눈길이 가버렸습니다. 그리고 그 유리나 거울 속에는 제가 죽인 남자가 (실은 제 모습이 비친 것뿐이지만) 기분 나쁜 눈초리로 노려보고 있었습니다.

한번은 어떤 거울 가게 앞에서 자칫하면 졸도할 뻔한 일도 있었습니다. 그곳에는 똑같이 생긴 무수히 많은 남자가, 제가 죽인 남자의 천 개가 넘는 눈알들이 저를 바라보고 있었습니다.

하지만 그런 환각에 시달리면서도 저는 결코 위축되지 않았습니다. 이 명석한 머리로 생각에 생각을 거듭한 끝에 저지른 일이 어떻게 발각되겠느냐고, 지나친 착각이 불러일으킨 자만심이 저를 대담하게 만들었습니다. 또한 죄에 죄를 더해 가느라 1초도 방심할 수 없는 분주함이 다른 일을 생각할 여유 자체를 주지 않았습니다. 그렇지만 이렇게 한 번 죄인이 되고 나면 모든 게 끝이지요. 형의 유령은 마음을 흩트릴 것이라고는 하나도 없는 단조롭기 짝이 없는 이 수감 생활을 더없는 기회로 삼아 제 마음을 점령해 버렸습니다. 더욱이 사형이 결정되고부터는 한결 더 심해졌지요.

이곳에 거울은 없지만 세수나 목욕을 할 때면 형은 물 위에 제 그림자가 되어 나타났습니다. 식사를 할 때는 심지어 된장국에까지 그 초췌한 얼굴을 드러냈습니다. 그 밖에도 식기라든지 빛나는 쇠붙이 표면처럼 크든 작든 뭔가가 비치는 곳에는 반드시 징그러울 정도로 모습을 드러냈고, 심지어는 제 그림자조차도 저를 위협했습니다. 그러니 결국 어떻게 되겠습니까? 저는 마침내 제 육체를 들여다보는 것도 두려워졌습니다. 죽은 형과는 주름 하나, 근육 하나까지도 똑같은 이 육체가 너무도 무서워졌습니다.

　이런 괴로움이 지속되느니 차라리 죽는 게 나을 것 같습니다. 사형 따위는 조금도 무섭지 않습니다. 도리어 사형 집행일이 하루라도 빨리 다가오기를 바랄 정도입니다. 하지만 이대로 말없이 죽는 것도 불안합니다. 죽기 전에 형에게 용서를 빌지 않으면 안 되니까요. 아니, 그의 환각을 두려워해야만 하는 제 마음의 불안을 제거하고 싶은 것입니다. 그 방법은 오직 하나뿐입니다. 제 죄상을 아내에게 고백하는 것이지요. 동시에 세상 사람들에게도 그 사실을 밝혀야만 할 것입니다.

　선생님, 부디 지금부터 말씀드릴 저의 참회를 잘 들어보시고 재판관님들께도 전해주십시오. 또한 염치없는 부탁이지만 제 아내에게도 전해준다고 약속해 주시겠는지요? 아아, 감사합니다. 기꺼이 허락해 주시는군요. 그럼 저의 또 다른 죄상을 지금부터 말씀드리도록 하겠습니다.

　전 이미 말씀드린 대로 세상에서 그리 흔하지 않은, 쌍둥이의 하나로 태어났습니다. 부모님이 저희 형제를 구별하는 유일한 표식이기도 한 제 허벅지에 있는 점 하나를 제외하면, 마치 틀에서 찍어낸 것처럼 저희는 머리끝에서 발끝까지 한 치도 틀린 곳이 없었습니다. 아마 머리카락의 개수를 헤아려봤다면 그것도 몇만, 몇천, 몇백, 몇십 개까지 단 한 올도 틀리지 않았을 겁니다. 그토록 많이 닮은 쌍둥이로 태어난 것이 제가 큰 죄를 저지르게 된 근본적인 동기였습니다.

　어느 날 저는 형이라는 인간을, 쌍둥이의 한쪽을 죽일 결심을 했습니다. 형에게 그토록 원한이 깊었던 것은 결코 아닙니다. 형은 맏이여서 막대한 재산을 물려받은 데 비해 제 몫은 비교도 안 될 정도로 형편없었다는 것이라든지, 한때 제 연인이었던 여자가 단지 형의 재산과 지위가 더 높다는 이유만으로 부모의 강요에 못 이겨 형의 아내가 된 것에 대해서는 대단히 부럽게는 생각했습니다. 하지만 그런 것들은 형의 죄라기보다는 형에게 그런 지위를 건네준 부모의 잘못이었습니다. 원망하려면 도리어 돌아가신 부모님을 원망해야 할 일이었지요. 게다가 형의 아내가 이전에 저의 연인이었다는 사실을 형은 전혀 모르는 눈치였거든요.

　만약 제가 순조롭게 살아가기만 했다면 아무 일도 없었을 텐데, 불행하게도 '저라는 남자'는 태어날 때부터 악인이었는지 남들처럼 세상을 살아가는 게 대단히 서툴렀습니다. 무엇보다 잘못된 것은 인생의 목표가 없었다는 사실입니다. '그저 그날그날 하루살이처럼 즐겁고 재미나게만 살면 된다' '살았을지 죽었을지도 모를 내일 일은 지금 걱정해도 소용이 없다'는 식의 생각을 가진 몹쓸 인간이 되고 만 것입니다. 어쩌면 재산도 사랑도 얻지 못해서 자포자기한 건지도 모르겠습니다. 상속받은 얼마 안 되는 돈도 순식간에 없어지고 말더군요.

　그러다 보니 무작정 형에게 달려갈 수밖에 달리 도리가 없었습니다. 그렇게 형에게 폐도 많이 끼쳤습니다. 하지만 그런 일이 되풀이되자 형도 저의 한도 없는 무심함에 입을 다물면서 점점 제 부탁을 들어주지 않게 되었습니다. 결국은 아무리 제가 부탁해도 '너의 태도가 달라지기 전에는 더 이상 도와주지 않겠다'고 문전박대를 하기에 이르렀습니다.

　어느 날 저는 다시금 거절당하고 형의 집에서 돌아오는 길에 문득 아주 끔찍한 생각을 하게 되었습니다.

　처음 그 생각이 들었을 때는 저도 모르게 몸서리를 쳤습니다. 그 끔찍한 망상을 떨쳐버리려 노력도 했습니다. 하지만 생각하면 생각할수록 그게 반드시 망상만은 아니라는 것을 깨닫게 되었습니다. 만약 비상한 결심과 면밀한 주의만 기울인다면 남은 건 실행뿐이지 아무런 위험 부담 없이 재산과 사랑을 한꺼번에 얻을 수 있을 것 같았습니다. 저는 며칠 동안 오직 그 생각만 하면서 모든 경우를 고려한 결과, 마침내 그 끔찍한 계획을 실행하기로 결심하였습니다.

　결코 형을 원망해서가 아닙니다. 악인으로 태어난 저는 어떤 희생을 치르더라도 그저 쾌락을 얻고 싶은 마음뿐이었지요. 하지만 악인이긴 해도 본래 대단히 겁이 많은 저였기에 만일 약간의 위험이라도 예상되었다면 결코 그런 짓을 할 결심까지는 하지 않았겠지만, 제가 생각한 계획에는 전혀 아무런 위험이 없었던 것입니다. 뭐, 그렇게 믿고 있었던 것이지요.

그래서 드디어 실행에 옮겼습니다. 우선 예비 행위로, 저는 너무 두드러지지 않을 정도로만 뻔뻔스럽게 형의 집을 출입했습니다. 그리고 형과 형수의 일상을 상세하게 연구했습니다. 그 어떤 사소한 일도 놓치는 일 없이, 가령 형은 수건을 짤 때 오른쪽으로 비트는지 왼쪽으로 비트는지 하는 것까지도 빠짐없이 조사했습니다.

한 달 넘게 걸려 그런 연구가 완전히 끝났을 때 저는 조금도 의심받지 않을 구실을 만들어서 조선朝鮮으로 돈벌이를 간다고 형에게 알렸습니다. 미리 말씀드리는데 전 그때까지도 줄곧 독신이었으므로 그런 말을 꺼내도 전혀 부자연스럽지 않았습니다. 형은 제 성실한 자세에 대단히 기뻐하며, 나쁘게 의심하자면 아마도 귀찮은 떨거지를 떨쳐버릴 수 있게 되었다고 기뻐하면서 여하튼 제법 큰돈을 작별 인사차 내놓더군요.

어느 날 (모든 면에서 제 계획에 가장 형편이 좋은 날이었습니다) 형님 부부가 저를 배웅하는 가운데 도쿄역에서 하행 열차를 탔습니다. 시모노세키까지 계속 타고 있어야 할 저는 열차가 야마키타역에 도착하자 사람들 눈에 띄지 않도록 내려서 잠시 기다린 다음, 상행 열차 삼등실에 숨어들어 도쿄로 다시 되돌아왔습니다.

야마키타역에서 열차를 기다리는 동안 저는 그곳 화장실

에서 저와 형을 구분하는 유일한 표시기도 한 제 허벅지의 검은 점을 칼끝으로 파냈습니다. 그리고 나니 형과 저는 완전히 동일한 인물이 되었습니다. 제 점이 있던 자리에 형이 또 우연찮게 상처를 입는 경우가 없다고는 단정할 수 없을 테니까요.

도쿄역에 도착한 것은 바로 새벽녘이었습니다. 미리 이 시간이 되도록 계획했던 일이지요. 저는 출발 전에 미리 준비해 둔, 그즈음 형이 평상복으로 입고 다니던 실크로 된 기모노를 똑같이 입고 (물론 하의며 띠며 나막신까지 형의 것과 똑같이 준비했지요) 형의 집 뒤쪽 판자담을 넘어 넓은 정원으로 숨어들었습니다. 아직은 새벽녘의 희뿌연 여명뿐인지라 저는 집안 사람들에게는 들킬 염려 없이 정원 한구석에 있는 오래된 우물로 갔습니다.

이 우물이야말로 제가 범죄를 결심하게 된 중대한 요소였습니다. 우물은 아주 오래전에 말라버려서 폐물처럼 되어있었는데, 형은 정원에 이런 함정이 있으면 위험하다며 가까운 시일 내에 메워버릴 예정이었습니다. 우물 옆에는 작은 산처럼 쌓인 흙까지 준비되어 있어서 이제 정원사만 짬이 나면 금방이라도 메울 수 있었습니다. 그래서 저는 이삼일 전에 정원사에게 가서 부디 오늘(제가 숨어드는 바로 이날)은 아침부터 일을 시작하라고 명령해 두었던 것입니다.

저는 몸을 웅크리고 관목 그늘에 숨어있었습니다. 그리고 가만히 기다렸습니다. 매일 아침 세수를 하고 나면 깊은 호흡을 하면서 정원을 거니는 습관을 가진 형이 다가오길 이제나 저제나 기다리고 있었습니다. 완전히 몰두해 있었지요. 마치 학질에라도 걸린 것처럼 온몸이 가늘게 떨려오더군요. 겨드랑이 아래에서 차가운 땀방울이 뚝뚝 팔을 타고 떨어졌습니다. 그 시간이 얼마나 길게 느껴졌는지 모릅니다. 제 생각에 3시간은 족히 기다렸을 즈음, 드디어 멀리서 나막신 소리가 들려왔습니다. 전 그 소리의 주인이 완전히 눈앞에 나타날 때까지 얼마나 달아나고 싶었는지 모릅니다. 하지만 아주 조금 남아있던 이성이 간신히 저를 잡아주었지요.

드디어 기다리고 기다리던 희생자가 제가 숨어있던 관목 바로 앞까지 왔습니다. 저는 눈 깜짝할 사이에 뛰쳐나와 준비해 둔 끈으로 뒤쪽에서 형의 목을, 그러니까 저와 똑같이 생긴 쌍둥이의 목을 휘감아 죽을힘을 다해 미친 듯이 졸랐습니다. 형은 목이 졸리면서도 적의 정체를 알고자 뒤돌아보려고 했습니다. 저는 필사적으로 막았지만 다 죽어가는 형의 목은 무슨 강력한 태엽 장치라도 붙은 것처럼 서서히 제 쪽으로 움직이고 있었습니다. 마침내 새빨갛게 부어오른 목이 (역시 제 것과 조금도 다르지 않았습니다) 반쯤 제 쪽으로 돌아오자, 허옇게 뒤집힌 눈가로 제 얼굴을 발견하고는 한순간 깜짝 놀라는 표정을 지었지만 (그 얼굴은 죽어도 못 잊을 겁니다) 곧 발버둥 치는 것을 포기하고 축 늘어져 버리더군요. 저는 형의 목을 조르느라 신경이 없어진 듯 굳어버린 제 양손을 본래대로 돌리는 데 적지 않게 고생해야만 했습니다.

그 후 저는 후들후들 떨리는 다리를 옮겨 쓰러진 형의 사체를 굴려서 옆에 있던 우물 바닥으로 밀어 넣었습니다. 그리고 근처에 떨어져 있는 나무판자로 형의 사체가 덮일 만큼 옆에 있던 흙을 집어넣었습니다.

만약 옆에서 보는 사람이 있었다면 얼마나 기묘한 대낮의 악몽처럼 보일 광경이었겠습니까. 한 남자가 같은 옷에, 같은 몸집에, 얼굴마저 똑같이 생긴 또 다른 남자를 시종일관 입도 벙긋하지 않고 목을 졸라 죽여버린 것입니다.

네, 그렇습니다. 그렇게 저는 형을 죽인 큰 죄를 저질렀습니다. 필시 선생님은 제가 아무런 반성의 기미도 없이 하나뿐인 형제를 죽였다는 사실에 놀라워하시겠지요. 당연합니다. 하지만 저로서는 형제이기 때문에 도리어 죽일 생각이 들었던 것입니다. 선생님은 경험이 있으실지 어떨지 모르겠지만, 인간에게는 자신의 혈육을 증오하는 감정이 있습니다. 이 감정에 대해서는 소설책 같은 데서도 자주 나오는 걸 보면 오직 저 혼자만 느끼는 감정은 아닌 것 같은데, 타인에 대한 그 어떤 증오보다도 한층 더 견딜 수 없는 종류인 것 같습니다. 더욱이 저처럼 얼굴까지 완전히 똑같은 쌍둥이의 경우에는 정말이지 극도로 참을 수 없어지는 것입니다. 딱히 어떤 이유가 없더라도 그저 같은 얼굴을 하고 있는 혈육이라는 사실만으로도 충분히 죽이고 싶어지는 것이지요. 겁쟁이 같은 제가 뜻밖에도 태연하게 형을 죽일 수 있었던 것은 아마도 그런 증오의 감정이 있었던 것도 한 이유가 될 것입니다.

여하튼 저는 사체를 충분히 흙으로 덮어 놓고도 한동안 그 자리에 가만히 웅크리고 있었습니다. 그렇게 30분쯤 기다리니 하녀가 정원사를 데려오더군요. 저는 형이 되어 오른 첫 무대를 다소 가슴 졸이면서 연기했습니다. 되도록 최대한 자연스럽게 말이지요.

"오, 자넨가? 일찍 왔군. 안 그래도 지금 이렇게 자네들의 일을 좀 돕고 있던 중이야. 하하하하하, 오늘 하루면 충분히 메울 수 있을 것 같군. 그럼, 잘 부탁하네."

그렇게 말하면서 천천히 일어나 형 같은 걸음걸이로 방을 향해 걸어갔습니다.

그로부터 만사는 순조롭게 진행되었지요. 그날 하루 동안 저는 형의 서재에 틀어박혀 형의 일기장과 출납부 따위를 열심히 들여다보면서 연구했습니다. 제가 조선으로 가겠다는 사실을 알리기 전에 모든 일을 조사했지만, 딱 이 두 가지가 남아있었던 것입니다. 밤에는 아내와 (어제까지는 형의 아내였지만 지금은 제 아내가 된 여자와) 조금도 들킬 염려 없이 평소의 형 같은 태도로 즐겁게 대화를 나누었습니다. 그리고 밤이 깊어져서는 대담하게도 아내의 침실에 들어가기조차 했던 것입니다. 사실 조금 위험을 느끼긴 했습니다. 형의 침실 습관만큼은 아무것도 몰랐기 때문이지요. 그렇지만 한 가지 확신은 있었습니다. 설령 그녀가 사건의 진상을 알아챘다고 할지라도 설마 옛 연인인 저를 죄인으로 만들지는 않을 거라는 착각이었습니다. 그래서 저는 아무렇지 않은 듯 아내의 침실 문을 열 수 있었답니다. 그런데 정말 행운이었습니다. 아내는 조금도 깨닫지 못하더군요. 그리하여 저는 간통죄까지 저지르고 말았습니다.

그로부터 1년 동안은 세상에서 가장 행복한 생활이 이어졌습니다. 쓰고 또 써도 남아도는 돈, 옛날 제가 사랑했던 여자, 과연 탐욕스런 저의 욕망도 그 1년간은 조금도 부족함을 몰랐습니다. 다만 앞에서 말씀드렸듯이 그동안에도 형의 망령만은 끊임없이 저를 괴롭혔지만 말입니다. 그런데 그 1년이라는 세월은 세상사에 질리기 쉬운 제게 주어진 최대한의 시간이었습니다. 그즈음에는 이미 아내에게도 싫증이 나기 시작했습니다. 그러니 옛날 버릇이 다시 도지면서 놀러만 다니게 되었지요. 갈증에 물을 들이켜듯 이런저런 온갖 돈 쓸 궁리만 하면서 낭비했기에 그 많던 재산도 더는 견딜 재간이 없어졌습니다. 아무리 재산이 많아도 사라지는 건 눈 깜짝할 사이더군요. 부채도 점점 쌓여만 갔습니다. 그리하여 마침내 더 이상 돈 나올 구멍이 없어지자……, 아아 저는 제2의 범죄를 저지르기 시작했습니다.

제2의 범죄라고 하는 것은 첫 번째 범죄에서 자연발생적으로 파생된 것이었습니다. 저는 형을 죽일 결심을 했을 때부터 이미 이런 결과를 예상했습니다. 왜냐하면 만약 제가 완전히 형으로 변신하게 된다면, 예전의 제가 그 어떤 죄를 저지른다 해도 지금의 저에게는 아무런 영향이 없을 거라고 생각했던 것이지요. 바꿔 말하면 조선으로 떠난 후 소식을 완전히 끊은 동생이 다시 고국으로 돌아와서 사람을 죽이든 강도짓을 하든 모든 것은 동생의 죄일 뿐이지, 잡히지만 않는다면 이미 형으로 변신한 제게는 아무런 위험이 없다는 말이지요.

그런데 첫 번째 죄를 저지른 지 얼마 안 되어 저는 어떤 놀랄만한 발견을 했습니다. 그리고 그 발견으로 드디어 제2의 범죄 가능성이 분명해졌던 것이지요.

어느 날 저는 조심스럽게 형의 필적을 흉내 내면서 형의 일기장에다 그날의 일기를 쓰고 있었습니다. 이것은 형이 된 제가 당연히 해야 할 성가신 일과 가운데 하나였습니다. 일기를 쓰고 나면 그 자리에서 제가 쓴 것과 형이 쓴 것을 여기저기 비교하면서 살펴보았습니다. 그런데 문득 어떤 놀라운 사실이 눈에 들어왔습니다. 진짜 형이 쓴 일기장 어느 부분에 지문 하나가 선명하게 남아있었던 것입니다. 저는 어처구니없는 허점을 깨닫고 가슴이 철렁하더군요. 저와 형의 유일한 차이점이 허벅지의 점이라고만 믿었던 것은 크나큰 착각이었던 것입니다. 지문은 사람마다 모두 다르고, 아무리 쌍둥이라고 해도 지문만큼은 똑같을 수 없다는 것을 언젠가 들은 적이 있습니다. 그래서 일기장에서 형의 것이 틀림없는 지문을 발견하자 제 가면이 벗겨질까 걱정이 되어 새파랗게 질리고 말았던 것이지요.

저는 슬그머니 돋보기를 사 들고 와서 일기장의 지문과 다른 종이에 찍어본 제 지문을 면밀하게 비교 연구했습니다. 그 지문과 제 두 번째 손가락의 지문은 얼핏 봐서는 구분이 안 갈 정도로 닮았지만, 역시 선 하나하나를 따라가면서 살펴보면 근소하게 차이가 나더군요. 기묘하게도 전체적인 느낌은 거의 비슷하지만 부분 부분은 전혀 달랐습니다. 저는 혹시나 싶어 아무렇지 않게 아내며 하녀들의 지문도 떠봤습니다만, 그것들은 살펴볼 것도 없이 전혀 닮은 구석이 없었습니다. 그러니 역시 일기장에 남은 지문은 형의 것이 틀림없었습니다. 형의 지문이 저와 닮은 것도 무리는 아닙니다. 우리는 너무도 닮은 일란성 쌍둥이였으니까요. 근소한 차이가 있는 것은 과연 지문뿐이었습니다.

저는 혹시라도 형의 지문이 잔뜩 남아있으면 큰일이다 싶어서 최대한 샅샅이 찾아보았습니다. 많은 책들을 한 권 한 권 페이지를 넘기며 살펴보았고, 벽장이며 선반 구석의 먼지도 살펴보았으며, 지문이 남아있을 만한 모든 장소를 찾아보았지만 일기장 외에는 하나도 발견되지 않았습니다. 비로소 저는 안도의 한숨을 내쉬며 일기장의 그 페이지만 찢어 태워버리면 더 이상 걱정할 일은 없다고 생각했습니다. 그래서 페이지를 찢어 화로 속에 집어넣으려고 했습니다. 바로 그때였습니다. 영감처럼 (그렇다고 신의 것은 아니었을 테니 분명 악마의 영감이었겠지요) 놀라운 묘안이 하나 떠올랐습니다.

'이 지문의 형태를 떠 두었다가 언젠가 제2의 범죄를 저지를 때 현장에 이 지문을 남겨두면 돼.'

악마는 제 귀에 그렇게 속삭이더군요.

가령 극단적인 경우를 예로 들자면, 제가 어떤 사람을 죽였다고 칩시다. 저는 먼저, 조선으로 간 동생이 본토로 돌아온 것처럼 마음가짐이며 옷차림 따위를 남루한 동생다운 모습으로 위장합니다. 그리고 다른 한편으로는, 형으로서의 제 알리바이를 마련해 둡니다. 그리고 살인을 저지르는 것이지요. 물론 현장에는 전혀 증거를 남기지 않도록 조심하겠지요. 이것만으로도 어쩌면 충분할지 모릅니다. 하지만 혹시라도 어떤 일이 생겨 형으로서의 저에게 의심이 돌아온다면 위험하겠지요. 아무리 알리바이를 마련해 둔다고 해도 그것이 폭로되지 않는다는 보장이 없으니까요.

그렇지만 만약 그때 현장에 진짜 형의 지문이 남아있다면 어떻게 되겠습니까? 제가 동생이던 시절의 지문을 누가 기억하고 있을 리는 만무하니까, 죽은 형의 지문은 주인을 찾아낼 방법이 없겠지요. 설령 범행 현장을 목격한 사람이 있다고 해도 저와는 지문이 다르므로 저는 결국 무죄가 될 것입니다. 경찰은 이미 죽어버린 사람의 지문을 가진 남자를 찾을 수 없을 것이고, 또한 형으로 분장한 저 말고는 달리 이 세상에 동생도 없을 것이니 저 역시도 영원히 찾아낼 수 없을 것입니다.

이 멋진 계획을 생각해 내고는 전 하늘로 날아오를 것 같았습니다. 바로 스티븐슨의 《지킬 박사와 하이드》라고 하는 그 몽환적인 소설을 현실에서 구현할 수 있게 된 것입니다. 악인인 제가 그 수법을 떠올리고 얼마나 행복했는지, 아마 평생에 처음이었을 겁니다.

그렇지만 그때는 제가 아직 행복한 생활에 젖어있을 때여서 진짜로 나쁜 짓을 꾸밀 생각은 없었습니다. 실제로 시험해 본 것은, 제가 방탕한 생활로 인해 생긴 빚 때문에 고통을 받게 되면서부터입니다.

어느 날 이 방법으로 친구의 집에서 조금 큰돈을 훔쳐냈습니다. 그 가짜 지문 도장을 남기는 것은 제판製版 쪽으로 조금 경험이 있던 제게는 그리 힘든 일도 아니었지요. 그래서 다음부터는 돈이 쪼들릴 때마다 이 방법을 써먹었습니다. 물론 단한 번도 작은 의심조차 받지 않았습니다. 어떤 때는 피해자가미리 포기하고 아예 경찰에 신고조차 하지 않는다든가, 설령경찰이 개입되더라도 지문이 발견되기도 전에 흐지부지 일단락되는 등, 긴장감이 생기지 않을 정도로 너무 손쉽게 도둑질에 성공했던 것입니다. 그리하여 완전히 기세등등해진 저는드디어 살인까지 저지르고 만 것입니다.

제가 저지른 마지막 범죄에 대해서는 선생님도 기억하실 테니까 극히 간단하게만 말씀드리겠습니다. 거듭되는 빚 독촉에조금 뭉칫돈이 필요해졌을 때, 마침 아는 사람 하나가 3만 엔이라는 거금을 하룻밤 자기 집 금고 속에 넣어둬야 한다는 사실을 바로 그 금고 앞에서 본인 입으로 직접 들었던 것입니다. (아무래도 비밀스런 정치 자금 같았습니다.) 빚이야 있었지만 아직그런 쪽으로는 충분한 신용을 얻고 있을 때였는데, 그 자리에는 저 외에도 그 집 부인과 두세 명의 손님이 더 있었습니다.

저는 모든 사정을 여러모로 살펴본 다음, 그날 밤 동생으로 변장해서 그 친구의 집으로 숨어들었습니다. 한편 형으로서의 제 알리바이도 미리 준비해 두었음은 굳이 말할 것도 없겠지요. 저는 금고가 있는 방까지 별 어려움 없이 숨어들었습니다. 그리고 장갑을 낀 손으로 금고의 문을 열고 (오래된 친구였기에 금고의 비밀번호를 아는 것도 그리 큰 문제가 아니었습니다) 현금 다발을 집어들었습니다.

　바로 그때, 지금까지 깜깜하던 방의 전등이 갑자기 확 밝아졌습니다. 놀라서 뒤돌아보니 금고 주인이 저를 노려보면서 우뚝 서 있더군요……. 아, 모든 것이 끝났다고 생각한 저는 재빨리 품에 넣어두었던 칼을 뽑아 들고 그 친구의 가슴을 향해 돌진했습니다……. 정말이지 한순간에 일어난 일입니다. 어느새 그는 내 앞에서 사체가 되어 쓰러져 있더군요. 저는 가만히 귀를 기울였습니다. 다행히 아무도 일어나서 달려오는 사람은 없었습니다. 아니, 설령 알고 있었다고 해도 무서워서 웅크리고 있었는지도 모르겠습니다. 저는 서둘러 그 가짜 지문 도장에 친구의 몸에서 흐르는 피를 묻혀 근처 벽에다 선명하게 찍어둔 다음, 현장을 둘러보며 다른 증거는 하나도 남아 있지 않은 것을 확인한 후 발소리가 나지 않게 주의해서 황급히 달아났습니다.

　다음 날 형사가 찾아왔더군요. 하지만 자신만만했던 저는 조금도 놀라지 않았습니다. 형사는 너무도 죄송하다는 듯이 정중한 말투로 살해당한 친구의 금고에 거금이 있었다는 사실을 알고 있는 사람들을 한 사람 한 사람 방문하고 있다는 것과 현장에 지문이 하나 남아있어서 조사해 보니 전과자들 가운데는 일치하는 사람이 없다는 것, 그래서 실례가 되겠지만 고인의 친구이자 금고에 거금이 있는 것을 알고 있었던 한 사람인 제 지문을 조사할 수 있게 해달라고 부탁했습니다. 저는 속으로 비웃으면서 친구의 죽음을 너무도 가슴 아파하는 듯이 질문까지 해가면서 지문을 찍어주었습니다.

'평생을 걸려도 찾지 못할 그 지문의 주인을 쫓느라 형사들은 지금도 열심히 돌아다니고 있겠지.'

뜻밖의 거금을 손에 넣은 저는 그 일에 대해 더 이상 생각도 하지 않고 재빨리 차를 불러 놀러 나갔습니다.

그로부터 이삼일 지나서 저는 다시금 같은 형사의 방문을 받았습니다. 그 형사가 경시청◆에서도 이름난 실력 있는 명탐정이라는 말은 나중에 들었지요. 저는 태연한 척 응접실로 들어갔습니다. 그러나 그곳에 서 있는 형사의 눈에서 미소의 그림자를 읽었을 때, 비명과도 같은 신음이 제 목에서 터져 나왔습니다. 형사는 대단히 침착한 모습으로 테이블 위에 종이 한 장을 올려놓더군요. 완전히 흥분한 상태라 그때는 잘 몰랐지만 나중에 생각해 보니 제 구인영장이었나 봅니다. 제 양손에는 수갑이 채워졌습니다. 입구 밖에는 건장한 경관 하나가 기다리고 있더군요. 더 이상 어찌해 볼 도리가 없었지요.

그리하여 마침내 수감되었는데, 그 와중에도 어리석은 저는 안심하고 있었답니다. 아무리 저래도 증거가 있을 리 없다

◆ 일본 도쿄도를 관할하는 경찰 본부.

고 확신하고 있었던 것이지요. 그러나 어떻게 되었겠습니까? 저는 예심 판사 앞으로 끌려 나가 죄상을 선고받았을 때 너무나도 놀라서 벌어진 입이 다물어지지 않았습니다. 범인인 저 자신조차 기이하게 일그러진 웃음을 무심코 보였을 만큼 너무도 우스꽝스러운 착각이었습니다.

저의 엄청난 실수였음에 틀림이 없었습니다. 하지만 그렇게 실수를 하도록 시킨 것은 누구겠습니까? 바로 형의 끔찍한 저주 때문일 게 분명합니다. 형은 처음부터 다 알고 있었던 것입니다. 하나의 사소한 오해에서 비롯된 실수로 살인죄가 발각되는, 전율할 만한 결과를 불러일으키기까지 형은 말없이 지켜만 보았던 것입니다.

그렇지만 정말이지 바보처럼 어처구니없는 실수였습니다. 제가 형의 지문이라고 철석같이 믿고 있던 것은 사실 제 지문이었던 것입니다. 단지 제대로 된 지문이 아니라, 먹물이 묻은 손을 한 번 뭔가로 닦았던 것이 그대로 책장에 눌리면서 찍혀진 것이었지요. 즉, 지문의 융기와 융기 사이에 남은 먹의 흔적이고, 사진으로 말하면 원판 자체와 같습니다.

저는 너무도 어리석은 제 실수를 도저히 믿을 수가 없었습니다. 그렇지만 곰곰이 잘 들어보면 제 실수도 결코 무리는 아니었습니다. 조사하던 중에 예심 판사도 무심코 이런 이야기까지 했으니까요.

1913년의 일인데, 당시 포로가 되어 후쿠오카에 수용 중이던 독일 장교의 부인이 참살된 사건이 있었다고 합니다. 당시 범인으로 지목되어 체포된 남자의 지문이 현장에 남아있던 범인의 지문과 많이 닮기는 했지만 아무리 조사해도 완전히 일치하지는 않아서 경찰들도 상당히 애를 먹고 있었다고 하더군요. 그러다 결국 한 의학박사의 연구 덕분에 간신히 동일 지문이라는 것이 밝혀졌는데, 제 경우와 마찬가지로 현장에 남아있던 지문이 원판 상태였다는 것이지요. 그 박사는 오랜 연구 끝에 두 지문의 확대 사진을 찍어서 시험 삼아 한쪽 지문의 검은 선을 하얗게 만들고, 또 다른 하얀 선은 검게 만들어서 대조한 결과 두 지문이 완벽하게 일치하더라는 것입니다.

　이로써 하고 싶은 이야기는 모두 드린 듯합니다. 재미도 없는 이야기로 너무 많은 시간을 뺏어서 죄송하군요. 부디 앞에서 해주신 약속대로, 재판관님들과 제 아내에게도 꼭 전해주십시오. 저는 선생님께서 틀림없이 약속을 이행해 주실 줄로 믿고, 안심하고 사형대에 오르겠습니다. 그럼 앞으로도 가엾은 사형수가 죽음을 맞이할 때마다 그들의 소원에 귀 기울여주시길 바라며……, 이만.

赤い部屋

붉은 방

색다른 흥분을 찾아 모인 점잖은 일곱 명의 남자들(나도
그중 하나였다)이 그들을 위해 특별히 만들어진 '붉은 방'에서
주홍색 벨벳에 싸인 푹신한 안락의자에 기대어 오늘 밤의 주
인공이 어떤 기묘한 이야기를 꺼낼까 이제나저제나 기다렸다.

그들 한복판에는 역시 주홍색 벨벳으로 덮인 크고 둥근
테이블이 하나 놓여 있고, 그 위에는 고풍스러운 조각이 새겨
진 촛대 위에서 세 자루의 굵은 촛불이 하늘하늘 타올랐다.

창문이나 출입문은 물론이고 천장에서 마룻바닥까지 사방
에는 주름이 가득 잡힌 붉고 무거운 비단 휘장이 쳐져 있었
다. 로맨틱한 촛불 빛이, 정맥에서 금방 흘러나온 핏물처럼 거
무스레한 휘장 표면에 우리들 일곱 명의 그림자를 기다랗게

던지고 있었다. 그 그림자들은 흔들리는 촛불과 더불어 마치 거대한 곤충처럼 휘장 주름을 타고 커졌다 오므라들었다 하면서 기어 다녔다.

늘 느끼는 거지만 이 방은 내가 마치 기막히게 큰 어떤 생물의 심장 안에 앉아있는 듯한 착각을 불러일으켰다. 거대한 크기에 걸맞은 육중한 리듬으로 심장이 쿵, 쿵, 쿵 뛰고 있는 소리마저 들리는 듯했다.

아무도 입을 열지 않았다. 나는 촛불 너머로 검붉은 그림자가 일렁이고 있는 사람들의 얼굴을 물끄러미 바라보고 있었다. 그들의 얼굴은 마치 기묘한 가면처럼 무표정하여 미동조차 하지 않았다.

드디어 오늘 밤의 주인공인 신입 회원 T가 촛불을 바라보며 이야기를 시작했다. 음영의 변화로 해골처럼 보이는 그의 턱이 말을 할 때마다 덜걱덜걱 어설프게 마주치는 모습을 바라보면서 나는 기괴한 장치를 단 인형을 떠올렸다.

저는 스스로 생각하기에 제정신인 것 같고, 또 남들도 그렇게 대해준 것 같습니다만, 솔직히 진짜 제정신인지는 잘 모르겠습니다. 어쩌면 미치광이일지도 모릅니다. 그게 너무 심하다면 정신병자일지도 모릅니다. 여하튼 저라는 인간은 정말 이 세상이 너무 시시해서 사는 것이 지루하고, 지루해서 아주

미칠 것만 같습니다.

그래도 처음 얼마 동안은 다른 사람들처럼 이런저런 도락에 빠졌던 시절도 있었지만, 그 모든 것들은 타고난 제 지루함을 위로해주기는커녕, 도리어 '겨우 이것으로 세상의 즐거움은 모두 끝인가. 에이, 정말 시시하기 짝이 없구나' 싶은 실망감만 안겨줄 뿐이었습니다. 그래서 점점 모든 것이 귀찮아졌습니다. 이를테면 누가 이러이러한 놀이는 너무 재밌어서 아마도 널 미치게 할 거라는 소리를 들으면, "정말? 그토록 재미난 일이라면 당장 해봐야지" 하고 벼르는 대신, 머릿속에서 먼저 그 놀이에 대해 요모조모 생각해 본답니다. 그리고 그 상상의 결과는 언제나 뭐 별거 없다는 식으로 결론이 나고 말지요.

이런 식이니 어떤 때는 말 그대로 아무것도 하는 일 없이 밥만 먹고 잠만 자는 생활도 했습니다. 그냥 머릿속으로만 온갖 상상을 해보면서, 이것도 별거 없고 저것도 시시하다고 하나에서 열까지 모조리 퇴짜를 놓으며 죽기보다 괴로운, 그러나 남들이 보면 참 더할 나위 없이 팔자 좋아 보이는 안이한 생활을 하고 있었습니다.

차라리 제가 하루하루 입에 풀칠하기도 힘든 형편이었다면 이렇게까지는 안 되었겠지요. 아니면 하다못해 강제된 노동일지라도 무언가 할 일이 있었다면 그래도 행복했겠지요. 또는 아주 엄청난 부자였다면 훨씬 더 좋았을 겁니다. 아마도

저는 그 많은 돈의 힘으로 역사상의 유명한 폭군들처럼 엄청
난 사치와 피비린내 나는 유희, 그 밖에 제가 꿈꾸는 온갖 즐
거움을 만끽할 수 있었을 테니까요.

이런 말씀을 드리면 여러분은 보나 마나 이렇게 말씀하시
겠지요.

"그야 그렇겠지. 허나 세상이 지루해서 견딜 수 없는 건 우
리도 마찬가지다. 그래서 이런 클럽을 만들어 색다른 흥분을
찾으려 하는 것 아니겠어? 너 역시도 어지간히 심심하니까 우
리 클럽의 회원이 되었을 테고."

맞는 말입니다. 사실, 저까지 이런 설명을 지루하게 늘어놓
을 필요는 없었습니다. 단지 여러분은 최소한 권태로운 삶의
고통에 대해서는 충분히 이해하실 분들이니까 제 이야기를
해도 괜찮겠다 싶어, 오늘 이렇게 여러분들에게 제게 일어난
별난 이야기를 하겠다고 결심한 것입니다.

저는 아래층 레스토랑에 노상 드나들고 있어서 여기 계신
사장님과는 자연히 각별한 사이가 되었습니다. 벌써부터 이
붉은 방 모임에 대한 말씀도 들었고, 여러 차례 가입하라는
제안도 받았지요. 그런데도 지금껏 제가 가만히 있었던 것은,
송구스러운 말씀입니다만, 제 생각에는 여러분들과는 비교도
안 될 만큼 제가 너무 권태로웠기 때문입니다.

범죄와 탐정 놀이였습니까? 강령술이나 심령술의 무슨 실

험이었나요? 형무소나 간질 병원, 또는 해부학 교실의 참관 같은 거요? 그런 것에 조금이라도 흥미를 가질 수 있다니 여러분은 그래도 행복한 편입니다. 전 여러분이 사형 집행을 보러 갈 계획을 세우고 계신다는 얘기를 들었을 때도 전혀 놀라지 않았습니다. 그도 그럴 것이 사장님이 그 얘기를 해주었을 때 전 그런 흔해 빠진 자극은 이미 식상했을 뿐만 아니라 다른 어떤 기막힌 유희, 이렇게 말하면 조금 두려운 생각도 듭니다만 저로서는 유희라고 부를 수 있는 다른 것을 발견해서 그 즐거움에 정신이 없었기 때문입니다.

그 유희라는 것은, 갑작스런 말씀이라 놀라실지 모르겠습니다만…… 살인입니다. 진짜로 사람을 죽이는 살인 말입니다. 전 그 유희를 발견하고는 지금까지 오로지 권태로움을 털어버리고자 무려 100여 명의 목숨을 빼앗았습니다. 남자와 여자, 어린애들 모두 말입니다. 이제 여러분은 제가 혹시 그 무서운 죄악을 뉘우치고 참회하기 위해 이런 사실을 고백하는 거라고 짐작하실지 모르겠지만, 결코 그렇지 않습니다. 전후회 따위는 조금도 하지 않습니다. 죄를 지었다고 두려워하지도 않습니다. 그뿐 아니라 더 기가 막힐 일은, 전 최근 들어그 살인이라고 하는 피비린내 나는 자극마저도 질리고 만 것입니다. 그래서 이번에는 남이 아닌 나를 죽이는 일에, 그러니까 아편에 빠져들었습니다. 물론 저 역시도 목숨은 아까워서 아편만은 하지 않으려고 했지만 살인에도 싫증이 난 판국에 자살이라도 시도하지 않는다면 달리 어떻게 또 자극을 구하겠습니까? 이제 저는 조만간 아편으로 숨이 끊어질 겁니다. 그래서 하다못해 정신이라도 멀쩡할 때 누군가에게 제가 한 일들에 대해서 얘기하고 싶었던 것입니다. 그러기에는 여기 계신 붉은 방 회원님들이 정말 가장 안성맞춤 아니겠습니까?

그런 이유로 사실 전 여러분의 동료가 되고 싶은 것이 아니라, 단지 저의 이 유별난 신상에 대해서 말씀드리고자 회원이 된 것입니다. 다행히 신입 회원은 첫날 밤에 반드시 이 모임의 취지에 어울리는 이야기를 하기로 되어있다기에, 이렇게 그동안의 바람을 이룰 수 있는 기회를 잡게 된 것이지요.

지금으로부터 한 3년쯤 전입니다. 그즈음은 조금 전에 말씀드린 대로 그 어떤 자극에도 질려 있던 터라, 권태라는 이름을 가진 한 마리 짐승처럼 아무 보람도 없이 지루하게 살고 있었지요. 그런데 그해 봄, 봄이라고는 해도 아직 추웠으니까 아마 2월 말이나 3월 초순쯤인데, 전 아주 기묘한 일을 겪었답니다. 제가 100여 명에 이르는 사람들을 죽이게 된 것도 그날 밤의 일이 계기가 되었지요.

밤 1시쯤이었을까, 어딘가에서 밤이 깊도록 시간을 보낸 저는 약간 취기가 있었습니다. 추운 밤에 차도 타지 않고 어슬렁어슬렁 집으로 걸어가고 있었지요. 골목 하나만 돌면 바

로 집이었는데, 갑자기 웬 남자가 당황한 표정으로 헐레벌떡
달려와서 저와 그만 탁 부딪히고 말았답니다. 저도 놀랐지만
그는 더 놀랐는지 잠시 목석처럼 서 있더니만 희미한 가로등
불빛으로 저를 확인하고는 갑자기 이 근처에 가까운 병원이
없냐고 다급하게 물었습니다. 얘기를 들어보니 그는 택시 운
전사였고, 방금 한 노인(늦은 밤에 혼자 돌아다니는 것으로
보아 부랑자인 듯했습니다)을 치어서 큰 상처를 입혔다는 것
입니다. 그러고 보니 앞에 택시 한 대가 서 있고 그 옆에 사람
같은 물체가 쓰러져 신음하고 있더군요. 파출소는 멀고 부상
자는 고통이 심하니 운전사는 우선 병원부터 찾아보려고 허
둥지둥 달려온 모양이었습니다.

전 그 근처 지리에 훤했기 때문에 당연히 병원의 위치도 잘
알고 있었지요. 그래서 곧 가르쳐줬습니다.

"왼쪽으로 두 블록 정도 가면 왼쪽에 붉은 등이 달린 집이
있는데 그게 M 의원입니다. 문을 두들기면 열어줄 겁니다."

운전사는 곧 노인을 업고 M 의원으로 달려가더군요. 전 그
뒷모습이 어둠 속으로 사라질 때까지 보고 있다가 집으로 돌
아와 할멈이 깔아준 (전 독신입니다) 이부자리 속으로 들어갔
고, 취기 때문인지 금세 잠들어버렸답니다.

사실 별거 아니지요. 그대로 잊어버렸다면 그냥 끝나버릴
일이었습니다. 그런데 다음 날 일어났을 때 전날 밤의 일들이

다시 떠올랐습니다. '그 노인은 어떻게 됐을까?' 궁금해하면서 별로 쓸데없는 일들까지 곰곰이 생각해 보았답니다. 그러다 문득 좀 이상한 생각이 들었습니다.

"이런! 내가 큰 실수를 했는걸."

전 깜짝 놀랐습니다. 아무리 술에 취했다고 해도 정신마저 놓고 있었던 것도 아닌데, 대체 무슨 생각으로 그 노인을 M 의원으로 보냈을까요?

"왼쪽으로 두 블록 정도 가면 왼쪽에 붉은 등이 달린 집이 있는데……."

전 제가 했던 말까지 정확하게 기억하고 있었습니다. 그런데 왜 저는 오른쪽으로 한 블록만 가면 K 의원이라고 하는 전문 외과 병원이 있다고 말하지 않았을까요? 제가 가르쳐준 곳은 엉터리라고 소문난 곳인데, 외과 쪽으로 제대로 된 기술이나 가졌는지도 의심스러운 곳이었습니다. 그런데 M 의원의 반대쪽에 M 의원보다 훨씬 설비가 좋은 K 외과 병원이 있었고, 그 사실을 저도 잘 알고 있었답니다. 그런데 왜 엉뚱한 곳을 가르쳐주었는지 그 순간의 제 야릇한 심사에 대해서는 지금도 잘 설명할 수가 없습니다. 그저 순간적으로 깜빡 착각을 했던 모양이지요.

슬며시 걱정이 되어 일하는 할멈을 시켜 알아보게 했더니, 노인은 M 의원 진찰실에서 숨을 거뒀다고 했습니다. 밤 1시에 그런 환자라니 의사라도 그리 달갑지 않았을 겁니다. 그래서 한동안 기다리게 한 뒤에 간신히 부상자를 받았는데 환자를 살리기에는 이미 때가 늦었다, 뭐 이렇게 된 건지도 모르겠습니다. 그래도 의사가 자기는 전문의가 아니니 K 병원으로 데려가라고 했다면 노인은 살 수 있었을지도 모릅니다. 그런데 터무니없게 분수도 모르고 그 환자를 맡았던 모양입니다. 그러다 결국 실패한 것이지요. 소문에는 M 의사가 당황한 나머지 환자를 말도 안 되게 오래도록 주물러대고 있었다는군요.

그 소문을 들으니 전 다시 이상한 생각이 들었답니다. 이 경우 가엾은 노인을 죽인 사람은 과연 누구일까요? 물론 운전사와 M 의사에게도 책임이 있겠지요. 법률상의 책임이라면 운전사의 과실일 테지만, 사실 가장 중대한 책임은 제게 있는 것 아닐까요? 만약 그때 제가 M 의원 대신 K 외과 병원을 알려줬다면 노인은 살았을지도 모를 일입니다. 운전사는 다만 부상을 입혔을 뿐이지 죽인 것은 아닙니다. M 의사도 기술이 떨어져서 처치를 못 한 것뿐이니까 책임을 물을 수는 없습니다. 혹시 그에게 책임을 물을 점이 있다고 하더라도 근본적인 원인은 잘못 가르쳐준 제게 있습니다. 즉, 그때 제가 어느 곳을 가르쳐주었느냐에 따라 노인의 목숨이 좌지우지되었던 것이지요. 부상입힌 것은 운전사지만, 노인을 죽인 것은 제가 아니겠습니까?

이것은 제가 한 말이 어디까지나 우연한 과실이었을 경우입니다만, 만약 그것이 노인을 죽이겠다는 제 고의에서 나온 것이라면 과연 어떻게 되겠습니까? 말할 필요도 없지요. 저는 사실상 살인죄를 저지른 것입니다. 그런데 법률은 운전사를 벌하는 일은 있어도, 진짜 살인자인 저에 대해서는 의심조차 품지 않을 겁니다. 저에게는 생판 모르는 노인이니 죽일 만한 동기 따윈 도저히 찾을 수 없을 테니까요. 설령 의심을 받더라도, 전 그저 외과 병원이 빨리 생각나지 않았다고만 대답하면 아무런 문제가 없을 겁니다. 그러니까 이런 건 순전히 마음속의 문제라고 할 수 있겠지요.

여러분, 혹시 여러분은 이런 살인에 관한 법률에 대해서 생각해 보신 적이 있는지요? 전 이 사건으로 비로소 깨닫게 되었는데, 세상이란 정말 위험하기 짝이 없는 곳이더군요. 언제 어디서 나 같은 인간에게 걸려 아무 이해관계도 없이 부당하게 죽을지 아무도 모르는 일이니까요.

나중에 제가 실제로 해보고 성공한 일입니다만, 시골 할머니가 큰길을 지나려고 막 발을 내딛고 있었습니다. 큰길이어서 전차며 버스에 택시, 마차와 인력거까지 정신없이 지나고 있었을 테니까 할머니의 머릿속은 보나 마나 혼란스러웠을 겁니다. 그때 자동차 한 대가 쏜살같이 달려와 할머니 바로 뒤에까지 왔다고 합시다. 만약 할머니가 그런 사실을 모르고 있었다면 그냥 건너갔을 것이고, 아무 일도 일어나지 않았을 겁니다. 하지만 누군가가 큰 소리로 "할머니, 위험해요!"라고 다급하게 소리를 질렀다면 할머니도 당황해서 허둥대고 말 것입니다. 그리고 차가 급정거를 할 수 없는 경우라면, 굳이 그런 말을 함으로써 할머니를 일부러 죽일 수도 있다는 말이지요. 아까도 말씀드렸듯이, 전 언젠가 이런 방법으로 한 촌사람을 보기 좋게 죽여버린 일도 있답니다(T는 여기서 잠깐 말을 끊더니 우리를 둘러보며 기분 나쁘게 씨익 웃었다).

이 경우 "위험해요!"라고 외친 저는 틀림없이 살인자입니다. 그러나 누가 의심할 수 있을까요? 아무 원한도 없는 낯선 인간을 그저 재미로 죽일 사람이 있으리라 짐작이나 하겠습니까? 더욱이 "위험해요!"라는 주의는 아무리 해석해도 호의에서 나온 말처럼 보이니까요. 감사를 받을지언정 결코 원망을 들을 이유는 없지요. 여러분, 이 얼마나 안전한 살인입니까?

세상 사람들은 나쁜 짓을 하면 반드시 법에 의해 처벌받는다고 믿으면서 안심하고 있습니다. 어리석은 일이지요. 살인을 저질렀는데도 법이 가만히 내버려 둔다고는 아무도 생각조차 하지 않습니다. 그러나 방금 말씀드린 두 가지 예에서 보았듯이 법률에 저촉될 우려가 전혀 없는 살인이란 얼마든지 가능하지 않습니까? 전 그것을 깨닫고 두려움에 소름이 끼치기보다는 그런 여지를 남겨준 조물주의 여유로움에 더할 나위 없이 유쾌했지요. 그래서 미치도록 기뻐했습니다. 정말 얼마나 멋진 일입니까! 이 방법만 잘 따르면 옛날 무사들처럼 아무나 죽여도 되는 거나 마찬가지니까요.

그래서 저는 이런 종류의 살인으로 죽음보다 더 괴롭던 권태로움을 달래보기로 했습니다. 절대로 법률에 저촉되지 않는 살인, 셜록 홈즈라도 알아낼 수 없는 살인이라니. 정말 눈이 번쩍 뜨이도록 더없이 근사한 일 아닙니까? 그 뒤로 전 3년 동안 사람들을 죽이는 즐거움을 만끽하느라 그 지옥 같은 권태로움은 거의 잊고 살았습니다. 설마 웃지는 않으시겠죠? 전 전국시대의 영웅호걸들처럼 100명의 목을 실제로 치지는 못하겠지만, 절대 이 살인을 도중에 그만두지 않겠노라 스스로 맹세까지 했답니다.

지금으로부터 석 달 전, 그때까지 딱 99명을 죽였습니다. 이제 한 명만 남았을 뿐인데, 처음 말씀드렸다시피 전 또다시 살인에도 싫증이 나버린 것입니다. 그건 그렇다 치고, 과연 99명을 제가 어떻게 죽였을까요? 물론 그들 중에 저와 원한 관계에 있던 사람은 아무도 없었습니다. 전 오로지 새로운 방법과 결과에만 흥미가 있었으므로 같은 방법을 두 번 다시 사용하지 않았습니다. 한 사람을 죽이고 나면 다음은 또 어떤 방법으로 할까 고민하는 것이 또 하나의 즐거움이었던 것입니다.

　하지만 이 자리에서 제가 죽인 99명에 대해서 어떤 방법을 사용했는지 다 말씀드리기란 시간도 모자라고, 게다가 오늘 밤은 그런 살인 방법을 일일이 소개하기 위한 자리가 아닙니다. 전 그런 극악무도한 죄를 저질러 권태로움을 잊으려 했고, 또 그것조차도 지루해져서 이제는 자기 자신까지 망치려 하는 이 기묘한 심정을 말씀드리면서 여러분의 판단을 구하고자 하는 것입니다. 그래서 살인 방법에 대해서는 그저 몇 가지 예만 들도록 하겠습니다.

　자동차에 치인 노인을 죽게 한 지 얼마 안 되어 이런 일도 있었습니다. 우리 집 근처에 맹인 안마사가 하나 있었는데, 이 친구는 몸에 장애를 가진 사람들에게서 흔히 볼 수 있는, 아주 심한 고집쟁이였답니다. 남들이 이런저런 주의를 해주면 눈이 안 보인다고 바보 취급하느냐며 청개구리처럼 꼭 반대로만 해대는 정말 대단한 고집쟁이였지요.

　어느 날 제가 길을 지나가는데 그 고집쟁이 안마사가 저쪽에서 걸어오더군요. 건방지게도 지팡이를 어깨에 메고 콧노래까지 부르면서 말입니다. 마침 그 거리에는 전날부터 하수도 공사가 시작되어서 길 한쪽에는 깊은 구덩이가 있었답니다. 그는 장님인지라 거리의 푯말을 볼 수 없으니 그 구덩이 옆을 태평스럽게 걸어가고 있더군요. 저는 그것을 보고 문득 묘안을 떠올렸습니다. 그래서 다정하게 부르면서 외쳤죠. (자주 안마를 받다 보니 서로 잘 아는 처지입니다.)

"어이, N 군. 그 옆은 위험하다네. 왼쪽으로 가게나, 왼쪽으로."

물론 일부러 장난처럼 말했습니다. 왜냐하면 그 친구의 평소 성품으로 보아 분명히 자기를 놀린다고 생각하고 오른쪽으로 비켜 갈 거라는 걸 알았기 때문이지요. 아니나 다를까, 그는 에헤헤헤 웃으면서 장난도 잘 친다는 등의 말대답을 하며 잽싸게 오른쪽으로 두세 걸음 물러났습니다. 그러니 어쩌겠습니까? 순식간에 하수도 공사를 하느라 파놓은 3미터는 족히 되는 구덩이 속으로 쿵 빠져버렸지요. 저는 놀란 척하면서 구덩이로 달려가 멋지게 성공했는지 확인했습니다.

그는 구덩이 속에서 정신을 잃고 축 늘어져 있었습니다. 잘못 떨어지면서 날카로운 돌에라도 찍힌 듯 머리에서는 시뻘건 피가 줄줄 흐르고 있었고, 혀를 깨물었는지 입과 코에서도 피를 흘리고 있었습니다. 얼굴빛은 창백했고 신음 소리를 낼 기운조차 없어 보였습니다.

그렇게 몇 시간은 안마사의 목숨이 붙어있었지만 곧 절명해 버렸지요. 제 계획은 멋지게 성공했습니다. 과연 누가 저를 의심할 수 있을까요? 전 평소에 이 안마사의 친한 단골이었지 무슨 원한이 있었다고는 아무도 생각지 않을 테니까요. 게다가 겉보기에는 오른쪽에 구덩이가 있으니 피하라는 친절한 말을 해준 호의만 보일 테지 그 말에 무서운 살의가 있을 거라고 생각할 사람이 누가 있겠습니까?

아아, 이 얼마나 끔찍하고 즐거운 유희입니까! 교묘한 트릭을 생각해 내면 마치 예술가의 창의성과도 맞먹을 환희를 느끼고, 그 트릭을 실행할 때는 두근두근 설레는 긴장감으로 흥분되고, 그 목적을 이루었을 때는 더할 나위 없는 만족감을 느낄 수 있지 않습니까? 게다가 자기를 죽인 살인자가 바로 눈앞에 있는 줄도 모르고 피투성이가 되어 신음하는 단말마적 광경 따위는 저를 아주 자랑스럽고 유쾌하게 만들었습니다.

한번은 이런 일도 있었습니다. 몹시 흐린 여름날이었는데, 저는 양옥집이 띄엄띄엄 서 있는 한적한 교외를 걷고 있었습니다. 마침 그중에서도 가장 훌륭한 콘크리트 건물을 뒤돌아갈 때였습니다. 문득 묘한 것이 눈에 들어오더군요. 방금 제 코끝을 스치며 날쌔게 날아가던 참새 한 마리가 그 집 지붕에서 땅으로 향해 있는 굵은 철사 위에 앉았는데, 어떻게 된 영문인지 갑자기 튕겨져 나오더니 그대로 밑으로 굴러떨어져 죽어버린 것입니다.

이상한 일도 다 있다 싶어 자세히 살펴보니, 그 철사는 양옥집 지붕 꼭대기에 있는 피뢰침과 연결된 것이었습니다. 물론 철사 표면에는 피복이 씌워져 있었지만 방금 참새가 앉았던 부분은 어찌 된 일인지 피복이 벗겨져 있었던 것입니다. 전기에 대해서는 잘 모르지만, 어쩌다 공중 전기 또는 어떤 작용으로 피뢰침의 철사에 강한 전류가 흐르는 일이 있다는 말은 들은 적이 있어서 '아하, 이게 바로 그거구나' 싶어 신기해하며 한참을 들여다보았답니다.

그때 병정놀이라도 하는지 아이들이 떼거지로 와자지껄 옆 골목에서 나왔습니다. 그중 대여섯 살쯤 되어 보이는 남자애가 다른 애들은 모두 저쪽으로 가는데도 혼자 남기에 뭘 하려나 싶어 바라봤더니, 그 철사 바로 앞에 있는 흙더미에 올라가 바지 앞 단추를 풀고 소변을 보기 시작했습니다. 전 금방 어떤 아이디어가 떠올랐지요. 그 흙더미에서 피복이 벗겨진 철사까지 오줌을 누는 것은 그리 어려운 일이 아니었습니다. 소변도 일단 물이니 전도체임이 분명하고요. 그래서 소년에게 이렇게 말했습니다.

"꼬마야, 너 저 철사까지 오줌 눌 수 있겠니? 맞출 수 있어?"

그러자 소년은 "그까짓 것 문제없어요! 보세요" 하더니 자세를 바꿔 철사를 향해 힘차게 오줌을 내갈기는 것이었습니다. 오, 정말 무섭더군요. 오줌이 닿기가 무섭게 소년은 마치 춤이라도 추는 것처럼 퐁! 하고 튀어 오르더니 그대로 풀썩 쓰러져버리고 말았답니다. 나중에 들으니 피뢰침에 이토록 강한 전류가 흐르는 일은 매우 드물다는데, 여하튼 덕분에 난생 처음으로 감전사라는 것을 목격하게 되었지요.

물론 이 경우에도 제삼자인 저는 조금도 의심받지 않았습니다. 다만 사고 소식에 달려 나와 죽은 아이를 끌어안고 울부짖는 아이의 어머니에게 정중한 애도만 표하고 떠나면 그만이었으니까요.

　다음 이야기도 역시 어느 여름날의 일입니다. 제겐 다음 희생자로 삼으려고 벼르던 한 친구가 있었습니다. 그렇다고 무슨 원한이 있었던 것은 절대 아닙니다. 오히려 세상에 둘도 없는 좋은 친구 사이였는데, 왠지 그 다정한 친구를 말 한마디 하지 않고 웃으면서 죽이고 싶은 기이한 욕망이 일었던 것입니다. 그 친구와 치바현 보슈房州 지역의 어느 한적한 해수욕장으로 피서를 간 일이 있었습니다. 해수욕장이라고는 해도 도시에서 온 손님이라고는 우리 둘 말고는 미술과 학생 몇몇이 고작이었는데, 그들은 물에서 논다기보다는 근처 바닷가에서 스케치북을 들고 돌아다니고 있었습니다.

　유명한 해수욕장처럼 도시에서 온 여자들의 아름다운 몸매를 볼 수 있는 것도 아니고 여관은 후져서 음식도 신통찮은 대단히 스산하고 불편한 곳이었지만, 친구는 저와는 달리 그런 한적한 장소에서 고독을 즐기는 편이었습니다. 저야 어떻게 해서든 친구를 죽일 기회만 노리던 터라 둘이 같이 그런 외진 곳에서 며칠씩 묵고 있었던 것이고요.

　어느 날, 전 그 친구를 데리고 마을에서 멀리 떨어진 절벽

비슷한 곳으로 데리고 갔습니다. 그리고는 다이빙하기에 안성맞춤인 곳이라고 둘러대면서 먼저 옷을 벗었습니다. 친구도 조금은 수영을 할 줄 아는 터라 정말 괜찮은 곳이라며 따라서 옷을 벗었지요.

그래서 전 낭떠러지 끝에서 두 손을 머리 위로 뻗은 채 큰소리로 하나, 둘, 셋을 외치면서 멋진 포물선을 그리며 바다로 뛰어들었습니다. 텀벙! 하고 수면에 몸이 닿는 순간, 가슴과 배로 호흡하면서 재빨리 60센티미터도 안 되는 깊이까지만 내려갔다가 튀어 오르는 물고기처럼 금세 다시 수면으로 몸을 드러내는 것이 다이빙의 요령입니다만, 전 어렸을 때부터 수영에 능숙해서 이런 것쯤은 누워서 떡 먹기나 다름없었습니다. 그렇게 기슭에서 조금 떨어진 곳에 가볍게 솟아올라 선헤엄을 치면서 큰 소리로 친구에게 어서 뛰어들라고 재촉했습니다. 그러자 친구는 아무것도 모르고 좋아라 하며 힘차게 물속으로 뛰어들더군요.

그리고 물보라를 일으키며 바닷속으로 들어간 친구는 두 번 다시 나타나지 않았습니다. 물론 전 짐작하고 있었습니다. 그 바다 밑에는 수면에서 좀 떨어진 아래에 아주 커다란 바위가 있었던 것입니다. 전 그것을 미리 알고 있었기에, 친구의 다이빙 솜씨로 물에 뛰어들면 깊숙이 들어가다 결국 그 바위에 머리를 부딪칠 거라는 걸 충분히 계산하고 있었던 거지요.

다들 아시겠지만, 다이빙 솜씨가 좋을수록 물속으로 들어가는 깊이도 얕아지게 마련이지요. 전 그게 가능했지만, 친구는 서툴렀기 때문에 그대로 바위에 머리를 부딪친 것입니다.

　잠시 기다리니 완전히 죽은 다랑어처럼 변한 그가 수면 위로 떠오르더니 이리저리 파도에 휩쓸리기 시작했습니다. 정신을 잃은 게 분명했습니다. 전 그를 안고 헤엄쳐서 기슭으로 데려간 뒤, 마을로 달려가 여관 사람들에게 사태를 알렸습니다. 그러자 어부들이 달려와 응급 조치를 해주었지만, 뇌를 심하게 다쳐서 소생할 가망은 전혀 없었답니다. 살펴보니 머리끝이 15~16센티미터나 찢어져서, 친구의 머리가 놓여 있던 땅바닥에는 검붉은 피가 흥건하게 엉겨 붙어있었습니다.

　전 경찰의 심문을 받은 적이 딱 두 번 있었는데, 그 한 번이 바로 이때였습니다. 그도 그럴 것이, 아무도 없는 곳에서 단둘이 있을 때 일어난 사건이라 지극히 당연한 절차였지요. 그렇지만 저와는 다툼 한 번도 없던 절친한 사이라는 것이 밝혀지고, 저 역시 그 물 밑에 바위가 있는 것을 알지 못했다고 생각하더군요. 정황상 저는 수영이 능숙해서 위기를 모면했지만, 친구는 그렇지 못했기에 이런 불상사가 일어났다는 사실이 명백해지면서 저에 대한 의심은 금방 풀렸답니다. 도리어 친구를 잃은 슬픔을 경찰로부터 위로받았을 정도입니다.

　안 되겠습니다. 이런 식으로 예를 들다가는 한도 끝도 없겠습니다. 이쯤에서 여러분들도 법률에 저촉되지 않는 살인이란 제 방식을 대충 이해하셨으리라 생각합니다. 모든 살인이 그런 식이었지요. 어떤 때는 서커스를 보는 구경꾼 틈에 섞여 있다가 공중에서 민망한 자세로 외줄을 타고 있는 아가씨의 집중력을 방해해서 추락시키기도 했고, 불난 곳에서 아이를 찾아 미친 듯이 울부짖는 여인에게는 '애가 집에 있다, 우는 소리가 들리지 않느냐'는 암시를 주어 불 속으로 뛰어들게 만들어 태워 죽이기도 하고, 난간에 기대어 망설이는 처녀 등 뒤에서 "기다려!" 하고 깜짝 놀라게 해서 순간적으로 물속으로 뛰어들게 만드는 등 이야기는 끝도 한도 없습니다만, 벌써 밤도 깊었고 여러분도 이런 참혹한 이야기는 더 이상 듣고 싶지 않으실 테니 마지막으로 조금 색다른 이야기를 끝으로 오늘 밤을 마무리 짓고 싶습니다.

지금까지는 한 번에 한 명씩 죽인 이야기뿐이었습니다만, 그렇지 않은 경우도 많았습니다. 그렇지 않고서야 불과 3년 남짓한 세월에 어떻게 99명이나 죽일 수 있었겠습니까? 그중에서도 한꺼번에 가장 많은 사람을 죽인 것은……, 그렇군요, 작년 봄이었습니다. 여러분도 아마 그 신문 기사를 보셨으리라 생각합니다만, 중앙선 열차가 전복해서 많은 사망자와 부상자를 낸 사건이 있지 않았습니까? 바로 그것입니다.

방법은 어이없을 정도로 간단했지만, 실행할 장소를 찾는

데 시간이 조금 걸렸습니다. 어쨌든 처음부터 중앙선의 선로여야 한다는 것은 생각하고 있었습니다. 왜냐하면 그 선로는 산속을 지나고 있을 뿐 아니라 평소 중앙선 쪽이 사고 다발 지역이므로 열차가 전복했을 경우 다들 대수롭지 않게 생각할 거라고 계산한 것이지요.

그런 계획을 갖고 있었지만 딱 맞는 장소를 찾기는 어지간히 힘이 들었습니다. 결국 M역 근처의 벼랑을 이용하기로 결심할 때까지 1주일 이상이 걸렸습니다. 마침 M역에는 자그마한 온천이 있었으므로 장기 투숙을 하는 온천객으로 가장하기로 하였지요. 그래서 근 열흘이나 쓸데없이 시간을 보내지 않을 수 없었답니다. 적당한 기회를 노리던 어느 날, 평소 하던 대로 근처 산속을 산책했습니다.

그리하여 마침내 여관에서 200미터쯤 떨어진 그리 높지 않은 낭떠러지에 올라 어둠이 깃들기를 기다리고 있었습니다. 그 언덕 바로 밑에는 선로가 커브를 그리며 달리고 있었고, 선로 너머로는 계곡을 흐르는 개울이 아스라이 보일 만큼 아주 깊은 골짜기가 펼쳐져 있었습니다.

잠시 기다리자 미리 정해두었던 시간이 되었답니다. 아무도 보는 사람은 없었지만 그래도 발을 헛디뎌 넘어지는 척하면서 역시 미리 찾아놓은 커다란 돌멩이를 발로 찼습니다. 살짝 건드리기만 해도 틀림없이 선로로 굴러 떨어질 딱 알맞은 위치에 놓인 돌멩이였습니다. 전 실패하면 몇 번이건 다시 다른 돌들을 걷어찰 작정이었는데 다행히 한 번에 안성맞춤으로 레일 위에 떨어뜨릴 수 있었습니다.

반 시간쯤 뒤에는 하행 열차가 바로 그 레일 위를 지날 텐데, 그때쯤이면 벌써 어두워질 테니 커브 길에 있는 돌덩이를 운전사가 발견할 순 없었지요. 모든 것을 확인한 뒤, 전 급히 M역으로 달려가 (200미터나 되는 산길이니 30분은 족히 걸렸습니다) 헐레벌떡 역장실로 뛰어들며 외쳤습니다.

"큰일 났습니다! 전 이곳에 놀러 온 온천객인데, 방금 200미터쯤 떨어진 벼랑으로 산책을 나갔다가 그만 실수로 돌멩이를 선로 쪽으로 차버리고 말았습니다. 만일 그곳으로 열차가 지나다 탈선하면 계곡으로 떨어질지도 모르는데, 정말 큰일 났습니다. 그 돌멩이를 치우려고 내려가는 길을 찾았지만 길도 잘 모르겠고 어떻게 해야 할지 몰라서 이리로 급히 달려왔는데 어떻게 하면 좋겠습니까? 속히 치울 방법은 없을까요?"

역장은 깜짝 놀라는 눈치였습니다.

"이거 큰일 났군! 거긴 지금 하행 열차가 통과한 지점인데……, 여느 때 같으면 벌써 지나쳤을 시간이지만……."

바로 제가 바라던 대로였습니다. 그런 놀란 대화를 주고받는 사이에, 간신히 위기를 모면하고 달려온 열차 차장의 보고로 '열차 전복 및 사상자 불명'이라는 소식이 들어왔습니다.

전 당연히 M 경찰서로 끌려가 하룻밤 심문을 받았습니다. 물론 제 계획에 포함된 일입니다. 살다 보면 실수는 있을 수 있으니까요. 경찰에게 크게 꾸지람을 들었지만 이렇다 할 처벌은 받지 않았습니다. 나중에 알게 된 일이지만, 그런 제 행동은 형법 제129조에 해당된다고 하던데 그것조차도 처벌받지 않았답니다. 그 형법 제129조라는 것도 500엔 이하의 벌금형(현재 가치로 약 300만 원)에 지나지 않지만 말입니다. 어쨌든 전 그렇게 돌멩이 하나로…… 그게 전부 17명이었을 겁니다. 네, 17명의 목숨을 단숨에 빼앗기도 했답니다.

여러분, 전 그렇게 99명의 사람을 죽였습니다. 그런데도 뉘우치기는커녕, 이토록 피비린내 나는 자극에도 질려버려서 이번에는 저의 목숨까지 희생하려 하는 것입니다. 여러분은 너무도 잔인한 제 소행에 다들 그렇게 잔뜩 눈살을 찌푸리고 계시는군요. 그렇습니다. 아마 보통 사람은 상상조차 할 수 없는 극악무도한 행동이 분명합니다. 그렇지만 그토록 잔인한 범죄를 저질러가면서도 견딜 수 없었던 제 권태로운 심정도 조금은 이해해 주십시오. 저라는 인간은 그런 짓을 꿈꾸는 것 외에는 달리 인생의 보람을 느낄 수 있는 일이라고는 눈곱만큼도 찾을 수 없었으니까요. 여러분, 부디 판단해 주십시오. 제가 미치광이입니까, 아니면 살인광입니까?

이리하여 오늘 밤 주인공의 기괴하기 이를 데 없는 신상 이야기도 끝이 났다. 그는 핏발이 서고 약간 광기 어린 희멀건 눈으로 우리의 얼굴을 하나하나 둘러보았다. 그러나 대답하거나 비평하는 이는 아무도 없었다. 그저 무의미하게 춤추는 촛불에 비추어진 긴장한 여섯 명의 얼굴들이 동상처럼 늘어서 있을 뿐.

문득 출입문 근처 휘장이 잠깐 반짝였다. 보고 있으려니 은빛으로 빛나는 그 반짝임은 차츰 더 커졌다. 마치 보름달이 숱한 구름을 헤치고 드러나듯, 붉은 휘장 사이로 은빛 물체가 둥글게 드러났다.

나는 처음부터 그것이 웨이트리스가 두 손으로 음료를 받쳐 나르는 커다란 은쟁반이라는 것을 알고 있었다. 그러나 이상하게도 모든 사물을 몽환적으로 바꿔버리는 이 '붉은 방'의 공기는 흔하디흔한 은쟁반마저도 마치 살로메 극◆에서 노예가 내미는, 그 예언자의 목이 놓여 있는 은쟁반을 연상시켰다.

하지만 그곳에는 입술이 두꺼운 반라半裸의 노예 대신 언제나처럼 아름다운 웨이트리스가 있었다. 그녀가 쾌활하게 일곱 남자들 사이를 돌아다니며 음료를 나르기 시작하자, 현실

◆ 영국의 시인 오스카 와일드가 쓴 희곡. 세례 요한에게 첫눈에 반한 살로메는 자신에게 욕정을 품은 헤롯왕을 위해 춤을 추고 그 대가로 세례 요한의 잘린 목이 담긴 은쟁반을 요구했다.

과는 동떨어진 이 환상의 방에 비로소 세상의 바람이 불고 있는 듯 위화감이 느껴졌다.

"이봐, 쏠 거야."

갑자기 T가 지금까지 얘기하던 목소리와 조금도 다름없는 차분한 억양으로 이렇게 말하더니 주머니에서 번쩍이는 물체를 꺼내 웨이트리스 쪽을 겨냥했다.

깜짝 놀라 당황한 우리들의 목소리, 탕! 하는 총소리, '꺄악!' 하며 자지러지는 여자의 비명이 동시에 울려 퍼졌다. 우리들은 일제히 벌떡 자리에서 일어났다. 그러나 뜻밖에도 여자는 아무 상처도 없이 무참하게 깨어진 그릇만 들고 넋 나간 얼굴로 서 있는 게 아닌가!

"왓하하하하하······."

T가 미치광이처럼 웃음을 터뜨렸다.

"장난감이야, 장난감. 하하하하······ 하나 양, 감쪽같이 속았지? 와하하하하."

그렇다면 아직도 T의 오른손에서 흰 연기를 내뿜고 있는 권총은 정말 장난감이란 말인가?

"아이, 정말 깜짝 놀랐어요······. 근데 그게 정말 장난감이에요?"

T와는 전부터 잘 아는 사이로 짐작되는 웨이트리스가 아직도 파랗게 질린 입술로 그렇게 말하면서 다가갔다.

"어디 좀 봐요, 어머, 정말 영락없는 진짜 같아요!"

그녀는 수줍음을 감추며 그 6연발 장난감 총을 손에 들고 한참을 들여다보더니 갑자기 왼팔을 구부려 그 권총 자루에 올려놓고 건방진 자세로 T의 가슴을 겨누었다.

"너무 약 오르니까 저도 한 방 쏠 거예요."

"네가 쏜다고? 어디 한번 쏴보라고."

T는 싱글싱글 놀리듯이 말했다.

"그런다고 제가 못 쏠 거 같아요?"

탕! …… 전보다 더 날카로운 총소리가 방 안에 가득 울렸다.

"으으으윽……."

이루 말할 수 없이 기분 나쁜 신음이 나는가 싶더니 T가 의자에서 벌떡 일어났다가 풀썩 마룻바닥으로 쓰러졌다. 그리고 수족을 버둥거리면서 괴로워했다.

장난치는 걸까? 그러나 장난이라기에는 너무도 생생한 신음이었다.

우리는 T의 곁으로 우르르 달려들었다. 옆에 있던 사람이 촛대를 들고 신음하는 T를 비추었다. T는 창백한 얼굴로 간질병 환자처럼 몸에 경련을 일으키며 상처받은 지렁이가 온몸을 비틀듯 신음하고 있었다. 풀어헤쳐진 그의 가슴에 난 검은 상처에서는 몸이 뒤틀릴 때마다 시뻘건 피가 하얀 피부를 따라 흘러내리고 있었다.

장난감이라고 하던 그 6연발 권총의 두 번째 탄창에는 진짜 총알이 장전되어 있었던 것이다.

기괴한 이야기를 다 듣고 난 직후에 일어난 이 사건은 우리에게는 너무도 엄청난 충격이어서 다들 한동안 목석처럼 굳어져 움직일 수 없었다. 사실 얼마 안 되는 시간이었는지도 모른다. 그러나 적어도 내게는 너무도 긴 시간처럼 느껴졌다. 왜냐하면 그때 내 머릿속은 다음과 같은 추리를 하느라 너무도 분주했기 때문이었다.

'뜻밖이군. 하지만 잘 생각해 보면 이 일은 처음부터 T의 오늘 밤 프로그램에 포함되어 있었던 것이 아닐까? 그는 99명이라는 타인을 죽였지만 마지막 100번째는 자신을 위해 남겨둔 것이 아닐까? 그래서 그 마지막을 장식하기 위해 가장 적합한 이 붉은 방을 최후의 장소로 선택한 것이 아닐까? 이 남자의 기괴한 성격으로 미루어보아 전혀 불가능한 일도 아니다. 그래, 권총을 장난감이라고 믿게 한 뒤 웨이트리스가 T를 쏘게 하는 기교는 다른 살인들처럼 그만의 독특한 방법이 아니던가? 웨이트리스가 처벌받을 일은 절대 없을 것이다. 우리들 여섯 명이나 되는 증인이 있으니까. 결국 T는, 살인 사건의 가해자가 조금도 처벌되지 않는 방법을 자신에게 그대로 적용시킨 것이 아닐까?'

다른 사람들도 모두 저마다 상념에 잠겨 있는 듯했다. 또는 나와 똑같은 생각을 하고 있었을 수도 있다. 사실 어떻게 달리 생각할 도리가 없었으니까.

단지 엎드려 우는 웨이트리스의 슬픈 흐느낌만이 들려올 뿐, 방 안은 무서운 침묵이 지배하고 있었다. 촛불에 비친 붉은 방의 이 비극적인 장면은 현실 세계의 사건으로 보기에는 너무도 몽환적이었다.

"크크크크크⋯⋯."

갑자기 웨이트리스의 흐느낌 사이로 색다른 목소리가 들려왔다. 그 소리는 이미 신음마저도 그치고 죽은 듯이 늘어져 있던 T의 입에서 새어 나오는 듯했다. 얼음 같은 전율이 등줄기를 달렸다.

"큭큭큭큭⋯⋯."

목소리는 한층 더 커져갔다. 그리고 눈 깜짝할 사이에 빈사 상태에 빠져 있던 T가 휘청거리며 일어섰다. 가슴속에서 쥐어 짜내는 고통의 신음 같기도 한 큭큭큭큭 하는 얄궂은 소리도 계속 이어졌다. 혹시? 아아, 역시 그랬던가! 그는 아까부터 견디기 힘든 웃음을 짓누르고 있었던 것이다.

"여러분!"

그는 큰 소리로 웃으면서 외쳤다.

"여러분, 이게 뭔지 아시겠습니까?"

그런데 이게 웬일인가? 방금까지 그렇게 흐느끼고 있던 웨이트리스가 갑자기 쾌활하게 일어서는가 싶더니 몸을 배배 꼬며 넘어갈 듯 웃음을 터뜨렸다.

드디어 멍청해진 우리 앞에 T가 작은 원통형의 물건을 손바닥에 얹어 놓으면서 설명했다.

"이건 말이에요, 소의 고환으로 만든 탄환이라는 겁니다. 안에 붉은 잉크가 가득 들어있어서 명중하면 터지게 되어있지요. 그리고 이 총알이 가짜인 것처럼, 지금까지 했던 제 신상 이야기라는 것도 모조리 엉터리입니다. 그래도 제 연기력은 제법 그럴싸했죠? 그래, 지루하신 여러분들이 찾고 계신다는 그 자극이란 것은, 이것으로 어떻게 만족하셨습니까?"

그가 트릭에 대해서 풀이를 하고 있는 사이에 지금껏 그의 조수 노릇을 하고 있던 웨이트리스가 스위치를 누른 모양이었다. 갑자기 대낮처럼 눈부신 전등 빛이 우리 눈을 찔렀다. 그 희고 환한 광선이 방 안을 떠돌고 있던 몽환적인 공기를 단숨에 걷어버리면서, 밝혀진 마술의 트릭만이 추한 시체로 모습을 드러냈다. 주홍색 휘장이며 붉은 카펫, 붉은 테이블보, 안락의자, 심지어는 그토록 유서 깊어 보이던 은촛대마저도 어쩌면 그렇게도 초라해 보이는지! 이제는 붉은 방 어느 구석을 뒤져보아도 환영은 더 이상 그림자조차도 보이지 않았다.

白昼夢

백일몽

그것은 과연 대낮의 악몽이었는가, 아니면 진짜 현실로 일어난 일이었는가?

늦은 봄, 미지근한 바람이 두려움으로 부들부들 떨고 있는 달아오른 뺨에 부딪히던 후텁지근한 오후였다.

볼일이 있어 들렀는지 그냥 산책하던 길이었는지 그것조차도 기억에 희미하지만, 나는 어떤 변두리에서 끝없이 이어진, 곧고 넓은 먼지투성이의 큰길을 걷고 있었다.

세탁을 많이 해서 누르스름하게 변해버린 홑겹 옷처럼 빛바랜 상가들이 말없이 늘어서 있었다. 석 자 남짓한 쇼윈도에 먼지로 켜켜이 염색한 초등학생의 운동복이 매달려 있거나, 바둑판처럼 나뉘진 얄팍한 나무 상자 속에 빨강·노랑·하양·갈색 등 색색의 모래 같은 것을 넣어둔 물건들이 가득 진열된 가게, 좁고 어두침침한 내부를 천장부터 온 사방까지 자전거 프레임이며 타이어들로 가득 채운 그런 가게들. 그리고 그러한 살풍경한 상가들 사이에서, 천장에 매달린 그을음 앉은 등이 가느다란 격자문 너머로 보이는 이층집에서는 이렇게 양 사방에서 짓눌러대는 건 싫다는 듯이 뚱따당뚱땅 하는 저속한 샤미센◆ 소리가 흘러나왔다.

'압크, 치키리키, 압팝파아…… 압파파……'

땋은 머리를 먼지로 화장한 여자애들이 도로 한가운데서 원을 지어 노래하고 있었다. '압팝파아아아……' 하는 눈물겨운 선율이 흐린 봄 하늘로 유유히 증발해 갔다. 남자애들은 줄넘기를 하며 놀고 있었다. 기다란 줄이 강하게 바닥을 치면서 하늘로 튀어 올랐다. 허름한 면옷의 앞섶을 활짝 풀어헤친 아이 하나는 펄쩍펄쩍 줄을 피해 뛰고 있었다. 그 광경들은 고속 촬영한 영화처럼 너무도 느긋하게 보였다.

때때로 무거운 화물차가 덜덜덜덜 도로며 집집을 진동시키며 지나갔다. 문득 나는 앞에서 뭔가 벌어지고 있음을 알게 되었다. 열네댓 명의 어른들과 아이들이 길가에서 불규칙한

◆ 일본 전통 현악기의 하나. 나무로 된 사각형 동체에 고양이나 개의 가죽을 대어 3개의 현으로 튕기는 악기.

반원을 그리며 서 있었다. 그들은 모두 묘하게 웃음 띤 얼굴이
었다. 희극을 보고 있는 사람들처럼 하나같이 웃는 얼굴이었
다. 어떤 이는 입을 크게 벌리고 깔깔깔 웃기까지 했다. 호기
심에 나도 그곳으로 다가갔다.

무리와 가까워질수록 웃음을 짓고 있는 많은 이들과는 너
무도 대조적으로 진지하기 이를 데 없는 얼굴이 눈에 들어왔
다. 그 창백한 얼굴은 입을 뾰족이 하고 뭔가를 열심히 떠들
고 있었다. 잡상인의 호객 행위라기엔 너무 지나치게 열심이
었고, 종교가의 설법치고는 구경꾼들의 태도가 너무 불경스러
웠다. 도대체 무슨 일이 벌어지고 있는 것일까?

나도 어느새 반원의 군중들 속으로 끼어들어 청취자의 한
사람이 되었다.

연설자는 양털로 짠 푸르스름한 색의 바랜 옷에 황색 각띠
를 단단히 맨, 풍채가 좋고 상당히 교양 있어 보이는 40대 남
자였다. 가발처럼 단정하게 빛나는 머리카락 아래로 콧대가
우뚝한 낙천적이고 창백한 얼굴, 가는 눈, 멋진 콧수염에 윤
곽이 선명한 붉은 입술, 그 입술이 멋대로 침을 흩날리면서
뻐끔뻐끔 움직이고 있었다. 땀이 배어 나온 높은 코, 그리고
바짓단 아래로는 먼지투성이가 된 맨발이 드러나 보였다.

"……내가 얼마나 아내를 사랑했던가?"

연설은 지금 막 최고조에 달해 있는 듯했다. 남자는 감개

무량하게 이렇게 던져놓고, 한동안 구경꾼들의 얼굴을 하나하나 둘러보더니 마침내 자문자답하듯 말을 이어갔다.

"죽일 만큼 사랑했습니다!"

"……하지만 슬프게도, 아내는 바람둥이였습니다."

푸하하하…… 구경꾼들 사이에 웃음이 일어서 그다음 순간 "언제 다른 남자와 눈이 맞을지 알 수가 없었다"고 하는 말은 자칫 놓칠 뻔했다.

"아니, 벌써 눈이 맞았는지도 모를 일이었습니다."

그러자 다시 조금 전보다 더한 큰 웃음이 일었다.

"나는 너무너무 걱정이 되어서……."

그는 그렇게 말하면서 가부키 배우처럼 목을 흔들었다.

"장사도 손에 잡히지가 않았습니다. 나는 매일 밤 침상에서 아내에게 부탁했습니다. 두 손을 모으고 빌었습니다."

또 웃음소리.

"부디 약속해 줘. 나 아닌 다른 남자에게 마음을 주지 않겠다고 맹세해 줘…….' 그러나 아내는 아무리 부탁해도 내 말을 들어주지 않았습니다. 마치 전문가처럼 탁월한 교태로, 농간으로 그 자리만 얼버무리기 일쑤였습니다. 그러나 그런 농간이 얼마나 나를 매료했던가요……!"

누군가가 "그래그래, 잘 먹었네"라고 외쳤다. 그러자 다시 웃음소리.

"여러분."

남자는 그런 구경꾼의 외설적인 농담은 무시하고 말을 계속했다.

"당신들이 만약 내 입장이었다면 도대체 어떻게 했겠습니까? 과연 죽이지 않고 그대로 둘 수 있었겠습니까! ⋯⋯아내는 귀를 살짝 가려서 뒤로 묶는 헤어스타일이 참 잘 어울렸습니다. 자기 혼자서도 아주 잘 묶었지요⋯⋯. 거울 앞에 앉아 머리를 묶었습니다. 아름답게 화장한 얼굴이 뒤돌아보면서 붉은 입술로 저를 향해 방긋 웃었습니다."

남자는 여기서 어깨를 한 번 들썩였다. 짙은 눈썹이 양쪽에서 모여들면서 일순 무서운 표정으로 변했다. 붉은 입술이 기분 나쁘게 획 돌아갔다.

"⋯⋯나는 지금이라고 생각했습니다. 너무도 사랑스러운 그 모습을 영원히 내 것으로 만들려면 지금뿐이라고 생각했습니다. 준비해 둔 송곳을 아내의 향기로운 목덜미에 있는 힘껏 찔러 넣었습니다. 미소가 사라지기 전에 커다란 앞니가 입술에서 살짝 엿보이는 채로⋯⋯ 죽어버리더군요."

요란하게 선전을 하는 음악대가 지나갔다. 커다란 나팔이 둔중한 소리를 냈다. '이곳은 고향에서 수백 리 떨어진 머나먼 만주의⋯⋯' 아이들이 노래를 따라 하면서 졸래졸래 따라갔다.

"여러분, 나는 내 일을 전부 털어놓는 것입니다. '마카라 타로는 살인자다, 사람을 죽였다' 그렇게 떠들고 돌아다니는 것입니다."

또다시 웃음소리가 일었다. 음악대의 큰북 소리만이 남자의 연설에 반주라도 넣듯이 끝없이 들려왔다.

"……나는 아내의 사체를 다섯 토막으로 잘랐습니다. 알겠어요? 몸통이 하나, 손이 두 개, 발이 두 개, 이렇게 모두 다섯 토막입니다……. 아까웠지만 어쩔 수가 없었어요……. 알맞게 살이 오른 새하얀 발이었습니다……. 당신들은 혹시 그런 물소리를 들어보지 못했습니까?"

남자는 약간 목소리를 죽였다. 목을 앞으로 내밀고 두 눈을 바쁘게 굴리면서 자못 중대한 일이라도 털어놓는 것처럼 입을 열었다.

"3,721일 동안 우리 집 수도는 항상 좔좔 틀어져 있었단 말입니다. 다섯 토막 낸 아내의 사체를 넉 되짜리 됫박에 담아서 차갑게 식히고 있었단 말입니다. 이게 말이죠, 여러분……."

여기서 거의 들리지 않을 정도로 그의 목소리가 잦아들었다.

"바로 비결이란 말입니다. 비결. 사체가 썩지 않는……시랍◆이 되는 거지요."

◆ 밀랍처럼 변한 사체. 사체를 장시간 공기가 통하지 않는 물속이나 땅속에 두었을 때 체내의 지방이 지방산으로 변하면서 밀랍 상태가 되어 사체의 원형이 영구히 보존된다.

'시랍……!'

어떤 의학서에서 본 '시랍'이라는 항목이 그 의사가 그려놓은 생생한 그림과 함께 내 눈앞에 떠올랐다. 도대체 이 남자는 무슨 말을 하고 싶은 것인가? 왠지 모를 불안과 공포가 내 심장을 풍선처럼 부풀려놓았다.

"……아내의 포동포동하고 새하얀 몸통과 손발은 귀여운 밀랍 세공품이 되고 말았지요."

"하하하, 어서 결론부터 말해. 넌 대체 어제부터 몇 번이나 복습하는 거야?"

누군가가 퉁명스럽게 고함을 질렀다.

"이봐, 그리고 여러분."

남자의 말씨가 갑자기 커졌다.

"내가 이렇게까지 말하는데 못 알아듣겠어? 당신들은 내 아내가 가출했다고, 집을 나갔다고 믿고 있을 테지? 그런데 말이야 이봐, 잘 듣게. 그 여자는 내가 죽였다고. 어때? 놀랍지 않은가? 와하하하하하……."

……뚝! 하고, 남자의 웃음소리가 잘라내듯 끊어지더니 순식간에 다시 진지한 얼굴로 바뀌었다. 그리고는 다시 속삭이듯 말을 이었다.

"그리하여 이제 아내는 완전히 내 것이 되고 말았습니다. 조금도 걱정할 필요가 없어졌지요. 키스하고 싶으면 언제든지 키스할 수 있고, 안고 싶으면 언제든지 안을 수 있답니다. 이제 제 숙원은 이것밖에 없습니다……. 그러니까 항상 조심하지 않으면 위험하지요. 나는 살인자니까요. 언제 경찰에게 잡힐지 모를 일입니다. 그래서 저는 멋진 생각을 해냈습니다. 숨길 장소 말이죠……. 경찰이든 형사든 그곳은 아무도 모를 겁니다. 이보게, 자네, 한번 보시게나. 그 사체는 내 가게 앞에 잘 장식되어 있으니까."

남자의 눈이 나를 보았다. 깜짝 놀라 나도 모르게 뒤돌아보았다. 바로 코앞에 있던 것을 지금까지도 못 보고 있었지만 그곳에는 하얀 즈크◆로 된 차양과 낯설지 않은 고딕 서체로 쓰인 '약국' '조제약'이라는 글씨……, 그리고 그 안에는 유리관 속에 넣어진 인체 모형이 있었다. 저 남자는 약국 주인이었던 것이다.

"어떤가? 보았는가? 내 사랑스러운 여인을 좀 더 봐주시게나."

무엇이 그렇게 시켰을까? 나는 어느 틈엔가 차양 안으로 들어서고 있었다.

내 눈앞에 놓인 유리관 속에는 여자의 얼굴이 들어있었다. 앞니를 다 드러내고 방긋 웃고 있는 그녀. 밀랍으로 세공된 소름 끼치는 종기 속에 거무튀튀하게 변색된 인간의 피부가

◆ 삼실이나 무명실 따위로 두껍게 짠 직물.

보였다. 한쪽 면에 솜털까지 나 있는 걸 보면 결코 인공물은 아니었다.

쓰윽 하고 심장이 목구멍까지 튀어 올라왔다. 나는 넘어질 것 같은 몸을 간신히 지탱하면서 차양에서 벗어났다. 그리고 남자에게 들키지 않도록 조심하면서 군중으로부터도 멀어졌다.

문득 되돌아보니, 군중 가운데 뒤쪽에는 경찰도 한 명 서 있었다. 그도 역시 다른 사람들처럼 싱글벙글 웃으면서 그 남자의 연설을 듣고 있었다.

'왜 웃고만 있습니까? 당신은 마땅히 해야 할 일을 눈앞에 두고 그래도 되는 겁니까? 저 남자가 하는 말을 못 알아듣겠습니까? 거짓말 같으면, 그 차양 안으로 들어가 보십시오. 도쿄 한복판에 저렇게 버젓이 인간의 사체를 드러내놓고 있는데…….'

무신경한 경관의 어깨를 쳐서 그 남자를 고발해 버릴까도 생각했다. 하지만 나에게는 이미 그런 생각을 실행할 기력조차 없었다. 현기증을 느끼면서 나는 비틀비틀 걸음을 옮겼다.

눈앞에는 한없이 이어져 끝도 보이지 않는 새하얀 큰길이 펼쳐져 있었다. 훅 달아오르는 태양의 열기가 길가에 늘어선 전신주들을 해초처럼 뒤흔들고 있었다.

一人二役

1인 2역

인간이 권태로워지면 대체 무슨 짓을 해댈지 알 수 없는 일이지.

내 친구 가운데 T라는 남자가 있었다. 생긴 대로 백수 한량이었다. 크게 부자는 아니지만 먹고 사는 데 그리 곤란한 편은 아니었다. 그는 피아노, 축음기, 댄스, 연극, 영화, 유곽 따위를 빙빙 돌며 생활하는 남자였다.

그런데 불행하게도 이 남자에게는 부인이 있었다. 그런 종류의 인간에게 집사람이란 게 가당키나 한 일인가. 그야말로 불행의 극치라고 할 수밖에. 정말 그랬다.

아내를 싫어하는 건 아니었지만, 그렇다고 아내 하나만으로 만족할 T도 아니었다. 그는 여기저기 분주하게 쑤시고 다녔고, 말할 것도 없이 당연히 아내는 질투했다. 그게 또 T에게는 버릴 수 없는 약간의 즐거움이기도 했다. T의 아내란 사람이 남편에게는 많이 아까운 상당한 미인이었기 때문이다. 그런 아내에게조차도 만족할 수 없는 그였으니, 그 주변에 널리고 널린 매춘부들이야 눈에 찰 리도 없었겠지만 그런 게 또 그의 권태로운 이유이기도 했다. 정력이 넘쳐서 주체를 못 할 정도도 아니었고, 그렇다고 연애를 하고 싶은 것도 아니었다. 그저 심심한 것뿐이었다. 그러니 잇달아 다른 여자를 만나다 보면 조금은 색다른 맛이 있거나 또는 어쩌다 대단히 이색적인 것이 눈길을 끌 수도 있었다. T의 놀음은 대체로 그 정도쯤 되는 의미였던 것이다.

그런데 이 T가 좀 이상한 짓을 시작했다. 실로 기상천외한 짓이었다. 유희도 그 정도까지 가면 참 대단해 보인다.

누구라도 그렇겠지만 자기 아내가 다른 남자, 즉 외간 남자와 포개져 있는 모습을 훔쳐본다면 기분이 엄청 이상할 것이다. 아니, 실제로 그런 일을 당한다면 참을 수 없겠지만 문득 그런 호기심이 생길 때도 있을 거라는 말이다. T가 기이한 행각을 벌이게 된 동기도 아마 그런 호기심이었을 게 분명하지만, 자기 입으로는 자신의 방탕한 생활에 대한 아내의 질투를 막을 수단이라고 변명했다.

그가 저지른 짓은 이러했다. 어느 날 밤 머리부터 발끝까지 밖에서 맞춰 입은 처음 보는 옷에 코 밑에는 가짜 수염까지 붙이고는 (그러니까 가볍게 변장했다는 말이다) 자기 것도 아닌 엉뚱한 이니셜을 새긴 은으로 된 담배 케이스를 재킷 안 주머니에 넣고 그는 태연하게 자신의 집으로 돌아갔다.

늘 하던 대로 남편이 어딘가에서 외박을 하고 이제야 돌아오는 것이라고 아내는 완전히 믿었다. 즉, T의 변장을 전혀 알아채지 못했다는 말이다. 하긴 그도 그럴 것이 밤을 꼴딱 새운 졸린 눈으로 봤으니까 무리는 아니었을 것이다. T도 충분히 주의를 기울여, 새 양복의 줄무늬 같은 것도 예전부터 있던 것과 유사한 것을 골랐고 가짜 수염도 손바닥이나 손수건으로 가리면서 방으로 들어섰다. 그래서 결국 T의 기묘한 계획은 그야말로 말끔히 성공해 버린 것이다.

그들 부부는 전등을 끄고 자는 습관이 있었기에, 캄캄한 어둠 속에서 T도 간신히 수염을 가린 손을 내려놓았다. 결국 당연한 일이지만 이 이상한 감촉은 부인을 깜짝 놀라게 했다.

"어머나……?"

부인이 살짝 귀여운 비명을 울린 것은 결코 무리도 아니었다. 동시에 T로서는 이때가 굉장히 어려운 순간이었다. 그는 아내의 손이 수염에 닿았을 때 재빨리 몸을 돌려 이불을 뒤집어쓰고는 두 번 다시 수염을 만질 수 없도록 드르렁드르렁 일부러 코를 골아댔다.

여기서 부인이 의심을 품고 끝까지 파고들었다면 T의 계획은 완전히 수포로 돌아갔을 것이다. 가짜로 코를 골면서 T도 가슴이 두근두근했다고 한다. 그런데 부인은 의외로 순진해서 자기가 무슨 착각을 한 거라고 생각했는지 더 이상 별일은 일어나지 않았다. 한참을 기다리니 새근새근하는 숨소리가 들려왔다. 이로써 T의 조바심도 끝났다.

T는 아내가 완전히 잠에 빠져들기를 기다렸다가 살짝 이부자리에서 일어나 재빨리 옷을 입고는 미리 준비했던 그 은제 담배 케이스만 머리맡에 남겨두고 예전처럼 집에서 빠져나왔다. 그것도 제대로 된 대문이 아니라 정원의 담벼락을 넘어서였다. 이미 그때는 자동차 따위도 다닐 리가 없는 늦은 시간이라 터벅터벅 자주 가는 단골집까지 걸어갔다. T는 술도 엄청 마셔대는 남자였던 것이다.

그러니 다음 날, 부인이 눈을 떴을 때 함께 잠이 들었던 남편이 온데간데없어 틀림없이 놀랐을 것이다. 집 안을 이리저리 찾아봐도 남편은 보이지 않았다. 잠꾸러기 남편이 아침 댓바람부터 외출했을 리도 만무하니 이상한 일이었다. 그녀는 문득 머리맡에 있던 담배 케이스가 떠올랐다. 전혀 본 적 없는 물건이었고, 남편이 항상 갖고 다니는 것과는 달랐다. 그래서 손에 들고 자세히 살펴보니 그야말로 생전 모를 이니셜이 새겨져 있었다. 케이스 속의 담배까지도 남편이 피우는 것과 다른 것이었다. 남편이 어딘가에서 잘못 가져왔나 생각해 보았지만 어쩐지 납득이 되지 않았다. 그래서 다시 생각난 것이 어젯밤의 사건이다. 그렇다면 부인은 얼마나 걱정이 많았겠는가.

그때 T가 마치 어제 집을 나가 외박하고 들어온 것이 다소 민망하다는 듯한 표정으로 돌아왔다. 물론 복장은 어제 집을 나갈 때 입었던 옷으로 갈아입었고 가짜 수염도 이미 떼고 없었다. 여느 때 같으면 부인도 그냥 두지 않을 일이지만, 오늘은 그게 문제가 아니었다. 그녀에게는 당혹스럽기 짝이 없는 근심이 있었던 것이다. 얄궂은 분위기 속에서 T는 다실로 들어가고 그 뒤를 아내가 파랗게 질린 얼굴로 따라갔다.

잠시 시간이 흐른 뒤, 부인이 조심스럽게 물었다.

"이 담배 케이스 혹시 어딘가에서 잘못 들어온 게 아닌지요?"

물론 그녀가 말하는 것은 그 은제 담배 케이스였다.

"아니오. 그런데 왜 그러시오?"

T가 능청을 떨었다.

"그러니까……, 어제 당신이 갖고 들어오신 거 아니에요?"

"허어……."

T는 한층 더 능청스럽게 음성을 높였다.

"내 건 여기 잘 있소. 그런데 내가 어제 왔다니 그게 무슨 말이오?"

이 한마디로 아내는 가슴이 덜컹 내려앉았을 것이다.

그런 식의 대화를 전부 옮기자면 한도 없을 테니까 이 정도만 하겠다. 그렇게 부부가 일문일답을 거듭하는 동안 마침내 아내가 어젯밤의 일을 모조리 T에게 털어놓기에 이르렀다.

그래서 T는 더욱 기이하다는 표정을 지으며 '그런 말도 안 되는 소리가 어디 있느냐' '자신은 어제 ○○○집에서 누구누구와 새벽까지 술을 마셨으니 뭣하면 그 친구들에게 물어보라'고 말했다. 말하자면 탐정물처럼 알리바이를 댄 셈이다. 물론 그 알리바이에 대해서도 이미 부탁해 놓았던 것이다. 그럼 그 알리바이를 대 준 친구가 나냐고? 아니, 전혀 아니다.

"당신, 꿈이라도 꾼 것 아닌가?"

"아니에요, 절대 꿈이 아니었어요. 그 증거로 이 담배 케이스가 분명히 남아있어요."

"옛날 책을 보면 분신술이라는 것이 나오기도 하지만 설마 지금 같은 세상에 그런 게 말이 되오?"

그 분신술이라는 것은 한 사람의 모습이 둘로 나뉘어서 동시에 다른 장소에서 다른 행동을 하는 것이라는 둥 조금 괴담처럼 얘기도 해보고, '당신이 그런 소릴 하는 걸 보니 사실은 나 몰래 남자를 끌어들인 것이 아닌가?' 하고 협박처럼 얘기하면서 T로서는 너무도 유쾌해서 어쩔 줄 몰랐다고 하니 참 곤란한 녀석이었다.

어쨌거나 그날은 그럭저럭 넘어갔다. 물론 한 번으로는 부족했다. T의 계획으로는 그 짓을 몇 번 되풀이할 생각이었다.

두 번째는 조금 걱정되었다. 지난번 일로 아내도 어지간히 데인 데가 있어서 어설프게 변장해서 들어가면 틀림없이 소란을 피울 것이기 때문이었다. 그래서 이번에는 변장이나 가짜 수염은 달지 않고 집에 들어가 전등을 끄고 잠자리에 들었다가, 아내가 잠이 들었을 때 꿈속인 양 아주 한순간만 그 수염의 감촉을 느끼게 한 뒤에 다시 처음처럼 이니셜이 수놓인 손수건만 남겨두고 집을 빠져나올 속셈이었다. 그런데 그것이 또 아주 보기 좋게 성공해 버린 것이다.

이튿날 아침 풍경은 역시 지난번과 비슷비슷했다. 단지 아내의 얼굴이 한층 더 파랗게 질리고, T의 연극과 질투가 한층 더 입지를 견고히 만들었다는 점만 조금 달라졌을 뿐이다.

그렇게 세 번째가 반복되고 네 번째가 거듭되면서 T의 연극은 점점 더 볼만해졌다. 지금에 이르러서 아내에게는 담배 케이스나 손수건에 새긴 이니셜을 가진 남자가 실제로 존재하는 인물이 되었지만 그와 동시에 기묘한 사건이 일어났다. 지금까지는 그래도 웃어버릴 수 있는 이야기였지만 이제부터 시작할 이야기는 다소 심각해진다. 사람의 마음이 얼마나 간사하고 헤아릴 수 없는지를 생각하게 해주는 그런 이야기이다.

처음 일어난 변화는 부인 쪽에 있었다. 정숙하다고 이름난 부인에게 말이다. 여자란 정말 알 수 없는 동물이다. 부인은 변장한 T에게, 분명 남편과는 다른 사람이라고 굳게 믿으면서 어느덧 호의를 보이기 시작했다. 이런 심리적 변화는 참으로 기이하지만 옛날 이야기책에서도 가끔 볼 수 있다. 그러니까 어디 사는 누군지도 모르면서 남자와 밤마다 만나는 것이 그녀에게는 아마도 한 편의 동화처럼 생각되었던 것은 아닐까?

또 하나는, 변장한 T가 일부러 남기고 간 증거품을 남편에게 숨기게 된 일이다. 그뿐 아니라 남편이 아니라고 의식하면서도 변장한 T에게 죄 많은 이야기를 속삭이게 된 것이다.

"당신은 어디 사는 누구인지, 왜 알지도 못하는 당신이 이렇게 다녀가시는지 나는 아무것도 알지 못합니다. 하지만 당신의 친절함이 이제는 나에게 잊을 수 없는 사람이 되어버렸습니다. 당신이 오지 않는 밤은 쓸쓸하기조차 합니다. 다음 오실 날은 언제입니까?"

아내의 변심(이렇게 말하기는 좀 이상하지만)을 알게 된 T의 마음은 사실 무어라 형용할 수 없을 정도로 착잡했을 것이다.

다른 각도에서 보면 T가 처음 세운 계획이 완전히 달성되었다는 말과도 같았다. 이렇게 해서 아내가 아주 커다란 약점을 갖게 되면 자신의 방탕도 그 죄가 엇비슷해질 테니 이젠 크게 미안해할 필요도 없어지는 것이다. 그러니 그의 계획에서 보면 이쯤에서 그런 기묘한 유희는 접고, 변장한 자기 자신을 영원히 이 세상으로부터 매장해 버리면 끝나는 일이었다.

그렇게 되면 어차피 애초부터 실존하는 인물도 아니었으니까 나중에 귀찮은 일들도 전혀 없을 거라 생각했다.

그런데 지금 T의 마음은 처음에는 전혀 예상조차 하지 못한 극심한 혼란에 빠져 있었다. 아무리 가상의 인물이라지만, 아내가 자기 이외의 다른 남자를 사랑하기 시작했다는, 그 엄청난 사실이 충격이었던 것이다. 처음에는 희극적인 연극 같았던 질투가 진짜로 변해갔다. 만약 이런 마음을 질투라고 부를 수 있다면 말이다. 그곳에는 상대가 없으니 도대체 누구를 향한 질투란 말인가. 아내는 T 이외에는 결코 몸을 허락한 것도 아니었다. 그러니까 그의 연적은 다름 아닌 그 자신이었다.

그렇게 되니 이전에는 대수롭지 않게 생각했던 아내가 이 세상에 둘도 없는 것처럼 느껴졌다. 이런 아내를 남에게(정확하게는 자기 자신이지만) 빼앗겼다고 생각하니 분하기 이를 데 없었다. 그녀가 다른 남자를 마음에 품었다는 생각만 해도 참을 수가 없었다. T는 돌이킬 수 없는 짓을 저지르고 만 것이다. 자기가 만든 덫에 스스로 걸려들어 버렸다.

당황해서 변장을 중지해 본들 이미 의미가 없었다. 부부 사이에는 언제부턴가 미묘한 벽이 생기고 말았던 것이다. 아내는 걸핏하면 우울해했다. 아마도 모습을 보이지 않는 그 사내를 쉽사리 체념하지 못하는 것이 분명했다. T는 그런 모습을 보는 것이 괴로웠지만, 아내가 그토록 마음을 준 남자가 다름 아닌 자기라는 것을 생각하면 또 그리 슬픈 것도 아니었다.

차라리 자초지종을 모두 털어놓는 것이 좋지 않을까? 그런 생각도 했지만 어쩐지 그러기는 싫었다. 왜냐하면 첫째로, 너무 어리석은 자기의 행위가 부끄럽기도 했고, 게다가 두 번째는(실은 이것이 가장 큰 이유지만) 태어나서 처음 경험한 남몰래 하는 사랑과 그것이 가져다주는 즐거움을 도저히 잊기 어려웠던 것이다.

그래서 그는 진짜 사랑을 찾아야겠다고 생각했다. 본래 T에게는 그만그만한 세상 여자에 지나지 않았던 아내가 실은 그 마음 깊은 곳에서는 그토록 뜨거운 정열을 갖고 있었다는 것이 의외였던 것이다. 그래서 만남이 거듭될수록 더욱더 확신하게 되었다. 그런데 이제 와서 그것이 좀 우스운 연극일 뿐이었다고 어떻게 말할 수 있단 말인가.

이런 이중생활을 앞으로도 계속 유지하는 것은 번거롭기도 했지만, 아내가 진상을 알게 될 두려움도 있었다. 지금까지는 늘 밤을 선택해서 어두운 등불 아래에서 혹은 등불도 없는 어둠 속에서만 만났기도 했고, 또 명백한 알리바이를 준비해 두었기에 안전하기도 했지만 그런 이상한 만남을 계속하기란 실제로 어려웠다. 그렇다면 이제 세 가지 방법밖에는 없었다. 하나는 가상의 인물을 죽이는 것이고, 두 번째는 사정을 털어놓는 것, 세 번째는 진짜로 기이하지만 아내를 질릴 대로 질리게 한 그가, 말하자면 이 세상에 별다른 용무도 없는 그라는 인물을 사직하고 대신 그 가상의 인물로 완전히 변신하는 방법이었다.

전에도 말한 대로 그 가상의 인물이 되어 처음으로 아내와 첫사랑을 하게 된 그였기에, 첫 번째나 두 번째 방법은 아무래도 선택하고 싶지 않았다. 그리하여 대단히 어려운 방법이었지만 그는 세 번째 방법을 선택하기로 결심했다. 즉, T라는 남자가 A와 B라는 두 가지 역할을 동시에 하다가 처음의 A는 버리고 B로 완전히 다르게 변신해 버리겠다는 것이다. 일찍이 이 세상에는 존재하지도 않았던 한 인간을 새로이 만들어낸다는 말이었다.

그렇게 결심한 뒤 T는 먼저 여행을 빙자해서 한 달가량 집을 비워 그동안 최대한 얼굴 모습을 바꾸기로 했다. 헤어스타일을 바꾸고, 콧수염을 기르고, 안경을 걸치고, 쌍꺼풀 수술을 했으며, 얼굴에 작은 상처까지 만들기도 했다. 그리하여 콧수염이 자랄 즈음 일부러 먼 규슈까지 가서 아내에게 절연장을 보냈다.

아내는 아이가 없었지만 그녀에게는 누구를 붙잡고 상담할 만한 친척조차 없었다. 다행히 남편이 많은 돈을 남기고 갔기에 경제적으로 어려움은 없었지만 그렇다고 가만히 앉아만 있을 수도 없는 노릇이니까 이럴 때 그분이라도 와줬으면, 하고 그녀는 틀림없이 바랐을 것이다. 바로 그때 그 가상의 남자로 완전히 변신한 T가 불쑥 찾아왔다. 처음에는 아내도 그를 T라고 생각하면서 다른 말은 들으려 하지도 않았지만, T의 친구가 찾아와서 그와 말을 해봐도 도무지 대화가 안 될뿐더러 (물론 친구는 처음부터 T가 부탁한 이 연극의 들러리였다) 점차 미상의 남자라는 증거가 드러나면서(이것도 미리 준비한 T의 계획대로였다) 마침내 그가 T와는 완전히 다른 사람이라는 것을 믿게 되었다. 만약 다른 의도가 있다고 생각이 되면 아무리 뭐라고 해도 속지는 않았을 테지만 T의 복안을 제외하고는 아내 쪽에서는 달리 해석해 볼 만한 이유가 없었던 것이다. 설마 이런 어리석은 연극을 하게 될 줄은 누구라도 상상하기 어려울 테니 T의 아내가 의외로 쉽사리 속은 것도 무리는 아니다 싶다.

얼마 후 그들은 주소를 바꾸고 함께 살게 되었다. 물론 이름도 T가 아니었다. 덕분에 나를 포함한 T의 친구들은 절대 방문 금지 조치가 취해졌다. 듣자 하니 그때부터 T는 온갖 놀음을 완전히 뚝 끊었다고 한다. 희극이라고 불러도 될 이 연극은 뜻밖에도 효과가 있어서 두 사람은 지금도 여전히 대단히 금실이 좋다고 한다. 세상에는 별 이상한 남자도 다 있는 법이다.

그런데 이야기가 조금 더 남아있다. 아주 최근의 일인데, 나는 어떤 곳에서 생각지도 않게 과거에 T였던 남자를 만났다. 부인도 함께 있었기에 말을 걸면 안 좋을 것 같아서 아무렇지 않은 듯 태연을 가장하며 그들 앞을 지나치려고 했는데 뜻밖에도 그가 먼저 내 이름을 불러 세웠다.

"이런, 그렇게 마음 쓰지 않아도 된다네."

옛날부터 늘 쾌활하던 T의 목소리였다. 우리는 가까운 의자에 앉아 오랜만에 이야기를 주고받았다.

"글쎄, 이미 들통난 지 오래라네. 아내를 멋지게 속였다고 생각하던 내가 실상은 완전히 아내 손바닥에서 놀아났던 거지. 아내는 처음부터 모든 것을 알고 있었다는군. 그렇지만 별로 해로운 일도 아닌데다 가정이 원만해진다면 그보다 좋은 일은 없다고 생각해서 그냥 속아주는 척한 거라나. 그러니 난 모든 게 생각대로 잘 됐다고만 믿었던 거지. 하하하하…… 여자라는 건 진짜 요물이야."

그 얘기를 듣고 나니, 여전히 아름다운 T의 부인은 곁에서 조금 부끄러운 듯 수줍은 미소를 짓고 있었다.

나도 처음부터 그렇지 않을까 약간은 의심을 품고 있었던 터라 그리 놀라지는 않았지만, T에게는 그것이 대단히 자랑스러운지 몇 번이고 같은 말을 되풀이하면서 거듭거듭 놀라움을 표현했다. 이런 광경을 보니 두 사람은 역시 금실 좋게 잘 살고 있는 듯해서, 나도 마음속으로 두 사람을 축복해 주었다.

人間椅子

인간 의자

요시코는 매일 아침 남편의 등청을 배웅하고 나면(언제나 10시가 넘게 마련이다) 비로소 홀가분한 마음으로 양관洋館에 딸린 남편과 함께 쓰는 서재에 들어박혔다. 요즘 K 잡지 여름 증대호에 싣기 위한 장편 소설을 쓰고 있기 때문이다.

아름다운 여류 작가인 그녀는 최근 외무성 서기관인 남편의 존재마저 희미해질 정도로 유명해져 있었다. 그리하여 매일같이 미지의 숭배자들로부터 몇 통씩이나 편지가 날아왔다.

오늘 아침에도 요시코는 서재의 책상에 앉아 일을 시작하기 전에 먼저 편지들을 뜯어보았다. 틀에 박힌 것처럼 하나같이 보잘것없는 글들이었으나 그녀는 귀찮아하지 않고 언제나 모두 다 읽어보았다.

간단한 것부터 먼저 보기 때문에 편지 두 통과 엽서 한 장을 읽고 나니 이제 남은 것은 제법 두꺼운 원고 같았다. 별다른 통보도 없이 이렇게 불쑥 원고를 보내오는 일은 이전에도 가끔 있었지만 대개는 지루하기 일쑤였다. 그래도 정성이 갸륵하니 그저 제목이라도 봐야겠다며 봉투를 뜯었다.

　짐작대로 봉투 속의 내용물은 원고용지를 철해 놓은 것이었다. 그런데 어찌 된 일인지 제목도 이름도 없이 갑자기 '부인'이라는 호칭으로 시작하고 있었다.

　'이상한데? 그럼 이것도 편지란 말인가?'

　요시코는 고개를 갸웃거리며 몇 줄 읽어나가다가 어쩐지 기묘하면서도 불길한 예감이 들었다. 그러나 그런 면이 도리어 호기심을 자극해서 어느덧 정신없이 읽어 내려갔다.

　부인,

　생판 알지도 못하는 남자가 이렇게 난데없이 염치없는 편지를 보내는 잘못을 부디 용서해 주십시오.

　이런 말씀을 드리면 부인은 아마도 깜짝 놀라시겠지만, 전지금 당신 앞에서 세상에서도 보기 드문 진기한 죄악을 고백하고자 합니다.

　전 지난 몇 달 동안 이 세상에서 종적을 감추고, 말 그대로 악마 같은 생활을 보냈습니다. 물론 이 넓은 세상 어디에도 저의 행동을 아는 이는 없습니다. 만일 아무 일 없었다면 전 그대로 영원히, 사람들이 살고 있는 이 세상으로는 돌아오지 않았을지도 모릅니다.

그런데 최근 들어 제게 마음의 변화가 생기면서 이런 기막힌 행동에 대해 깊이 후회하게 되었습니다. 이렇게만 말씀드리면 부인은 영문을 모르실 테지만 부디 이 편지를 끝까지 읽어주십시오. 그러면 제가 왜 그런 마음을 먹게 되었는지, 또 왜 부인에게 이런 고백을 해야만 하는지도 모두 알게 될 것입니다.

우선 무슨 말씀부터 드려야 할지 모르겠지만, 세상의 상식과는 너무나도 동떨어진 기괴하기 짝이 없는 일이라서 이렇게 평범한 사람들이 주고받는 편지라는 형태를 빌린다는 것도 어쩐지 낯이 뜨겁고 펜이 망설여집니다. 그렇지만 마냥 이러고 있을 수도 없는 일이니 하여튼 처음부터 모든 것을 차근차근 말씀드리겠습니다.

전 본래 세상에서도 보기 드문 아주 추악한 얼굴을 가진 남자입니다. 이 사실을 꼭 기억해 주십시오. 혹시라도 부인께서 염치없는 저의 소망을 가엾게 여겨 만나주실 때, 가뜩이나 보기 흉했던 제 얼굴이 오랫동안 건강치 못한 생활로 도저히 눈을 뜨고는 볼 수 없이 참혹하게 된 모습을 아무런 마음의 준비도 없이 보시게 된다면, 저로서는 참으로 견딜 수 없을 테니까요.

　전 어째서 이토록 죄 많은 사람으로 태어났을까요? 왜 이렇게 추하게 생겼으면서도 가슴속으로는 남몰래 격렬한 열정을 불태우고 있는 걸까요? 괴물 같은 얼굴에다가 지지리도 가난한 직공에 지나지 않는 제 현실을 잊고 당치도 않게 달콤하고 호사스러운 온갖 '꿈'들을 그리고 있을까요?

　하다못해 제가 좀 더 부유한 집안에서 태어났다면 금전의 힘으로나마 여러 가지 유희를 즐기면서 추한 얼굴로 인한 안타까움을 조금이나마 달래볼 수도 있었을 겁니다. 또는 좀 더 예술적인 재능이라도 타고났다면 아름다운 시나 노래로 이 세상의 허무함을 잊을 수도 있었을 겁니다. 하지만 불행하게도 전 아무 혜택도 받지 못한 가구 직공의 아들로 태어나 아버지가 물려주신 일로 하루하루의 생계를 꾸려나갈 수밖에 없었습니다.

　전 의자를 만드는 게 전문입니다. 제가 만든 의자는 아무리 까다로운 취향을 가진 사람이라 해도 마음에 쏙 든다고 소문이 나 있지요. 그래서 큰 가게에서도 제게는 특별히 아주 고급 제품만 주문했습니다. 그런 고급 가구는 등받이나 팔걸이 조각이 상당히 까다롭다거나 쿠션의 모양이라든지 각 부분의 치수까지도 미묘한 기호를 반영해야 하므로 아마 추어들이 상상하는 것보다 훨씬 더 만들기가 어렵습니다. 그렇지만 고민을 많이 하면 많이 한 만큼 또 완성했을 때의 기쁨도 아주 각별하지요. 좀 건방지게 들릴지 모르지만, 예술가가 훌륭한 작품을 완성했을 때 느끼는 희열과도 아마 비교가 되지 않을 겁니다.

의자가 완성되면 제일 먼저 제가 직접 앉아서 느낌이 어떤지 살펴본답니다. 지루한 직공 생활 중에서도 이때만큼은 말로 다할 수 없는 자부심을 느낍니다.

'이 의자는 어떤 높고 귀한 분이, 혹은 어떤 아름다운 이가 앉게 될까? 이토록 훌륭한 의자를 주문하다니 그 저택의 방은 또 얼마나 화려할까? 아마도 벽에는 유명한 화가의 그림이 걸려 있고, 천장에는 보석처럼 눈부신 샹들리에가 늘어져 있겠지. 마루에는 값진 양탄자가 깔려 있을 테고, 이 의자 앞에 놓인 테이블에는 눈이 번쩍 뜨일 만큼 아름다운 외국 화초가 달콤한 향기를 풍기면서 화려하게 꽃을 피우고 있을 게야.'

이런 공상에 잠겨 있노라면 어쩐지 저 자신이 그 훌륭한 방의 주인이라도 된 듯 착각을 하게 되어 비록 한순간이나마 말할 수 없이 행복해집니다.

이런 덧없는 망상은 멈출 줄 모르고 한층 더 뻗어나갑니다. 가난하고 흉물스러운 직공에 지나지 않는 저 같은 것이 망상의 세계에서는 기품 있는 귀공자가 되어 제가 만든 훌륭한 의자에 앉아있고, 그 곁에는 아름다운 연인이 꽃다운 웃음을 지으며 언제나 제 이야기에 귀를 기울이고 있습니다. 그뿐 아닙니다. 전 공상 속에서 그 여인과 손을 맞잡고 달콤한 사랑의 밀어까지 속삭이기도 하지요.

그렇지만 늘 그렇듯이 이런 달콤한 보랏빛 꿈은 이웃 아낙네들의 시끄러운 수다나 아프다고 히스테릭하게 울어대는 동네 아이들의 울음소리로 한순간에 사라져버리고 다시금 추한 현실이 그 잿빛 몸뚱이를 통째로 드러내는 것입니다. 현실의 저는 꿈속 귀공자와는 너무도 다른 추한 모습이라 가엾기까지 합니다. 그리고 방금까지 제게 미소를 보여주던 그 아름다운 여인은……. 이 세상에 그런 게 가당키나 한 일입니까? 길거리에서 흙투성이가 되어 놀고 있는 지저분한 하녀조차도 저따위는 거들떠보지도 않으니까요. 오로지 제가 만든 의자만이 꿈의 여운처럼 외롭게 남아있을 뿐이지요. 하지만 그 의자마저도 머지않아 곧 저와는 아무 인연도 없는 다른 세상으로 떠나는 것입니다.

그래서 전 의자를 만들 때마다 너무나 깊은 허무함을 느끼게 되었습니다. 세월이 가면서 그 허무함은 차츰 더 견딜 수가 없어졌습니다.

전 진지하게 이런 생각을 해보았습니다.

'이따위 구더기보다 못한 삶을 구차하게 이어가느니 차라

리 죽는 게 낫지 않을까?'

열심히 끌질을 하고 못을 박고 자극성이 강한 도료를 섞으면서 이런 생각도 많이 했습니다.

'아니야, 생각 좀 해보자. 죽어버릴 결심이라면, 그런 결심까지 할 정도라면 뭔가 달리 방법이 있지 않을까? 이를테면……'

그러면서 제 생각은 점점 더 무서운 쪽으로 기울어갔습니다.

마침 그 무렵 저는 처음으로 커다란 가죽 안락의자를 네 개나 만들어 달라는 주문을 받았습니다. 이곳 Y시에서 외국인이 경영하는 어떤 호텔에 납품할 의자인데, 본래 그 외국인의 본국에서 들여올 계획이었지만 제 단골 가게에서 여기서도 그에 못지않은 의자를 만들 수 있는 기술자가 있다고 우겨서 가까스로 주문을 따냈다고 합니다. 그런 만큼 전 밥 먹는 것도, 잠 자는 것도 잊고 오로지 그 의자들의 제작에만 매달려 그야말로 온갖 정성을 모조리 기울였습니다.

그리하여 완성된 의자는 제가 만든 다른 어떤 것보다도 훨씬 더 만족스러웠습니다. 제가 보아도 너무도 훌륭했습니다. 여느 때처럼 전 양지바른 방으로 의자 하나를 끌고 가 걸러앉았습니다. 정말 말로는 다 표현하기 어려울 정도로 안락하더군요. 딱딱하지도 않고 그렇다고 너무 부드럽지도 않은 적당한 쿠션, 일부러 염색하지 않고 그대로 갖다 붙인 잿빛 가죽의 질감, 적당히 완만하며 풍부한 느낌을 주는 등받이, 우아한 곡선을 그리며 통통하게 솟아오른 팔걸이. 이 모든 것들이 야릇하게 조화를 이루어 그야말로 '안락'이라는 말을 그대로 대변해 주었습니다.

저는 의자 깊숙이 몸을 묻고 두 손으로 둥근 팔걸이를 어루만지면서 황홀감에 잠겨 있었습니다. 그러자 다시 버릇처럼 끝도 없는 망상이 여러 가지 빛깔의 무지개처럼 눈부신 색채로 연이어 펼쳐졌습니다. 그것을 환상이라고 불러야 할까요? 마음이 생각하는 대로 너무도 선명하게 눈앞에 떠올랐기에 혹시 제가 정신이 이상해진 것은 아닌지 조금 두려웠을 정도입니다.

그러다 문득 놀라운 생각이 떠올랐습니다. 악마의 속삭임이 그런 것일 수도 있을 테지요. 꿈처럼 황당무계하고 불길한 생각이었지만 또 그 소름 끼치도록 음산한 매력이 저를 충동질했습니다.

처음에는 그저 제가 온갖 정성을 들여 만든 아름다운 의자를 내놓고 싶지 않다는 마음에서 출발했습니다. 가능하다면 이 의자가 가는 곳이면 어디건 함께 따라가고 싶다는 그런 단순한 바람이었지요. 그런데 언제부턴가 그것이 언제나 제 머리를 짓누르고 있던 어떤 무서운 생각과 이어지고 만 것입니다. 그래서 전 미치광이처럼 그 기괴하기 짝이 없는 망상을 실제 행동으로 옮기고 말았습니다.

저는 서둘러 의자 네 개 가운데 가장 잘 만들었다고 생각하는 한 의자의 속을 모조리 뜯어버렸습니다. 그리고 그것을 제 계획에 맞게 다시 고쳤습니다. 본래 대단히 큰 의자입니다. 걸터앉는 부분은 가죽이 바닥에 거의 닿을 만큼 길었고 팔걸이도 아주 두꺼워서 그 안쪽에는 사람 하나가 숨어도 모를 커다란 빈 구멍이 나 있었지요. 물론 구멍 안에는 튼튼한 나무 테두리와 용수철이 장치되어 있었습니다만 적당히 개조해서 사람이 걸터앉는 부분에는 무릎을 넣고, 등받이에는 목과 몸통을 넣어 의자 모양대로 앉으면 그런대로 견딜 수 있을 만큼 공간을 만들었습니다.

원래 그런 솜씨가 좋은 만큼 기가 막힐 정도로 편리하게 개조할 수 있었습니다. 이를테면 숨을 쉬거나 바깥의 소리를 듣기 위해 가죽 한쪽에 밖에서는 알 수 없는 틈을 만들었고, 사람의 머리가 오는 등받이 쪽에는 작은 선반을 달았으며(여기에 물통과 건빵을 넣었습니다), 생리적 현상을 해결하기 위한 커다란 고무 주머니도 마련하는 등, 온갖 궁리 끝에 식량만 있으면 그 안에서 이삼일은 충분히 지낼 수 있도록 고안했습니다. 한마디로 의자가 한 사람의 방이 된 셈이지요. 전 셔츠만 걸치고 밑바닥에 장치한 출입구를 열고 의자 속으로 기어 들어갔습니다. 참으로 기묘하더군요. 캄캄하고 답답해서 마치 무덤 속으로 들어가는 듯 이상한 기분이었습니다. 하긴 무덤과 다를 바 없겠지요.

마침내 가게에서 안락의자를 가지러 심부름꾼이 큰 차를 몰고 왔습니다. 제 제자(저와 단둘이 살고 있습니다)는 아무것도 모르고 그 심부름꾼을 상대하더군요. 의자를 차에 실을 때 인부 하나가 이건 지독히도 무겁다고 소리치는 바람에 전 안에서 깜짝 놀랐지만 안락의자 자체가 본래 무게가 꽤나가는 터라 별다른 의심은 하지 않고 그대로 트럭에 실었습니다.

걱정은 많이 했는데 결국 아무 탈 없이 그날 오후 제가 들어있는 안락의자는 호텔 방 한 곳에 자리를 잡았습니다. 나중에 안 일이지만 그곳은 객실이 아니라 여러 사람들이 쉬는 휴게실 같은 곳이었습니다.

아마 벌써 눈치채셨겠지만 제가 이런 기이한 행동을 한 첫번째 이유는 사람들이 없는 틈을 노려 호텔에서 물건을 훔치기 위해서였습니다. 설마 사람이 의자 속에 들어있으리라고 누가 짐작이나 하겠습니까? 전 그림자처럼 이 방 저 방 자유롭게 돌아다닐 수 있었습니다. 그러다 사람들이 소란을 피우기 시작할 즈음이면 재빨리 의자 속으로 돌아와 숨을 죽이고 얼간이 같은 그들의 수색을 흥미롭게 구경만 하면 되었답니다.

혹시 부인은 소라게를 아시는지요? 소라게는 커다란 거미처럼 생겼는데 사람이 없으면 마치 자기 집인 양 제멋대로 돌아다니다가도 살짝 발자국 소리만 나도 번개처럼 소라 껍데기 속으로 숨어버리지요. 그리고는 털 하나 없는 기분 나쁜 앞다리만 살짝 내놓고 적의 동태를 살핀답니다. 제가 바로 그 '소라게'였습니다. 소라 껍데기 대신 의자라고 하는 비밀 아지트를 마련해 놓고는 해변 대신 호텔 안을 자기 집인 양 활보했던 겁니다.

아주 엉뚱했던 제 계획은 아무 탈 없이 보기 좋게 성공했습니다. 호텔에 들어간 지 사흘 만에 벌써 한탕 거하게 털었을 정도였으니까요. 막상 도둑질을 할 때면 두렵기도 하고 재밌기도 했고, 뜻대로 성공했을 때의 그 통쾌한 기쁨, 그리고 사람들이 바로 제 코앞에서 법석을 떨며 도둑을 찾는 모습을 구경하는 우월감. 그런 것들이 얼마나 야릇한 매력으로 저를 기쁘게 했는지 모릅니다.

하지만 그런 이야기를 더 말씀드릴 때가 아닙니다. 전 그곳에서 그따위 도둑질보다 열 배, 스무 배 더 즐거운 기괴한 쾌락을 발견했던 것입니다. 그리고 그에 대한 고백이 바로 이 편지의 참된 목적이기도 합니다.

그러기 위해서 의자가 호텔 휴게실에 처음 놓였을 때로 이야기는 거슬러 올라갑니다. 의자가 도착하자 한동안 호텔 사람들은 돌아가며 한 번씩 앉아보기도 하고 칭찬도 했습니다만 이내 조용해졌습니다. 아마 아무도 없었던 모양입니다. 전 아주 오랜 시간(어쩌면 저만 그렇게 느꼈는지도 모르지만) 모든 신경을 곤두세워서 주위의 움직임을 엿보고 있었습니다.

그때, 아마 복도 쪽이었을 겁니다. 뚜벅뚜벅 무거운 발소리가 울리면서 점점 가까워지더니 방에 깔린 양탄자 때문에 거의 알아들을 수도 없을 만큼 소리가 잦아들었습니다. 이내 사나이의 거친 숨소리가 들리고, 깜짝 놀라기 무섭게 외국인인 듯싶은 커다란 몸뚱이가 제 무릎 위에 털썩 내려앉더니 깊숙하게 서너 번 흔들었습니다. 제 허벅지와 그 사나이의 단단하고 위대한 엉덩이는 가죽 한 장을 사이에 두고 체온마저 느껴질 정도로 가까웠습니다. 폭이 넓은 그의 어깨는 마침 제 가슴께에 포개지고 무거운 두 손은 가죽을 사이에 두고 제 손과 겹쳐졌습니다. 아마도 그는 담배를 피웠나 봅니다. 남성적인 풍요로운 향기가 가죽 틈새로 새어들었습니다.

부인, 만일 부인이 그 의자 속에 있었다고 상상해 보십시오. 얼마나 야릇한 감촉이겠습니까? 전 너무도 두려워서 어둠 속에서 몸을 움츠린 채 겨드랑이 아래로는 식은땀을 줄줄 흘리면서 모든 사고가 정지한 상태로 멍하니 있었습니다.

그가 처음으로 제 무릎에 걸터앉은 뒤로도 여러 사람이 의자에 앉았습니다. 그러나 제가 그곳에 있다는 것은 아무도 몰랐을 겁니다. 부드러운 쿠션이라고 믿고 있는 것이 사실은 살아있는 사람의 허벅지라는 사실도 아마 절대 깨닫지 못했을 겁니다.

캄캄한 절벽에 옴짝달싹할 수 없는 가죽 속 세상. 아, 얼마나 야릇하고 매력적인 곳입니까! 그곳에서는 사람이란 것이 평소 눈으로 보는 것과는 전혀 다른 이상한 생물처럼 느껴집니다. 목소리, 콧소리, 발소리, 옷 스치는 소리, 그리고 몇 개의 둥글둥글한 탄력 있는 살덩이로 이루어진, 단지 그것뿐인 생물 말입니다. 저는 그들 한 사람 한 사람을 얼굴이 아닌 살갗의 감촉으로 식별할 수 있었습니다. 어떤 사람은 징그러울 정도로 살이 쪄서 썩은 생선 같은 느낌을 줍니다. 또 반대로 어떤 사람은 너무 비쩍 말라서 해골 같은 느낌을 주지요. 그 밖에도 어깨뼈의 상태, 팔길이, 허벅지의 탄력 따위를 종합해 보면 체구가 아무리 비슷해도 어딘가 차이를 느낄 수 있답니다. 사람이라는 것은 용모나 지문 외에 이런 몸 전체의 감촉에 의해서도 완전히 구별이 가능합니다.

이성에 대해서도 마찬가지인데, 보통은 용모가 얼마나 아름답고 추한지로 판단하지만 의자 속 세상에서는 그런 것들이 전혀 문제가 되지 않습니다. 단지 벌거벗은 육체와 목소리와 체취가 있을 따름이지요.

부인, 저의 지나치게 노골적인 서술에 대해서 너무 역정

내지 않으셨으면 합니다만, 전 그곳에서 여성의 육체에 (이 의자에 처음 앉은 여자였습니다) 열렬한 애착을 느끼게 되었답니다.

목소리로 짐작하건대 굉장히 어린 외국 여성이었습니다. 마침 아무도 없을 때였는데, 그 아가씨는 무슨 기쁜 일이라도 있었는지 나지막이 처음 듣는 노래를 부르면서 춤추듯 다가왔습니다. 그리고 제가 들어있는 의자 가까이 다가왔나 싶더니 갑자기 풍만한, 그러면서도 매우 탄력 있는 부드러운 육체를 제 몸 위로 던졌습니다. 그러면서 뭐가 우스운지 갑자기 웃음을 터뜨리고 손발을 버둥대면서 그물 안의 물고기처럼 파닥였습니다.

거의 30분 가까이 제 무릎 위에서 노래도 부르고, 그 노래에 박자를 맞추기라도 하듯 꼼지락꼼지락 몸을 뒤척였습니다.

정말 저로서는 생각지도 못했던 놀라운 사건이었지요. 여자는 신성한 것, 아니 오히려 무서운 거라서 얼굴을 보는 것조차도 멀리해 왔던 저였습니다. 그런데 이제 얼굴도 모르는 낯선 이국의 여성이 같은 방 같은 의자, 아니 얇은 가죽 한 장을 사이에 두고 체온을 나눌 정도로 밀착해 있는 것입니다. 그런데도 여자는 아무런 불안도 없이 온몸의 무게를 제게 맡기고 자유로이 자태를 뽐내고 있는 것입니다. 전 의자 안에서 그녀를 끌어안는 흉내도 낼 수 있었습니다. 가죽 너머로 탐스러운 목덜미에 입맞춤을 할 수도 있었습니다. 또는 그 밖의 어떤 짓을 하건 완전히 자유였던 것입니다.

이 놀라운 사건 이후 전 처음으로 도둑질 따위는 젖혀놓고 야릇한 감촉의 세계로 빠져들게 되었습니다. 저는 생각했지요. 이 의자 속 세상이야말로 제게 주어진 참된 안식처라고. 저처럼 추하고 소심한 사나이는 광명의 세계에선 고작 패배감에 젖어 늘 부끄럽고 비참한 생활을 할 수밖에 없습니다. 그런데 갑갑한 것만 좀 참고서 사는 세상을 바꾸면, 말을 거는 것은 고사하고 가까이 다가갈 수도 없던 아름다운 사람이 스스로 다가와 그 목소리를 들려주고 그 살갗을 허락해 주는 것이었습니다.

의자 속 사랑! 그게 얼마나 짜릿하고 매력적인지 들어가 보지 않은 사람은 모릅니다. 오직 감각과 청각, 그리고 얼마 안 되는 후각만의 사랑이고, 어둠 속 세계의 사랑입니다. 결코 이 세상의 것이 아닙니다. 그야말로 악마가 사는 세상의 애욕이 아니겠습니까? 그러니 이 세상 사람들의 눈길이 닿지 않은 구석구석에서는 얼마나 기이하고 놀라운 일들이 일어나고 있을지 참으로 놀랍지 않습니까?

물론 처음 계획은 도둑질을 해서 목적을 이루는 대로 곧 호텔에서 도망칠 작정이었지만, 다시없을 기괴한 쾌락에 열중하게 되면서 저는 그 의자 속을 영원한 안식처로 삼아 그대로 계속 살게 되었습니다.

밤이 되어 바깥나들이를 할 때는 물론 최대한 주의해서 소리를 내지 않았고, 또 남의 눈에 띄지 않도록 항상 조심하고 있었기에 위험은 거의 느끼지 않았습니다. 그렇지만 몇 달이나 되는 기간 동안 제가 들키지도 않고 그 의자 안에서 살았다는 건 제가 생각해도 그저 놀라울 따름입니다.

거의 온종일 답답한 의자 속에서 팔을 구부리고 무릎을 접고 있어서 나중에는 온몸이 마비된 것처럼 온전히 일어서지도 못하고 앉은뱅이처럼 주방이나 화장실을 기어다녔습니다. 저라는 사람은 참으로 미치광이 변태인 모양입니다. 그런 괴로움을 견디면서도 짜릿한 감촉의 세계를 버리고 싶지 않았으니까요.

호텔 손님 중에는 몇 달씩 묵고 있는 사람들도 있었습니다만 본래 그런 곳은 시도 때도 없이 사람들이 드나들지요. 그러니 저의 기묘한 사랑도 그 상대가 계속 바뀌는 것이 어쩌면 자연스러운 일이었습니다. 그리고 그 많은 저의 연인들은 얼굴이나 모습이 아닌 전체적인 몸의 기억으로 제 마음에 새겨졌습니다.

어떤 육체는 망아지처럼 탄력적이었고, 어떤 것은 뱀처럼 요염했으며, 어떤 것은 고무공처럼 말랑말랑한 지방이 가득했고, 어떤 것은 그리스 조각처럼 단단하고 흠잡을 데 없었지만 모든 여자는 저마다 특징이 있고 매력적인 육체를 갖고 있었습니다.

그렇게 한 여자에서 다음 여자에게로 제 사랑이 옮겨가는 동안, 저는 아주 색다른 경험을 하게 되었습니다.

그 중 하나는, 건장한 체격을 가진 어느 유럽 강대국의 위대한 외교 대사(종업원의 이야기로 알게 되었습니다)였습니다. 그는 정치가로서보다는 세계적인 시인으로 더 잘 알려진 인물이었는데, 그런 위인의 살갗을 접하게 된 것이 자랑스러웠습니다. 그는 제 위에 앉아 두세 명의 본국 사람들과 10분쯤 이야기하더니 곧 가버렸습니다. 물론 무슨 이야기를 나눴는지는 알아듣지 못했습니다. 그러나 어떤 몸짓을 할 때마다 꿈틀거리는 그의 육체가 간지럽기도 하고 너무도 포근하게 느껴져서 형언할 수 없는 자극을 받았던 것입니다. 그때 저는 문득 이런 생각을 해봤습니다.

'만약 이 안에서 날카로운 칼로 그의 심장을 푹 찌른다면 과연 어떤 일이 벌어질까? 심장을 겨냥한 것이니 분명 목숨이 위태로울 만큼 치명상을 입겠지. 그러면 그의 본국은 물론이고 우리나라 정계도 큰 소동이 벌어질 거야. 신문도 얼마나 시끄럽게 떠들어 댈까?'

그런 사건이 일어난다면 두 나라의 외교 관계도 악화되겠지요. 또 예술계에서도 그의 죽음은 세계적으로 너무도 큰

손실이 될 것입니다. 그렇게 대단한 사건이 단 한 번의 손동작으로 가볍게 이루어질 수 있다고 생각하니 기이한 자부심을 느끼지 않을 수 없었습니다.

다른 하나는, 외국의 유명한 무용수였는데 그 호텔에 묵었을 때 딱 한 번이지만 제 의자에 앉았습니다. 그때도 저는 외교 대사의 경우와 비슷한 감명을 받았지만, 이 무용수는 제가 일찍이 경험할 수 없었던 놀랍도록 완벽한 육체의 아름다움까지 갖고 있었습니다. 저는 너무나 이상적인 육체라 감히 천한 생각 따위는 해볼 엄두도 못 내고 그저 예술품을 대하듯 경건한 마음으로 그녀를 찬미했습니다.

그 밖에도 저는 여러 가지 신기하거나 기이하거나 기분 나쁜 갖가지 경험을 했습니다만, 여기서 모든 것을 일일이 설명해 드리진 않겠습니다. 편지가 생각보다 길어졌는데, 그만 이쯤에서 서둘러 제 본래 목적을 말씀드리고 끝을 맺고자 합니다.

제가 호텔에 들어간 지 몇 달 지나지 않아서 제 신상에는 커다란 변화가 생겼습니다. 호텔 경영자가 갑자기 자신의 본국으로 돌아가게 되면서 호텔을 매각해 버린 것입니다. 그러자 새로운 주인은 지금까지의 사치스러운 영업 방침을 바꿔서 좀 더 일반적이고 합리적인 경영 계획을 세웠습니다. 그래서 필요 없어진 가구들은 가구상에 맡겨 경매에 부쳤는데,

그 목록 가운데에는 제가 들어있는 그 의자도 포함되어 있었습니다.

그 사실을 알게 된 저는 잠시 낙심했지만, 드디어 사바세계♦로 돌아가 새로운 삶을 꾸려야겠다고 마음먹었습니다. 그때는 이미 훔친 돈도 제법 모여서, 설령 다시 세상으로 돌아간다 해도 예전처럼 비참하게 살 이유가 없었기 때문입니다. 그렇지만 또다시 생각해 보면, 이 호텔을 떠나는 것이 어떤 의미에서는 새로운 희망을 뜻하는 것이기도 했습니다. 왜냐하면 몇 달 동안 제가 그렇게 많은 이성을 사랑했음에도 불구하고 그녀들은 모두 외국인이었기에, 제아무리 훌륭한 육체를 가졌다 해도 정신적으로는 어쩐지 아쉬움을 느낄 수밖에 없었기 때문입니다. 일본 사람은 역시 같은 일본 사람이라야 참된 사랑도 느낄 수 있는 걸까? 차츰 그렇게 생각하게 되었습니다. 그러던 차에 마침 제 의자가 경매에 부쳐지게 된 것입니다. 혹시 이번에는 일본 사람이 사갈지도 모른다고, 그럼 일본인 가정에 놓일지도 모른다고, 저는 새로운 희망을 품으면서 좀 더 의자 속 생활을 계속하기로 했습니다.

가구점에서 이삼일 정도 아주 답답한 생활을 했습니다만 다행히 경매가 시작되자 곧 의자를 사겠다는 사람이 나타났

♦ 온갖 괴로움이 많은 인간 세계.

습니다. 좀 낡기는 했어도 아직은 충분히 눈길을 끌 수 있을 만큼 훌륭한 의자였기 때문일 것입니다. 의자를 산 사람은 Y시에서 그리 멀지 않은 도시에 사는 한 공무원이었습니다. 가구점에서 그 사람의 집까지 수십 리나 되는 길을 트럭으로 실려 가는 동안 저는 진동을 견디지 못하고 아주 죽을 고생을 했습니다. 그러나 제가 소망하던 대로 의자를 산 사람이 일본인이라는 기쁨에 비하면 그깟 고생은 아무것도 아니었습니다.

의자를 사간 공무원의 집은 아주 훌륭한 저택이었고, 저는 넓은 서양식 서재에 놓였습니다. 저로서는 아주 만족스러웠던 것이, 서재의 주인보다는 그 집의 젊고 아름다운 부인이 의자를 더 많이 사용했기 때문입니다. 약 보름 동안 저는 언제나 그 부인과 함께 있었습니다. 식사를 하거나 잠자는 시간을 제외하고는 부인의 탄력 있고 나긋나긋한 몸은 언제나 제 위에 있었습니다. 부인이 한 달 내내 서재에만 틀어박혀 어떤 저작 활동에 몰두하고 있었기 때문이지요.

제가 얼마나 그녀를 사랑했는지 이 자리에서 구차하게 다 말씀드리지 않겠습니다. 그녀는 제가 이 의자에서 처음으로 접한 일본 사람이었고, 몸매 또한 더없이 아름다웠습니다. 저는 비로소 참된 사랑을 느꼈습니다. 이런 것에 비하면 그 호텔에서의 갖가지 경험 따위는 결코 사랑이라고 이름 붙일 가치조차 없는 것이었습니다. 지금껏 단 한 번도 느끼지 못했는데, 그 부인에 대해서만은 남몰래 애무를 즐기는 것만으로는 성에 차지 않아 어떻게 해서든 제 존재를 알리려고 무던히 노력했다는 사실이 바로 그 증거입니다.

부인이 의자 속에 있는 저의 존재를 의식해 주었으면 하고 바라게 된 것이지요. 그리고 염치없는 소리지만 저를 사랑해 주셨으면 하고 바랐답니다. 그렇지만 그런 마음을 어떻게 알릴 수 있겠습니까? 만일 그곳에 사람이 숨어있었다는 사실을 안다면 부인은 아마 너무 놀란 나머지 당장 남편이나 일하는 사람들에게 알릴 것이 분명했으니까요. 그렇게 되면 모든 것은 다 엉망이 될 것이고, 저 또한 무거운 죄명으로 법적인 처벌을 받게 되겠지요.

그래서 저는 부인이 이 의자가 너무 편안하고 기분 좋아서 애착을 갖게 하려고 노력했습니다. 예술가인 부인은 여느 사람 이상의 섬세한 감각을 갖추고 있을 것이 분명할 테니, 만약 그녀가 제 뜻대로 이 의자에 생명을 불어넣어 준다면, 물질이 아닌 살아있는 생명체처럼 애착을 가져준다면 그것만으로도 저는 감사했습니다.

부인이 제 위에 몸을 던졌을 때는 되도록 폭신하고 부드럽게 받아들이도록 애를 썼습니다. 그녀가 피로해질 무렵에는 알아채지 못하게 살살 무릎을 움직여 그녀의 몸 위치를 바꾸었습니다. 그녀가 깜빡깜빡 졸면 아주 살며시 무릎을 울렁여서 요람처럼 느끼게 했습니다.

그 마음이 받아들여졌는지 아니면 제 단순한 착각인지는 모르지만, 최근에 부인은 어쩐지 이 의자를 사랑하고 있는 것처럼 보였습니다. 갓난아기가 어머니 품에 안길 때처럼, 처녀가 연인의 포옹을 받아들일 때처럼 달콤하고 상냥하게 제게 몸을 맡기니까요. 그리고 제 무릎 위에서 몸을 움직이는 모습마저 아주 다정하게 보였습니다.

이리하여 저의 정열은 나날이 불타올랐습니다. 그리하여 마침내는……. 아, 부인 용서하십시오. 저는 당치도 않은 바람을 품기에 이르렀습니다. 단 한 번만이라도 내 사랑하는 여인의 얼굴을 보고 말을 나눌 수만 있다면 지금 죽어도 한이 없다고까지 생각하게 된 것이지요.

부인, 당신은 벌써 알아채셨겠지요? 저의 연인은 바로, 지나친 실례를 용서하십시오, 바로 당신입니다. 당신의 남편이 Y시의 가구점에서 이 의자를 사들이신 이래, 저는 당신에게 이루지 못할 사랑을 바쳐온 가엾은 남자가 되었습니다.

부인, 평생의 소원입니다. 단 한 번만이라도 저를 만나주십시오. 그리고 딱 한마디라도 좋으니, 이 가엾고 추한 저에게 위로의 말씀을 건네주십시오. 저는 결코 그 이상은 바라지도 않습니다. 그 이상을 바라기에는 저는 너무도 흉하고 더럽습니다. 부디 이 불행한 남자의 안타까운 바람을 이루어 주십시오.

저는 어젯밤 이 편지를 쓰기 위해 댁에서 빠져나왔습니다. 부인의 얼굴을 맞대고 이런 부탁을 드리는 것은 너무도 위험하고 저로서도 도저히 할 수가 없었기 때문입니다.

그리고 아마 당신이 이 편지를 읽으실 즈음에, 저는 근심스러운 나머지 창백한 얼굴로 댁 근처를 서성이고 있을 것입니다.

만일 이토록 염치없는 제 바람을 들어주신다면, 서재 창가에 놓인 패랭이꽃 화분에 당신의 손수건을 걸어두십시오. 그것을 신호로 저는 한 사람의 방문자처럼 댁의 현관을 찾아들겠습니다.

기이한 편지는 그런 열렬한 기도와 함께 끝을 맺고 있었다. 요시코는 편지를 절반쯤 읽었을 때 이미 불길한 예감으로 창백하게 질려 있었다.

무의식적으로 기분 나쁜 안락의자가 놓인 서재를 도망쳐 나와 일본식 거실로 달려갔다. 편지의 나머지 부분은 차라리 읽지 말고 그냥 찢어버릴까 하다가 어쩐지 마음에 걸려 작은 책상 앞에서 끝까지 읽어보았다.

그녀의 예감은 역시 적중했다. 도대체 어떻게 이런 일이!

얼마나 끔찍하고 소름 끼치는 사실인가! 그녀가 매일 걸터앉던 그 안락한 의자 속에 낯선 남자가 들어있었다니!

"오, 끔찍해!"

그녀는 등줄기로 찬물을 끼얹은 듯한 오한을 느꼈다. 그리고 갖가지 기분 나쁜 생각으로 언제까지나 몸을 떨고 있었다.

너무도 기막힌 사실에 아무 생각도 할 수 없게 된 그녀는 어떻게 이 일을 해결해야 할지 아무런 생각도 떠오르지 않았다.

'의자를 살펴봐? 하지만 감히 어떻게 그런 소름 끼치는 일을 할 수 있겠어. 설사 사람은 없어도 그 추한 인간이 먹다 남긴 음식 찌거기며 다른 더러운 것들이 아직도 남아있을 게 분명한데.'

"마님, 편지 왔습니다."

깜짝 놀라 뒤돌아보니 언제 들어왔는지 가정부가 방금 배달된 듯한 편지 봉투를 들고 서 있었다. 요시코는 무의식적으로 그것을 받아 겉봉을 뜯으려다가 문득 필적을 의식하고는 깜짝 놀라 소스라쳤다. 아까 본 기분 나쁜 편지와 똑같은 필체로 그녀의 이름이 적혀 있었던 것이다. 요시코는 오랫동안 망설였다. 그러나 마침내 결심한 듯이 봉투를 뜯었고 잔뜩 겁을 집어먹은 상태로 내용을 읽었다. 편지는 아주 짤막했지만 요시코를 다시 한번 놀라게 한 기묘한 내용이 적혀 있었다.

갑자기 편지를 드리는 무례함을 거듭 용서해 주십시오. 전 평소에도 선생님 작품의 열렬한 애독자입니다. 앞서 보내드린 것은 저의 졸렬한 창작품입니다만, 선생님께서 보시고 비평을 해주신다면 정말 더없는 영광이겠습니다. 사정상 원고는 먼저 보내드렸으니 아마 벌써 읽어보셨으리라 생각합니다. 어떠셨는지요? 혹시라도 제 보잘것없는 작품이 선생님께 조금이나마 감명을 줄 수 있었다면 그 이상의 기쁨은 없겠습니다만.

원고에는 일부러 쓰지 않았지만 제목은 〈인간 의자〉라고 붙이고 싶습니다. 그럼 실례가 많았지만 꼭 부탁드리겠습니다.

覆面の舞踏者

가면무도회

1.

내가 그런 이상한 클럽의 존재를 알게 된 것은 이노우에 지로라는 친구 녀석 때문이었다. 살다 보면 가끔 이런 부류들을 만날 때가 있지만, 이 친구도 상당히 특이해서 어두운 면에 대해서는 아주 제대로 정통했다. 예를 들면 그 뭐라고 하는 배우는 누구누구네 집에 가면 볼 수 있고, 포르노를 보여주는 유곽은 어디 어디이고, 도쿄에서 제일 근사한 도박장은 외국인 거리 어디 어디에 있다는 식으로, 내 호기심을 만족시킬 만한 각종 지식이 언제나 상상을 초월할 정도였다. 하루는 그런 친구가 집으로 찾아와 정색하고 이렇게 말했다.

"자네야 알 리 없겠지만, 내 친구들 사이에는 '20일회'라고 하는 모임이 있다네. 좀 색다른 클럽이지. 쉽게 말하면 비밀 결사 같은 건데, 회원들은 세상의 모든 유희와 도락에 지치고 싫증이 난 무리야. 일단 상류층이라 돈 걱정들은 없는 편이고, 뭔가 색다르고 특별한 자극을 구하는 게 클럽의 목적이라네. 대단히 비밀스럽게 운영되고 새 회원도 거의 받지 않지만⋯⋯, 오늘 어쩌다 결원이 한 명 생겼다네⋯⋯. 클럽은 원래 정원이란 게 있으니까⋯⋯, 딱 한 사람만 더 입회할 수 있다는 뜻이기도 하지. 그래서 친구 좋다는 말도 있고 해서 내 자네에게 물어보러 왔는데 어떤가? 그냥 가입하게나."

역시나 친구의 말은 내 호기심을 자극하기에 충분했다. 솔깃해진 내가 물었다.

"대체 그 클럽에서는 무슨 일들을 하는가?"

기다렸다는 듯이 친구가 설명했다.

"자네 소설은 읽어보는가? 외국 소설에 흔히 나오는 좀 이상한 클럽, 가령 자살 클럽 같은 거 말이야. 사실 그건 좀 지나친 감이 있지만 하여튼 그런 강렬한 자극을 얻고자 하는 일종의 결사 단체라고 할 수 있네. 물론 여러 가지 행사도 한다네. 우리는 매월 20일에 모이는데 그때마다 깜짝 놀랄 끝내주는 이벤트를 벌인다네. 지금도 일본에서 결투가 벌어진다고 하면 자넨 아마 못 믿겠지만 우리 모임에서는 비밀리에 그런 흉내라도 내보거든. 물론 진짜 목숨을 거는 건 아닐세. 어떨 때 당번이 된 회원이 사람 죽인 얘기를 어찌나 실감 나게 하던 지 다들 가슴을 쓸어내릴 때도 있고, 또 어떨 때는 아주 에로틱한 유희를 즐길 때도 있다네. 여하튼 그런 종류의 아주 보기 드문 유희를 하면서 일반적인 도락으로는 절대 얻을 수 없는 멋지고 강렬한 자극을 얻으며 즐거워하는 거지. 어떤가, 재미있지 않겠나?"

대충 그런 얘기였다.

"그런데 그런 소설 같은 클럽이 지금 세상에도 진짜로 존재하는가?"

내가 반신반의하면서 되물었다.

"자넨 그래서 안 돼. 구석구석 세상을 잘 모르잖아. 사실 우리 클럽은 새 발의 피라네. 더 심한 것들이 도쿄만 해도 얼마나 많은데. 세상은 절대 자네 같은 군자가 생각하고 있는 것처럼 단순한 게 아닐세. 쉬운 얘기로 어떤 귀족 모임에서 포르노 영화를 틀었다고 하는 것은 세상이 다 아는 사실일 테지. 하지만 생각해 보게나. 그건 도시의 어둠 한 조각에 지나지 않는 거야. 그보다 더 엄청난 것들이 구석구석 널리고 널렸을 테니까."

결국 그렇게 설득당해서 나도 그 클럽에 가입하게 되었다. 그런데 직접 모임에 참석해 보니 친구의 말은 과연 거짓이 아니었다. 아니, 오히려 내 상상을 훨씬 초월할 정도로 재미있었다. 아니, 재미있다는 말만으로는 부족하다. 고혹적이라는 말, 바로 그거였다. 나는 한 번 참석한 뒤로는 완전히 중독되어 탈퇴할 생각은 눈곱만치도 없어졌다.

회원 수는 17명이고, 회장쯤 되는 이는 니혼바시◆에 기모노 매장을 갖고 있는 사람이었다. 전통 의상을 다루는 고상한 직업과는 동떨어지게 대단히 파격적인 사람이라 각종 이벤트도 대개 이 사람의 머릿속에서 나오곤 했다. 아마도 그는 그런 분야에 있어서는 과히 천재라고 불러도 아깝지 않을 것이다. 그의 제안은 하나하나가 모두 기상천외하고 기절초풍할 일들 뿐이라서 언제나 회원들을 어김없이 즐겁게 해주었다.

물론 회장을 제외한 나머지 16명도 저마다 그리 쉽게 볼 수 있는 평범한 인물들은 아니었다. 직업으로 분류해 보면 상인이 가장 많지만 그중에는 나름 꽤 유명한 신문 기자나 소설가들도 있었고, 젊은 귀족까지 한 명 섞여 있었다. 이렇게 말하는 나나 내 친구는 무역 회사 직원에 불과하지만 우린 둘 다 돈 많은 아버지를 둔 터라 사치스러운 이런 사회에 끼어드는 것에 별다른 위화감은 없었다. 참, 잊어먹고 미리 말을 하지 못했는데 회비도 좀 비싸서, 단 하룻밤의 모임을 위해 매

◆ 도쿄 시내의 한 지역으로 금융 기관, 도매상, 백화점 등이 많다.

월 50엔(현재 가치로 약 30만 원)의 정기 회비를 내고 이벤트에 따라서는 그 두세 배까지도 특별 회비로 내야만 한다. 평범한 샐러리맨이라면 조금 타격을 받을 만한 금액이겠지.

나는 5개월 동안 20일회의 회원이었다. 즉, 다섯 번만 그 모임에 참가했다는 뜻이다. 앞에서 말했듯이 한 번 참석하면 일이 박일 정도라서 평생 그만둘 수 없을 것 같던 재미난 모임을 겨우 5개월 만에 그만두었다는 소리는 좀 이상하게 들리겠지만, 그럴 만한 이유가 있었다. 그리고 왜 탈퇴하게 되었는지 그 속사정을 말하고 싶은 것이 이 이야기의 목적이기도 하다. 우선은 입회 이후 다섯 번째로 참석하게 된 그 모임에 대해서 이야기를 시작하겠다. 만약 시간이 허락한다면 나머지 네 번의 모임에 대해서도 이야기해서 그대들의 호기심도 충분히 만족시켜주고 싶지만, 지면 제한이 있는 관계로 유감스럽지만 여기서는 생략하기로 하겠다.

어느 날 모임의 회장, 그러니까 이제키 씨가 우리 집으로 찾아왔다. 그렇게 회원들의 집을 일일이 방문하여 친해진 뒤 성향을 파악해서 각종 이벤트를 계획하는 것이 이제키 회장의 방법이었다. 그래야만 회원들이 만족할 수 있는 이벤트를 기획할 수 있다는 것이었다.

회장은 예사롭지 않은 기호를 갖고 있었음에도 불구하고 상당히 쾌활한 인물이어서 어느덧 집사람마저 호의를 갖게 되었고, 이따금 우리 부부의 화제에 오를 때도 있었다. 게다가 회장의 부인 또한 굉장한 사교가여서 내 집사람뿐 아니라 다른 회원의 아내들과도 서로 방문할 만큼 친한 사이가 되어버렸다. 비밀 결사라고 해도 우리가 무슨 나쁜 짓을 꾸미고 있는 건 아니니까 알게 모르게 우리의 모임을 아내들도 자연스럽게 인정하게 된 것이다. 그게 정확히 어떤 클럽인지는 몰랐지만 여하튼 이제키 씨를 중심으로 월에 한 번씩 모임을 갖고 있다는 것을 아내들도 알고 있었다.

늘 그렇듯이 회장은 듬성듬성해진 머리를 쓸어 올리면서 에비스◆처럼 싱글벙글 거실로 들어왔다. 투실투실하게 살이 찐 50대 남자인 탓에 치기 어린 우리 클럽과는 아무 인연도 없을 듯한 외양이지만, 너무도 예의 바르고 단정한 자세로 방석에 앉아 이리저리 사방을 휘둘러보면서 낮은 목소리로 모임에 필요한 얘기를 꺼내기 시작했다.

"이번 모임은 말입니다, 지금까지와는 전혀 다른 아주 색다른 것으로 준비하고 싶습니다. 바로 가면무도회죠. 17명 회원 수에 맞춰 여자들도 초대할 테니 얼굴을 가린 남녀가 짝을 지어 무도회를 즐기는 거죠. 헤헤헤헤…… 어떻습니까? 좀 재밌지 않겠어요? 그러니 남자건 여자건 모두 변장에 열과 성을

◆ 복을 가져다준다는 일곱 명의 신 중 하나로, 어업과 상업의 신이다.

쏟아서 절대로 누가 누군지 몰라야 합니다. 짝은 제가 제비뽑기로 맺어줄 테니까요. 한마디로 상대가 누군지 모른다는 게 이번 행사의 핵심입니다. 가면은 미리 드리겠지만 변장도 최대한 감쪽같이 해주시기 바랍니다. 변장의 정도를 평가하는 취지도 포함되어 있으니까요."

일단 재미있어 보여서 나도 찬성했지만 상대가 될 여자들이 어떤 부류인지 모른다는 게 조금 불안해졌다.

"여자들은 어디서 데려오는 겁니까?"

"에헤헤헤……."

회장은 언제나처럼 그 기분 나쁜 웃음소리를 내면서 말했다.

"그런 건 제게 맡겨주세요. 결코 시시한 사람은 부르지 않습니다. 직업여성이라든지 그 비슷한 종류의 여자들은 절대 아니라고 이 자리에서 잘라 말할 수 있습니다. 여하튼 여러분을 깜짝 놀라게 할 취향의 여자들로 초대할 테지만 미리 밝히면 재미가 덜하겠죠? 하여간 제게 다 맡기십시오."

그런 이야기들을 나눌 때 하필이면 아내가 차를 갖고 들어왔다. 회장도 당황했는지 앉음새를 바로잡더니 한층 더 수다스럽게 듣기 싫은 그 웃음을 터뜨리는 것이었다.

"이야기꽃이 활짝 피셨군요?"

아내는 가시가 있는 말을 던지고는 차를 따랐다.

"헤헤헤헤…… 그냥 장사하는 얘기 조금 나눴습니다."

회장은 되는대로 아무렇게나 구차하게 변명했다. 늘 그런 식이었다. 어찌 되었건 일단 용무를 마친 회장은 돌아갔다.

물론 장소며 시간 따위도 완전히 결정되었다.

2.

20일이 되었다. 나는 지시받은 대로 난생처음 정성껏 변장을 하고 미리 받아둔 복면을 들고 지정된 장소로 나갔다.

변장이라고 하는 것이 얼마나 즐거운 유희인지 그때 처음 알게 되었다. 변장 때문에 일부러 아는 미술가에게까지 찾아가서 화가들 특유의 얄궂은 양복을 빌려왔고, 긴 머리 가발도 새로 샀고, 그럴 필요까지는 없었는데도 아내의 화장품까지 슬쩍해 얼굴에 바르기도 했다. 집안 식구들에게 들키지 않고 감쪽같이 해치우는 데 따르는 스릴까지 더해져 처음 해보는 변장이 실로 유쾌하기 짝이 없었다. 거울 앞에서 마치 서커스의 어릿광대라도 된 양, 얼굴에 하얀 분을 덕지덕지 바르는 기분. 그건 실제로 이상야릇하면서도 기이한 매력을 갖고 있어서, 나도 처음으로 여자가 거울 앞에서 오랜 시간을 보내는 기분을 이해할 수 있게 되었다.

어찌 되었건 변장을 마친 나는 기묘하게 변해버린 내 모습을 인력거 차양 속으로 숨기며 지정된 오후 8시에 맞춰 비밀 장소로 나갔다.

집회장은 시내에 위치한 어떤 부호의 저택에 마련되어 있었다. 인력거가 저택 대문에 이르자 나는 여러 차례 주의를 받았던 대로 문지기에게 특정한 신호를 보냈고, 돌로 포장된 도로를 따라 멀리 보이는 현관으로 향했다. 아크등 불빛이 기묘한 내 그림자를 새하얀 돌길 위에 길게 늘어뜨렸다.

현관에는 시중꾼 같은 남자가 하나 서 있었는데 보나 마나 우리 모임에서 고용한 사람인 듯했다. 내 희한한 꼴을 보고도 태연하게 말없이 안으로 안내해 주었다. 긴 복도를 지나 널찍한 서양식 거실에 들어가니 회원인가 싶은 사람들이 삼삼오오 모여 있었고, 오늘 우리의 상대가 될 여자들이 서거나, 걷거나, 또는 소파에 파묻혀 있었다. 휘황한 전등이 넓고 아름다운 거실을 그야말로 꿈처럼 밝히고 있었다.

나는 입구에서 가까운 소파에 앉아 지인을 찾아보겠다고 이리저리 방 안을 둘러보았다. 그런데 그들은 참으로 교묘한 변장술을 가진 게 틀림없었다. 회원일 게 분명한 열 명 남짓한 남자들이 마치 지금까지 만난 적도 없는 사람처럼 낯설어 보였다. 뒷모습이나 걸음걸이로는 조금도 분간이 가지 않았고 얼굴은 더 말할 것도 없었다. 다들 검은 복면을 쓰고 있으니 어차피 누가 누군지 짐작조차 하기 힘들었다.

다른 이들이야 그렇다 쳐도 죽마고우인 이노우에만큼은 아무리 변장을 했다고 한들 내가 못 찾아내랴 싶어서 눈에 힘을 주어 물색해 봤지만 차례차례 입장하는 사람들 가운데 비슷한 인물을 찾아낼 수 없었다. 참으로 기묘한 밤이었다. 그슬린 것처럼 탁한 은빛 거실 안에 둔탁하게 번쩍이는 나무쪽으로 세공된 마룻바닥. 그 위에서 온갖 변장을 했지만 똑같은 복면을 쓴 17명의 남자와 17명의 여자가 침묵을 지키고 있는 가운데, 앞으로 과연 어떤 일이 벌어질지 흥미진진한 기대감으로 어떤 이는 굳어있고 또 어떤 이는 신음하고 있었다.

이렇게 얘기하니 그대들은 서양식 가장무도회를 연상할지 모르겠지만 결코 그런 느낌은 아니었다. 물론 방이 양실이고 사람들도 대개 양장을 하고 있었지만, 본래 일본인이 사는 저택인데다 거기 모인 사람들도 모두 일본인이었으므로 전체적인 조화는 대단히 일본적이었다.

그들의 변장은 정체를 숨긴다는 점에 있어서는 탁월했지만 너무 소박하거나 너무 조잡해서 서양식 가장무도회와는 완전히 분위기가 달랐다. 게다가 왠지 조심스럽고 나긋나긋 걸어가는 여인들의 모습도 활발한 서양 여자들과는 어쩐지 달라 보였다.

정면에 놓인 큰 시계를 올려다보니 드디어 지정된 8시를 지났고, 회원들도 모두 모였다. 이 안에 친구인 이노우에가 없을

리 없다고 생각한 나는 다시 한번 눈을 크게 뜨고 둘러보았
다. 그러나 긴가민가한 이는 두엇 찾았지만 역시 확실하지는
않았다. 푸른색 굵은 줄무늬 옷을 입고 같은 천으로 된 사냥
모자를 쓴 남자의 어깨도 눈에 익었고, 검붉은 중국옷을 입
고 또 그런 모자를 쓴 채 변발을 길게 늘어뜨린 남자도 비슷
해 보였다. 그런가 하면 몸에 딱 붙는 가죽 바지를 입고 검은
비단 천으로 머리를 감싼 남자의 걸음걸이도 혹시 친구가 아
닐까 싶었다.

아련한 실내 분위기 탓이었는지, 또는 앞에서도 말했듯이
그들의 변장이 하나같이 교묘하기 짝이 없어서 그랬는지는
모르겠다. 그러나 그 무엇보다도 가면이라는 것이 얼마나 사
람을 알아보기 어렵게 만드는지 경외감을 느꼈을 정도였다.
한 장의 검은 천으로 된 복면. 그것이 이토록 기이하고 이색적
인 광경을 연출한 일등 공신이었음은 더 말할 것도 없다.

마침내 서로가 살펴보고 의심하면서 기묘한 침묵을 자아
내고 있는 그곳으로, 좀 전까지만 해도 현관에 서 있던 시중
꾼이 들어왔다. 그러더니 뭔가 암송이라도 하는 말투로 다음
과 같이 알렸다.

"여러분, 오랫동안 기다리셨습니다. 드디어 약속된 시간이
되었고, 회원들도 모두 자리에 모이신 듯하니 지금부터 프로
그램의 첫 순서로 정해진 댄스를 시작하도록 하겠습니다. 댄

스 파트너를 정하기 위해서 미리 나눠드린 번호패를 저에게 건네주십시오. 제가 그 번호를 호명하면 같은 번호를 받은 사람끼리 오늘의 파트너가 되는 것입니다. 그리고 대단히 죄송스러운 말씀이지만 오늘 여기 계신 분 중에는 댄스가 있다는 안내를 받지 못한 분도 계시므로 오늘 밤은 본격적인 댄스를 즐기기보다는 단지 음악에 맞춰 손을 맞잡고 가볍게 돌아가는 정도로만 생각해 주십시오. 안내를 받지 못한 회원님도 부디 조금도 사양치 마시고 마음껏 즐거운 시간을 보내시기 바랍니다. 또한 파트너가 정해지면 흥을 돋우기 위해 실내의 전등을 모두 끌 계획이오니 이것도 양지해 주시기 바랍니다."

그는 단지 회장이 명령한 대로 복창하는 데 지나지 않겠지만 그래도 참 요상한 안내문이었다. 무얼 하던지 상식을 무너뜨리는 우리 클럽의 이벤트라지만 그대들도 좀 과하다는 생각은 들지 않는가? 나는 그 안내를 받을 때 왠지 모르게 몸이 오그라드는 기분이었다.

그건 그렇고 시중꾼이 번호를 읽기 시작하면서 나를 포함한 34명의 남녀는 마치 초등학생처럼 몇 줄로 열을 맞추어 서 있었다. 그렇게 17쌍이 탄생하였다. 남자들끼리도 누가 누군지 모르는 판에 갑자기 파트너가 된 여자들이 누군지는 더더욱 알 수 없는 노릇이었다. 그들은 희미한 등불 아래 서로 복면을 사이에 두고 머뭇머뭇 조심스럽게 상대를 파악하고자 했다. 아무리 기이한 것을 즐기는 우리 회원들이지만 이런 사태는 역시 거북한 것이다.

같은 번호패를 가졌다는 이유로 내 앞에 선 여인은 검은 양장에 복고풍의 짙은 복면을 쓰고 그 위에도 아주 꼼꼼하게 마스크까지 하고 있었다. 언뜻 보아도 이런 장소에는 어울리지 않는 정숙한 태도였지만 대체 이 여자의 정체가 무엇인지 궁금해졌다. 전문 댄서인가, 배우인가, 아니면 현숙한 아가씨인가? 회장이 전에 말하던 투로 미루어 설마 매춘부는 아니겠지만 도대체 짐작조차 되지 않았다.

그러나 조금씩 시간이 흐르면서 내 파트너의 몸매가 어쩐지 아주 낯설지는 않다고 느꼈다. 그래서 내가 그녀를 슬쩍슬쩍 훔쳐보고 있는 동안에 상대도 같은 심정이었는지 장발의 화가로 변신한 내 모습을 열심히 살피면서 고민하는 듯했다.

만약 그때 축음기 돌아가는 시간이 조금만 더 늦었거나 전등불이 조금만 더 늦게 꺼졌다면, 나중에 나를 그토록 놀라게 하고 두려움에 떨게 했던 내 파트너의 정체를 어쩌면 알아챘을 수도 있었을 것이다. 하지만 안타깝게도 조금만 더 시간이 있으면 좋겠다고 하던 찰나에 갑자기 거실이 암흑천지로 돌변해 버렸다.

'팟!' 소리와 함께 순식간에 불이 꺼졌으므로 하는 수 없이, 또는 간신히 용기가 생겨서 파트너의 손을 잡았다. 여자도 가

날픈 손목을 내게 맡겼다. 눈치깨나 있는 사회자가 마침 템포
가 느린 조용한 현악 합주곡을 축음기에 걸었으므로 댄스를
할 줄 아는 사람도 모르는 사람도 모두가 음악에 맞춰 어둠
속을 돌았다. 만약 거기에 정말 희미한 불빛이라도 있었다면
신경이 쓰여서 춤출 엄두도 못 냈겠지만 다행히 사회자의 배
려로 사방이 캄캄해지니 남자도 여자도 모두 마음이 편해져
서 결국 마칠 즈음에는 또각또각 울려 퍼지는 수많은 발자국
소리와 거친 숨결들이 천장까지 울려 퍼지도록 신나게 춤을
췄다.

3.

태어나서 그런 이상한 기분은 처음이었다. 칠흑 같은 방이
었고, 우리는 반질반질한 나무 바닥을 딱따구리처럼 톡톡톡
톡 기이한 리듬을 울리면서 발걸음을 옮기고 있었다. 그리고
댄스곡으로는 부자연스러운, 아니 도리어 음울하게 느껴지는
현악이나 피아노 소리가 땅속 깊은 곳에서처럼 울려 퍼지고
있었다. 눈이 어둠에 익숙해지며 높다란 천장 아래로 어두움
덕에 한층 더 많아 보이는 사람들의 머리가 꿈틀거리는 모습
이 어렴풋이 보였다. 살짝 흐트러진 사람들의 모습은 지옥의

향연이라고나 표현해야 할 만치 괴기스러운 데가 있었다.

이런 기이한 정경 속에서 나는 어쩐지 낯이 익은, 그러나 확실하게는 기억나지 않는 한 여인과 손을 잡고 춤을 추었다. 그런데 이것이 꿈도 아니고 환상도 아니라니! 나의 심장은 공포인지 환희인지 모를 기이한 감정으로 충만해서 격렬하게 뛰고 있었다. 나는 파트너에게 어떤 태도를 취해야 할지 몰라 망설였다. 만약 이 여자가 매춘부 같은 부류라면 어떤 실례를 해도 용납이 되겠지만 설마 그렇지는 않은 것 같았다. 혹시 전문 댄서가 아닐까 싶었지만 댄서치고는 너무 정숙해 보이는 데다 정작 춤도 잘 모르는 것 같았다. 만약 양갓집 규수나 유부녀라면 회장의 이번 이벤트는 너무 철저해서 도리어 범죄적이라고 말해야 할 것이다.

나는 그런저런 생각에 정신이 없었지만 일단은 남들처럼 춤을 추었다. 그런데 갑자기 정신이 번쩍 들었다. 놀랍게도 파트너의 손이 살며시 내 목을 휘감아왔던 것이었다. 대담한 행동이었지만 그렇다고 직업여성처럼 난잡하지도 않았고 또 그렇다고 젊은 여인이 연인을 대하는 느낌도 아니었다. 어쨌든 조금의 어색함도 없이 익숙했고 자연스러운 손놀림이었다.

바로 앞에 있는 그녀의 복면 너머로 살며시 향기로운 숨결이 내 얼굴을 덮었다. 부드러운 그녀의 비단옷이 사각사각 신비로운 감촉을 던지며 내 벨벳 옷과 닿았다. 그런 그녀의 태도는 나를 조금 대담하게 만들었다. 그래서 우리는 마치 연인들처럼 말없이 춤을 계속 추고 있었다.

또 하나 나를 더 놀라게 한 것은 어둠 속에서 춤추는 다른 사람들 역시도 우리처럼 또는 훨씬 더 대담하게, 처음 만난 사람이라고는 믿기지 않을 만큼 다정하게 춤을 추고 있었다는 사실이다. 도대체 이 무슨 해괴한 짓거리인가! 그런 일에 익숙하지 않았던 나는 알지도 못하는 상대와 어둠 속에서 미친 듯이 춤추고 있는 자신이 문득 어쩐지 두려워졌다.

이윽고 모두가 춤을 추다 지쳤을 즈음 마침 축음기가 딱 멈추더니 좀 전에 들었던 시중꾼의 목소리가 다시 들려왔다.

"여러분, 옆방에 마실 거리가 준비되어 있으니 잠시 휴식해 주십시오."

그 소리와 함께 유리로 된 문이 좌우로 열리면서 '팟!' 하고 눈부신 광선이 우리들 눈으로 쏟아졌다.

회원들은 사회자의 빈틈없는 배려에 고마워하면서도 입을 다물고 한 쌍씩 손을 잡고 옆방으로 건너갔다. 거실에 비할 바야 못 되지만 그래도 방은 상당히 넓었고, 새하얀 테이블보가 깔린 17개의 작은 탁자들이 보기 좋게 배치되어 있었다. 시중꾼의 안내로 나와 파트너는 구석에 있는 한 테이블에 자리를 잡았다. 보아하니 따로 시중드는 사람은 없는 듯 테이블 위에는 잔과 양주병 두 개만 얌전하게 놓여 있었다. 하나는 프랑스 보르도 지방의 백포도주였고 다른 하나는 스카치 위스키였다.

드디어 기묘한 술자리가 시작되었다. 딱딱한 화제는 꺼내지 않기로 약속했던 만큼 나는 마치 말 못 하는 벙어리처럼 입을 꾹 닫고 잔만 채워 마셨다. 여자들도 용감하게 포도주 잔을 들어올렸다.

얼마 안 가 나는 격렬한 취기를 느꼈다. 파트너에게 포도주를 따르는 내 손이 떨려서 잔 가장자리가 쨍그랑쨍그랑 소리가 났다. 나는 무심결에 아무 말이나 나올 것 같아서 당황하며 입을 꽉 다물었다. 내 앞에 앉은 복면의 파트너는 입까지 내려오는 검은 천을 한 손으로 살며시 들어올리면서 조심스럽게 포도주를 마셨다. 아마 그녀도 꽤 취했을 것이다. 복면 밖으로 드러난 그녀의 아름다운 피부는 이미 새빨개져 있었다.

그런 모습을 보고 있자니 문득 내가 잘 아는 어떤 사람이 떠올랐다. 목에서 어깨로 내려오는 선이 보면 볼수록 그 사람을 닮았던 것이다. 그러나 설마 내가 아는 사람이 이곳에 있을 까닭이 있을까? 처음부터 어쩐지 아는 사람 같다고 느낀 것은 순전히 내 착각에 지나지 않을 것이다. 세상에는 얼굴이 판박이인 사람도 있는 법이니까. 태도가 닮았다고 경솔하게 판단할 수는 없었다.

그건 그렇고 말 없는 술자리도 지금이 절정인 듯 보였다.

말하는 사람이야 없었지만 실내는 잔이 부딪치는 울림, 옷깃 스치는 소리, 말 없는 대화 등으로 이상할 정도로 설레고 있었다. 누구랄 것도 없이 모두 취할 대로 취한 상태였다. 만약 그때 시중꾼이 조금이라도 늦게 들어왔다면 누군가는 소리를 질렀을 것이다. 또는 누군가 일어나서 춤이라도 추었을 것이다. 그렇지만 정말 빈틈없는 회장의 신호였다. 딱 적당한 순간에 시중꾼이 나타났으니까.

"여러분, 술을 다 드셨으면 다시 거실로 모여주십시오. 그곳에는 벌써 다시 음악이 울리고 있습니다."

귀를 기울이니 옆방에서 취객의 마음을 유혹하듯 좀 전과는 사뭇 달라진 쾌활하다 못해 시끄럽기까지 한 관현악이 울려 퍼지고 있었다. 사람들은 하나둘 음악에 끌려 졸졸 거실로 돌아갔다. 그리하여 방금 전보다 수배나 더한 광란의 무도회가 시작된 것이다.

그날 밤의 광경을 뭐라고 형용할 수 있을까? 귀를 찢어놓을 것 같은 소음, 검은 하늘에서 폭죽이 쏟아지는 듯한 어지러운 춤들, 그리고 의미 없는 외침……. 내 솜씨로는 도저히 그곳의 광경을 정확히 표현할 수가 없다. 물론 나 역시도 사지로 번져가는 극도의 취기에 제정신이 아니었다. 사람들이, 또 내가 어떤 광태를 연출했는지 거의 기억조차 없으니까.

4.

타는 듯한 갈증에 눈을 번쩍 뜨니 방이 낯설었다. 어젯밤 춤추다 지친 나를 누가 이곳으로 실어 왔단 말인가? 그런데 대체 이곳은 어디인가? 둘러보니 침대 머리맡 손이 닿는 곳에 벨을 울릴 수 있는 끈이 늘어져 있었다. 여하튼 그 끈을 당겨 누군가를 불러 물어봐야겠다고 손을 뻗다가, 문득 재떨이 옆에 반으로 접힌 종이가 보였다. 급하게 쓴 연필 글씨. 호기심에 아무 생각 없이 펼쳐보니, 읽기 어려운 글씨로 다음과 같이 적혀 있었다.

당신은 너무하십니다. 술을 마셨다고는 하지만 그토록 난폭한 사람인 줄은 미처 몰랐습니다. 그러나 지금 와서 이런 말씀을 드리는 것이 무슨 소용이 있겠습니까. 전 단지 꿈이었다고 생각하고 잊어버리겠습니다. 그리고 이 일은 이노우에에게는 절대로 비밀로 해주십시오. 그를 위해서입니다. 안녕히 가십시오.

하루코

그 쪽지를 읽고 있는 동안 잠이 덜 깬 머리가 단숨에 선명해지면서 모든 것이 분명해졌다.

"내 파트너였던 여자가 바로 이노우에의 아내였구나!"

말로 다 할 수 없는 극심한 후회가 밀려오면서 심장을 헤집는 듯 괴로워했다. 정신없이 취했다고는 해도 꿈처럼 아련하게 기억은 남아있었다. 어젯밤 춤이 절정에 달했을 때 그 시중꾼이 살짝 내 귀에다 속삭였던 것이다.

"자동차가 준비되어 있습니다. 안내해 드리지요."

나는 여자의 손을 잡고 그 뒤를 따라갔다. (그때 어째서 그토록 순종적으로 내 손에 끌려왔단 말인가? 그녀도 역시 취했기 때문인가?) 현관에는 자동차 한 대가 대기 중이었고, 우리가 좌석에 오르자 시중꾼이 운전수에게 "11호실입니다"라고 귀띔했다.

그렇게 이곳으로 온 모양이다. 그 뒤의 기억은 더 희미해서 잘 모르겠지만, 방에 들어서기 무섭게 나는 복면부터 벗어던졌다. 그러자 파트너는 깜짝 놀라 소리를 지르면서 갑자기 맹렬하게 달아나려고 했다. 그런 일들이 아스라한 꿈처럼 희미하게 기억나지만 이미 취할 대로 취한 나는 상대가 누군지 전혀 알아보지 못했던 것이다. 모든 것이 술 탓이었다. 방금 이 쪽지를 보기 전까지는 그녀가 내 절친한 친구의 부인이었음을 조금도 깨닫지 못했으니까. 아, 얼마나 한심스러운 멍청이인가!

나는 날이 밝아오는 것이 두려웠다. 더 이상은 세상에 얼굴을 드러낼 수 없을 것 같았다. 앞으로 무슨 낯으로 친구를 대해야 할지 새파랗게 질린 나는 돌이킬 수 없는 회한에 잠겼다. 그러고 보면 나는 처음부터 파트너에게 어떤 의문을 갖고 있었던 것이다. 복면과 변장으로 가려져 있었지만 그 모습은 역시 하루코 씨가 분명했다. 나는 왜 좀 더 의심해 보지 않았을까? 얼굴을 보고도 알아채지 못할 만큼 취하기 전에, 왜 그녀의 정체를 진작 깨닫지 못했을까?

그것도 그렇지만 이번 회장의 장난은 나와 이노우에의 친밀한 관계를 잘 몰랐다 해도 거의 상식을 초월하는 지독한 짓이 아닐 수 없었다. 만약 내 상대가 진짜 남의 아내였다면 도저히 용서할 수 없는 계획인 것이다. 그는 대체 어떤 생각으로 이런 사악한 짓을 꾸민 것일까? 게다가 또 하루코 씨도 마찬가지였다. 엄연히 남편이 있는 여자가 어떻게 낯선 남자와 어둠 속에서 춤을 추고, 이런 장소로 올 때까지 아무 말도 하지 않았단 말인가? 하루코 씨가 그런 여자일 줄은 정말 미처 몰랐다. 하지만 이 모든 것은 그저 변명에 불과했다. 나만 정신을 차렸더라면 세상에 얼굴을 들고 나갈 수 없는 이런 불유쾌한 결과는 결코 초래하지 않았으련만.

불쾌하기 짝이 없는 그때의 심정은 아무리 써도 모자랄 것이다. 어쨌든 나는 날이 밝기를 초조하게 기다리다가 그곳을 나왔다. 겨우 분장만 지웠지 거의 어젯밤 차림 그대로, 죄인처럼 자동차 시트에 몸을 깊숙이 숨기며 그렇게 집으로 돌아왔다.

5.

　집에 돌아와도 회한은 깊어졌으면 깊어졌지 결코 사라지지 않았다. 그런데 한술 더 떠 (물론 그녀 입장에서는 무리도 아니겠지만) 아내는 아프다며 방에 들어가더니 얼굴조차 내보이지 않았다. 나는 하녀가 차려준 밥상을 모래알 씹듯 하면서 후회에 후회를 거듭하고 있었다.

　회사에는 전화로 못 간다고 한 뒤, 나는 책상에 앉아 오랜 시간 멍하니 있었다. 졸리기도 했지만 도저히 잠을 청할 수가 없었다. 그렇다고 책을 읽거나 다른 일을 하는 것도 불가능했다. 그저 멍하니 돌이킬 수 없는 실수를 떠올리며 괴로워했을 뿐이다.

　그렇게 생각에 잠겨 있는 동안, 내 머릿속으로 문득 어떤 의문이 떠올랐다.

　'잠깐만? 세상에 이렇게 하나에서 열까지 어처구니없다는 게 과연 말이 되는가? 이제키 회장이 어젯밤과 같은 불륜을 계획했다는 것도 말이 안 되고, 아무리 취했기로서니 아침까지 상대가 누군지 알아보지 못하는 것도 말이 안 되는 거 아닐까? 혹시 그렇게 믿도록 나를 속이려고 하는 어떤 음모가 숨어있는 것은 아닐까? 제일 먼저, 이노우에의 아내 하루코 씨 같은 얌전한 부인이 그런 무도회에 참석했다는 것 자체도

믿기 어려운 일이지. 문제는 자태다. 특히 목에서 어깨로 내려오는 선. 그것이 회장의 교묘한 트릭이 아닐까? 유곽의 여자를 데려와 복면만 씌우면 하루코 씨와 비슷하게 보이도록 하는 건 그리 어렵지 않은 일이겠지. 혹시 나는 그런 계략에 빠져 지금 이렇게 괴로워하는 건 아닐까? 게다가 이런 술수에 빠진 사람이 나 혼자만은 아닐 수도 있어. 못돼먹은 회장이니까 어둠의 무도회라는 미명 아래 실은 회원들을 모두 나 같은 처지에 빠뜨린 뒤, 나중에 배를 잡고 신나게 웃자고 한 일인지도. 그래, 그게 틀림없을 거야.'

생각해 볼수록 모든 일들이 내가 생각한 추측을 뒷받침해 주었다. 나는 더 이상 끙끙 앓기를 그만두고 좀 전과는 180도 달라진 모습으로 실실 나쁜 웃음조차 흘려댔다.

나는 다시 외출 준비를 했다. 당장 회장에게 달려갈 생각이었다. 내가 얼마나 태연한지 보란 듯이 자랑하면서 어젯밤의 음모에 대해 복수해 줘야 할 것 같았다.

"택시 좀 불러줘."

나는 큰소리로 하녀에게 명령했다.

이제키 회장의 집까지는 그리 멀지 않아 차는 곧 그 집 현관 앞에 멈췄다. 혹시 매장에 나간 건 아닐까 걱정도 했지만 다행히 집에 있다고 해서 곧 거실로 들어갔다. 그런데 이게 웬일인가? 그곳에는 회장 외에도 다른 회원들이 세 명이나 함께 앉아 담소를 즐기고 있었다. 아니 벌써 계략이 들통났단 말인가? 아니면 저들은 나 같은 경우를 당하지 않은 사람들인가? 의심쩍었지만 일부러 굉장히 유쾌한 표정을 지으면서 마련된 자리에 앉았다.

"어이, 어젯밤은 즐거웠나?"

한 회원이 놀리듯 말을 걸었다.

"에이, 저야 뭐 별거 있나요. 되레 당신이 더 즐거웠던 것 같은데?"

나는 턱을 문지르면서 태연함을 가장하고 대답했다. '어때, 놀랐는가?'라는 속셈이었던 것이다. 그런데 다들 내 대답에 아무 반응도 하지 않고 기묘하고 엉뚱한 말을 했다.

"자네 쪽이 우리들 가운데서는 가장 신선하니까 아마 가장 즐거웠을 거야. 안 그래요, 회장님?"

그러자 회장은 그 말에 대답하는 대신 웃기만 했다. 아무래도 이상했다. 그들은 내 표정 따위는 전혀 관심도 없이 시끌벅적 얘기만 계속했다.

"그런데 어젯밤의 취향은 확실히 일품이었네. 설마 복면 쓴 여자들이 자기 각시일 줄은 어떻게 알았겠나?"

"괜히 열어봐서 속상한 보석 상자지, 뭘."

그러면서 다 같이 약속한 듯이 모두가 입을 맞춰 웃었다.

"물론 처음부터 부부에게는 같은 번호를 나눠줬지만, 그래도 그 많은 사람들이 용케도 안 틀리고 잘 받아 갔네그래?"

"그게 틀리면 정말 큰일 나니까요. 그래서 최대한 신경을 썼습니다."

회장의 말이었다.

"이제키 씨가 처음부터 그런 계획을 세웠다고 해도 정말 여자들도 용케 나와줬네요. 자기 신랑이니까 다행이지 괜히 맛이 들려 다른 남자에게도 그런다면 참 기가 찰 노릇입니다."

그리고 다시 한번 웃음소리가 높아졌다.

그들의 대화를 듣고 있으려니 더 이상 가만히 앉아있을 수가 없었다. 아마도 내 얼굴은 새파랗게 질렸을 것이다. 그것으로 사정은 명백해졌다. 회장은 그토록 자신 있게 말했지만 어떤 착오가 생겨 나 혼자만 상대가 바뀌었고, 그래서 아내 대신 하루코 씨와 짝이 된 모양이었다. 불행하게도 우연히 나만 대단히 두려운 상황에 빠져들고 만 것이다. 차가운 것이 내 이마 위에서 송글송글 맺혔다.

'그렇다면 이노우에 지로는 대체 누구와 짝이 되었단 말인가?'

군말이 필요 없었다. 그것은 다시 뭐라고 할 수 없는 너무도 끔찍한 착오가 아니겠는가. 건성건성 대충 인사만 건네고 나는 회장댁을 빠져나왔다. 차 안에서 나는 두 귀를 틀어막고 어딘가 한 가닥 실낱같은 희망이라도 있지 않을까 싶어 이리저리 머리를 굴렸다.

그렇게 자동차가 우리 집에 도착하기까지 내가 간신히 생각해 낸 것은 바로 그 번호패였다. 나는 차에서 내리기 무섭게 안으로 뛰어들어 서재에 놓아둔 즐겨 입는 양복 주머니에서 그 번호패를 찾아냈다. 번호패에는 틀림없이 17이라고 적혀 있었다. 그런데 내가 확실히 기억하고 있는 어젯밤 우리의 번호는 11이었다. 모든 것이 너무도 확실해졌다. 그것은 회장의 죄도, 다른 누구의 잘못도 아니었다. 내가 돌이킬 수 없는 실수를 했던 것이다. 이벤트에 앞서 미리 번호패를 나눠줄 때, 이제키 회장은 절대 틀리면 안 된다고 신신당부했건만, 나는 눈여겨보아 두지도 않았고 무도회의 그 격정적인 분위기에 휩쓸려 번호패를 착각했던 것이다. 1과 7을 잘못 보고, 11을 호명하는데 내가 먼저 대답했던 것이다. 그냥 틀린 번호를 받았을 뿐인데 이런 큰일이 일어날 줄 그 누가 상상이나 했겠는가. 나는 20일회라는 미치광이 집단에 가입한 것을 비통하게 후회했다.

　그런데도 친구 녀석마저 번호를 잘못 봤다는 건 정말 운명의 장난이 아닐 수 없었다. 아마도 내가 11번에 선뜻 대답을 하고 나가자 자기는 17번이라고 잘못 생각했을 것이다. 게다가 회장의 글씨는 7자와 1자가 본래 구분이 잘 안 가는 필체였다.

　친구와 내 아내 사이에서 어떤 일이 생겼을지는 나를 돌아보아도 추측이 어렵지 않았다. 내가 어떤 변장을 했는지 아내는 전혀 알지 못했고, 그들도 나와 마찬가지로 미치광이처럼 정신없이 술을 마셨을 테니까. 게다가 그 무엇보다 분명한 증거는, 지금 방에 틀어박혀 내게는 절대 얼굴을 보이려 하지 않는 아내의 태도였다. 더 이상 아무 의심의 여지가 없었다.

나는 그대로 서재에 장승처럼 서 있었다. 더는 생각할 기력조차 남아있지 않았다. 그저 각인되듯 내 머리를 덮쳐오는 것은 아내에 대해, 친구 이노우에에 대해, 그의 부인 하루코 씨에 대해 일평생 지워지지 않고 따라다닐 어쩔 수 없는 탄식뿐이었다.

踊る一寸法師

춤추는 난쟁이

"이봐, 로쿠 씨, 뭘 그리 넋을 놓고 있나? 이리 와서 자네도 한잔 상대해 주게나."

살색 속옷 위에 금실로 테두리를 넣은 보라색 비단 바지를 입은 사내가, 마개가 열린 술통 앞을 가로막고 서서는 묘하게 다정한 목소리로 말했다.

그 말투가 은근히 의미심장하였기에 술에만 정신이 팔려 있던 극단의 남녀들은 일제히 로쿠 씨를 바라보았다.

멀찍이 무대 한구석에 세워진 굵은 원기둥에 기대앉아 동료들의 술자리를 바라보던 난쟁이 로쿠 씨는 그 말을 듣더니 여느 때처럼 순한 인상에 커다란 입을 비틀어 히죽히죽 웃었다.

"난 술 못 마셔."

그의 대답에 가볍게 취기가 오른 곡예사들은 즐겁게 소리 내어 웃었다. 남자들의 거친 목소리와 살찐 여자들의 높은 음성이 넓은 텐트 안에 울려 퍼졌다.

　"자네가 술 못 마신다는 건 말 안 해도 다 아네. 그렇지만 오늘은 특별한 날 아닌가? 대박 축하라고. 아무리 불구라도 분위기를 해쳐선 안 되겠지?"

　보라색 비단 바지가 다시 한번 다정하게 권했다. 검고 두꺼운 입술의 마흔쯤 된 건장한 사내였다.

　"난, 술 못 먹는다니깐."

　난쟁이는 역시 히죽히죽 웃으면서 대답했다. 열한두 살쯤 된 어린애의 몸에 서른 살 남자의 얼굴을 붙여 놓은 괴물. 정수리는 대갈장군처럼 커다랗고, 어린 양파 뿌리처럼 생긴 얼굴에는 거미가 다리를 벌려놓은 듯이 깊은 주름이 가득하고, 휘둥그렇게 뜬 커다란 눈과 둥근 코, 웃을 때는 귀까지 찢어지는 커다란 입, 코 밑에는 드문드문 아무렇게나 나 있는 수염들이 부조화의 극치를 이루고 있었는데, 창백한 낯빛에는 입술만 또 묘하게 붉었다.

　"로쿠 씨, 내 잔은 받아주겠죠?"

　공 타기 묘기를 하는 아름다운 오하나가 술이 올라 빨개진 얼굴로 미소를 지으며 자신만만하게 거들었다. 마을에서도 평판이 자자한 오하나의 이름은 나도 기억하고 있었다.

오하나가 정면에서 빤히 바라보자 난쟁이는 슬며시 뒷걸음질을 쳤다. 그의 얼굴에는 한순간 기이한 표정이 엿보였는데, 저런 것이 괴물의 수치심인가? 그러나 그는 잠시 머뭇머뭇하더니만 역시 같은 말을 되풀이했다.

"난, 술은 안 돼."

얼굴은 여전히 웃고 있었지만 목구멍에라도 걸린 듯한 낮은 목소리였다.

"그러지 말고 우선 한잔 마시게."

보라색 비단 바지가 태연자약한 얼굴로 걸어와서는 난쟁이의 손을 끌었다.

"자아, 이렇게 되면 설마 도망은 못 가겠지?"

그는 이렇게 말하면서 난쟁이의 손을 더욱 잡아끌었다. 재주 많은 어릿광대답지 않게 난쟁이 로쿠 씨는 열여덟 살 먹은 아가씨처럼 기분 나쁜 교태를 부리면서 그 기둥만 붙잡고 움직일 생각을 하지 않았다.

"이러지 마, 그만둬."

그렇게 앙탈을 부리는 것을 보라색 비단 바지가 무리하게 잡아당겼으므로, 붙들고 있던 기둥이 휘어지고 텐트 전체가 폭풍이라도 부는 것처럼 흔들리면서 아세틸렌 가스 램프도 그네처럼 움직였다.

나는 어쩐지 기분이 좋지 못했다. 집요하게 둥근 기둥을 붙잡고 있는 난쟁이도 그렇지만, 또 그걸 고집스럽게 떼어 놓으려는 보라색 비단 바지를 바라보고 있자니 어쩐지 불길한 전조처럼 느껴졌다.

"오하나, 난쟁이는 됐으니까 그만 내버려 두고 어서 노래나한 곡 해보렴. 어때요, 반주 아줌마?"

문득, 내 바로 옆에서 팔자수염을 기르고 있는 주제에 묘하게 애교스럽게 얘기하는 마술사가 연신 오하나에게 바람을 넣는 소리가 들려왔다. 신참인 듯싶은 반주 담당 아주머니 역시도 술에 취해서 교태 섞인 웃음을 흘리면서 바람을 잡았다.

"그래, 오하나가 노래 좀 해봐. 어디 한번 떠들썩하게 놀아보자고."

역시 살색 속옷 한 장만 걸친 젊은 곡예사가 갑자기 벌떡 일어나더니, 아직도 실랑이 중인 난쟁이와 보라색 비단 바지 곁을 지나 통나무를 대충 이어 붙인 2층 분장실로 달려갔다.

그가 악기를 가져오는 것을 기다리지 못하고 팔자수염의 마술사는 술통 가장자리를 두드리면서 굵고 탁한 목소리를 드높여 삼곡만세◆를 불러댔다. 공 타는 처녀 두셋도 장난스럽게 따라 불렀다. 이럴 때마다 언제나 조롱의 대상이 되는 것

◆ 만세(万歲·만자이)란 일본의 전통 희극으로, 그중 북·샤미센·호궁을 이용한 것을 삼곡만세라고 한다.

은 난쟁이인 로쿠 씨였다. 저질스럽게 그를 놀려대는 변형된 만세 구절이 꼬리를 물고 이어졌다.

군데군데 모여 서로 이야기를 나누거나 장난치던 무리들도 점점 그 분위기에 빠져들면서 마침내 모두의 합창으로 바뀌었다. 아마도 좀 전에 그 젊은 곡예사가 가져왔을 샤미센, 큰북, 징, 딱다기◆같은 악기들이 어느새 반주를 넣고 있었다. 귀청이 찢어져라 기이한 교향악이 온통 텐트를 흔들고, 가사의 구절 구절에는 끔찍한 고함과 박수 소리가 일어났다. 남자도 여자도 술이 올라 더욱더 광적으로 흥분해서 까불고 떠들었다.

그런 와중에서도 난쟁이와 보라색 비단 바지는 아직도 실랑이를 계속 벌이고 있었다. 로쿠 씨는 어느덧 나무 기둥에서 떨어져 에헤헤 에헤헤 웃으면서 새끼 원숭이처럼 도망 다니고 있었다. 그럴 때 보면 상당히 민첩하고 발도 빨랐다. 덩치가 커다란 보라색 비단 바지는 저능한 난쟁이에게 놀림을 당하면서 조금씩 발작을 일으키고 있었다.

"이 난쟁이 새끼, 이제 곧 울상이나 짓지 마."

그는 이렇게 고함을 치며 위협하면서 그 뒤를 쫓았다.

"미안해, 미안해요."

서른 살 얼굴의 난쟁이는 초등학생처럼 진지하게 도망 다

◆ 두 개의 나무토막을 서로 마주쳐 '딱딱' 소리가 나게 하는 악기.

니고 있었다. 그로서는 보라색 비단 바지에게 붙잡혀서 술통 속에 목을 집어넣게 되는 것이 그토록 무서웠던 것이다.

나는 그런 광경을 보면서 기이하게도 카르멘◆의 살인 장면을 떠올렸다. 투우장에서 들려오는 광폭한 음악과 함성에 이끌려 쫓고 쫓기는 호세와 카르멘. 어찌 된 일일까? 어쩌면 복장 탓인지도 모르겠지만, 어쨌든 나는 그런 연상을 했다. 새빨간 어릿광대 복장을 한 난쟁이를 살색 속옷의 보라색 비단 바지가 뒤쫓고 있었고, 샤미센과 징과 딱따기에 엉망진창이 되어버린 삼곡만세가 거기에 반주를 넣고 있었다.

"어때, 잡혔지? 이노무 새끼!"

마침내 보라색 비단 바지가 환성을 질렀다. 가련한 로쿠 씨는 그의 탄탄한 양손 안에서 새파랗게 질려 바들바들 떨고 있었다.

"비켜, 비키라고."

그는 몸부림치는 난쟁이를 머리 위로 들어 올린 채 이쪽으로 다가왔다. 사람들이 모두 노래하기를 멈추고 이들을 바라보았다. 두 사람의 거친 콧바람 소리가 들려왔다.

눈 깜짝할 사이에 거꾸로 매달린 난쟁이의 머리가 풍덩 술

◆ 1820년 스페인을 배경으로 한 오페라. 약혼녀를 둔 군인 호세가 아름다운 집시 여인 카르멘에게 반해 사랑에 빠지지만 질투에 눈이 멀어 그녀를 살해하고 결국 자살을 선택한다.

통 속으로 들어갔다. 로쿠 씨의 짧은 두 손이 허공에서 허우적대고 있었다. 첨벙첨벙 술의 물보라가 흩어졌다.

홍백 줄무늬가 염색된 속옷 차림, 혹은 그냥 살색 속옷 차림, 또는 반나체의 남녀가 서로 손을 잡고 무릎을 모아 깔깔 껄껄 웃으며 지켜보고 있었다. 이 잔학한 놀이를 말릴 생각을 하는 사람은 아무도 없었다.

마실 만큼 술을 마신 난쟁이는 이윽고 옆으로 내동댕이쳐졌다. 그는 몸을 웅크리고 백일해♦처럼 발작성 기침을 해댔다. 입이며 코에서 누런 액체가 줄줄 흘러내리는데, 이 고통을 조롱하듯 다시금 삼곡만세가 합창되었다. 차마 들을 수 없는 못된 말들이 줄줄이 이어지고 있었다.

한 번 크게 기침을 한 뒤에 축 늘어져서 마치 시체처럼 쓰러져 있는 난쟁이 위에서 속옷 바람의 오하나가 춤을 추었다. 살집 좋은 그녀의 발이 이따금 그의 몸 위를 뛰어넘었다.

박수와 함성과 딱따기 소리들이 귀청이 찢어져라 이어졌다. 온전한 정신을 가진 사람은 하나도 없었다. 누구랄 것 없이 모두가 미치광이처럼 고함을 질러댔다. 오하나는 빠른 박자의 만세 음절에 맞춰 거칠게 집시 춤을 추고 있었다.

난쟁이 로쿠 씨는 간신히 눈을 떴다. 안 그래도 흉한 얼굴

───────────

♦ 어린아이에게 발병하는 호흡기 전염병.

이 오랑우탄처럼 새빨갛게 변해 있었다. 그는 힘들게 어깨로 숨을 쉬면서 비틀비틀 일어서려고 했다. 바로 그때 춤추다 지친 공 타기 처녀의 커다란 엉덩이가 그의 눈앞으로 다가왔다. 고의인지 우연인지 그녀는 난쟁이의 얼굴 위로 엉덩방아를 찧어버렸다.

고개를 쳐들다 깔려버린 로쿠 씨는 고통스런 신음을 내면서 오하나의 엉덩이 밑에서 버둥거렸다. 술에 취한 오하나는 로쿠 씨의 얼굴 위에서 말 타는 시늉을 했다. 샤미센의 선율에 맞춰 '하이, 하이' 하는 추임새를 넣으면서 손바닥으로 찰싹찰싹 로쿠 씨의 뺨을 때렸다. 일동의 입에서 엄청나게 큰 웃음이 작렬했다. 요란한 박수까지 터져 나왔다. 하지만 그때 로쿠 씨는 커다란 몸뚱이에 깔려 숨도 못 쉴 정도로 거의 죽다시피 괴로워하고 있었다.

한참을 그러다가 간신히 벗어나게 된 난쟁이는 역시 히죽히죽 바보처럼 웃으면서 상반신을 일으켰다. 그러면서 농담처럼 이렇게 중얼거릴 뿐이었다.

"지독하군……."

"이보게 들, 우리 공 던지기 하지 않겠나?"

갑자기 철봉을 잘 타는 청년이 벌떡 일어나서 외쳤다. 모두 '공 던지기'의 의미는 숙지하고 있는 모습이었다.

"좋았어."

곡예사 하나가 대답했다.

"그만둬, 그만들 하게. 너무 가엾잖나?"

팔자수염을 기른 마술사가 보기 딱했던지 옆에서 말렸다. 이 사람만 혼자 면플란넬 양복을 단정히 입고 붉은 넥타이를 매고 있었다.

"자아, 공 던지기 하자. 공 던지기."

마술사의 말 따위는 들은 척도 하지 않고 그 청년은 난쟁이 쪽으로 다가갔다.

"이봐, 로쿠 씨, 시작해 볼까?"

그 말이 떨어지기 무섭게 청년은 불구자를 끌어당겨 일으켜 세우고는 미간을 손바닥으로 탁! 쳤다.

난쟁이는 그 바람에 마치 공처럼 빙글빙글 돌면서 휘청휘청 뒤쪽으로 떠밀려 갔다. 그러자 그곳에는 또 다른 청년이 기다리고 있다가 떠밀려 오는 불구자의 어깨를 잡고는 자기 쪽으로 돌려세우더니, 다시금 딱! 하고 난쟁이의 이마를 때렸다. 가엾은 로쿠 씨는 다시금 빙글빙글 돌면서 앞의 청년에게로 되돌아갔다. 그로부터 이 기이하고 잔인한 캐치볼이 한도 없이 계속되었다.

언제부턴가 합창은 이즈모♦가 일어나는 구절로 바뀌어있

♦ 일본 돗토리현에 위치한 옛 지방 국가로, 이즈모 신화의 무대가 되는 곳이다.

었다. 딱다기와 샤미센이 시끄럽게 울어댔다. 온몸을 후덜덜 떨고 있는 불구자는 끈질기게도 여전히 미소를 지으면서 기이한 자기 역할을 계속 담당하고 있었다.

"이제 그딴 시시한 짓은 그만하게. 이제부터는 모두 장기자랑을 해보지 않겠는가?"

불구자 학대에 질린 누군가가 외쳤다. 무의미한 고함과 기뻐서 날뛰는 박수 소리가 대답을 대신했다.

"자기 전문 예능은 안 돼. 숨은 장기자랑을 해야 하는 거야. 알겠지?"

보라색 비단 바지가 명령적으로 소리를 질렀다.

"먼저 로쿠 씨부터 시작!"

누군가가 심술궂게 그 말에 동조했다. 한꺼번에 박수 소리가 터져 나왔다. 지칠 대로 지쳐서 그곳에 쓰러져 있던 로쿠 씨는 이 난폭한 제의마저도 깊이를 알 수 없는 야릇한 웃음으로 받아들였다. 그의 기분 나쁜 얼굴은 울어야 할 때도 웃고 있었다.

"그거라면 좋은 게 있지."

공 타는 아름다운 처녀 오하나가 비틀비틀 일어나면서 소리쳤다.

"난쟁아, 넌 팔자수염 아저씨의 마술을 하면 되겠네. 조금씩 조금씩 칼로 찌르다가 진짜 죽이는 것처럼 하는 미인의 지옥문 말이야. 어때, 좋지? 해봐."

"에헤헤헤헤헤……."

불구자는 오하나의 얼굴을 바라보며 웃었다. 억지로 마신 술 때문인지 그의 눈은 묘한 느낌으로 흐릿해 있었다.

"난쟁이는 나한테 홀딱 반한 거지? 그러니까 내가 하는 말이라면 뭐든지 다 들어줄 거야. 내가 저 상자에 들어가 줄게. 그래도 싫어?"

"좋았어, 좋았어. 난쟁이 매력 있어!"

다시금 터져 나오는 요란한 박수 소리와 웃음소리.

난쟁이와 오하나, 미인 지옥문이라는 거창한 마술. 이 기이한 조합이 술주정뱅이들을 즐겁게 했다. 비틀거리는 어지러운 발걸음들이 마술 도구를 조립하기 시작했다. 무대 정면과 좌우에는 검은 휘장이 내려졌다. 바닥에는 검은 매트도 깔렸다. 그리고 그 앞에 관처럼 생긴 길쭉한 나무 상자와 테이블 하나를 대령했다.

"자, 어서 시작해! 시작하라고."

샤미센과 징과 딱다기가 정해진 전주곡을 연주하기 시작했다. 시끄러운 음악 소리와 함께 오하나와 그녀가 끌어들인 불구자가 정면에 나타났다. 오하나는 몸에 딱 달라붙는 살색 셔츠 하나만 입고 있었다. 로쿠 씨는 너덜너덜한 붉은 광대복을 입고 있었는데, 커다란 입은 변함없이 히죽히죽 웃고 있었다.

"말을 해야지, 무슨 말을."

누군가가 고함을 질렀다.

"이거 참 난처하군. 정말 난처해……."

난쟁이는 중얼중얼 그런 말을 읊조리다가 마침내 입을 열었다.

"에……, 그럼 지금부터 보실 것은 기이하고도 기적적인 마술, 미인의 지옥문입니다. 여기 있는 소녀를 저 상자 속에 넣고, 열네 개의 일본도를 하나씩 하나씩 사방팔방에서 찔러 넣겠습니다. 에……, 그리고 또……, 이것만 가지고는 재미가 덜하실 테니까, 이렇게 칼에 찔린 소녀의 목을 싹둑 잘라서 이테이블 위에 올려놓겠습니다. 고대하십시오!"

"잘하는군, 멋진데."

"똑같구먼."

칭찬인지 야유인지 모를 함성이 될 대로 되라는 식의 박수 소리와 함께 뒤섞여 들려왔다.

백치처럼 보이는 난쟁이지만 과연 한두 번 해본 장사가 아니어서 그런지 무대 위에서의 언변은 유창했다. 팔자수염의 마술사가 항상 하던 대로 말투와 대사까지 거의 흡사했다.

드디어 공 타기 미인 오하나가 가볍게 인사하면서 나긋나긋한 육체를 그 관처럼 생긴 상자 속으로 숨겼다. 난쟁이는 상자의 뚜껑을 덮고 커다란 자물쇠를 채웠다.

한 다발의 일본도가 바닥에 나뒹굴고 있었다. 로쿠 씨는 하나하나 그 칼을 주워 가짜 칼이 아니라는 것을 바닥에 찔러 보여준 다음, 상자 전후좌우에 나 있는 작은 구멍 속으로 천천히 찔러 넣었다. 한 번 찌를 때마다 상자 속에서는 처참한 비명이…… 매일 구경꾼들을 전율시킨 그 비명이 들려왔다.

"아악! 살려줘요, 살려줘. 이 빌어먹을 새끼, 등신 새끼, 이 병신이 정말로 날 죽일 작정인 게야. 도와줘, 도와줘요. 제발 도와줘……!"

"와하하하하……."

"실감 난다, 실감 나!"

"완전 똑같구면."

구경꾼들은 너무도 즐거워하면서 데굴데굴 구르거나 손뼉을 쳤다. 하나, 또 하나, 그리고 또다시 하나……. 칼의 수는 점점 늘어갔다.

"이제야 알겠느냐, 이 못생긴 년아!"

난쟁이는 연극적으로 대사를 쏟아냈다.

"네가 나를 얼마나 바보 취급했더냐. 병신의 집념이 어떤 건지 이제는 알겠느냐? 알겠느냐? 알겠느냐고?"

"저…… 아…… 도와줘요……. 살려줘…… 살려줘……!"

난쟁이가 칼을 들어 한가운데를 깊숙이 찌르자, 상자는 마치 살아있기라도 한 양 덜컹덜컹 요란하게 진동했다. 구경꾼들은 이 실감 나는 연출에 완전히 빠져들었다. 우레와 같은 박수 소리가 이어졌다.

그리고 드디어 열네 번째의 마지막 칼이 상자를 찔렀다. 오하나의 비명은 마치 빈사 상태에 빠져든 환자마냥 신음으로 변해갔다. 이윽고 제대로 된 의미조차 없는 '이……' '히……' 하는 단말마적인 신음으로 바뀌었다. 드디어 그 소리마저 끊어지듯 완전히 사라져버리자, 지금까지 요동치던 상자도 딱 정지해 버렸다.

난쟁이는 거칠게 어깨로 숨을 쉬면서 상자를 노려보았다. 이마는 물에라도 적신 것처럼 땀으로 번들거렸다. 그는 그렇게 언제까지나 장승처럼 서 있었다. 구경꾼들도 묘하게 숨을 죽이고 있었다. 죽음과도 같은 침묵을 깬 것은 술 때문에 거칠어진 모두의 숨결뿐이었다.

한동안 그렇게 서 있던 로쿠 씨는 느릿느릿 몸을 움직여 미리 준비해 둔 폭이 넓은 칼을 주워들었다. 청룡도처럼 울퉁불퉁 홈이 나 있는 넓적한 칼이었다. 그는 그것을 한 번 바닥에 꽂아서 칼날을 시험해 보인 다음, 자물쇠를 열고 상자의 뚜껑을 열었다. 그리고 그 안에다 청룡도를 푹 찔러 넣었다. 그러더니 마치 진짜 인간의 목이라도 베는 듯한 쓱쓱 썰리는 소리가 들렸다.

이윽고 그는 다 잘라냈는지 칼을 집어던지고는 뭔가를 소

맷자락에다 숨긴 채 한쪽 구석에 놓인 탁자까지 걸어가더니
쿵 하는 소리를 내면서 뭔가를 올려놓았다.

그가 소매를 치우자, 새파랗게 질려 있는 오하나의 목이 나
타났다. 잘라낸 상처 부위에서 새빨간 선혈이 흘러나오고 있
었다. 그것이 선홍색 뜨물♦이라고는 아무도 생각하지 못할 만
큼 실감 나는 피였다.

갑자기 얼음처럼 싸늘한 것이 내 등줄기를 타고 올라가더
니 스윽 머리 꼭대기까지 치달렸다. 탁자 아래에는 두 개의
거울이 직각으로 장치되어 있어 그 뒤쪽에는 무대 바닥의 비
밀 문으로 빠져나온 오하나의 동체가 있음을 나는 알고 있었
다. 그다지 진기한 기술은 아니었다. 그럼에도 불구하고 이 불
길한 예감은 무엇이란 말인가! 어쩌면 전문가의 부드러운 손
놀림과는 다른 저 불구자의 기분 나쁜 용모 때문인가?

새카만 배경 속에서 피로 만든 옷처럼 새빨간 광대복을 입
은 난쟁이가 큰대자로 가로막고 서 있었다. 그 발밑에는 피 묻
은 칼이 나뒹굴고 있었다. 그는 구경꾼을 향하여 한마디 말도
없이 얼굴 가득 웃음만 머금고 있었다. 그렇지만 그 희미한
소리는 무엇이었단 말인가? 그것은 혹시 새하얗게 드러낸 불
구자의 이와 이가 서로 마주치는 소리는 아니었을까?

♦ 곡식을 씻어 부옇게 된 물.

구경꾼들은 여전히 숨을 죽이고 있었다. 마치 끔찍한 것이라도 본 것처럼 서로가 서로의 얼굴만 뚫어져라 바라보고 있었다. 드디어 그 보라색 비단 바지가 벌떡 일어나더니 탁자를 향해 성큼성큼 두세 걸음 나아갔다. 역시 참을 수가 없던 모양이었다.

"호 호 호 호 호……"

갑자기 명랑한 여자의 웃음소리가 들려왔다.

"난쟁이, 제법이구먼. 깔깔깔깔……"

말할 것도 없이 오하나의 목소리였다. 그녀의 새파랗게 질린 얼굴이 탁자 위에서 웃었던 것이다. 난쟁이는 재빨리 그 목을 다시 소매로 가려버렸다. 그리고는 성큼성큼 검은 막 뒤로 들어갔다. 남은 것이라고는 비밀 장치가 달린 탁자뿐이었다.

구경꾼들은 너무도 훌륭한 불구자의 연기에 한동안 한숨만 쉬고 있었다. 마술사조차도 눈을 둥그렇게 뜨고 아무 소리도 내지 못했다. 그러나 이윽고 와아! 하는 환성이 텐트 속을 뒤흔들었다.

"헹가래다. 헹가래!"

누군가가 그렇게 외치자 일제히 한 덩어리가 되어 검은 막 뒤로 돌진했다. 엉망으로 취한 이들은 그 바람에 발을 헛디뎌 털썩털썩 겹치며 쓰러졌다. 그리고도 어떤 사람은 다시 일어나서 비틀비틀 무리를 따라 달려갔다. 텅 비어버린 술통 근처에는 이미 잠에 빠져든 몇몇 사람만이 해안가에 올라온 다랑어처럼 남겨져 있었다.

"이보게, 로쿠."

검은 막 뒤에서 누군가가 난쟁이를 소리쳐 부르고 있었다.

"로쿠 씨, 숨지 말고 이리 나와요."

다시 누군가가 외쳤다.

"오하나 언니."

여자의 높은 목소리도 들렸다.

그러나 대답은 없었다.

나는 무어라 표현하기 어려운 공포에 휩싸여 있었다. 조금 전에 들린 것은 진짜 오하나의 웃음소리였을까? 혹시 저 속마음을 헤아릴 수 없는 불구자가 무대 바닥의 비밀 문이 열리지 않도록 해놓고, 그녀를 정말로 찔러 죽이는 지옥문을 보여준 것은 아닐까? 그리고 그가 복화술이라고 하는 마술을 알고 있었던 것은 아닐까? 입은 다문 채 배 속에서 소리를 내는 그 복화술이라는 기이한 재주로 죽은 사람의 말투를 흉내 낸 것은 아닐까? 저 괴물이 그것을 연습해서 알고 있지 않다고 그 누가 단정할 수 있겠는가?

문득 정신을 차려보니 텐트 안에는 희미하게 연기가 들어차고 있었다. 곡예사들의 담배 연기치고는 조금 이상했다. 순간 불길한 예감에 가슴이 철렁해진 나는 정신없이 관객석 구석으로 달려갔다. 아니나 다를까 텐트 자락에서 검붉은 불꽃이 훨훨 타오르기 시작했다. 불은 이미 텐트 주위를 모조리 에워싸고 있는 것 같았다.

나는 간신히 불타오르는 텐트 자락을 젖히고 바깥 공터로 뛰쳐나왔다. 널따란 초원에는 새하얀 달빛이 구석구석 빈틈없이 쏟아지고 있었다. 나는 발 가는 대로 가까운 인가를 향해 무조건 달렸다.

뒤돌아보니 텐트는 이미 삼 분의 일이나 불이 붙어있었다. 물론 통나무로 만든 바닥이며 널빤지로 만든 관객석까지도 옮겨가고 있었다.

"와하하하하하……."

무엇이 그리 즐거운지 그 불꽃 속에서 술이 떡이 된 곡예사들의 미친 듯한 웃음소리가 멀리서 희미하게 들려왔다.

누군가 텐트 가까운 언덕 위에서, 어린애처럼 몸집이 작은 사람 그림자 하나가 달을 등지고 춤을 추고 있었다. 수박처럼 생긴 둥근 물체를 제등♦처럼 늘어뜨린 채 미치광이처럼 춤을 추고 있었다.

♦ 손잡이가 있어 들고 다닐 수 있는 등.

　　너무도 끔찍해서 나는 그 자리에 우뚝 걸음을 멈추고 기이한 그 검은 그림자를 지켜보았다. 남자는 들고 있던 둥근 물체를 양손에 들고 입 쪽으로 가져갔다. 그리고 분한 듯이 땅바닥을 발로 차면서 그 수박처럼 생긴 것을 물어뜯었다. 그리고 입을 뗐다가는 다시 물어뜯고, 뗐다가는 다시 물어뜯으면서 너무도 즐겁게 춤을 추었다.

　　물 같은 달빛이 어지러이 춤추는 그 그림자를 새까맣게 부각시켰다. 남자의 손에 들린 둥근 물체에서, 또 그의 입술에서도 농후한 검은 액체가 뚝뚝 떨어지는 모습까지 뚜렷하게 눈에 들어왔다.

독풀

시리도록 맑은 가을날이었다. 친구 녀석이 놀러 와 한바탕 잡담을 하다 날씨가 너무 근사하니 산책이라도 하자는 제안에 함께 집을 나섰다. 살던 곳이 변두리라 근처 공터로 나갔다.

잡초가 우거진 공터에는 한낮에도 가을벌레가 찌르르 울고 있었다. 잡초 사이로는 가느다란 냇물이 흐르고 이따금 나지막한 언덕이 나타나기도 했다. 우리는 언덕 중턱에 자리 잡고 앉아 구름 한 점 없는 새파란 하늘이며 발밑으로 흐르는 도랑처럼 작은 시내, 그 냇가에 자잘하게 핀 이름 모를 들풀들을 바라보면서 완연한 가을 정취에 새삼 감탄하며 꽤 오랜 시간을 그 자리에 앉아있었다.

그러다 문득 물기 어린 냇가 한 귀퉁이에 무리 지어 자라난 한 식물을 발견하고는 친구에게 물었다.

"저게 뭔지 알겠어?"

친구는 본래 자연의 풍물 따위에는 관심도 없는지라 무뚝뚝하게 모른다고만 짧게 대답했다. 하지만 이 친구가 아무리 그래도 저 식물만큼은 반드시 관심을 가질 수밖에 없을 거라고 생각했다. 더군다나 자연에 대해 별로 생각해 본 적도 없는 이런 남자야말로 저 식물이 가진 굉장한 힘에는 더 쉽게 빨려들게 분명했다. 그래서 나는 남들은 그다지 관심도 없는 내 기이한 지식도 자랑할 겸 그 식물의 용도에 대해 설명했다.

"저 식물은 ○○○라고 하는 건데, 아무 데서나 자라는 아주 흔한 풀이지. 그다지 강력한 독풀은 아니야. 보통 사람은 그저 그런 잡초려니 생각하고 그다지 신경도 안 쓰는 게 사실이고. 근데 말이야, 실은 저 풀이 낙태에는 아주 신묘할 정도로 잘 듣는다는 거야. 지금이야 별의별 희한한 약이 다 있지만 옛날에는 낙태약 하면 저 풀이 정답이었을 정도니까. 옛날에는 산파들이 낙태의 비법처럼 사용했던 풀이라고."

아니나 다를까 친구 녀석은 굉장한 호기심을 드러내며 도대체 어떻게 사용하는 풀이냐고 진지하게 질문을 쏟아냈다.

"어쩐지 당장 급하게 써야 할 일이 있는 사람 같은데?"

난 그렇게 친구를 살짝 놀려먹은 뒤, 손동작 몸동작까지 섞어가면서 자세한 사용 방법에 대해 수다스럽게 떠들었다.

"저 풀을 말이지, 일단 손바닥 넓이만큼 꺾어야 해. 그다음은 껍질을 벗기고……."

식물의 비밀이 충분히 흥미로울 거라고 예상했던 만큼 나 역시도 즐거웠다. 연신 감탄하면서 귀를 쫑긋 세우고 있는 친구의 얼굴을 보며 나는 아주 신이 나서 상세히 설명해 주었다.

낙태가 얘깃거리가 되다 보니 어느새 우리의 화제도 요즘 문제가 되는 산아 제한으로까지 흘러갔다. 우린 둘 다 젊었다. 당연히 산아 제한에 대해서도 찬성하는 입장이었다. 돈 없는 사람들보다는 오히려 돈 있는 사람들 사이에서 더 많이 행해지고 있다는 잘못된 현실이라든지, 이 근처만 해도 빈민굴 같은 판잣집들이 늘어서 있지만 정작 그들은 이런 운동이 일어나고 있는지도 모르고 집집마다 애들만 바글바글하다는 둥의 얘기를 나눴던 것 같다.

그런 얘기를 나누면서 내 머릿속으로는 불현듯 우리 뒷집에 사는 늙은 우체부 일가가 떠올랐다. 이 마을의 작은 우체국에서 10년도 넘게 일하고 있지만, 고작 50엔 정도의 월급에 보너스며 수당까지 합쳐본들 70엔이 채 안 되는 보잘것없는 늙은이. 매일 밤 술을 마시지 않는 날이 없지만, 여하튼 하루도 결근한 적이 없는 성실한 위인이다. 나이는 아마 쉰은 훨씬 넘었겠지만 결혼이 늦었는지 열두 살 맏이를 시작으로 자식이 줄줄이 여섯 명이나 된다. 게다가 살고 있는 집도 매달 10

엔은 내야 하는 월세 신세이고.

대체 어떻게 살아갈 작정인지 내가 다 궁금할 지경인데도, 저녁 무렵이면 그 열두 살짜리 맏딸이 빈 병을 끌어안고 늙은 아버지의 반주를 사러 나간다. 우리 집 2층에서는 그 서글픈 모습을 매일같이 목격할 수 있었다. 게다가 밤에는 겨우 젖만 뗀 세 살짜리 아들이 거의 병적인 히스테릭한 울음을 기력이 다 떨어진 채 밤새 울어대고, 머리에서 얼굴까지 종기가 난 다섯 살 먹은 그 위의 딸은 아픈 건지 가려운 건지 장단 맞춰 미친 듯이 울음을 터트리곤 한다. 마흔이나 먹은 그들의 어미는 대체 어떤 기분으로 그런 광경을 바라보고 있는 걸까? 그런데도 다섯 달 된 또 다른 자식을 배 속에서 키우고 있는 심사는 무엇일까? 하기야 뭐 그런 일들이 비단 우리 뒷집에서만 일어나는 건 아니다. 그 옆집도 마찬가지고 그 뒷집의 뒷집도 매한가지다. 그리고 이 넓은 세상에는 그 우체부 가족보다 열 배, 스무 배 더 불행한 가정도 널리고 널렸을 것이다.

그런저런 이야기들을 끝도 없이 하다 보니 어느새 짧은 가을날도 저물어가고 있었다. 푸르던 하늘이 희뿌옇게 흐려지면서 어두워졌고, 누르스름한 등불이 점점이 켜지면서 맨땅에 앉아있던 우리는 조금씩 한기를 느꼈다. 우리는 그만 자리에서 일어나 각자 집으로 돌아가기로 했다. 내가 벌떡 자리에서 일어났을 때 지금까지 등을 지고 있던 그 언덕 위로 어떤 기척이 느껴지는 듯하여 슬쩍 뒤돌아보았는데, 석양을 배경으로 어떤 여인이 마치 목상처럼 우뚝 서 있는 것이 아닌가! 배경이 하늘뿐이었던 탓인지 순간 내 눈에는 대단히 커다랗고 기이한 물체처럼 보였다. 그러나 곧 그것이 기이한 물체라기보다는 훨씬 더 오싹한 것임을 깨달았다. 화석처럼 서 있던 그 물체는 바로 늙은 우체부의 배부른 아내였다.

내 얼굴의 근육들은 일제히 경직된 것처럼 인사조차 나오지 않았다. 그녀도 앞을 응시하고는 있지만 마치 뻥 뚫린 어두운 하늘 어딘가로 날아가 버린 듯한 공허한 눈길로 내 쪽으로는 눈길도 주지 않았다. 마흔이나 먹은 그 무지한 여자는 우리가 나눈 이야기를 모조리 다 듣고 있었을 것이 틀림없었다.

우리는 도망치듯 집으로 향했다. 나나 친구나 둘 다 괜스레 침울해져서 제대로 작별 인사도 못했다. 우리는, 아니 특히 나는, 뜻밖에도 그녀가 우리 얘기를 모두 듣고 있었다는 사실과 그 결과를 상상하면서 두려움에 떨었다.

일단 집으로 돌아왔지만 생각하면 생각할수록 그 여자의 심상치 않은 모습이 마음에 걸렸다. 그녀는 분명 처음 내가 그 독풀의 용도를 설명할 때부터 다 듣고 있었을 것이다. 아무런 고통도 없이 얼마나 손쉽게 낙태할 수 있는지 나는 꽤 과장되게, 자랑스럽게 이야기했을 것이다. 자식이 주렁주렁한 그 임산부가 내 얘기를 듣고 과연 어떤 생각을 했을지도 저절로 짐작되었다. 지금 배 속에 든 애를 낳으면 안 그래도 없는 살림에 또다시 부담이 생길 수밖에 없을 테니까. 폐경이 머잖은 나이에 새로 태어난 아이를 품에 안고, 세 살짜리는 등에 업은 채 빨래하며 밥 짓는 것도 고달플 것이다. 지금도 밤이면 밤마다 정해진 행사처럼 소리를 질러대는 남편인데, 아이가 태어나면 호령할 일도 더 늘어나고 다섯 살짜리 딸내미의 히스테리도 점점 더 심해질 것이다. 그러한 갖가지 고통들이 이름 모를 들풀 하나면 아무런 위험 부담 없이 제거된다니……. 그녀가 어떻게 생각할까?

'넌 뭐가 두려운가? 넌 산아 제한론자가 아니던가? 그 여자가 네 가르침을 따라 한 사람의 불필요한 생명을 어둠에서 또 어둠으로 장사 지냈다고 해서 그게 죄악이 되겠는가?'

나도 머릿속으로는 그런 식으로 생각할 수 있었다. 하지만 단지 논리만으로 실제로 떨려오는 이 지독한 몸서리를 어떻게 멈출 수 있겠는가! 끔찍한 살인죄라도 저지른 것처럼 나는 그저 너무도 무서워졌다.

가만히 있는 것도 왠지 죄책감이 들어서 나는 집 안을 부산스럽게 돌아다녔다. 2층으로 올라가 베란다에서 공터의 어둑한 언덕 주변을 슬며시 둘러본다거나(그때는 이미 우체부의 아내는 보이지 않았다), 괜히 바쁜 일이라도 있는 것처럼 계단을 두세 칸씩 소란스럽게 건너뛰어 내려오기도 했다. 허둥지둥 신발을 끌어 신고는 대문을 열었다 닫았다 하는 짓도 되풀이했지만, 결국은 다시 한번 그 언덕까지 가보지 않고는 견딜 수 없어졌다.

한 치 앞도 보이지 않는 짙은 어둠 속에서 나는 누군가에게 들킬 것만 같아 몸이 움츠러드는 기분으로 수도 없이 뒤돌아보면서 그 언덕까지 갔다. 회색빛 밤안개 속에서 검은 시냇물이 졸졸 소리를 내고 있었다. 어둠 너머 수풀 속에서는 어떤 풀벌레인지 기묘하도록 청아한 목소리로 울고 있었다. 나는 긴장한 얼굴로 그 독풀을 찾았다. 그 풀은 키 작은 잡초 속에서 괴물처럼 굵은 줄기와 두껍고 둥근 입을 불쑥 드러내듯이 서 있는 터라 금방 알아보았지만, 살펴보니 줄기 하나가 가운데쯤이 툭 잘려 나가서 팔 하나를 잃어버린 불구의 몸처럼 스산해 보였다.

해가 떨어져 버린 완전한 어둠 속에서 나는 으스스한 두려움에 몸을 떨었다. 우리가 사라진 뒤, 추한 얼굴에 늘 미친 사람처럼 머리털을 산발한 그 마흔 먹은 여자가 끔찍한 결심을 하느라 턱을 꽉 다물면서 느릿느릿 언덕을 내려와 엉거주춤한 네발 자세로 이 풀을 꺾는 모습이 께름칙하게 눈앞에 떠올랐다. 대체 얼마나 우스꽝스럽고, 또 그러면서도 뭐라고 표현하기 힘든 엄숙한 광경이었을까. 너무도 끔찍한 상상에 나도 모르게 외마디 비명을 지르면서 집으로 내달렸던 것 같다.

그로부터 며칠이 지났다. 그동안 그 불쌍한 뒷집 여자가 머릿속에서 지워지지 않았지만, 최대한 억지로 잊으려고 애썼다. 그 집안사람들의 소문 따위도 되도록 듣지 않으려고 애썼다. 아침 일찍 집을 나와서 친구들을 만나러 다니고, 연극을 보거나 모임에 참여하면서 밖에서 많은 시간을 때웠다. 하지만 마침내 어느 날, 집 옆 좁다란 길목에서 뒷집 여자와 제대로 딱 마주치고 말았다.

그 여자는 나를 보더니 조금은 부끄러운 듯 쑥스럽게 웃으면서(그 미소가 내게는 또 얼마나 끔찍하게 느껴지던지!) 인사를 했다. 헝클어진 머리칼 사이로 병석에서 일어난 듯 핏기 없이 초췌한 그녀의 추악한 얼굴이 드러났다. 보지 않으려고 애를 쓰면 쓸수록 내 눈은 저절로 그녀의 허리께로 갔다. 예상은 하고 있었지만, 아니나 다를까, 뼈만 남은 굶주린 개처럼 금방이라도 접힐 듯이 폭삭 꺼져버린 그녀의 납작한 배가 내 가슴을 철렁하게 만들었다.

이 이야기는 여기서 끝이 아니다. 조금 더 남아있다. 왜냐하면 그로부터 다시 한 달쯤 지난 어느 날, 지나는 길에 우연히 방문 너머로 할머니와 하녀의 이상한 대화를 들었기 때문이다.

"이달은 액이 낀 달인 게야, 분명."

이것은 내 할머니의 목소리였다.

"아유, 할머님도…… 호호호."

하녀의 웃음소리는 실제로는 이렇게 듣기 좋지는 않지만, 하여튼 그녀의 목소리였다.

"네 말이 그렇잖아. 먼저 우체부 부인."

할머니는 아마도 손가락을 꼽기 시작한 모양이었다.

"그다음은 북쪽 마을 켄 씨, 그리고 또 과자 가게의 그 뭐라더라……. 그래, 류 씨. 보렴, 이 마을에서만 벌써 세 명이잖니? 그러니까 애 떨어지는 액달인 게야, 이달은."

이 대화를 듣고 내 마음은 얼마나 가벼워졌는지! 일순간 세상이 기이하게 변해버린 것 같았다.

"이런 게 인생인가!"

이게 뭔 말인지는 모른다. 그냥 그런 말이 내 머릿속에서 저절로 떠올랐다. 나는 그길로 현관을 내려가며 왠지 다시 한 번 더 그 언덕에 가봐야겠다는 생각이 들었다.

그날도 아주 화창하고 투명한 날씨였다. 끝없이 펼쳐진 푸른 하늘에서는 연신 원을 그리며 날아가는 이름 모를 새들. 나는 조금도 망설임 없이 그 풀을 찾아냈다. 하지만 이건 또 무슨 조화인가! 그 풀들은 어느 것 할 것 없이 이 줄기도 저 줄기도 모조리 허리가 꺾여나가 보기에도 처참한 모습이었다.

어쩌면 근처에 사는 어린애들의 장난일 수도 있다. 또는, 그렇지 않을 수도 있다. 나는 지금까지도 그 이유를 알 수가 없으니까.

火星の運河

화성의 운하

또다시 이곳으로 와버렸다는 소름 돋는 매력이 나를 떨리게 만들었다. 짙은 잿빛 어둠이 나를 둘러싼 온 세상을 완전히 뒤덮고 있었다. 소리도, 냄새도, 촉각마저도 내 몸에서 완전히 증발해 버린 듯 연양갱의 고운 입자처럼 번진 색채만이 내 주위를 감싸고 있었다.

머리 위에서는 저녁 무렵의 느닷없는 먹구름처럼 층층이 겹친 새카만 나뭇잎들이 소리 없이 침묵을 지키고 있었고, 그 위에서부터 거대한 흑갈색의 나무줄기가 폭포처럼 지상으로 쏟아져 내렸다. 내 눈은 관병식의 병렬을 바라보듯 나무줄기에서 줄기로, 아득한 사방으로 옮겨갔지만, 여전히 깊이를 알 수 없는 암흑 속으로 사라져갔다.

몇 겹이나 되는 어두운 나뭇잎 위에 화창한 햇살이 비추고 있을지, 아니면 차가운 바람이 그쳤을지 전혀 알 수 없었다. 알고 있는 것은 오로지 내가 지금 끝없이 펼쳐진 거대한 숲 속에서, 빛줄기 하나 들어오지 않는 어둠 속을 어딘지도 모른 채 무턱대고 그저 걸어가고 있다는 단순한 사실뿐이었다. 아무리 걸어도 아름드리 나무줄기만 연이어 나타났다가 스쳐갈 뿐, 경치는 조금도 달라지지 않았다. 발아래에는 이 숲이 생긴 이래 수백 년 동안 쌓였을 낙엽들이 축축한 쿠션을 이루어 걸을 때마다 부적부적 소리를 내고 있었을 것이다.

하지만 청각이 없는 어둠의 세계는 이 세상 모든 생물이 사멸한 것처럼 느껴졌다. 또는 불길하게도 숲 전체가 온갖 괴물들로 가득 차 있는 것처럼 보이기도 했다. 썩은 끈 같은 산거미가 새카만 천장에서 낙숫물처럼 내 목과 옷깃으로 떨어지는 것이 상상됐다. 내 시야에는 살아 움직이는 게 하나도 없었지만, 등 뒤에는 해파리처럼 수상쩍은 생물들이 우글우글 서로 몸을 비비적대면서 소리도 없이 합창하듯 웃고 있는지도 모를 일이었다.

어둠과 그 어둠 속에 깃든 생물이 나를 두려움에 떨게 했다는 것은 말할 필요도 없지만, 끝도 없는 무한한 숲이 한층 더 바닥 모를 공포로 다가왔다. 마치 금방 태어난 신생아가 넓디넓은 공간 앞에서 경외를 느끼며 손발을 웅크리고 겁에 질려 떨고 있는 것처럼.

　나는 "엄마, 너무 무서워요"라고 외치고 싶은 것을 간신히 꿀꺽 삼켜 참고, 일각이라도 빨리 이 암흑의 세계를 벗어나고자 안달했다.

　그러나 안달하면 할수록 숲속의 어둠은 한층 더 검은빛을 더해왔다. 몇 년 동안, 아니 몇십 년 동안인가? 나는 대체 얼마나 오래 이곳을 걷고 있었단 말인가! 이곳에는 시간이라는 개념이 없었다. 밤도 낮도 없었다. 처음 걸음을 옮긴 것이 어제였는지, 수십 년 전의 일인지조차도 애매하게만 느껴졌다.

　불현듯 나는 앞으로도 영원히, 어쩌면 영겁 동안 이렇게 커다란 원을 그리며 이 숲속을 헤매야 하는 것은 아닌지 불안해졌다. 외계의 어떤 것보다 나 자신의 불확실한 보폭이 훨씬 더 두려웠다. 오른발과 왼발 걸음걸이 사이의 불과 1인치 차이 때문에 사막 한가운데서 끝없이 원을 그렸다는 어떤 여행가의 이야기를 예전에 들은 적이 있다. 사막에는 구름이 없으니 해라도 떠 있겠지, 별이라도 보이겠지. 그러나 암흑의 숲속에는 아무리 걸어도 무슨 표식이 될 만한 것은 전혀 나타나지 않았다. 이는 일찍이 세상에서 경험한 적 없는 공포였다. 그때 마음 한구석에서부터 일어나던 공포를 어떻게 다 형용할 수 있으리!

　나는 태어나서 이 같은 공포를 몇 번인지 헤아리기 어려울 정도로 맛보았다. 그러나 그때마다 알지 못할 두려움은, 거기에 동반되는 어떤 그리움 같은 것과 함께 커져만 갔고 결코 줄어든 적이 없었다. 기이한 사실은 내가 그런 경험을 수차례 거듭했으면서도 그때마다 언제 어디서부터 이 숲에 들어왔고, 언제 또 어떻게 숲을 빠져나갈 수 있었는지 전혀 기억할 수 없다는 것이다. 매번 완전히 새로운 공포가 내 영혼을 압박해 왔고, 죽음 같은 거대한 어둠 속을 나라는 콩알만 한 인간이 헐떡헐떡 거친 숨을 몰아쉬고 진땀을 흘리면서 그렇게 언제까지나 걷고 있었다.

문득 내 주위로 기이하게도 어슴푸레한 빛들이 떠다니기 시작했다. 그것은 마치 막에 비친 영사기의 빛처럼 이 세상의 것은 아니었지만 걸어갈수록 어둠이 서서히 물러가고 있었다.

"뭐지? 저기가 숲의 출구였던가?"

대체 어떻게 하다 그런 것까지 다 잊어버릴 수 있단 말인가? 그리고는 마치 영구히 이곳에 갇혀 있던 사람마냥 이렇게 겁에 질려 두려워만 하고 있단 말인가?

나는 물속을 달리는 것과 비슷한 저항을 느끼면서 빛이 보이는 방향으로 가까이 다가갔다. 가까워질수록 숲의 잘린 부분이 나타나고, 그립던 하늘도 보이기 시작했다. 그런데 저 하늘색은, 저것이 과연 우리의 하늘이 맞는가? 그리고 그 너머로 보이는 것은? 아아! 나는 역시 아직도 이 숲을 빠져나가지 못했던 것이다. 숲의 끝이라고 생각했던 곳은 사실 숲의 한가운데였다.

그곳에는 직경이 10미터는 됨직한 둥근 연못이 있었다. 연못 주위는 조금의 여유도 없이 곧장 숲으로 둘러싸여 있었다. 사방 어느 쪽을 둘러봐도 끝도 모를 어둠뿐이었고, 지금까지 내가 걸어온 곳보다 얕은 숲은 아예 없는 듯했다.

이따금 숲을 헤매기는 했지만 이런 연못이 있는지는 오늘 처음 알았다. 그래서 퍼뜩 숲을 떠나 연못가에 섰을 때, 그 아름다운 경치에 나는 잠깐 현기증을 느꼈다. 만화경을 돌려보다 문득 환상적이면서도 기괴한 꽃을 발견한 기분이었다. 그러나 그곳에는 만화경처럼 화사한 색채는 없었다. 하늘도, 숲도, 물도 모두 단조로웠다. 하늘은 이 세상의 것이 아닌 것처럼 광택 없는 은색에 숲은 그을린 초록과 갈색이었고, 물은 그 단조로운 색깔들을 그대로 비추는 데 지나지 않았다. 그런데도 이 놀라운 아름다움은 누구의 조화인가? 짙은 잿빛의 하늘색 때문인가? 거대한 거미가 먹이를 노리고 금방이라도 달려들 것처럼 보이는 기괴한 수목들의 조화이던가? 고체처럼 침묵하면서 무한한 바닥에 하늘을 비추고 있는 연못의 경치 때문인가? 그래, 그런 것들도 이유가 되었을 것이다. 그러나 좀 더 다른 것이 있었다. 정체를 알 수 없는 그 어떤 것이.

소리도 없고, 냄새도 없고, 피부 감촉조차 없는 세상 때문일까? 그리하여 그런 청각, 후각, 촉각들이 이제는 단 하나밖에 남아있지 않은 시각에만 집중되는 탓인가? 물론, 그것도 이유가 될 수 있을 것이다. 그러나 좀 더 다른 것이 있었다. 하늘이며 숲이며 물이 마치 누군가를 학수고대하듯 금방이라도 터질 것처럼 보이지 않는가? 그러한 탐욕스럽기 그지없는 욕정들이 나무가 되어 내뿜고 있는 것은 아닐까? 그런데 그런 것들이 왜 이리도 내 마음을 자극하는 것일까?

나는 무심결에 눈을 외계로부터 내 자신에게, 의심스럽게도 벌거벗은 전라의 내 몸으로 옮겨갔다. 그리고 그곳에서 남자가 아닌 풍만한 처녀의 육체를 발견한 순간, 내가 남자였다는 사실도 잊어버리고 너무도 당연한 듯 미소를 지었다. 그래, 이 육체다! 나는 너무나 기뻐서 심장이 목까지 튀어 오르는 것을 느꼈다.

내 육체는 기이하게도 내 연인과 완전히 판박이처럼 닮았는데, 너무도 근사한 아름다움이었다. 젖은 가발처럼 풍성하고 건강한 검은 머리카락, 아라비아 말처럼 날렵하고 탄력 있는 팔다리, 뱀의 배처럼 파르스름할 정도로 윤기 있는 새하얀 피부. 이 육체로 나는 얼마나 많은 남자들을 정복해 왔던가! 나라고 하는 여왕 앞에서 그들은 또 어떤 모습으로 고개를 숙이고 엎드렸던가!

지금에야말로 모든 것이 명백해졌다. 나는 드디어 연못의 기이한 아름다움을 깨닫게 된 것이다.

"아아, 너희들은 얼마나 나를 목이 빠지게 기다렸을 것인가. 수천, 수만 년을 너희들은 하늘도, 숲도, 물도, 단지 이 한 순간을 위해서 살아오지 않았는가. 참으로 오래 기다렸다! 이제 내가 너희들의 그 열렬한 소원을 들어주겠노라."

이 아름다운 경치는 그 자체로는 완전한 것이 아니었다. 배경으로서 가치가 있는 것이다. 그리고 지금 내가 세상에 다시없을 훌륭한 배우로서 그들 앞에 나타난 것이다.

검은 숲에 둘러싸인 바닥 모를 연못의 깊고도 섬세한 회색 세계에서 나의 흰 눈 같은 피부는 얼마나 조화롭고 아름답게 빛났던가! 정말 거창한 연극이었다. 깊이도 바닥도 모를 엄청난 아름다움이었다.

나는 한 걸음 연못 속으로 발을 넣었다. 그리고 검은 물 중앙에 같은 색으로 떠 있는 바위 하나를 겨냥해서 조용히 헤엄쳤다. 물은 차갑지도 따뜻하지도 않았다. 기름처럼 미끌미끌했고, 손과 발이 움직일 때마다 그 부분만 조그맣게 물결이 일었지만 소리도 나지 않았고 저항도 느껴지지 않았다. 나는 가슴 근처로 두세 줄기 파문을 그리면서 새하얀 물새가 바람도 없이 수면을 가르는 것처럼 딱 그렇게 소리도 없이 나아갔다. 이윽고 중심에 도착하여 검고 미끌미끌한 바위 위로 기어올라갔다. 그 모습은 마치 고요한 저녁 바다에서 춤추는 인어처럼 보였을 것이다.

나는 지금 그 바위 위에서 훌쩍 일어섰다. 오오, 정말 아름다워! 고개를 들어 하늘을 보면서 나는 최대한 폐장에 힘을 모아 불꽃처럼 소리를 질렀다. 가슴과 목 근육이 무한대로 늘어나더니 다시 한 점처럼 줄어들었다.

그로부터 극단적인 근육 운동이 시작되었다. 정말 근사했다. 두 동강 난 구렁이가 몸부림치며 도는 것처럼, 자벌레와 애벌레와 지렁이의 단말마처럼. 무한한 쾌락에, 또는 무한한 고통에 발버둥 치는 짐승처럼.

춤추다 지치자 목을 적시기 위해서 검은 물속으로 뛰어들었다. 그리고 위 안 가득 수은처럼 무거운 연못물을 들이켰다.

그렇게 미친 듯이 춤을 추면서도 나는 뭔지 모를 부족함을 느꼈다. 나뿐 아니라 주위의 배경들도 기이할 정도로 긴장을 늦추지 않고 있었다. 그들은 아직도 이 이상의 어떤 일을 기대하고 있었다.

"그렇구나! 선홍색이야."

나는 퍼뜩 그런 생각이 들었다. 이 멋진 계획에는 오직 하나, 선홍색이 결여되었던 것이다. 만약 그것만 얻을 수 있다면, 구렁이에게는 눈이 생기는 것이다. 깊고 바닥 모를 잿빛과 빛나는 흰 눈 같은 피부, 그리고 선홍색. 그러면 어떤 것에도 지지 않을 아름다운 구렁이의 눈이 살아날 것이다.

하지만 어디서 그런 물감을 찾을 것인가. 이 숲의 끝에서 끝까지 샅샅이 뒤져본들, 동백나무 한 그루조차 피어있지 않은데. 늘어서 있는 저 거미 같은 나무 외에는 아예 아무것도 없는데.

"잠깐! 그거라면, 그곳에 멋진 물감이 있지 않을까? 쥐어짜기만 하면 이토록 선명한 붉은 색이 나오는 그런 심장. 그것을 어떤 화구상이 팔고 있었어."

나는 얇고 예리한 손톱으로 종횡무진 전신을 긁어 상처를 냈다. 풍부한 유방, 동그스름한 복부, 알맞게 살이 찐 어깨, 탄탄한 허벅지, 그리고 아름다운 얼굴에조차도. 상처로부터 흘러내리는 피가 개울이 되어 흐르면서 내 몸은 온통 새빨갛게 긁힌 상처로 뒤덮였다. 그야말로 피바다가 된 그물 셔츠를 입은 형국이었다.

그 모습이 연못 수면에 비쳤다. 화성의 운하! 내 몸은 바로 그 기분 나쁜 화성의 운하와 다름없었다. 화성에는 물 대신 붉은 피가 흐르고 있으니까.

그리고 나는 다시 광폭한 춤을 추었다. 빙글빙글 돌면 붉고 흰 줄무늬 팽이였고, 몸부림치듯 돌면 이번에는 단말마의 기다란 벌레가 되었다. 어떤 때는 가슴과 다리를 뒤로 당겨서 극도로 허리를 뒤집은 채 울퉁불퉁 올라오는 허벅지 근육 덩어리를 최대한 위로 잡아당겨 보거나, 어떤 때는 바위 위에서 옆으로 누워 어깨와 다리로 활처럼 몸을 뒤집어 자벌레가 기듯이 그 주변을 돌아다닌다거나, 어떤 때는 허벅지를 벌리고 그 안으로 머리를 집어넣고는 애벌레처럼 빙글빙글 돈다든지, 또 잘려 나간 지렁이를 흉내 내면서 바위 위를 펑펑 뛰어오른다든지, 팔이건 어깨건 배건 허리건 아무 데나 힘을 넣었다 뺐다 하면서 나는 온갖 곡선적인 표정을 모두 연출했다. 생명이 있는 한, 이 멋진 대 연극의 주역을 맡은 것이다.

"여보, 당신, 당신!"

멀리서 누군가가 부르고 있었다. 그 소리가 점점 가까워졌다. 지옥처럼 몸이 흔들렸다.

"당신, 왜 그렇게 신음해요?"

잠이 덜 깬 멍한 눈을 뜨자 이상할 정도로 커다란 연인의 얼굴이 내 코앞에서 움직이고 있었다.

"꿈꿨어."

나는 아무렇지 않게 중얼대면서 그녀의 얼굴을 바라보았다.

"아휴, 이 땀 좀 봐……. 악몽이라도 꿨어요?"

"정말 무서운 꿈이었어."

그녀의 뺨은 해가 넘어가는 산맥처럼 선명하게 음양이 갈리면서, 그 경계를 백발처럼 긴 텁수룩한 털들이 은빛으로 가르고 있었다. 콧망울 옆으로는 아름다운 기름방울들이 빛나고, 그것들을 만들어낸 털구멍들은 마치 암굴처럼 너무도 농염하게 숨을 쉬고 있었다. 이윽고 그녀의 뺨이 어떤 거대한 천체라도 되는 것처럼 서서히, 아주 서서히 내 눈앞을 덮쳐왔다.

お勢登場

오세이의 등장

1.

폐병 환자 가쿠타로는 오늘도 아내가 혼자서 나가는 바람에 멍하니 집을 지켜야만 했다. 평소 사람 좋은 성격의 그가 처음에는 격분하면서 헤어지자는 등 말싸움을 하기도 했지만, 폐병이라는 약점이 점점 그를 체념하게 만들었다. 앞날이 머지않은 자신이나 귀여운 자식을 생각하면 함부로 행동할 수도 없었던 것이다. 그런 면에서는 제삼자인 만큼 동생 가쿠지로 쪽이 훨씬 더 시원시원한 생각을 갖고 있었다. 그는 형의 처지를 답답히 여겨 가끔 자기 생각을 늘어놓을 때도 있었다.

"형님은 대체 왜 그러세요? 저라면 벌써 옛날에 이혼했을 텐데…… 그런 사람이 뭐가 불쌍하다고……?"

그렇지만 가쿠타로에게는 단순히 안됐다는 감정만 있는 것은 아니었다. 하기사 지금 오세이가 가쿠타로와 헤어진다면 오세이는 일전 한 푼 없는 학생이나 다름없는 불륜 상대와 당장 뭘 먹고 살아야 할지도 모를 한심한 신세가 되리라는 것은 뻔한 일이었다. 오세이의 그런 처지가 가엾은 것도 사실이지만, 그에게는 또 다른 이유도 있었다. 물론 자식들의 장래도 중요하고, 또 부끄러워서 동생에게는 털어놓지 못했지만 그가 그런 대우를 받아도 아내를 포기할 수 없는 이유가 있었다. 그래서 아내가 혹시 자기를 버리고 떠날까 봐 두려워 불륜을 책망할 마음까지 접어둘 정도였다.

오세이도 이런 남편의 마음을 지나칠 정도로 잘 알고 있어서, 거창하게 말하면 두 사람 사이에는 암묵의 타협과도 비슷한 묵계가 성립되어 있었다. 오세이는 내연남과 즐기고 남는 시간에는 지극정성으로 가쿠타로를 애무하는 것을 잊지 않았다. 가쿠타로는 이런 아내의 눈곱만큼 남은 정에 의지하며 마음에 들지 않아도 받아들일 수밖에 달리 도리가 없었다.

"그래도 자식을 생각하면 그렇게 내 고집만 부릴 수는 없잖아. 앞으로 1년이 될지 2년이 될지 모르지만 내 수명이야 이미 정해져 있는 건데 이러다 엄마까지 잃어버린다면 자식이 너무 가엾지 않겠어? 그냥 좀 참아볼 생각이야. 그러다 보면 오세이도 분명 마음을 돌릴 날이 올 거야."

가쿠타로는 이렇게 대답하면서 동생을 더 답답하게 만들기 일쑤였다.

그러나 가쿠타로의 이런 부처님 같은 마음을 빌어 오세이는 마음을 돌리기는커녕 더욱더 불륜에 빠져들고 있었다. 그런 일에는 오랜 병을 앓으면서 자리보전을 하고 있는 가난한 그녀의 아버지가 주로 이용되었다. 오세이는 아버지 병문안을 간다는 핑계로 사흘 걸러 집 밖으로 나갔다. 과연 정말로 친정에 갔는지 어떤지 조사해 보는 것도 사실은 의미 없는 일이었지만 가쿠타로는 그런 것조차도 알아보려고 하지 않았다. 심지어 그는 자기 자신에 대해서조차도 아내를 비호하는 듯한 태도를 취했다.

어제도 오세이는 아침부터 정성을 들여 화장하고 서둘러 외출했다.

'친정에 가는데 뭔 화장을 그렇게 해?'

그런 말이 입에서 나오려고 하는 것을 가쿠타로는 꾹 참았다. 요즘 그는 그렇게 하고 싶은 말도 제대로 하지 못하는 자신의 서글픔에 일종의 쾌감조차 느끼게 되었다.

아내가 나가버리면 그는 하릴없이 취미를 가장해 분재를 매만졌다. 맨발로 뜰에 내려가 흙을 묻히다 보면 다소 마음이 편해졌고, 또 그렇게 취미에 열중하는 척하는 것이 자신은 물론이고 남들 보기에도 필요했기 때문이다.

"저어, 점심 준비가 다 되었는데 좀 있다가 드시겠습니까?"

가쿠타로는 하녀조차도 자신을 조심스럽고 가련한 눈으로 바라본다는 것이 괴로웠다.

"오, 벌써 시간이 그렇게 되었나? 그럼 점심이나 먹어볼까. 세이치를 불러오게."

그는 허세를 부리면서 쾌활하게 대답했다. 요즘은 뭐든지 허세를 부리는 것이 습관이 되었던 것이다.

그런 날일수록 하녀들의 배려인지 식탁은 성찬이었지만 가쿠타로는 거의 한 달 가까이 음식맛을 전혀 느끼지 못했다. 바깥에서는 골목대장 노릇을 하는 아들 세이치도 집 안의 냉랭한 분위기를 느끼면 금세 풀이 죽어버리곤 했다.

"엄마는 어디 갔어?"

세이치는 대답을 이미 짐작하고 있으면서도 물어보지 않고는 역시 안심이 안 되는 모양이었다.

"할아버지 댁에 가셨답니다."

하녀가 대답하자 아들은 일곱 살 나이에 어울리지 않는 냉소를 지으며 '흥' 하고 콧방귀를 뀌며 밥만 퍼먹었다. 어린아이지만 그 이상의 질문을 하는 것은 아버지께 죄송하다는 눈치였다. 아들에게도 역시 그만의 허세가 있었다.

"아빠, 친구들 불러서 놀아도 돼?"

밥을 다 먹고 나니 세이치는 어리광을 부리듯 아버지의 눈을 바라보았다. 가쿠타로는 어린 아들이 할 수 있는 최대한의 추종을 보는 듯해 눈물겹게 사랑스러웠고, 동시에 자기 자신에 대한 불쾌감을 느끼지 않을 수 없었다. 하지만 그의 입에서 나오는 말은 결국 언제나처럼 허세 이외에는 아무것도 없었다.

"그럼, 불러도 되지만 얌전하게 놀아야 해."

아버지의 허락을 받자 아들은 또 아들 나름의 허세일지 모르는 ""아이, 좋아! 아이 좋아!"라는 환호성을 지르면서 너무도 즐거운 듯 쾌활하게 바깥으로 뛰어나갔다. 얼마 지나지 않아 세이치는 서너 명의 놀이 친구들을 데리고 왔다. 그리하여 가쿠타로가 밥상 앞에서 이를 쑤시고 있을 때 이미 방 안에서는 우당탕퉁탕 하는 시끄러운 소리가 들려오기 시작했다.

2.

아이의 방은 웬만해서는 조용해지지 않았다. 술래잡기라도 시작했는지 방에서 방으로 달리는 소리와 하녀가 주의를 주는 소리가 가쿠타로의 방까지 들려왔다. 그중에는 숨느라고 엉겁결에 가쿠타로의 겉옷까지 들추는 아이도 있었다.

"아, 아저씨다!"

아이들이 가쿠타로의 얼굴을 보고는 화들짝 놀라 소리를 지르며 건넛방으로 달아나버렸다. 그러다 결국 세이치까지 가쿠타로의 방으로 난입하더니 "난 여기 숨을래" 하며 책상 아래에 몸을 숨겼다.

그런 광경을 보고 있자니 가쿠타로는 즐겁고 유쾌해 마음이 흐뭇했다. 그러다 문득 오늘은 나무 다듬는 건 잠시 멈추고 아이들과 어울려 놀아볼까 싶은 마음이 들었다.

"얘야, 그렇게 시끄럽게 장난치지 말고 아빠가 재미있는 이야기 해줄 테니 모두 불러오렴."

"야아! 신난다."

세이치는 얼른 책상 밑에서 튀어나와 뛰어갔다.

"우리 아빠는 정말 이야기를 잘해."

이윽고 세이치는 그런 난처한 소개를 하면서 부하들을 이끌고 가쿠타로의 방으로 입장했다.

"어서 이야기해 줘요. 난 무서운 이야기가 좋아."

아이들은 올망졸망 호기심에 눈을 반짝이면서 모여 앉았다. 어떤 아이는 부끄러운 듯 겁먹은 표정으로 가쿠타로의 얼굴을 바라보았다. 그들은 가쿠타로의 병세를 모르고 있었고, 설령 알고 있었다 해도 아이들이니까 어른들처럼 지나치게 신경을 쏟는 태도는 보이지 않았다. 가쿠타로도 그런 게 좋았다.

　요즘 들어 가장 활기가 넘쳐난 그는 아이들이 좋아할 만한 이야깃거리를 생각하면서 "옛날 옛적 어느 왕국에 욕심 많은 왕이 있었단다" 하며 이야기를 시작했다. 한 가지 이야기가 끝났지만 아이들은 "하나만 더, 하나만 더" 하며 졸라댔다. 그는 아이들이 원하는 대로 두세 가지 이야기를 더 해주었다. 그렇게 아이들과 어울려 옛날이야기를 하는 동안 그는 점점 더 기분이 좋아졌다.

　"자, 이쯤에서 이야기는 그만하고 이제는 숨바꼭질이나 하면서 놀지 않겠니? 아저씨도 함께하는 거야?"

　마지막으로 그는 아이들에게 제안했다.

　"응, 숨바꼭질 놀이 해."

　아이들도 바라던 바였던 듯 그 자리에서 찬성했다.

　"그럼 이 집 안에서만 숨는 거야. 알았지? 자, 가위바위보!"

　그는 아이처럼 들떠 있었다. 그가 앓고 있는 병 때문에 더욱 그랬을 수도 있고, 아내의 부정에 대한 또 다른 허세였는지도 몰랐다. 그것이 무엇이든 그의 행동에는 자포자기한 심정이 섞여 있었다는 것은 확실했다.

　처음 두세 번은 그가 굳이 술래가 되어 아이들의 천진한 은신처를 찾아 헤맸다. 그러다 질리면 이번에는 반대로 아이들과 함께 벽장이라든지 책상 밑 같은 곳에 커다란 몸을 숨기느라 애썼다.

"숨었니?" "아직!" 하면서 주고받는 소리가 온 집 안에 시끄럽게 울려 퍼졌다.

가쿠타로는 혼자서 자기 방에 딸린 어두운 벽장 속에 몸을 숨기고 있었다. 술래가 된 아이가 '누구누구 내가 찾았다'고 소리치면서 방방이 돌아다니고 있는 것이 희미하게 들려왔고, 더러는 '와악!' 하면서 숨은 장소에서 뛰어나와 술래를 놀래키는 아이도 있었다. 이윽고 모두가 발견되고 이제 남은 것은 가쿠타로 혼자였던 듯, 아이들이 다 함께 방이란 방은 모조리 찾아다니는 기척이 났다.

"아저씬 대체 어디 숨은 거지?"

"아저씨, 이제 그만 나오세요!"

아이들의 목소리가 점점 벽장과 가까워졌다.

"우후후후……. 아빠 틀림없이 벽장 안에 있을 거야."

세이치의 목소리가 바로 벽장 앞에서 들렸다. 가쿠타로는 금방 들키게 되자 아이들을 좀 더 애타게 하려고 벽장 안에 있던 장궤 뚜껑을 살짝 열고 안으로 들어가 다시 티가 나지 않게 닫고는 숨을 죽였다. 궤 안에는 뭔가 이불 같은 게 들어 있어서 마치 침대에서 자는 것처럼 폭신폭신 기분이 좋았다.

그가 궤짝 뚜껑을 닫자마자 곧 덜컹하고 벽장문 열리는 소리가 나더니 "아저씨, 찾았다!" 하고 외치는 소리가 들렸다.

"어? 여기 없네?"

"에이, 좀 전에 소리가 났어. 안 그래, 얘들아?"

"그건 쥐새끼 소리일 거야."

아이들은 소곤소곤 천진한 대화를 주고받았지만 (밀폐된 궤 속이라 굉장히 먼 데서 들리는 소리 같았다) 아무리 살펴보아도 어두침침한 벽장 안은 고요하게 인기척이 없으니까 누군가가 "귀신이다!" 하면서 소리를 쳤고, 그 소리에 모두가 비명을 지르면서 우르르 도망가버렸다. 그러더니 다른 먼 방에서 "아저씨, 이제 그만 나와요"라고 입을 모아 부르는 소리가 희미하게 들렸다. 그러나 아직도 그 주변에 있는 벽장문들을 열어보면서 찾고 있는 낌새였다.

3.

좀약 냄새로 가득한 어두운 궤짝 속은 기이하게도 아늑했다. 가쿠타로는 소년 시절의 아련한 추억들을 떠올리며 어느새 눈물겨워졌다. 이 오래된 장궤는 돌아가신 어머니가 시집올 때 가져오신 혼수 가운데 하나였다. 어린 시절 종종 이 궤짝을 배라고 생각하며 안에 들어가 놀던 일도 기억나고, 다정했던 어머니의 얼굴도 어둠 속에서 환영처럼 떠오르는 듯했다.

그러다 문득 정신을 차려보니 아이들은 이제 찾기를 포기했는지 사방이 고요했다. 한동안 귀를 기울이고 있자니 "에이 재미없어! 우리 밖에 나가서 놀자" 하고 누군가가 시들하니 그렇게 말하는 것이 희미하게 들렸다.

"아빠!"

세이치의 목소리였다. 그 소리를 마지막으로 아들도 마침 내 밖으로 나가는 눈치였다. 궤짝을 뛰쳐나가 초조할 대로 초 조해진 아이들을 깜짝 놀라게 해줘야겠다고 생각하면서 벌컥 뚜껑을 들어 올렸다. 그런데 어찌 된 일인지 뚜껑은 꿈쩍도 하지 않았다. 처음에는 그리 대수롭지 않게 생각했지만 같은 짓을 몇 번이고 되풀이하는 동안 문득 무서운 사실을 깨닫게 되었다. 이제 꼼짝없이 이 궤짝 안에 갇혀버리고 만 것이다.

장궤 뚜껑에는 구멍 뚫린 나비 모양의 쇠 장식이 붙어있어 서 그것이 아래쪽에 달린 쇠꼬챙이처럼 생긴 장식 안으로 들 어가면 잠기게 되어있는데, 조금 전에 뚜껑을 닫을 때 우연히 위를 향하고 있던 아래쪽 장식을 미처 보지 못하고 그대로 닫 아버린 모양이었다. 옛날 장궤는 모서리마다 철판을 박은 지 독하게 튼튼한 물건이었고, 금속으로 된 장신구도 마찬가지로 견고하고 단단해서 병자인 가쿠타로는 도저히 어찌해볼 도리 가 없었다.

그는 큰 소리로 아들의 이름을 부르면서 쿵쿵쿵 안에서 뚜 껑을 두들겼다. 그러나 아이들은 이미 포기하고 밖으로 놀러

나갔으므로 아무도 대답하는 이가 없었다. 그래서 이번에는 있는 힘을 모아 하녀들의 이름을 연달아 부르면서 사력을 다해 궤짝 안에서 몸부림을 쳐봤다. 그러나 재수가 없을 때는 뭘 해도 안 되는 것처럼, 하녀들도 모두 어딘가에서 수다라도 떨고 있는지 아니면 자기들 방에 있어서 이 소리가 안 들리는지 역시 아무런 대답이 없었다.

이 벽장이 붙어있는 가쿠타로의 방은 저택에서도 가장 안쪽에 위치한 데다, 한 치의 틈도 없이 밀폐된 나무상자 속에서 외치는 소리가 2~3미터 너머까지 들릴지도 의문이었다. 더욱이 하녀들의 방은 여기서 가장 먼 부엌 옆이라 특별히 귀를 기울여 듣고자 하는 마음이 없는 한은 들릴 리 만무했다.

가쿠타로는 점점 흥분해서 소리를 지르며 혹시 이대로 궤짝 안에서 죽는 건 아닐까 걱정했다. 웃긴 일이었다. 설마 그럴 리가 있겠냐고, 자신의 희한한 꼴에 마음 한편에서는 웃음이 터질 것 같았지만, 그러면서도 아주 웃을 일만은 아니라는 걱정도 들었다. 공기에 예민한 환자였던 그는 문득 어쩐지 공기가 희박해진 정도가 아니라 숨을 쉬기에도 괴로워졌다는 사실을 깨달았다. 옛날에 누군가가 무척 정성을 기울여 제대로 만든 장궤라 그런지 공기가 통할 빈틈마저 없는 게 분명했다.

그런 사실을 깨닫자 그는 조금 전의 과민한 운동에 이미 다 소진한 줄 알았던 체력을 다시금 쥐어짜듯 긁어내서 궤짝을 두드리고 발로 차며 죽음에 대한 두려움에 몸부림쳤다. 그가 만약 건강했더라면 그 정도 발광에 궤짝 어딘가에 구멍이라도 하나 났을지 모를 일이지만, 약해빠진 심장과 말라빠진 손발로는 도저히 그만한 힘을 낼 수 없었을뿐더러 공기가 희박해지면서 시시각각으로 호흡조차 곤란해졌다. 피로와 공포로 목은 숨쉬기조차 따가울 정도로 바삭바삭 말라가고 있었다. 이런 그의 기분을 과연 뭐라고 표현해야 좋을까?

만약 조금은 그럴싸한 장소에라도 갇혔다면, 어차피 병 때문에 이르건 늦건 얼마 안 가 죽을 목숨이었던 가쿠타로로서는 분명 지금쯤은 체념해 버릴 것이 틀림없었다. 그러나 자신의 집 벽장 속 궤짝 안에서 질식사한다는 것은 아무리 생각해 봐도 진귀하고 우습기 짝이 없는 일이었기에, 적어도 그런 우스꽝스러운 죽음만은 면하고 싶었던 것이다. 사실 그가 이러고 있는 동안에도 하녀들이 이 방으로 오고 있는지도 모를 일이었고, 그렇다면 기적처럼 구조될 수도 있었다. 그렇게만 되면 이런 괴로움도 한바탕 웃음으로 넘길 수 있는 일이었다. 구조될 가능성이 있는 만큼, 그는 체념하기 어려웠다. 그러니 두려움도 괴로움도 그만큼 클 수밖에 없었다.

그는 몸부림치며 쉰 목소리로 죄 없는 하녀들을 저주했다. 심지어 아들 세이치까지도 저주했다. 거리로 치면 고작 30여 미터 정도 떨어져 있는데, 그들의 악의 없는 무관심이, 악의가 없었기에 더더욱 원망스러웠다.

어둠 속에서 시간이 흐를수록 호흡 곤란은 더해왔다. 이제는 소리를 낼 기운조차 없었다. 내쉬는 숨결만 묘한 소리를 내면서 육지에 올라온 물고기처럼 헐떡거렸다. 입이 저절로 커다랗게 벌어지면서 새하얀 이가 아래위로 해골처럼 잇몸 뿌리까지 드러났다.

소용없는 줄 알면서도 양손은 정신없이 손톱으로 궤짝 안 뚜껑을 긁어댔다. 손톱이 벗겨져 나가는 것은 이미 의식조차 하지 않았다. 단말마의 괴로움이었다. 그러나 이런 상황에서도 아직은 구조될 것이라는 일말의 희망 때문에 쉽사리 죽음을 받아들일 수 없었던 터라 그의 육체적 고통은 한층 더 잔혹하기만 했다. 그것은 어떤 타고난 업보로 병에 걸려 죽은 자나 사형수조차도 맛보기 어려운 실로 엄청난 고통이라고 할 수 있었다.

4.

불륜을 일삼는 아내 오세이가 연인과 헤어져서 집으로 돌아온 것은 그날 오후 3시쯤이었다. 마침 가쿠타로가 궤짝 안에서 최후의 희망을 버리지 못하고 가냘픈 벌레 같은 숨결로 단말마적 고통에 괴로워하고 있을 때였다.

집을 나갈 때는 거의 정신이 없어서 남편의 기분 따위는 돌아볼 여유도 없었지만 집으로 돌아올 때는 역시 뒤가 켕기는 마음을 어쩔 수 없었다. 여느 때와는 달리 활짝 열린 현관문을 보면서 최근 들어 삐걱삐걱하는 부부 사이의 파탄이 드디어 오늘에야말로 온 것은 아닐까 하고 벌써부터 심장이 벌렁벌렁 뛰는 것이었다.

"저 왔어요."

하녀의 대답을 기대하면서 불러봤지만 아무도 나와 보는 이가 없었다. 활짝 열린 방마다 사람은 그림자조차 보이지 않았다. 무엇보다 못난 남편의 모습이 보이지 않는 것이 의아했다.

"아무도 없는 거니?"

다실로 들어가면서 조금 높게 불러봤다. 그러자 하녀 방에서 "예에, 여기 있어요" 하는 다급한 대답이 들려오더니 낮잠이라도 잤는지 하녀 하나가 퉁퉁 부은 얼굴로 뛰어나왔다.

"자네 혼자뿐인가?"

오세이는 버릇처럼 발작이라도 일어나려는 심사를 간신히 억누르며 물었다.

"저기, 다케 씨는 뒤뜰에서 빨래를 하고 있습니다."

"그럼 바깥양반은?"

"방에 계십니다."

"그런데 없으니까 내가 묻는 거지?"

"어머, 그러세요?"

"뭔 소리야? 자네 틀림없이 낮잠이라도 잤나 보군. 그래서 되겠어? 우리 아가는?"

"글쎄요……. 좀 전까지만 해도 집에서 노셨는데…… 저어, 주인어른께서도 함께 숨바꼭질을 하시고 계셨습니다요."

"뭐라고, 그 양반까지? 나 원 참!"

하녀의 얘기를 듣고는 오세이도 겨우 떨리는 마음이 가라앉았다.

"그럼 바깥양반도 바깥에 계시겠군. 자네가 좀 찾아보게. 계시는 것만 알면 되니까 부르지는 말고."

가시 돋친 목소리로 명령을 내려놓고 자기 거실로 돌아온 오세이는 잠깐 거울 앞에 서서 제 모습을 비춰보다가 옷을 갈아입기 시작했다.

그리고 허리띠를 막 풀려던 참이었다. 문득 귀를 기울이니 옆에 있는 남편 방에서 벅벅 뭔가를 긁는 묘한 소리가 들려왔다. 여자의 직감이랄까, 아무래도 쥐가 내는 소리 같지는 않아서 다시 잘 들어보니 어렴풋이 사람의 쉬어빠진 목소리도 들려오는 듯했다.

오세이는 허리띠를 풀다 말고 불길한 예감을 억누르면서 옆방 문을 열었다. 아무래도 그쪽에서 나는 소리 같았다.

"도와줘, 나 여기 있어!"

아주 희미하고 들릴 듯 말듯 알아듣기 힘든 소리였지만 기이하리만치 확실하게 오세이의 귀에 닿았다. 틀림없는 남편의 목소리였다.

"아니 당신, 그런 궤짝 속에서 대체 무얼 하는 거예요?"

아니나 다를까 그녀는 깜짝 놀라 궤짝 옆으로 달려가 쇠고리를 풀면서 물었다.

"아아, 숨바꼭질을 하고 계셨군요. 정말 유치한 장난을 다 하시고……. 그런데 어째서 이 자물쇠가 잠겨버렸답니까?"

만약 오세이가 타고난 악녀라고 한다면, 그런 본질은 유부녀의 몸으로 내연의 남자를 숨겨놓은 것보다는 아마도 이런 악행을 순식간에 떠올릴 수 있는 민첩함에 있었던 것은 아닐까? 그녀는 쇠고리를 풀어 뚜껑을 살짝 들어 올리는가 싶더니 갑자기 무슨 생각이 들었는지 다시 원래대로 꾹 누르면서 재차 자물쇠를 걸어버렸다. 그때 가쿠타로는 아마도 그의 모든 안간힘을 다해 닫히려는 뚜껑을 열려고 애를 썼겠지만 오세이에게는 한낱 아주 나약한 힘으로 느껴질 뿐이었다. 오세이는 강제로 짓눌러 버리듯이 뚜껑을 덮어버렸다. 훗날 무참한 남편의 죽음을 떠올릴 때마다 오세이를 가장 괴롭혔던 것이 바로 이 뚜껑을 들어 올리려고 안간힘을 쓰던 나약하기 이를 데 없던 남편의 손힘이었다. 그녀에게는 이 기억이 피투성이가 되도록 뚜껑을 긁어댄 단말마적 광경보다도 수천 배 더 끔찍하게 새겨졌다.

어찌 되었건, 궤짝 뚜껑을 원래대로 잠근 오세이는 살그머니 벽장문을 닫고 서둘러 자기 방으로 돌아왔다. 그렇지만 과연 바로 옷을 갈아입을 만큼 대담하지는 못해서 새파랗게 질린 얼굴로 장롱 앞에 앉아, 옆방에서 들려오는 소리를 지우기라도 하는 듯이 장롱 안 서랍들을 열었다 닫았다 반복했다.

"이런 짓을 하고도 내가 벌을 받지 않을까?"

그것이 미치도록 마음에 걸렸지만 다시 곰곰이 생각해 볼 여유 따위 없었다. 사람이 다급하면 이렇게 아무 생각도 나지 않는다는 것을 뼈저리게 통감하면서, 그저 앉지도 서지도 못하고 허둥댔다. 그렇지만 다시 떠올려 봐도, 순간적으로 떠오른 그녀의 생각에 어떤 허점이 있거나 했던 것은 아니었다. 자물쇠가 저절로 잠긴다는 것도 알고 있었고, 가쿠타로가 아이들과 숨바꼭질을 하다가 잘못해서 장궤 속에 들어갔다는 것도 알았으니 아이들이나 하녀들도 충분히 증언해 줄 것이 분명했다. 궤짝 속의 기척이나 고함도 집이 넓어서 들리지 않았다고만 하면 그뿐이었던 것이다. 엄연히 하녀들조차도 지금껏 무슨 일이 일어나고 있는지 아무도 모르고 있지 않은가.

물론 그렇게까지 깊이 생각한 것은 아니지만 오세이의 악독하면서도 예리한 직관이 무의식적으로 '괜찮아, 아무런 문제없어'라고 속삭였다.

아이들을 찾으러 나간 하녀는 아직도 돌아오지 않았다. 뒤뜰에서 빨래를 하는 하녀도 집 안으로는 들어오지 않았다. 이럴 때 남편의 신음이나 몸부림만 멈춘다면 모든 것은 감쪽같을 것이다. 그녀의 머릿속에는 그런 생각만 가득했다. 그러나 벽장 안에서 끈질기게 들려오는 몸부림 소리는 거의 들릴락 말락 희미해졌지만 마치 심술궂은 태엽 장치처럼 끊어질 듯 끊어지지 않고 이어지고 있었다. 괜한 자격지심인가 싶은 생각도 들어서 벽장문에 귀를 붙이고(문을 열 용기는 도저히 없었다) 들어봤지만 역시나 험악한 마찰음은 아직도 그치지 않고 있었다. 그뿐 아니라 이미 바짝 말라붙은 혀로 거의 의미도 알 수 없는 주문까지 중얼거리는 기척이었다. 그것이 오세이에 대한 끔찍한 저주라는 것은 의심의 여지가 없었다. 그게 너무도 두려워서 자칫 결심을 바꿔 궤짝 뚜껑을 열어줄까도 생각해 봤지만, 그렇게 하면 자기 처지가 어떻게 될지는 불을 보듯 뻔한 일이었다. 이미 살의를 들킨 이 마당에 어떻게 새삼 그를 도울 수 있겠는가?

그건 그렇고, 궤짝 속의 가쿠타로의 심정은 과연 어떠했을까? 가해자인 그녀조차도 결심을 바꾸고 싶도록 망설일 정도였다. 그러나 그녀의 상상은, 세상에서도 보기 힘든 엄청난 그의 고통에 비하면 천분의 일 또는 만분의 일도 안 되었다. 그가 거의 포기할 즈음에 마침 뜻밖에도, (비록 간사한 부인이기는 해도) 아내가 나타나서 자물쇠를 열어주기까지 했다. 그때 가쿠타로의 크나큰 기쁨은 무엇에 비할 수 있었을 것인가? 요즘 들어 원망스럽고 밉기만 하던 아내였지만, 설령 자기가 아는 것 이상으로 이중삼중의 불륜을 저질렀다고 해도 또 참을 수 있을 만큼 고맙고 송구스럽게 생각했을 것이다. 아무리 병약한 몸이라고는 하지만 죽음의 문턱까지 가본 사람이라 생명이 그만큼 더 아까웠을 것이다. 그러나 그 잠깐의 환희의 순간에서 그는 절망이라는 말로도 도저히 표현하기 어려운 무간지옥으로 다시 떠밀려 떨어졌다. 만약 구조의 손길이 오지 않고 그대로 죽었다고 해도 세상에 다시없을 고통이건만, 그보다 수십 수백 배나 더 극심해 도저히 말로는 다 표현하기 어려운 고통이 이 요사스런 아내에 의해 더해졌다.

오세이는 설마 그 정도로 고통이 심하리라고는 상상도 하지 않았겠지만, 자기가 상상할 수 있는 범위 내에서도 남편의 고통스런 죽음을 가련히 여긴다거나 자신의 잔학함을 후회하지는 않았다. 악녀의 운명적인 불륜의 심정을 악녀 스스로도 어쩌지 못했던 것이다. 그녀는 언제부터인가 쥐 죽은 듯 조용해진 벽장 앞에 서서 희생자의 죽음을 애도하는 대신, 그리운 연인의 얼굴을 떠올리고 있었다. 평생 놀고먹어도 될 정도로 막대한 남편의 유산, 거리낄 것 없는 연인과의 즐거운 생활,

그런 상상만으로도 죽은 자에 대한 최소한의 애도를 잊기에 충분했다.

그렇게 보통 사람으로서는 상상도 할 수 없을 만치 재빨리 평정을 되찾은 그녀는, 올라간 입꼬리로 차갑게 쓴웃음을 띠우면서 옆방으로 건너가며 천천히 허리띠를 풀기 시작했다.

5.

그날 밤 8시쯤에 오세이에 의해 교묘하게 계획된 사체 발견 장면이 연출되면서 기타무라 집안은 아래위로 대소동이 일어났다. 친인척, 평소 드나들던 사람, 의사, 경찰관 등 급보를 듣고 달려온 온갖 사람들로 넓은 저택이 넘쳐났다. 사체 검사라는 형식 때문에 그대로 궤 속에 넣어둔 가쿠타로의 시체 주변에는 이윽고 검시관들이 늘어섰다. 특별히 검시관들 틈에 섞여 진정으로 통곡하고 있는 동생 가쿠지로, 거짓 눈물로 얼굴을 적신 오세이, 남들 보기에는 이 두 사람이 그 얼마나 비통했을까!

장궤가 저택 한가운데로 나오자 경관 하나가 거칠게 뚜껑을 열었다. 눈부신 전등이 추하게 일그러진 가쿠타로의 고통스런 모습을 비추었다. 평소 단정하게 매만져 붙이던 두발이 거꾸로 서듯이 흐트러진 모습, 단말마처럼 뒤틀린 수족, 튀어나온 안구, 더 이상 벌릴 수 없을 정도로 크게 벌어진 입, 악마가 깃들지 않은 한 이런 처참한 모습을 보면 당장 그 자리에서 개과천선해야만 했으리라. 그러나 오세이는 눈을 들어 똑바로 남편의 모습을 보지는 못했지만, 양심의 가책은 전혀 받지 않는지 새빨간 거짓말을 눈물로 호소했다.

그녀 스스로도 자기가 어떻게 이토록 침착할 수 있는지 의아할 정도였다. 사람을 한 명 죽이고 나니 빌어먹을 배짱이라도 생긴 건지, 몇 시간 전만 해도 불륜을 저지른 외출에서 돌아와 현관문을 지날 때는 그토록 가슴이 벌렁거렸는데(그때도 이미 충분히 악녀인 것은 분명하지만) 지금은 자기가 생각해도 완전히 다른 사람이었다. 그런 모습을 보면 태어날 때부터 놀랍도록 잔인한 악마가 깃들었다가 지금 이렇게 그 정체를 조금씩 드러내 보이는 건지도 몰랐다. 나중에 그녀에게 다가온 위기에서도 치가 떨릴 정도로 상상을 초월한 냉정함을 유지한 것을 보면 달리 생각할 여지가 없는 듯하다.

이윽고 사체 검사는 별다른 이상 없이 절차대로 끝났고, 사체는 친족들의 손에 의해 장궤에서 다른 장소로 옮겨졌다. 그리하여 비로소 조금이나마 여유를 되찾은 친족들은 그제야 궤짝 뚜껑 안쪽에 손톱으로 긁힌 무수한 자국들을 보았다. 가쿠타로의 처참한 시체를 본 적도 없고 아무 사정도 모르는 사람일지라도 그 손톱자국은 분명 예사롭지 않게 보일 만큼 참혹했다. 그곳에는 죽은 사람의 끔찍한 망상과 집착이, 어떠한 명화도 미치지 못할 만큼 선명하게 새겨져 있었다. 모두가 한 번 보고는 금세 얼굴을 돌리면서 두 번 다시 그곳으로는 눈길을 주지 못할 정도였다.

발버둥 쳤던 그 흔적에서 어떤 놀라운 것을 발견한 이는 오세이와 가쿠지로 둘뿐이었다. 두 사람은 사체와 함께 다른 방으로 이동 중인 사람들을 뒤따르면서, 장궤의 양 모서리에서 뚜껑 안쪽으로까지 새겨진 야릇한 그림자 같은 흔적을 기이한 눈길로 계속 응시했다. 아아, 대체 거기에는 무엇이 있었단 말인가?

거기에는 그림자처럼 흐릿하고 미치광이의 붓처럼 떠듬떠듬하게 어떤 글씨가 적혀 있었다. 잘 살펴보면 무수한 손톱자국 위에 덮여서 한 글자는 크게, 또 한 글자는 작게, 어떤 것은 비스듬하고 또 어떤 것은 겨우 판독될 정도로 어설프지만 분명히 '오세이'라는 세 글자가 보였던 것이다.

"형수님 이름이군요?"

가쿠지로는 글씨를 읽어보던 깊은 눈길을 그대로 오세이에게 향하면서 낮게 말했다.

"그렇네요."

아아, 이토록 냉정한 말이 오세이의 입에서 이다지도 자연스럽게 튀어나오다니 정말 경악할 노릇이 아닌가! 물론 그녀가 그 글자의 의미를 모를 까닭은 없었다. 빈사의 가쿠타로가 마지막 생명을 다해 간신히 쓴 오세이에 대한 저주의 글, 마지막 '이'에 이르러서는 그 한 획을 그으면서 그대로 빈사 상태에 빠져버린 허무한 집착. 그는 그 이름에 이어 '오세이야말로 범인이다'라는 뜻을 얼마나 적고 싶었을까? 그러나 불행하게도 그 취지를 다 밝히지 못한 채 천추의 한을 품고 딱딱하게 굳어갔던 것이다.

그렇지만 본래 사람이 선량한 가쿠지로인지라 거기까지는 의문을 품지 않았다. 단순히 '오세이'라는 세 글자가 무엇을 의미할까 생각했을 뿐, 그것이 형을 죽인 범인임을 알리는 것이라고는 아예 상상하지 못했다. 그저 오세이에 대한 막연한 의혹과 함께, 미련하게도 형은 죽음의 문턱에서도 그녀를 잊지 못하고 고통스러운 손끝으로 그 이름을 적었구나 싶은 허무한 기분뿐이었다.

"세상에, 저토록 절 걱정하셨나 보네요."

잠시 후 오세이는, 이미 상대가 느끼고 있었을 자신의 불륜을 후회하는 의미도 담아서 깊게 탄식했다. 그리고 갑자기 손수건을 얼굴에 갖다 대더니 (어떤 명배우라도 이렇게 가짜 눈물을 쏟아낼 수는 없으리라) 목을 놓아 크게 울기 시작했다.

6.

가쿠타로의 장례식이 끝나고 오세이가 가장 먼저 시작한 연극은, 겉치레일 뿐이지만 내연의 남자와의 관계를 끊은 것이었다. 그리고 온갖 수단을 동원해 가쿠지로의 의심을 풀기 위해 전력을 다하였고, 그것은 어느 정도 성공했다. 설령 일시적인 것이기는 했지만 가쿠지로는 오세이의 연기에 감쪽같이 속아 넘어갔다. 그리하여 오세이는 예상했던 것 이상의 상속분을 얻어, 아들 세이치와 함께 살던 저택을 팔더니 끊임없이 주소를 바꾸면서 자기의 특기인 연극 기술을 이용해 언제부터인가 친족들의 감시로부터도 멀어져 갔다.

문제의 장궤는 오세이가 굳이 물려받더니 남몰래 고가구점에 팔아넘겼다. 지금은 이미 어느 누군가의 손에 넘어갔을 것이다. 혹시라도 그 장궤 뚜껑의 무수한 손톱자국과 무의미한 이름 석 자가 새로운 주인의 호기심을 자극한 적은 없었을까? 손톱자국에 숨은 놀라운 집착에 문득 두려움이 생기면서 마음 한구석이 떨려오지는 않았을까? 그리고 또 '오세이'라고 하는 수수께끼 같은 세 글자를 보면서 새로운 주인은 과연 어떤 여인을 상상하고 있었을까?

人でなしの恋

사람이 아닌 슬픔

206 | 207 사람이 아닌 슬픔

1.

가도노라고, 알고 계시겠지요? 10년 전에 죽은 제 남편입니다. 이토록 세월이 흐르고 보면 가도노라고 불러봐도 마치 남의 일처럼 생각되고, 그 사건도 어쩐지 꿈이 아닌가 싶어지네요.

무슨 인연이 있어 제가 가도노 가문으로 시집을 갔을까요. 결혼 전에 서로 좋아해서 연애를 한다거나 놀아본 기억도 없는 상태에서 중매인이 제 어머니께 운을 띄웠고, 어머니가 다시 제게 말씀하셔서 숫처녀였던 저는 좋다 싫다 말도 못 하고 그렇게 결정이 되고 말았답니다. 방바닥에 밍기적밍기적 손가락 글씨나 쓰면서 그냥 고개를 끄덕이고 만 거지요.

하지만 그 사람이 제 남편이 된다고 생각하니까 역시 신경이 쓰이더군요. 워낙 작은 동네인데다가 또 그 집이 꽤 세력가다 보니 얼굴 정도는 알고 있었지만, 듣자 하니 어쩐지 까탈스러운 분인 듯도 했고 게다가 너무 잘생긴 사람이라 걱정도 되었어요. 네, 그렇습니다. 아실지 모르겠지만 가도노는 그야말로 대단한 미남자였습니다. 아니, 저만의 착각이 아닙니다. 몸이 좀 약해서인지 성격이 다소 어둡고 얼굴빛은 창백하다 못해 투명할 정도였지만 정말이지 눈이 번쩍 뜨일 만큼 늠름하게 잘생긴 남자였는데, 그저 잘생긴 정도를 뛰어넘어 어쩐지 엄청난 사람처럼 느껴질 정도였답니다.

그토록 잘생긴 분이었으니까 분명 어딘가에 달리 숨겨놓은 아름다운 여자도 있을 것 같았고, 설령 그렇지 않더라도 제가 이 과분한 복을 다 누리면서 평생토록 귀여움을 받을 수 있을까 싶어서 여러모로 애도 많이 썼습니다. 또 친구며 하인들을 통해서 그분의 소문을 들을 수 있도록 촉각을 곤두세우고 있었답니다.

그렇게 주변에서 점점 들려오는 이야기들을 종합해 보니, 예상외로 난잡한 소문은 거의 없었습니다. 대신에 까탈스러운 분이 아닐까 걱정이 되었죠. 아무래도 석연치 않은 점이 있었습니다.

말하자면 좀 색다른 분이었던 셈이지요. 친구도 적고 거의 집 안에만 틀어박혀 있다는데, 가장 꺼림칙했던 것은 여자를 싫어한다는 소문이었지요. 친구들과 함께 놀러 다니지 않아서 생긴 소문이라면 그다지 상관은 없지만 정말로 여자를 싫어하신다면 걱정이 안 될 수가 없었어요. 저와 혼담이 오간 것도 사실은 처음부터 부모님들의 생각이었지, 중매를 섰던 분은 저보다도 오히려 그 사람을 설득하는 데 더 애를 먹었다고 하더군요.

하지만 그런 확실한 이야기를 들은 것은 아니었으니 누군가가 얼떨결에 말이 헛나온 걸 결혼을 앞둔 처녀의 예민한 마음에 멋대로 판단한 거라고도 생각했습니다. 아니, 막상 시집을 가서 진짜로 그런 꼴을 당하기 전까지는 정말이지 제 독단에 불과하다고 저 좋을 대로 생각하고 있었답니다. 그런 의미에서는 다소 혼자 착각한 것도 있었네요.

그 시절, 처녀였던 기분을 돌이켜보면 제 이야기라 좀 그렇긴 하지만 참 귀여웠던 거 같습니다. 마음 한편으로는 그런 불안을 느끼면서도 이웃 마을로 옷 구경을 갔고, 또 거기서 산 것들을 집안사람들 손으로 재봉을 하게 하거나 도구류며 자잘한 신변 용품을 준비하느라 분주했습니다. 그 와중에 신랑집에서 보내온 예물이 도착하여 친구들에게 축하의 말이며 선망의 말을 듣고, 누군가를 만날 때마다 놀림을 받는 것도 익숙해졌습니다. 점차 그 모든 것들도 부끄러울 정도로 기빠지더군요. 온 집안 구석구석에 화사한 공기가 가득하고, 열아홉 살의 어린 신부는 마치 하늘에라도 두둥실 떠 있는 그런 기분이었답니다.

기뻤던 일 중에 하나는, 신랑 될 사람이 아무리 기이하고 까다롭다 할지라도 군계일학처럼 훤칠하고 늠름한 그의 모습에 완전히 매료되고 말았던 것이지요. 게다가 그런 사람일수록 정이 많아서 어쩌면 저 혼자만을 지켜주고 모든 애정도 쏟아주면서 사랑해 줄지도 모른다고, 세상 물정 모르는 철부지 같은 생각을 했습니다.

처음에는 아주 먼일처럼 손가락을 꼽으며 헤아리던 혼례 날짜도 꿈꾸는 동안에 가까워졌고, 날짜가 다가올수록 달콤한 공상은 훨씬 더 현실적인 두려움으로 바뀌더군요. 드디어 그날이 되자 저희 집 문 앞에 혼례 행렬이 늘어섰습니다. 자랑처럼 들릴지는 모르겠지만, 우리 마을로서는 보기 드물게 10여 개가 넘는 거창하고 화려한 혼례 깃발이며 장식에 둘러싸여 차에 오를 때의 마음이란……. 아마 누구나 맛보는 것이겠지만 참으로 정신이 아득해질 정도였답니다. 마치 낭떠러지에 서 있는 양처럼 말입니다. 정신적인 두려움뿐 아니라 마치 몸 안에서 쿡쿡 쑤시는 것도 같고 대체 어떻게 설명해야 좋을지…….

2.

　뭐가 어떻게 되었는지도 모르고 하여간 정신없이 혼례를 마쳤습니다. 한 이틀은 밤에 잠을 잤는지 못 잤는지, 시아버지와 시어머니가 어떠한 분이신지, 하인들은 몇 명인지……, 인사를 하기도 하고 받기도 받았지만 머릿속에는 아무것도 남은 것이 없었습니다. 그러자 어느덧 결혼하고 첫 친정 나들이, 차를 나란히 하고 남편의 뒷모습을 바라보며 달렸지만 이게 꿈인지 생시인지…… 이런! 제가 이런 소리만 하느라 정작 중요한 내용은 빠트려서 송구스럽습니다.

　그렇게 복잡한 혼례도 일단락되자, 역시 머릿속으로 생각만 하기보다는 실행하는 게 낫다고 직접 겪어본 가도노는 소문만큼 이상한 사람이 아니더군요. 도리어 일반 사람들보다 훨씬 더 다정하고 상냥하게 저를 대해주었어요. 그 사실에 마음이 놓이자 지금까지 고통에 가까운 긴장이 일시에 풀어지면서 인생이 이토록 행복한 것인지 새삼 실감하게 되었답니다. 게다가 시부모님도, 결혼하기 전에 저희 어머께서 그토록 주의를 해주신 말씀들이 다 필요가 없을 정도로 좋은 분들이셨고, 남편은 외아들이라서 시누이마저 없으니 오히려 맥이 풀릴 만큼 새댁으로서의 마음고생도 필요 없었지요.

　남자로서의 가도노는…… 아니오, 그렇지 않아요. 그 얘기는 역시 나중에 함께 하겠습니다. 그렇게 함께 생활해 보니 멀리서 얼핏 볼 때와는 달리, 제게 있어서는 태어나서 처음이자 이 세상에 유일한 단 한 사람이었으니까 지극히 당연한 일이지만, 날이 갈수록 더욱더 늠름해 보이고 세상에서 제일 훌륭해 보였답니다. 아닙니다, 얼굴이 잘생겼기 때문만은 아니었습니다. 사랑이란 참으로 신비로운 것이지요. 사실 이상한 구석이 있는 사람이라고 할 것까지도 없었는데, 어쩐지 우울한 얼굴로 온종일 무슨 생각에 골몰해 있어서 기운도 없어 보이고 무뚝뚝하긴 해도 여하튼 참으로 맑은 미남자였답니다. 가도노가 세상 사람들과 다른 점은 이제 이루 말할 수 없는 매력이 되어 열아홉 어린 여자의 마음을 산산이 헤집어놓더군요.

정말이지 하루 아침에 세상이 확 바뀌어버린 듯했습니다. 부모님 슬하에서 자란 19년을 현실 세계라고 비유한다면, 비록 반년밖에 안 되었지만 결혼 이후의 생활은 마치 꿈나라라든지 동화 속 세상에서 살고 있는 기분이었습니다. 과장되게 표현하면 우라시마 타로◆가 용녀를 만나서 총애를 받았다고 하는 용궁 세계, 바로 그것이었습니다. 흔히 며느리는 괴롭다

◆ 어느 날 거북이의 권유로 용궁에 갔다가 용녀의 환대와 선물까지 받은 어부 우라시마가 다시 뭍으로 올라오니 어느새 30년의 세월이 흘렀고, 절대 열어선 안 된다는 보물 상자를 여니 우라시마 또한 늙은이로 변해버렸다는 내용의 일본 설화.

고 말들을 하지만 저는 완전히 반대였답니다. 아니, 그렇게 말씀드리기보다는 그런 괴로움에 도달하기도 전에 그 끔찍한 파탄이 먼저 와버렸다고 하는 게 옳을지도 모르겠군요.

그 반년 동안 어떻게 살았는지 지금은 그저 즐거웠던 일밖에는 떠오르지도 않고, 또 말씀드리려는 내용과도 큰 관계가 없으므로 쓸데없는 추억은 말하지 않겠습니다. 다만 세상에서 아무리 자기 아내를 끔찍하게 사랑하는 남편이 있다고 하더라도 가도노가 저를 사랑한 것만큼은 감히 흉내조차 낼 수 없었을 것입니다. 물론 저는 그런 남편이 그저 고맙기만 했고 또 푹 빠져 있을 때라서 전혀 의심을 품을 여지가 없었답니다. 하지만 저를 지나칠 정도로 사랑했던 것도 나중에 생각해보면 실로 소름 끼치는 의미가 숨어있었습니다.

그렇다고 너무 사랑한 것이 파탄의 원인이 된 것은 아닙니다. 그 사람은 진심으로 저를 사랑하고자 노력했던 것뿐이니까요. 결코 속이고자 하는 마음 따윈 없었답니다. 따라서 그가 노력하면 할수록 저도 진짜로 받아들였고, 또 마음으로부터 그를 따르고 싶어서 몸도 마음도 내던지고 매달리게 되었습니다. 그런데 그 사람은 왜 그토록 저를 사랑하고자 노력했을까요? 전 시간이 한참 흐른 뒤에야 겨우 알게 되었지만 거기에는 실로 놀랍도록 기이한 사연이 있었답니다.

3.

이상하다고 생각한 것은 결혼한 지 반년 정도 지났을 무렵입니다. 지금 생각해 보면 그때는 이미 가도노의 기력이, 저를 귀여워해 주려고 한 그 노력이 참혹하게도 한계에 도달했음이 틀림없었습니다. 대신 그런 틈을 타고 또 다른 매력이 그 사람을 다른 곳으로 끌고 가버렸던 것이지요.

남자의 사랑이 어떤 것인지, 어린 저로서는 알 도리가 없었습니다. 가도노처럼 사랑하는 방법이야말로 모든 남자의, 아니 그 어떤 남자에게도 뒤지지 않을 사랑법임이 틀림없다고 줄곧 굳게 믿어왔습니다. 그런데 그토록 믿었음에도 어쩐지 가도노의 사랑에 거짓이 섞여 있음을 서서히 느끼지 않을 수 없었습니다. 밤마다 잠자리의 절정은 형태뿐이고, 마음속으로는 어쩐지 아득히 먼 것을 쫓고 있는 듯한 묘하게 싸늘한 공허감을 느끼게 되었던 것이지요. 저를 애무하듯 바라보는 눈길 너머에는, 또 하나의 차가운 눈이 있어 먼 곳을 응시하고 있었던 것입니다. 달콤한 사랑의 말을 속삭여주는 그 사람의 음성조차도 어쩐지 허망한 기계 장치에서 나는 소리 같았습니다.

그래도 당시의 저로서는 그 모든 애정이 처음부터 거짓이었다고는 도저히 생각할 수 없었답니다. 이것은 분명히 그 사람의 사랑이 제게서 떨어져 나가 다른 누군가에게로 옮겨가는 것이라고 의심이나 해보는 게 고작이었지요.

의심이라는 것은 한 번 그렇게 조짐이 보이면 마치 여름 저녁의 먹구름이 퍼져가듯 놀랍도록 빠르게 상대의 일거수일투족, 아무리 미세한 점까지도 마음 가득 깊은 의혹이 되어 뭉글뭉글 일어나는 법이지요.

'그때 했던 말에는 반드시 이런 의미가 있었던 거야. 언젠가 집에 없었는데 대체 어디로 갔던 걸까? 그래 이런 일도 있었지, 저런 일도 있었어⋯⋯.'

한 번 의심하기 시작하면 한도 끝도 없어서 흔히들 말하는 것처럼, 발밑이 푹 꺼지면서 그 자리에 커다랗고 시커먼 구덩이가 생겨 끝이 어딘지 모를 지옥으로 빨려 들어가는 느낌이었습니다.

그 정도로 의혹을 갖고 있었지만 사실 저는 의심 이상의 어떤 확실한 증거는 하나도 잡을 수 없었답니다. 가도노가 집을 비웠다고는 했지만 극히 짧은 시간이었을 뿐 아니라 대개는 제가 행선지를 알고 있었고, 일기장이며 편지, 사진까지도 몰래 훔쳐 보았지만 그 사람의 마음을 확인할 길이라고는 아무것도 없었습니다.

어쩌면 어리석은 여자 마음에 근거도 없는 것을 괜히 의심하여 쓸데없이 고생하고 있는 것은 아닐까, 스스로도 몇 번이나 반성해 보았지만 한 번 뿌리를 뻗은 의혹은 좀처럼 풀 방법이 없었고, 또 그렇다고 제 존재조차 잊어버리고 멍하니 허공만 바라보며 생각에 잠겨 있는 그 사람을 볼 때면 역시 뭔가가 있다고, 틀림이 없다고 그렇게 생각되는 것이었습니다. 그렇다면 혹시……?

전에도 말씀드렸듯이 가도노는 굉장히 우울한 기질을 갖고 있어서 자연히 내성적이고 방에만 틀어박혀 책을 읽는 시간이 많았답니다. 게다가 서재에서는 정신이 산란해진다면서 뒤뜰에 세워진 흙으로 지은 어두침침한 창고 2층으로 올라갔고, 밤에도 옛날처럼 호롱불을 밝히고 혼자서 독서를 하는 것은 그의 아주 어릴 적부터의 취미 가운데 하나였습니다. 다행히 그곳에는 선조 때부터 전해져오는 오래된 서적들이 잔뜩 쌓여 있었지요.

그러던 것을 저와 결혼하면서 반년 정도는 모든 것을 잊은 듯이 그 창고 근처에는 얼씬도 하지 않았는데, 언제부터인지 다시금 태연하게 그곳으로 들어가기 시작했습니다. 어쩌면 그게 어떤 의미가 있지 않을까……. 저는 문득 그런 생각이 들었답니다.

4.

흙으로 지은 창고 2층에서 독서하는 취미가 조금 색다르기는 하지만 그렇다고 특별히 손가락질할 일도, 수상쩍은 일도 아니라는 것은 저도 알고 있습니다. 하지만 저로서는 최대한 배려를 한답시고 하면서 그의 일거수일투족을 감시하고 물건들을 조사했는데도 이상한 것이라고는 손톱만큼도 없으니 꼬투리를 잡을 길이 없었습니다. 그 빈 껍질 같은 애정이나 허망한 눈길, 그리고 때로는 저의 존재조차도 망각한 듯이 사색에 젖은 그의 모습을 바라보면 또다시 마음이 흔들리면서 그 창고라도 의심하지 않고는 견딜 수가 없었던 것이지요.

게다가 더 묘한 일은 그 사람이 창고에 가는 시간이 항상 깊은 밤이라는 사실입니다. 제가 옆에서 자고 있으면 이따금 진짜로 자는지 살펴보는 것처럼 확인하고는 살짝 이부자리를 빠져나가는데, 혹시 화장실에라도 간 건지 모르겠다고 생각해 보지만 그대로 한참이나 돌아오지 않았습니다. 그때 툇마루로 나가보면 그 창고 2층 창문에 희미하게 불빛이 보이곤 했습니다. 참으로 처량하고 복잡 미묘한 감정에 치받칠 때가 한두 번이 아니었습니다. 그 흙으로 지어진 창고는 결혼 당시 한차례 안을 구경한 적도 있고 또 계절이 바뀔 때마다 한두 번은 들어간 적이 있어서, 설령 가도노가 그런 곳에 틀어박혀 있더라도 뒤를 밟아보거나 특별히 의심스럽다는 생각은 한 번도 해본 적이 없었습니다. 따라서 지금까지 제 감시에서 벗어나 있던 곳이었는데, 이제는 그 창고까지도 의심의 눈초리로 지켜보아야만 했습니다.

결혼을 한 것은 봄날의 한가운데였고, 남편을 의심하기 시작한 것은 그해 가을 바로 중추절 때였습니다. 지금도 이상하다고 생각하지만, 가도노가 툇마루에 웅크리고 앉아 푸르스름한 달빛을 받으면서 오랫동안 꼼짝도 하지 않고 건너편을 바라보며 사색에 잠겨 있던 그 뒷모습, 그 모습이 어쩐지 예사롭지 않게 보이면서 그런 의혹의 계기가 되었습니다. 그로부터 의심은 깊어만 가면서 마침내 제가 야비하게도 가도노의 뒤를 밟아 창고 안으로 들어간 것은 그 가을이 끝나갈 무렵이었습니다.

참으로 허망한 인연이었습니다. 저를 세상 부러울 것 없게 만들었던 남편의 깊은 애정(물론 앞에서도 말씀드렸듯이 진짜 애정은 아니었지만)은 불과 반년도 안 돼 식어버리고, 이제는 보물 상자를 연 우라시마 타로처럼 태어나서 처음 맛보는 도취경에서 문득 눈을 뜨고 나니 그곳에는 두려운 의혹과 질투라는 무간지옥이 입을 벌리고 기다리고 있었던 것이지요.

그즈음 정원에서 울어대던 가을벌레도 어느덧 소리를 죽이고 있었고, 겹옷 한 벌로는 이미 쌀쌀하게 느껴지던 어느 날 밤이었습니다. 저는 깊은 밤에 정원용 나막신을 신고 창고로 향하면서 하늘을 보았습니다. 별은 밤하늘에서 아름답게 반짝이고 있었지만 어쩐지 아득히 멀리 떨어진 곳에 있는 것처럼 사무치게 외롭게만 느껴졌습니다. 물론 처음부터 그 창고 안이 수상하다고 확신한 것은 아닙니다. 비록 의심을 뿌리치지 못하고 이런 짓을 하지만 그저 부디 혼자 있는 남편의 모습을 몰래 훔쳐보면서 제 의혹을 풀고 싶었고, 또 제가 안심할 만한 어떤 것이 그곳에서 발견되기를 간절히 바라는 마음이었습니다. 게다가 도둑같은 저의 행동이 스스로 무섭기도 했지만 이제 와서 중지하기도 꺼림칙하여, 마침내 그 창고 안으로 숨어들어 2층에 있을 남편의 모습을 훔쳐보기로 결심한 것이었지요.

　안채는 이미 양친을 비롯해 하인들도 모두 잠자리에 들었습니다. 시골 마을의 넓은 저택이었으므로 채 10시도 안 된 시간이었지만 주변은 쥐 죽은 듯 고요하여 창고까지 가는 데도 새카맣게 보이는 수풀을 지나기가 무서울 지경이었습니다. 본래 날이 좋을 때도 질척질척 땅이 질었는데 수풀 속에는 커다란 두꺼비까지 살고 있어서 *끄륵끄륵끅끅…… 끄륵끄륵끅끅……* 하는 징그러운 울음소리를 내고 있었답니다. 그것을 간신히 참아가며 창고까지 왔지만 그곳도 어둡기는 마찬가지고, 희미한 좀약 냄새까지 섞여서 차갑고 곰팡내 나는 흙으로 된 창고 특유의 냄새가 온몸을 감쌌습니다. 만약 마음속에 질투의 불이 타오르고 있지 않았다면 열아홉 살의 어린 여자가 어떻게 그런 일을 할 수 있었겠습니까? 정말이지 사랑만큼 무서운 것도 없더군요.

어둠 속에서 더듬더듬 계단까지 다가가서 살짝 위를 살펴보니, 어두울 수밖에 없는 이유가 있었는데, 계단 끝에 있는 끌어내리는 문이 굳게 닫혀 있었습니다. 저는 숨을 죽이고 한 계단 한 계단 소리가 나지 않도록 주의하며 간신히 끝까지 올라가서 살짝 문을 들어보았지만 조심성 많은 가도노가 문이 열리지 않도록 위에서 잠가 놓았더군요. 단지 책을 읽기만 할 거라면 왜 문까지 잠가 놓았는지, 그런 사소한 일까지 마음에 의심으로 남았습니다.

'어떻게 할까? 그냥 두드려서 열어달라고 할까? 아니야, 이 깊은 밤에 그런 짓을 했다가는 내 속마음을 들켜서 더욱더 멀어지고 말 거야. 그럼 이렇게 뱀을 산 채로 죽이는 듯한 고통이 한없이 이어져도 내가 과연 견딜 수 있을까? 차라리 결단을 내리고 문을 열어달라고 해서, 오늘 밤 안채로부터 떨어진 창고 안에서 내가 품고 있던 의심을 남편 앞에 다 털어놓고 그의 진심을 들어보는 건 어떨까?'

그렇게 온갖 생각을 하면서 닫힌 문 앞에 서 있을 때, 실로 가공할 일이 때맞추어 일어났습니다.

5.

저는 왜 그날 밤 창고 안으로 들어갔을까요? 깊은 밤 창고 2층에서 일어날 일이라곤 아무것도 없다는 걸 상식적으로도 충분히 생각할 수 있는데도 미련스러울 정도로 의심덩어리가 되어 마침내 그곳까지 가봤다는 건, 이론적으로는 설명이 안 되는 어떤 정신적 감응이 있었기 때문이 아닐까요? 흔히 말하는 예감 같은 게 아닐까요? 이 세상에는 이따금 상식으로는 판단할 수 없는 그런 이상한 일들이 일어나는 법입니다. 그때 저는 창고 2층에서 소곤소곤 속삭이는 목소리를, 그것도 남녀 두 사람의 대화가 흘러나오는 것을 들었습니다. 남자의 목소리는 말할 것도 없이 가도노였지만 상대 여자는 대체 어디 사는 누구일까요?

설마라고 생각하던 제 의심은 너무도 극명한 사실이 되어 눈앞에 나타났습니다. 세상 물정 모르던 어린 저는 그저 깜짝 놀라 화가 나기보다는 두렵고, 두렵다기보다는 일찍이 본 적도 경험한 적도 없는 슬픔에 그냥 울음이 터지려 했습니다. 간신히 이를 악물고 참으면서 마치 화라도 내는 사람마냥 몸을 일으켜 세우고는, 그 와중에도 역시 무슨 말을 하는지 귀를 쫑긋 세우지 않고는 견딜 수가 없었답니다.

"이런 만남을 계속하면 제가 당신 부인께 너무 미안해져요."

가냘픈 그녀의 목소리는 너무도 낮아서 거의 들리지 않았는데, 안 들리는 부분은 상상으로 메우면서 간신히 이런 의미라는 것을 알아들을 수 있었답니다. 목소리의 분위기로는 저보다는 서너 살 위 같았고, 또 저처럼 살도 찌지 않고 무척 가냘프게 보였기에 이즈미 교카◆ 선생의 소설에 나오는 꿈처럼 아름다운 여자 같았습니다.

"나도 그 생각을 하지 않는 건 아니오."

가도노의 목소리가 들렸습니다.

"당신이 항상 당부하듯이 나도 최대한 교코를 사랑해 보려고 노력은 하지만, 슬프게도 그게 역시 안 된다오. 나로서는 어려서부터 알고 지낸 당신을 도저히 체념할 수가 없는걸……. 교코에게는 잘못을 빌 수도 없으리만치 미안한 일이지만, 정말이지 미안하다고 생각하면서도 이렇게 매일 밤 당신 얼굴을 보지 않으면 견딜 수가 없소. 부디 내 안타까운 마음을 헤아려 주오."

묘하게 단정적이면서도 극적인 연극 대사처럼 들리는 가도노의 목소리는 내 마음속으로 확실하게 파고들어 와 울려 퍼졌습니다.

◆ 섬세하고 우아한 문체로 독특한 낭만적 경지를 구축한 것으로 평가되는 일본의 소설가이자 극작가.

 "기쁘기 그지없습니다. 당신처럼 아름다운 분이 그토록 홀륭하신 부인을 내버려 두고 절 이렇게나 생각해 주시다니, 저는 참 복도 많은 사람입니다. 정말 기쁘기 그지없습니다."

 그리고 극도로 민감해진 제 귀에는, 여자가 가도노의 무릎에라도 기대는 기색이 느껴졌답니다. 뒤이어 어쩐지 꺼림칙한 옷 스치는 소리며 입술 맞추는 소리까지도 말이지요.

 뭐, 상상에 맡기겠습니다만, 그때의 제 기분이 어떠했겠습니까? 만약 지금 나이라면 뭘 망설이겠습니까. 문을 두드려 부수는 한이 있어도 두 사람에게 달려가서 원망과 미움을 있는 한껏 늘어놓았겠지만, 그때는 아직 어렸으므로 저에겐 도저히 그럴 용기가 나지 않았습니다. 마음 깊은 곳에서 끓어오르는 슬픔을 소맷부리로 지그시 눌러 감추면서 그 자리를 떠나지도 못한 채 부들부들 떨면서 죽고 싶다는 생각만 하고 있었습니다.

 한참을 그러고 있는데 갑자기 또각또각 마룻바닥을 걷는 발소리가 들리더니 누군가가 문 쪽으로 다가오고 있었습니다. 지금 여기서 얼굴을 마주친다면 저로서도 너무 부끄러운 일인지라 서둘러 계단을 내려와 창고 밖으로 나와서 그 주변 어둠 속에 살그머니 몸을 숨기고, 그 여자의 얼굴이라도 자세히 보고 싶은 마음에 원망에 불타는 눈을 커다랗게 뜨고 있었습니다. 이윽고 덜컹덜컹 문 여는 소리가 나더니 갑자기 빛이 보이고 호롱불을 한 손에 든 채 발소리를 죽이면서 내려온 것은 틀림없는 제 남편이었습니다. 그러니 이제 곧 그 계집애도 뒤따라 내려올 줄 알았는데 아무리 기다려도 내려올 낌새가 보이지 않았습니다. 그런데 가도노는 덜커덩덜커덩 창고 문을 닫아걸더니 제가 숨은 곳을 지나 정원용 나막신 소리를 울리면서 가버렸습니다.

창고는 출입구가 하나뿐인데, 창이 있어도 모두 쇠망이 쳐져 있으므로 다른 곳으로 드나들 수는 없는 노릇입니다. 하지만 아무리 기다려도 문은 열릴 생각도 하지 않더군요. 참으로 이상한 일이었지요. 무엇보다 가도노는 그토록 소중하게 생각하는 여인을 혼자 남겨두고 먼저 떠날 사람이 아니었습니다. 어쩌면 오래전부터 계획적으로 창고 어딘가에 비밀스런 문이라도 만들어둔 것은 아닐까 싶었습니다.

그런 생각을 하자, 사랑에 미친 한 여인이 남자를 만나고 싶은 일념에 두려움도 잊고 새카만 구멍 속을 살금살금 기어오는 풍경이 환상처럼 떠올라서 어둠 속에 혼자 있는 것이 두려워졌습니다. 게다가 제가 사라진 것을 남편이 이상하게 생각할지도 모른다는 것도 마음에 걸려서, 여하튼 그날 밤은 그 정도로 끝내고 안채로 물러났습니다.

6.

그 이후 저는 여러 차례 한밤중에 창고로 숨어들어 갔습니다. 그리고 그곳에서 남편과 그녀의 온갖 속삭임을 엿들으면서 얼마나 비참하고 슬펐는지 모릅니다. 그때마다 어떻게든 상대 여자의 얼굴을 보려고 온갖 방법을 써봤지만 처음에 그랬던 것처럼 항상 창고에서 나오는 것은 남편 가도노뿐이었고, 여자의 모습은 치맛자락 하나도 보이지 않았습니다.

어떤 때는 성냥을 준비해 가서 남편이 사라지는 것을 보고 살그머니 창고 2층으로 올라가서 성냥불로 그 주변을 찾아본 일도 있었는데, 어디에 숨을 틈도 없었건만 여자의 모습은 마치 연기처럼 사라지고 없었습니다. 또 어떤 때는 남편이 없는 틈을 타서 대낮에 몰래 그 창고 안으로 들어가 구석구석을 둘러보면서 어떤 비밀 통로가 있지는 않은지, 또는 쇠망이 부서진 것은 아닌지 온갖 조사를 다 해봤지만 창고 속에는 쥐새끼 한 마리 빠져나갈 구멍도 보이지 않았습니다.

참으로 기이한 일이었지요. 이미 슬픔이나 분노보다는 오로지 사실을 확인하려고 하는 일념이 더 강했는데, 그러면 그럴수록 말할 수 없는 불길함에 저도 모르게 등골이 오싹해지곤 했습니다. 그런데도 또 다음 날 밤이 되면 어디서 숨어들어 오는지 요염한 목소리로 남편과 속삭이다가 다시금 유령처럼 어디론가 사라져버렸습니다.

혹시 어떤 살아있는 영혼이 가도노에게 들어간 것은 아닐까 걱정이 되기도 했습니다. 태생이 우울하고 어딘지 모르게 보통 사람과는 다른 점이 있어 뱀을 연상시키는 가도노에게는 (그 때문에 또 저는 얼마나 그 사람에게 빠져들었는지 모릅니다) 그렇게 살아있는 영혼처럼 이상한 형태의 것이 깃들기 쉬울지도 모른다 싶다가, 결국에는 가도노까지 그런 마성의 존재로 보여서 너무도 기이한 기분이 되고 말았습니다.

'차라리 친정에 가서 자초지종을 모두 털어놓을까? 아니면 시부모님께 이 모든 사실을 말씀드려야 할까?'

저는 너무도 두렵고 불길해서 몇 번이나 그런 생각을 했지만, 마치 뜬구름을 잡는 듯한 이 허황한 괴담 같은 이야기를 함부로 입 밖에 냈다가는 도리어 제정신이 아니라고 의심받거나 창피를 당할지도 모른다는 어린 생각에 하루 이틀은 그 결심을 미루고 있었답니다. 생각해 보면 그때부터 저도 어지간히 고집이 셌던가 봅니다.

그러던 어느 날 밤, 저는 문득 묘한 사실을 떠올렸습니다. 가도노가 2층 창고에서 여자를 만난 뒤 내려올 때면 언제나 가볍게 쿵! 하며 어떤 뚜껑 닫히는 소리가 들려왔고, 그다음에는 찰칵찰칵 자물쇠 잠그는 소리 같은 것을 들었다는 사실입니다. 아주 희미하긴 했지만 잘 생각해 보면 항상 들려왔던

것 같았습니다. 창고 2층에서 그런 소리를 낼 만한 것이라고
는 몇 개 늘어서 있는 장궤 외에는 달리 없었거든요. 그렇지
만 설마 상대 여자를 그 속에다 숨겨놓지는 않았겠지요. 살아
있는 인간이라면 밥도 먹어야 하고, 무엇보다 숨도 쉬기 힘든
궤짝 안에서 그토록 오래 숨을 참을 수도 없을 테니까요. 하
지만 왠지 저는 그곳이 틀림없다고 점점 확신하게 되었답니다.

그러자 잠시도 더 기다릴 수가 없더군요. 어떻게든 장궤 열
쇠를 훔쳐내서 뚜껑을 열고 그 안에 여자가 있는지 없는지 확
인해야만 기분이 풀릴 것 같았습니다. 혹시 무슨 일이 생겨서
그 여자가 덤벼들거나 한바탕 소동이 날지라도 설마하니 그
런 여자에게 질 저도 아니었거든요. 전 이미 여자가 그 장궤
속에 숨어있다는 것을 기정사실화 시키면서 어금니를 깨물며
날이 밝기만을 기다리고 있었답니다.

그다음 날, 가도노의 작은 손궤짝에서 열쇠를 빼내기란 그
리 어렵지 않았습니다. 그때는 저도 이미 제정신이 아니었지
만, 그래도 열아홉 살 어린 여자치고는 너무도 큰일이었지요.
잠 못 드는 밤이 이어지며 낯빛도 나날이 창백해졌고, 온몸에
서 살이 빠지면서 홀쭉해졌으니까요. 다행히 시부모님들은 멀
리 떨어진 방에서 생활하셨고, 가도노도 자기 일로 정신이 없
었으므로 보름 동안의 시간을 별다른 의심 없이 보낼 수 있
었습니다. 그리하여 막상 열쇠를 들고 대낮에도 어두침침하고

서늘한 기운이 감도는 흙냄새 나는 창고 안으로 숨어들어 갔을 때의 기분이 과연 어떠했겠습니까? 지금 생각하면 대체 어떻게 그럴 생각을 다 했는지 제가 더 신기할 지경입니다.

그런데 열쇠를 훔쳐내기 전이었는지 창고 2층으로 올라갈 때였는지는 확실하지 않지만, 천 갈래 만 갈래로 흩어지는 마음속에서도 저는 문득 웃기는 생각을 하고 있었답니다. 어떻게 되든 크게 상관은 없는 일이었지만 말이 나온 김에 같이 털어놓겠습니다. 그것은 그 전날부터 혼자서 생각한 것인데, 혹시 가도노가 혼자서 음색을 바꿔 대화를 한 것은 아닐까 하는 의심이었습니다. 너무도 동화 같은 상상이긴 했지만, 어쩌면 소설을 쓴다거나 연극을 연습하기 위해서 사람들에게 들리지 않는 그 창고 2층에서 홀로 남몰래 대사를 주고받는 연습을 했을지도 모를 일이니까요. 애초에 장궤 속에는 여자 따위는 있지도 않고 대신 연극 의상 같은 것이 숨겨져 있을지도 모른다 싶은 근거도 없는 상상이었습니다.

호호호호호, 저는 마음이 들떴습니다. 의식이 혼란해서 불현듯 그렇게 제 입장에 좋을 만한 망상이 떠오를 정도로 머릿속이 어지럽게 헝클어져 있었던 것이지요. 제가 왜 그런 생각을 했느냐고 물으신다면, 그 두 사람이 주고받던 속삭임의 의미만 생각해 봐도 잘 알 것입니다. 대체 이 세상 어떤 사람이 그런 말을 하는데 그토록 우스꽝스러운 말투를 쓰겠습니까?

7.

가도노 가문은 마을에서도 유명한 전통 명문가였던 만큼, 창고 2층에는 선조로부터 물려받은 갖가지 물건들이 마치 골동품 가게처럼 늘어서 있었습니다. 세 벽면에는 지금 말한 붉은 칠을 한 장궤가 죽 늘어서 있었고, 한쪽 벽에는 세로로 긴 고풍스런 책장이 대여섯 개, 그 위에는 책장에 들어가지 않는 오래된 족자 따위가 벌레 먹은 등을 보이며 먼지투성이가 되어 쌓여 있었습니다. 선반에는 오래된 옷 상자라든가 가도노 가문의 문장紋章이 커다랗게 찍힌 여행용 궤짝, 고리짝 종류, 오래된 도자기, 그것들과 함께 섞여 이상하게도 눈길을 끄는 이를 검게 물들이는 도구◆라는 거대한 그릇처럼 생긴 칠기, 칠그릇 등이 있었습니다. 모두 세월이 흐르는 동안 붉게 변했지만 금과 은으로 세공한 문장이 일일이 박혀있었습니다.

그중에서 가장 기분 나쁜 물건은 계단을 올라가서 바로 보이는 갑옷 상자 위에 마치 살아있는 인간처럼 앉아있던 두 개의 장식 갑옷이었답니다. 하나는 엄숙한 검은 실로 갑옷미늘을 엮어놓은 것이고 또 하나는 붉은 실로 된 것이었는데, 거

◆ 치아를 검게 물들이는 화장법은 '오하구로'라고 불리며 예로부터 일본 상류층 부인들 사이에서 행해진 풍습이다.

무스름하게 변색해 군데군데 실도 끊어져 있었지만 한때는 불처럼 타오르면서 너무도 근사하게 보였을 것입니다. 투구도 잘 놓여 있었고, 게다가 코부터 그 아랫부분을 덮는 무서운 철가면까지도 갖춰져 있더군요. 낮에도 어두침침한 창고 속에서 그런 것들을 물끄러미 바라보고 있자니 손가락에 끼는 작은 갑옷이며 정강이 갑옷들이 금방이라도 움직여서 머리 위에 걸려 있는 커다란 창을 집어들 것만 같아 비명이라도 지르고 밖으로 뛰쳐나가고 싶었습니다.

작은 창의 쇠망을 뚫고 잔잔한 가을빛이 들어왔습니다만 창이 너무 작아서 구석으로 가면 밤처럼 어두웠고, 그곳에 놓인 금칠한 그림이며 쇠붙이들만이 도깨비 눈처럼 괴상하고 둔탁하게 빛났습니다. 그 안에서 살아있는 영혼의 망상을 떠올리자니 여자의 몸으로 얼마나 마음을 다졌겠습니까? 두려움과 공포를 간신히 삼키면서 어찌 되었건 장궤를 열어볼 수 있었던 것은 역시 사랑이라는 기이하고도 강한 힘이었겠지요.

설마 무슨 일이야 있을까 생각은 하면서도 어쩐지 조금은 불안해진 마음으로 장궤 뚜껑을 하나하나 열어볼 때마다 온몸 가득 차가운 것이 배어 나오면서 헉하고 숨이 끊어졌습니다. 마치 관 속이라도 들여다보는 기분으로 마음을 굳게 먹고 뚜껑을 들어 올리고 목을 쑥 집어넣고 봤더니만 역시 예상대로, 어쩌면 예상과는 달리 하나같이 오래된 의류라든지 침구,

아름다운 문갑 같은 것들만 가득할 뿐 의심스러운 것은 하나
도 없었습니다.

하지만 마치 정해진 것처럼 항상 들려오던 뚜껑 닫는 소리
며 자물쇠 잠그는 소리는 대체 무엇을 의미하는 것이었겠습니
까? 이상했지요. 고개를 갸웃하는데 문득 눈에 띈 것은 제일
마지막에 연 장궤 속에 수북이 쌓여 있는 하얀 나무 상자였습
니다. 표면에는 여자 필체로 '오히나님'이라든지 '5인반주'◆라든
지 '3인반주'라고 적힌 히나 인형◆◆ 상자였지요. 어디에도 수
상쩍은 물건이 없다는 것을 확인하고 저는 다소 안심한 탓인
지 순전히 여자다운 호기심에 이끌려 그 상자를 열어보고 싶
은 생각이 들었습니다.

하나하나 꺼내 들고 이것은 오히나님, 이것은 궁전 계단 동
쪽에 심는 벚꽃, 이것은 궁전 계단 서쪽에 심는 귤나무 하면
서 살펴보다 보니 좀약 냄새와 함께 어쩐지 아련하고 그리운
감정이 떠오르면서 섬세하고 정교한 옛날 인형의 피부가 어느
덧 저를 꿈의 나라로 인도했습니다. 저는 그렇게 한동안 히나
인형과 더불어 꿈속을 헤맸습니다만 문득 정신을 차려보니

◆　희극이나 가부키 등의 예능에서 악기나 노래로 박자를 맞추거나 흥을 돋우는 음
악을 반주(囃子·하야시)라고 한다.
◆◆　여자아이의 건강과 행복을 비는 3월 3일 히나 축제에 여자아이가 있는 집에서
장식하는 인형.

장궤 한쪽에 다른 것과는 달리 석 자(약 90센티미터) 정도나 되
는 커다란 장방형의 하얀 나무 상자가 귀중품인 양 놓여 있더
군요. 그 표면에는 똑같은 글씨로 '배령拜領'이라고 적혀 있었는
데, 궁금해서 살짝 꺼내 상자를 열고 내용물을 확인했습니다.
그 순간 가슴이 철렁 내려앉으면서 저도 모르게 고개를 돌리
고 말았습니다.

영감이라는 것은 이럴 때 사용하는 말이겠지요. 그 한순간
에 지난 며칠 동안의 의혹이 완전히 풀어졌던 것입니다.

8.

그토록 저를 놀라게 한 것이 고작 인형 하나라고 말한다면
당신은 분명 '뭐야' 하면서 웃고 말지도 모르겠습니다. 하지만
그것은 당신이 아직 진짜 인형이라는 것을, 그 옛날 명인 인형
사가 정혼을 담아 만들어낸 예술품을 모르기 때문일 것입니
다. 어쩌다가 박물관 한 구석에서 그런 고풍스런 인형을 본다
면 당신은 그 생생함에 뭐라고 말할 수 없는 전율을 맛볼 것
입니다. 그게 소녀 인형이나 유아 인형이라면 당신은 그것을
들고 이 세상 그 어떤 것에서도 맛볼 수 없는 꿈같은 매력에
푹 빠져들 것입니다. 당신은 선물용 인형이라고 불리는 것의

기이한 매력을 아시는지요? 혹은 그 옛날 남색男色이 성행하던 시절 애호가들이 낯익은 어린 남자의 얼굴을 본뜬 인형을 만들어 낮이고 밤이고 애무하였다는 그런 기이한 사실을 알고 계시는지요? 아닙니다, 그렇게 먼 옛날 일을 얘기하는 것이 아니라 이를테면 분라쿠 인형극◆에 얽힌 기이한 전설인 근대의 명인 야스모토 가메하치◆◆의 살아있는 인형 같은 것을 아신다면, 제가 그때 단 하나의 인형을 보고도 그토록 놀란 기분을 충분히 이해하실 수 있을 것입니다.

제가 장궤 안에서 발견한 인형은 나중에 시아버님께 여쭤봐서 알게 되었습니다만, 영주님으로부터 하사받은 안세이◆◆◆ 시절의 인형 명인인 다치키라고 하는 사람의 작품이었습니다. 흔히 교토 인형이라고 불리고 있지만 실은 풍속 인형 같은 것인데, 석 자가 넘어 열 살 정도쯤 되는 어린 소녀만 한 크기로 손발도 완전히 붙어있고, 앞머리를 커다랗게 부풀린 올림머리에 전통 방식으로 염색한 커다란 무늬의 옷을 입고 있었답니다. 역시 나중에 들은 얘기지만 그런 특징이 다치키라고 하는 인형 명인의 작풍으로, 그토록 예전에 만들어졌음에도 그 소녀

◆ 분라쿠좌(文楽座)의 약어. 다이쇼 시대 이후 분라쿠좌가 유일한 전문극장이 된 데서 유래한 말로, 일본 고유의 인형극을 통칭한다.
◆◆ 에도 시대부터 메이지 시대에 걸쳐 활약한 인형 제작자.
◆◆◆ 에도 말기에 해당하는 1854~1860년의 연호.

인형은 기이하게도 아주 근대적인 얼굴을 하고 있더군요.

무언가를 갈구하는 듯 새빨갛게 충혈된 도톰한 입술, 양 입가에 단이 질 정도로 통통한 볼, 뭔가를 얘기하듯 반짝 뜨인 쌍꺼풀진 눈, 그 위에서 해맑게 미소 짓는 짙은 눈썹, 그리고 무엇보다도 기이한 것은 순백색 비단으로 붉은 면을 감싸 놓은 듯 발그스레하게 물든 미묘한 귀의 매력이었습니다. 그 화사하고 정욕적인 얼굴이 세월 탓에 다소 색이 바래고, 입술 외에는 묘하게 창백하면서 손때가 묻은 것인지 매끄러운 피부가 번들번들 땀에 젖은 것이 한층 더 요염하고 야릇하게 보였습니다.

좀약 냄새가 떠도는 어두침침한 창고 안에서 그 인형을 보았을 때, 봉긋하게 솟아오른 아름다운 가슴 언저리가 호흡을 하면서 금방이라도 입술을 열 것처럼 너무도 생생하여 저는 깜짝 놀라 몸서리를 칠 정도였습니다.

뭐라고 말해야 할까요? 제 남편은 생명이 없는 차가운 인형을 사랑하고 있었던 것입니다. 그 인형의 기이한 매력을 보면 달리 이 수수께끼를 풀 방법이 없어 보였습니다. 사람을 싫어하는 남편의 성격이나 창고 안에서의 속삭임, 장궤 뚜껑을 닫던 소리와 모습을 보이지 않던 상대 여자…… 여러 가지를 종합해 보면 사실 이 인형이 그 여자였다고 밖에는 해석할 수 없었습니다.

　나중에 두세 명으로부터 들은 이야기를 종합해서 저 혼자 상상하고 있는 일이지만, 태어날 때부터 몽상적인 기이한 성격을 갖고 있던 가도노는 인간인 여자를 사랑하기 전에 어떤 일이 계기가 되어 장궤 속의 인형을 발견했고, 그것이 가진 강력한 매력에 혼을 빼앗긴 것이 분명했습니다. 그 사람은 아예 처음부터 창고에서 책 따위는 읽지도 않았던 것입니다. 어떤 분에게 듣자 하니, 인간이 인형이나 불상 같은 것을 사랑한 일은 예로부터 결코 적지 않았다고 합니다. 불행하게도 제 남편이 그런 남자였고, 더욱더 안타까운 일은 남편의 집에 우연히 그 희대의 명작 인형이 보존되어 있었던 것이지요.

　사람이 아닌 사랑, 그것은 이 세상 밖의 사랑입니다. 그런 사랑을 한다는 것은 살아있는 인간으로서는 맛볼 수 없는 악몽 같은 혹은 동화 같은 기이한 환락에 영혼을 적시며 안타까움에 몸부림치는 것이지요. 가도노가 저를 아내로 맞이한 것도, 저를 사랑하려고 노력한 것도, 모두 그 애절한 고민의 흔적에 지나지 않았던 것이 아니겠습니까? 그렇게 생각하면 그날의 속삭임, '교쿄에게 미안하다'며 운운한 말의 의미도 이해가 되었습니다. 남편이 인형 때문에 여자 목소리를 사용한 것도 의심의 여지가 없습니다. 아아, 저는 운명 아래 태어난 여자란 말입니까?

9.

그럼 저의 참회담을 말씀드리기 전에 이제부터 이어지는 그 뒤의 끔찍한 사건에 대해서 말씀드리겠습니다. 오래도록 시시한 이야기만 한 끝에 '아직도 뒤가 남았느냐' 하고 대단히 진저리를 치시겠지만, 아닙니다. 걱정하지 마세요. 그 얘기의 요점은 아주 짧은 시간 안에 모두 마칠 수 있을 테니까요.

놀라시면 안 됩니다. 실은 그 끔찍한 사건이란, 바로 여기 있는 제가 사람을 죽인 이야기입니다.

그토록 큰 죄를 지은 사람이 어떻게 처벌도 받지 않고 편안하게 살 수 있는지 물으신다면, 그 살인은 제가 직접 손을 댄 것이 아니라 말하자면 간접적인 죄였으므로, 설령 그때 제가 모든 것을 자백했다 하더라도 벌을 받을 정도는 아니었답니다.

그렇지만 법률상의 죄는 아니더라도 저는 명백하게 그 사람을 죽음으로 인도한 하수인입니다. 어리석은 여자 마음에 일시적인 두려움에 떠밀려 불쑥 털어놓지 못한 것은 거듭거듭 죄송하게 생각하며, 그때부터 오늘까지 단 하룻밤도 편하게 잠든 날이 없었음을 말씀드립니다. 지금 이렇게 참회를 하는 것도 죽은 남편에 대한 최소한의 죄책감을 덜고 싶기 때문입니다.

　그러나 당시의 저는 사랑에 눈이 멀었답니다. 저의 연적이 하필이면 살아있는 인간도 아닌, 아무리 명작이라고는 하지만 한낱 싸늘한 인형이라는 것을 알고는 저런 죽어있는 인형 따위에게 사랑을 빼앗긴 게 너무도 분했습니다. 아니, 분하기보다는 짐승 같은 남편의 마음이 어이가 없었고 만약 이 인형만 없었다면 이런 일도 일어나지 않았을 것 같아 결국은 다치키라고 하는 인형 제작자까지도 저주스러웠습니다.

　네, 이 저주받을 인형의 요염한 얼굴을 때려주고 팔다리를 잡아 뜯어버린다면 가도노도 더 이상 상대가 없는 사랑은 할 수 없을 거라고 생각하니 이제는 일각도 지체할 수 없었습니다. 그날 밤 실수가 없도록 다시 한번 남편과 인형이 만나는 것을 확인한 후, 다음 날 아침 창고 2층으로 달려가서 드디어 인형을 박살 내듯 잡아당겨서 찢고, 눈도 코도 입도 알아보지 못할 정도로 깨부수고 말았습니다. 이렇게 한 다음 남편의 행동을 살펴보면, 설마 그럴 일은 없겠지만 제 상상이 틀렸는지 어떤지 알 수 있을 것이기 때문입니다.

　그리하여 인형의 목과 몸통과 손발이 다 뜯어져 어제와는 달리 마치 인간의 사체처럼 추한 모습을 드러내고 있는 것을 보니 저도 겨우 가슴을 쓸어내릴 수가 있었습니다.

10.

그날 밤, 아무것도 모르는 가도노는 다시금 제가 자는 것을 확인하더니 호롱불을 들고 처마 밖 어둠 속으로 사라졌습니다. 말할 것도 없이 인형과 만날 시간을 서두른 것이지요. 저는 자는 척하면서 살짝 그 뒷모습을 지켜보며 한편으로는 고소하기도 하고, 한편으로는 또 어쩐지 슬프기도 한 기이한 감정을 맛보았습니다.

인형의 사체를 발견했을 때 저 사람이 과연 어떤 태도를 취할지 궁금했습니다. 기이한 사랑을 한 부끄러움에 슬그머니 인형의 사체를 치우고 태연한 척할까, 아니면 이런 짓을 한 하수인을 찾아내서 화를 낼까? 너무 화가 나서 저를 때리거나 성이라도 낸다면 차라리 얼마나 기쁠까? 가도노가 화를 낸다는 것은, 그 사람이 인형 따위와 사랑 같은 건 하지 않았다는 증거가 될 테니까요. 저는 벌써부터 뛰는 가슴을 어쩌지 못하고 가만히 귀를 기울이면서 창고 안의 기척을 엿듣고 있었습니다.

그렇게 얼마나 기다렸을까요? 아무리 기다리고 기다려도 남편은 돌아오지 않았습니다. 처참히 부서진 인형을 확인한 이상 창고에 더는 볼일도 없을 텐데, 시간도 지날 만큼 지났건만 왜 돌아오지 않는 것일까요? 혹시 상대는 역시 인형이 아니라 살아있는 사람이었던 것일까요? 그런 생각을 하니 제 마음이 마음이 아니어서 저는 더 이상 참지 못하고 자리에서 벌떡 일어나 다른 호롱불을 찾아들고 창고를 향해 어둠 속을 달려갔습니다.

창고 계단을 올라가면서 보니 여느 때와는 달리 문이 활짝 열린 채였고, 위에는 호롱불이 밝혀져 있는지 갈색빛이 계단 아래까지도 희미하게 비추고 있었습니다. 불현듯 어떤 예감에 가슴이 철렁하여 단숨에 계단을 올라가 '여보!'하고 외치며 호롱불을 비춰보았습니다. 아아, 제 불길한 예감은 적중하고 말았습니다.

그곳에는 남편과 인형의 두 몸이 겹쳐 있었고 바닥은 핏물로 바다를 이루었으며, 두 사람 곁에는 집안 대대로 내려오는 칼이 피를 묻힌 채 나뒹굴고 있었습니다. 인간과 인형의 정사. 그것이 우습게 보이기는커녕 어쩐지 알 수 없는 엄숙함이 제 가슴 가득 밀려들면서 소리도 나오지 않았고, 눈물도 나오지 않아서 그저 망연하게 못 박힌 듯 서 있을 수밖에는 없었습니다.

그런데 제가 때리고 찢어서 반쯤 남은 인형의 입술은 마치 피라도 토한 것처럼 선혈이 한 방울씩 떨어지고 있었고, 인형의 목을 끌어안고 있는 남편의 팔에 축 늘어진 채 단말마의 기분 나쁜 웃음을 짓고 있었습니다.

鏡地獄

거울 지옥

"진기한 이야기라……, 그럼 이런 이야기는 어떨까요?"

어느 날 대여섯 명이 모여 무섭고 진기한 이야기들을 차례차례 이야기하고 있을 때, 내 친구 K는 마지막에 이런 식으로 말을 꺼냈다. 실제로 있었던 것인지 지어낸 얘긴지 그 뒤 K를 따로 만나 물어본 적이 없어 잘은 모르겠지만, 그때 우리는 여러 가지 기이한 이야기를 듣고 난 뒤인데다 마침 날씨마저 무겁게 흐린 봄날의 끝자락이어서 그랬는지 깊은 물속에 있는 것처럼 가라앉은 공기 속에서 말하는 사람이나 듣는 사람 모두 어떤 광기 어린 기분에 휩싸여 있었던 모양이다. 그래서인지 K의 이야기는 이상할 정도로 내 가슴에 파고들었다.

제게는 한 불행한 친구가 있었습니다. 이름은, 임시로 '그'라고 부르도록 하지요. 그에게는 언제부터인지 세상에서 보기 드문 이상한 병이 따라다녔습니다. 어쩌면 조상 중에 그런 병을 가진 사람이 있어서 그에게 유전된 것인지도 모르겠습니다. 왜냐하면 아주 근거가 없는 얘기도 아닌 것이, 그의 집안에 할아버지인지 증조할아버지인지 하는 누군가가 이단적인 그리스도교에 귀의한 적이 있어서 오래된 서양 서적이라든지 마리아상이며 예수님 그림 같은 것들이 고리짝 바닥에 한가득 쌓여 있었습니다. 그런 것들과 함께 가부키 시대물 연극에 나올 법한 1세기도 더 된 망원경이라든지 이상한 모양의 자석, 당시는 디아망^{diamant}이라든지 비드로^{vidro}라고 불렀던 아름다운 유리 제품 따위도 같이 들어있어서 친구는 아주 어릴 때부터 자주 그것들을 꺼내 가지고 놀았다고 합니다.

생각해 보면 그는 어린 시절부터 사물의 모습을 비추는 물건, 이를테면 유리라든지 렌즈, 거울 같은 것들에 강렬한 호기심을 느꼈던 것 같습니다. 그 증거로 그가 가지고 놀았던 장난감이라고 하는 것들이 환등기, 망원경, 돋보기, 사물이 여러 개로 보이는 안경, 만화경, 눈에 대면 인물이나 도구가 가늘게 늘어난다거나 넓적하게 퍼지는 프리즘 같은 것들뿐이었답니다.

역시 그의 소년 시절이지만 이런 일도 있었던 것을 기억하고 있습니다. 어느 날 그의 공부방을 찾아갔더니 책상 위에 오래된 오동나무 상자가 하나 나와 있었는데, 아마도 그 안에 들어있던 것인 듯한 오래된 금속 거울을 그가 들고 햇볕에 비추면서 어두운 벽에 대고 그림자놀이를 하고 있었습니다.

"어때, 재미있지? 저거 봐, 이렇게 평평한 거울인데 저곳에 비치면 묘한 글자가 생겨나."

그의 말에 벽을 바라보니 놀랍게도 하얗고 둥근 형태 안에 다소 모양이 뭉개지기는 했지만 목숨 수壽자가 백금처럼 강한 빛으로 나타났습니다.

"신기하네. 대체 어떻게 한 거야?"

어린 제게는 어쩐지 마술이라도 부리는 것처럼 신기하기도 하고 무섭기도 해서 그렇게 물어보았습니다.

"원리는 몰라. 대신 비밀을 가르쳐줄까? 알고 나면 별거 아냐. 여기를 봐, 이 거울 뒤를. 여기 수壽라고 하는 글자가 두드러지지. 이게 표면으로 비쳐 보이는 걸 거야."

과연 그의 말대로 청동처럼 누런 거울 뒤에 글자가 번듯하게 양각으로 새겨져 있더군요. 그래도 그것이 어떻게 표면을 뚫고 나와서 그런 그림자를 만드는 것일까요? 거울 표면은 어느 각도에서 비춰보아도 매끈한 평면이고 얼굴이 울퉁불퉁하게 비쳐지는 것도 아닌데 빛을 반사하면 기이한 그림자가 만들어졌습니다. 마치 마법 같다고 생각되었지요.

"이건 마법도 뭐도 아니야."

내 의아한 얼굴을 보더니 그가 설명했습니다.

"아버지께 들었는데 금속 거울이라는 것은 유리와는 달리 이따금 닦아주지 않으면 흐려져서 보이지 않게 된대. 이 거울은 굉장히 오래전부터 우리 집에 대대로 전해오는 물건이어서 수도 없이 닦았을 거야. 그런데 닦을 때마다 튀어나온 부분과 그렇지 않은 납작한 부분이 닳은 정도가 아주 조금씩 차이가 나게 된 거라고. 아무래도 납작한 부분보다는 튀어나온 부분이 더 많이 닳기 때문이겠지. 이렇게 눈에 보이지 않는 작은 차이가 무서운 건데, 거울을 반사하면 그제서야 튀어나온 부분이 나타나는 거라고 하시더군. 알겠어?"

설명을 들으니 이유는 알게 되었지만, 얼굴을 비춰보아도 울퉁불퉁하게 보이지 않는 매끈한 표면이 빛을 반사하면 분명하게 요철이 드러난다는 이 이해하기 어려운 사실이 현미경으로 뭔가를 들여다볼 때 느껴지는 미묘한 불쾌감과 닮은 것 같아서 조금 섬뜩해지더군요.

그 거울은 너무도 신기했으므로 특별하게 잘 기억하고 있지만, 이것도 단지 한 예에 불과하답니다. 소년 시절 그의 놀이라는 것은 정말 그런 것들로 가득 차 있었기에 저까지도 그의 감화를 받아 지금도 렌즈 종류에 대해서는 남들보다 배나 되는 호기심을 갖고 있습니다.

소년 시절에는 그 정도는 아니었는데 그가 중학교 상급생이 되어 물리학을 배우게 되면서부터는 거의 병이라고 해도 좋을 정도로 완전히 렌즈광으로 변하고 말았답니다. 아시다시피 물리학에는 렌즈나 거울 이론이 있었거든요. 그리고 보니 생각이 나는군요. 교실에서 요철 거울에 대해서 배우고 있을 때였습니다. 우리는 작은 오목 거울 견본을 차례차례 돌려가며 자신의 얼굴을 비춰보고 있었답니다. 그때 저는 얼굴에 여드름이 굉장히 많이 나 있었는데 그것이 어쩐지 성욕과 관계가 있는 것처럼 생각되어 부끄러워서 견딜 수가 없었지만 태연한 척하며 오목 거울을 들여다보다가 깜짝 놀라고 말았습니다. 여드름이 마치 망원경으로 바라본 달 표면처럼 끔찍한 크기로 확대되어 나타났던 것이었습니다.

작은 산처럼 보이는 여드름 끝이 석류처럼 영글어서 그곳에서 시커먼 피고름이 연극의 살인 장면을 그린 간판처럼 처절한 느낌을 자아내고 있었습니다. 여드름 때문에 좀 부끄러운 마음이 있어 그랬는지는 모르지만, 거울에 비친 내 얼굴이 너무도 끔찍하고 기분 나쁘게 보였습니다. 그 뒤로는 박람회라든지 구경터에서 오목 거울을 보려고 사람들이 늘어서 있는 모습을 보면 나는 두려움에 손사래를 치면서 달아나기 바쁠 지경입니다.

하지만 그때 나처럼 똑같이 오목 거울을 들여다보고도 나와는 천지 차이로 두려움보다는 대단한 매력을 느낀 그는, 교실 전체에 울려 퍼지는 큰 목소리로 '오호!' 하고 감탄사를 내질렀습니다. 그 소리가 너무 엉뚱하게 들렸기에 그때 온 교실이 떠나갈 듯 웃음바다가 되었지만, 여하튼 그때부터 그는 완전히 오목 거울에 넋을 잃어버리더군요. 크고 작은 온갖 오목 거울을 사들여서는 철사라든가 골판지 등을 이용해 복잡한 요술 장치를 만들어 혼자서 흐뭇하게 웃음을 짓곤 했지요. 과연 자기가 좋아하는 일이어서 그런지 마술책 같은 것도 외국에서 사들여 남들은 생각도 못 할 희한한 장치를 고안하는 재주가 있었습니다. 언젠가 그의 방에 놀러 갔다가 깜짝 놀라고 말았던, 마법의 지폐라고 하는 요술 장치는 지금도 신기해서 견딜 수가 없답니다. 그것은 가로세로가 60센티미터 정도되는 사각형 골판지 상자였는데, 앞에 건물 입구처럼 구멍이 나 있고 그곳에 1엔짜리 지폐 대여섯 장이 엽서처럼 꽂혀 있었습니다.

"이 돈을 뽑아보렴."

그는 상자를 제 앞으로 가져와서 태연한 얼굴로 지폐를 뽑아보라고 하더군요. 그래서 시키는 대로 손을 내밀어 휙 하고 그 지폐를 뽑으려고 했는데, 기이하게도 뻔히 눈에 보이는 그 지폐가 손을 가져가기만 하면 연기처럼 아무것도 만져지지 않는 것이었습니다. 정말이지 깜짝 놀라고 말았지요.

"이런!"

어안이 벙벙해진 제 얼굴을 보더니 그는 너무도 즐겁게 웃으면서 설명을 해주었습니다. 그것은 영국의 어떤 물리학자가 고안한 일종의 마술 용품으로 비밀은 역시 오목 거울이었습니다. 자세한 이론은 잘 기억나지 않지만 진짜 지폐는 상자 바닥에 놓고 그 위에다 오목 거울을 비스듬히 장치한 뒤 전등을 상자 내부로 끌어들여 빛이 지폐에 닿도록 하면, 오목 거울의 초점에서 얼마만큼의 거리에 있는 물체는 특정 각도의 특정한 곳에 상을 맺는다고 하는 이론에 따라, 상자 구멍에 지폐가 있는 것처럼 보이게 되는 것이었습니다. 보통 거울로는 절대로 실체가 그곳에 있는 것처럼 보이지 않지만, 오목 거울을 사용하면 기이하게도 그런 허상이 만들어진다는 것이었지요. 정말이지 완벽하게 그곳에 있는 것처럼 생생하게 보이더군요.

그런 식으로 렌즈나 거울에 대한 그의 특별한 호기심은 나날이 깊어졌습니다. 결국 중학교를 졸업하고는 상급 학교로 진학할 생각도 하지 않고, 완전히 성인이 된 기분으로 정원 한 구석에 작은 실험실까지 새로 짓고는 그 안에서 혼자 그 기이한 취미 생활을 시작하더군요. 그의 부모들이 너무 오냐오냐 하고 키운 탓도 있고 자식의 말이라면 대개는 억지도 통했기 때문에 가능한 일이었습니다.

그 전까지는 학교를 다녔기 때문에 시간 제약도 있어 그 정도까지는 아니었는데, 이제는 아침부터 밤까지 실험실에만 틀어박히게 되자 그의 병은 놀랄 만한 가속도가 붙어 아주 극심해질 따름이었습니다. 원래 친구도 적었던 그였지만 졸업한 후로는 좁은 실험실이 그의 세계로 한정되고 말아서, 어디에 놀러 가는 일도 없고 방문객도 점점 줄어들었습니다. 이제 그의 방을 찾아오는 몇 안 되는 사람이라고는 집안사람을 제외하면 저 하나가 고작이었습니다.

그를 방문할 때마다 (그런 방문도 매우 드문 일이었지만) 그의 병이 점점 더 심각해져서 이제는 거의 광기에 가까운 상태가 된 것을 목격하고는 속으로 전율하지 않을 수 없었습니다. 더욱 나쁜 일은 어느 해 유행한 독감으로 불행스럽게도 그의 양친이 한 번에 돌아가셨다는 사실입니다. 이제는 누구의 눈치도 볼 필요가 없어진 데다 막대한 재산까지 물려받았으니 그야말로 생각나는 대로 마음껏 묘한 실험을 해볼 수 있게 된 것이지요. 게다가 그도 스무 살을 넘기면서 여자에 관심을 갖게 되었습니다. 본래 그런 기이한 취미를 가질 정도였으므로 정욕도 상당히 변태적일 수밖에 없었는데, 그것이 렌즈광과 연결되면서 두 가지가 한층 더 좋지 않은 형태로 기세를 더하며 변해갔습니다. 이제부터 하고 싶은 얘기는 마침내 처참한 파국을 불러일으킨 어떤 사건에 대한 것인데, 우선 그의 병이 얼마나 심각해졌는지 두셋 정도 실례를 들고 싶습니다.

그의 집은 야마노테◆의 어느 높은 지대에 있어서 방금 말한 그의 실험실이란 것도 널따란 정원 한구석에 거리의 지붕들을 내려다보는 위치에 세워져 있었는데, 그곳에서 그가 최초로 한 일은 실험실 지붕을 천문대처럼 만들어서 온갖 종류의 천체 관측경을 설치하고 별의 세계에 탐닉한 것입니다. 그때는 독학으로 일목요연한 천문학적 지식을 갖추고 있었던 그였지만 그렇다고 그런 흔해 빠진 도락에 만족할 친구는 절대 아니었습니다. 그래서 또 한편으로는 도수가 굉장히 높은 망원경을 창가에 설치하고 그것을 온갖 각도로 맞춰서 눈 밑으로 보이는 인가의 열린 실내를 훔쳐보는 죄 많은 은밀한 즐거움을 맛보고 있었던 것입니다.

설마 그 먼 산 위에서 망원경으로 훔쳐보고 있을 줄은 꿈에도 생각하지 못하고, 이를테면 판자 담 안이나 다른 집 뒤쪽에서 온갖 비밀스런 행각을 즐기며 삼매경에 빠져 있는 모습을 그는 마치 눈앞에서 일어나는 일인 양 선명하게 지켜보고 있었던 것이지요.

"이것만큼은 절대 그만둘 수 없어."

◆ 도시의 조금 높은 지대. 대개 주택가로 형성되어 있으며, 도쿄에서는 주로 서쪽 지역을 일컫는다.

그는 이렇게 말하면서 창가 망원경으로 밖을 훔쳐보는 일을 더없는 즐거움으로 삼고 있었는데, 사실 생각해 보면 상당히 재미난 장난임에는 틀림이 없었습니다. 나도 가끔 빌려서 보았지만, 우연히 묘한 장면을 바로 눈앞에서 보고 얼굴이 붉어지는 일이 없지는 않았거든요.

그 밖에도 이른바 잠수경이라고 하던가요? 여하튼 잠수함 안에서 해상을 바라보는 그 장치까지 설치해서는 방에 있으면서도 고용인들, 특히 젊은 하녀들의 개인 방을 감쪽같이 훔쳐본다든지, 또는 돋보기나 현미경으로 미생물의 생활을 관찰하기도 했습니다.

특히 기발했던 것은 그가 사육하던 벼룩을 돋보기나 도수가 낮은 현미경 아래에서 기어가게 한다든지, 자기 피를 빼는 모습이나 벌레끼리 한데 넣어서 동성이면 싸움을 하고 이성이면 서로 사이좋게 지내는 모습을 관찰하기도 했습니다. 벼룩을 반쯤 죽여서 괴로워 발버둥 치는 모습을 커다랗게 확대해서 보는 짓은 정말 보기에도 징그러웠습니다. 나도 그것을 한번 본 적이 있지만, 벼룩을 50배쯤 되는 현미경으로 들여다보면 두 눈 가득 커다랗게 확대되어 입이며 발톱, 심지어는 몸에 나 있는 작은 털 하나까지도 선명하게 보이더군요. 기묘한 비유이기는 하지만 마치 멧돼지처럼 끔찍하고 두려워서 이제는 벼룩 자체가 무서워졌을 정도입니다. 그것이 검붉은 피바다(불과 한 방울의 핏방울이건만) 속에서 등이 반은 납작하게 찌부러져 손발로 허공을 붙들고 부리를 있는 대로 내밀고는 단말마적 끔찍한 형상을 하고 있었는데, 마치 금방이라도 그 입에서 소름 끼치는 비명이 터질 것만 같더군요.

그런 자잘한 예는 일일이 들다 보면 한도 없을 테니까 대개는 생략하겠습니다만, 실험실이 세워진 후 이런 취미는 세월과 더불어 심해질 뿐이어서 한번은 이런 일도 있었답니다.

어느 날 그를 방문해서 무심코 실험실 문을 열었더니 웬일인지 블라인드를 내려 방 안이 어두침침했습니다. 그런데 그 정면 벽 가득히, 아마 사방 2미터 가까이 되는 벽에 뭔가가 희미하게 꿈틀대고 있었습니다. 뭘 잘못 봤나 싶어서 눈을 비벼보았지만 역시 뭔가가 움직이고 있었습니다. 나는 현관에 선채로 흠칫하여 그 괴물을 바라보았는데, 뿌옇던 것이 점점 선명해지면서 바늘을 심어놓은 것처럼 무성한 검은 풀, 그 아래에서 번들번들 빛나고 있는 대야만 한 눈, 갈색이 섞인 홍채에서 흰자위로 흐르는 피로 된 하천까지 마치 소프트 포커스 사진처럼 희미하면서도 묘하게 선명히 보였습니다. 그로부터 종려나무 같은 코털이 빛나는 동굴처럼 생긴 콧구멍, 또 그만큼 큰 방석을 두 장 겹친 듯이 보이는 징그럽도록 붉은 입술, 그 사이로 희번덕이는 새하얀 기왓장 같은 치아가 엿보였습니다. 즉, 방 안 가득히 사람의 얼굴이 살아서 신음하고 있었던 것입니다. 영화치고는 그 움직임이 너무 고요했고, 색상 또한 정물 그대로 명료했지요. 징그럽거나 무섭기보다는 혹시 내가 미친 것은 아닐까 두려워서 나도 모르게 비명을 질렀을 정도입니다. 그때 다른 방향에서 친구의 목소리가 들리더군요.

"놀랐어? 나야, 나라고."

그 소리대로 벽에 있는 괴물의 입술과 혀가 움직이고 화등 잔만 한 눈이 찡긋하며 웃어서, 나는 정말 펄쩍 뛸 정도로 놀랐습니다.

"하하하하……, 어때, 이런 건?"

갑자기 방 안이 밝아지면서 한쪽 암실에서 그의 모습이 나타나다군요. 그와 동시에 벽에 있던 괴물이 사라진 것은 말할 것도 없습니다. 아마 여러분은 대략적인 모습만 상상하시겠지만, 말하자면 이건 실물 환등……. 그러니까 거울과 렌즈와 강렬한 빛의 작용으로 실물 그대로를 환등기로 비추는 것이었습니다. 어린이 장난감에도 그런 것이 있지만, 그것을 녀석 특유의 세공으로 기이할 정도로 커다랗게 만드는 장치를 개발해 낸 것입니다. 그리고는 자기 얼굴을 비춰봤던 것이지요. 얘기를 다 듣고 나면 별것도 아니었지만, 여하튼 정말 놀라운 녀석이었고 그런 일이 그의 취미였답니다.

비슷한 예인데 한층 더 기이한 일도 있습니다. 이번에는 방이 그다지 어둡지 않아서 친구의 얼굴도 보였는데, 거울이 다

닥다닥 붙은 이상한 기계를 놓아두니 그의 눈만, 그것도 세숫대야만 한 크기로 내 눈앞 허공에 커다랗게 떠오르는 장치였습니다. 갑자기 그런 일을 당하면 악몽이라도 보고 있는 것처럼 몸이 굳어지면서 거의 죽은 느낌입니다. 그렇지만 이유를 알고 나면 역시 앞에서 말한 마법의 지폐와 비슷한 원리로 그저 많은 오목 거울을 사용하여 상을 확대한 것에 지나지 않았습니다. 이론적으로는 가능하다는 것은 알지만 상당한 비용과 시간이 드는 일이기도 하고, 또 그런 바보 같은 흉내를 내고 싶은 사람도 없을 테니 이른바 그의 독창적 발명이라고 해도 좋을 그런 일들이 계속될 수 있었습니다. 이렇게 계속 당하게 되니 어쩐지 녀석이 끔찍한 마물처럼 생각될 때도 있었답니다.

그런 일이 있은 지 두세 달은 지났을 때였는데, 이번에는 또 무슨 생각을 했는지 실험실을 작게 나눠서 상하좌우를 거대한 거울 한 장으로 붙이는, 흔히 말하는 거울 방이란 것을 만들었습니다. 문이건 뭐건 모조리 거울로 된 것이지요. 그는 양초 하나만 들고 그 거울방 안에 들어가서 홀로 오랜 시간을 보낸다고 했습니다. 대체 뭘 위해서 그런 짓을 하는지는 아무도 몰랐습니다. 하지만 그가 거울 방 안에서 볼 것이 무언인지는 대체로 상상이 되었지요. 여섯 면 전체에 거울을 붙인 방 한가운데 서면 거울과 거울이 서로 반사한 탓에 자신의 몸 모든 부분들이 무한한 상이 되어 비칠 것임이 틀림없었습니다. 그와 똑같은 인간이 상하좌우 할 것 없이 수도 없이 바글바글 쇄도하는 느낌일 것입니다. 생각만 해도 소름이 쫙 끼치더군요. 어릴 때 미로의 집에서 형태만 그럴싸한 가짜 거울 방을 경험한 적이 있었는데, 그 어설프기 짝이 없는 것조차도 내게는 얼마나 두렵고 끔찍하게 느껴졌던지 모릅니다. 그것을 잘 알고 있었기에, 그가 거울 방을 한번 체험해 보라고 권유했을 때 나는 강하게 거절하면서 절대 들어갈 생각조차 하지 않았습니다.

그런데 시간이 흐르다 보니 거울 방에 들어가는 사람이 그 혼자만이 아니라는 것을 알게 되었습니다. 또 한 사람은 그가 마음에 두고 있던 어린 하녀이자 동시에 그의 연인이기도 한 당시 열여덟 살의 아름다운 처녀였습니다. 그는 입버릇처럼 말했지요.

"그 애의 유일한 장점은, 온몸에 이루 헤아릴 수도 없을 만큼 대단히 깊고 풍부한 음영이 존재한다는 거야. 요염함도 나쁘지 않고, 피부도 윤기가 흐르고, 살집도 바다 괴물처럼 탄력이 풍부하지만, 그녀의 아름다움은 단연 음영의 깊이라고 할 수 있지."

그는 그 처녀와 함께 그렇게 거울 나라에서 시간을 보내곤 했습니다. 꼭 막힌 실험실 안을 다시 구분지어 만든 거울 방이라서 외부에서 들여다볼 수도 없었지만, 이따금 한 시간도 넘게 둘이서 그 안에 들어박혀 있다는 소문도 들었습니다. 물론 그가 혼자 있는 경우도 있었는데, 거울 방에 들어간 채 너무도 오랫동안 쥐 죽은 듯 조용해서 하인들이 걱정이 되어 문을 두드린 적도 있다고 하더군요. 그러면, 갑자기 문이 확 열리면서 벌거숭이가 된 그가 아무 말도 없이 그대로 휙 안채로 들어가 버린다고 하는 묘한 이야기도 들었습니다.

그때부터, 본래 그다지 좋은 편은 아니었던 그의 건강이 하루가 다르게 나빠지는 듯했습니다. 하지만 육체가 쇠약해지는 것과 반비례해서 그의 이상한 정신적 질환은 한층 더 심각해질 따름이었지요. 그는 막대한 비용을 투자해서 온갖 형태의 거울을 수집하기 시작했습니다. 평면, 오목, 볼록, 파형, 통형…… 잘도 그런 기이한 것들을 모아오더군요. 넓은 실험실 안은 매일 몰려드는 변형 거울들로 뒤덮일 지경이었습니다. 그런데 그뿐만이 아니었답니다. 놀랍게도 그는 넓은 정원 한복판에 유리 공장을 세우기 시작하더군요. 그만의 독특한 설계로 제작된 특수한 제품들은 일본에서는 그 예를 찾아보기 힘들 정도로 근사했습니다. 기사나 직공들도 있는 대로 재주를 부렸고, 그 또한 남은 재산을 모조리 내던져도 아깝지 않을 의욕을 보였습니다.

불행하게도 그에게는 조언을 해줄 만한 친척이 하나도 없었습니다. 하인들 중에 더러 보기가 딱해서 의견 비슷한 것을 말하는 사람도 있었지만, 그런 일이 있으면 즉시 해고되고 말았기에 남은 사람들이라고는 그저 많은 월급이나 바라보는 하잘것없는 무리뿐이었습니다. 이 경우 하늘과 땅을 통틀어 하나 남은 유일한 친구인 제가 어떻게 해서든 그를 설득해 그런 무모한 짓을 멈추게 해야 했지만 (물론 여러 번 그렇게 하기도 했지만) 광기에 빠진 그의 귀에는 전혀 들어가지도 않았고, 또 자기 재산을 자기 마음대로 사용하는 게 크게 나쁜 일이라고는 생각하지 않았기에 저로서도 달리 어떻게 할 수도 없는 노릇이었습니다. 저는 그저 마음만 졸이면서 날마다 축이 나는 그의 재산과 생명을 지켜볼 수밖에는 도리가 없었답니다.

그런 이유로 그 즈음부터는 상당히 빈번하게 그의 집을 드나들었습니다. 적어도 그의 행동을 감시라도 해야겠다고 생각했던 것이지요. 따라서 실험실 안에서 눈부시게 변화하는 그의 마술을 보지 않으려야 보지 않을 수가 없었습니다. 실로 놀랍도록 기괴하고 환상적인 세상이었습니다. 그의 지병이 정상에 도달한 것과 동시에 그의 기이한 천재성 또한 남김없이 발휘된 게 틀림없었습니다. 주마등처럼 변하는, 도저히 이 세상의 것이라고는 믿어지지 않는 하나같이 괴기스럽고 아름다운 광경들. 저는 그 당시의 광경을 어떠한 말로도 형용할 수 없을 것 같습니다.

외부에서 사들인 거울, 그리고 그것으로도 부족한 부분이나 달리 사들일 수 없는 것은 그의 공장에서 직접 제조한 거울로 보충하면서 그의 몽상을 하나하나 차례로 실현하고 있었던 것이지요. 어느 때는 그의 목만이, 혹은 동체만이, 또는 발만이 실험실 공중을 떠돌고 있는 광경도 보았습니다. 말할 것도 없이 거대한 평면 거울을 방 가득 비스듬히 달아서 그 일부에 구멍을 뚫어 그곳에서 목이며 손발을 내미는 마술사들의 상투적인 방식에 지나지 않는 것이었습니다. 하지만 그런 짓을 하는 사람이 마술사도 아닐뿐더러 병적일 정도로 고지식한 내 친구였기에 더더욱 기이한 느낌에 사로잡히지 않을 수가 없었던 것입니다. 또 어떤 때는 방 전체가 오목 거울, 볼록 거울, 파형 거울, 통형 거울로 홍수를 이룰 때도 있었습니다. 그 한복판에서 미친 듯이 춤추는 그의 모습은 때로는 거대하게, 때로는 극도로 작게, 때로는 기다랗게, 때로는 납작하게, 때로는 뒤틀린 채로, 때로는 몸통만, 때로는 목 아래에 목이 붙어있거나 얼굴에 눈이 네 개 달렸거나 입술이 상하로 한도 없이 늘어나거나 줄어들면서 그 그림자 또한 서로 반복되거나 교차하는 등 영락없이 미치광이의 환상이라고 할 수밖에 없었습니다.

한 번은 방 전체가 거대한 만화경이 된 적도 있었지요. 요술 장치로 덜그럭덜그럭 돌아가는 몇 미터의 거울로 된 삼각통 안에, 꽃집을 몽땅 털어온 듯 오색이 영롱한 온갖 꽃들이 마치 아편을 하고 꾸는 꿈처럼 꽃잎 한 장이 다다미 한 장처럼 커져서 수천수만 개의 오색 무지개가 되어 극지의 오로라처럼 변화하면서 보는 이의 세계를 압도했습니다. 그 가운데에 커다란 괴물 같은 그의 나체가 달 표면처럼 거대한 털구멍을 보이면서 광란의 춤을 추고 있었습니다. 그 밖에도 그 이상은 있어도 결코 그 이하는 없는 놀랄 만한 온갖 잡다한 마술들, 보는 순간 기절하거나 눈이 멀 정도로 아름다운 마계, 제게는 그것을 전할 능력도 없을뿐더러 설령 지금 이야기해본들 과연 어떻게 여러분들을 믿게 할 수 있겠습니까?

그런 광란 상태가 이어지다가 마침내 처참한 파멸이 찾아왔습니다. 저의 가장 친한 친구였던 그는 마침내 진짜 미치광이가 되고 말았던 것이지요. 그가 지금까지 해온 것들도 결코 올바른 정신으로 한 짓은 아니라고 생각합니다. 하지만 그런 미치광이 같은 모습을 연출하면서도 그는 하루의 많은 시간을 정상인처럼 생활하고 있었습니다. 독서도 했고 말라빠진 육체를 움직여 유리 공장을 지휘 감독하기도 했으며, 저를 만났을 때 그의 독특한 탐미주의적 사상을 설파하는 일에도 아무런 지장이 없었습니다. 그랬건만, 그가 그렇듯 무참한 종말을 당하리라고 어떻게 짐작이나 할 수 있었겠습니까. 그의 몸을 잠식한 악마의 짓인지 아니면 너무도 마계의 미에 탐닉한 그에 대한 신의 노여움이었는지 모르겠습니다.

어느 날 아침, 그의 집에서 보낸 사람이 우리 집 문을 황급하게 두들기더군요.

"큰일 났습니다. 마님께서 속히 와주시길 요청하셨습니다."

"큰일이라니, 무슨 일인가?"

"저희들은 모르는 일입니다. 하여간에 급한 일이니 속히 가주실 수 없으신지요?"

심부름꾼과 나는 새파랗게 변한 얼굴로 속사포처럼 그런 문답을 주고받은 뒤, 뭐가 뭔지는 몰랐지만 일단 그의 집으로 내달렸습니다. 장소는 역시 실험실이더군요. 뛰어들듯 안으로 들어가니, 그곳에는 지금은 마님으로 불리는 그의 작은 방 하녀를 비롯하여 몇 명의 하인들이 어안이 벙벙한 얼굴로 장승처럼 서서는 기이한 물체를 지켜보고 있는 게 아니겠습니까.

그 물체는 여느 곡예에서 사람이 올라타는 공을 배쯤 크게 만든 것으로, 바깥은 전부 천으로 둘러싸여 있었는데 널찍하게 치워진 실험실 안에서 살아있는 것처럼 오른쪽 왼쪽 이리저리 굴러다니고 있더군요. 게다가 더욱더 기분이 나쁜 것은 아마도 그 내부였을 것입니다. 동물인지 사람인지 알 수 없는 웃음소리 같은 신음이 슈—슈— 하면서 울리고 있더군요.

"대체 무슨 일입니까?"

나는 우선 그 하녀를 잡고 이렇게 물어볼 수밖에 없었습니다.

"전혀 모르겠어요. 안에 계신 분이 아무래도 서방님이신 것 같은데, 이렇게 커다란 공이 언제부터 여기 있었는지 알지도 못 할 뿐더러 어쩐지 손을 대기도 찝찝해서⋯⋯. 조금 전부터 몇 번이나 불러보았지만 안에서는 묘한 웃음소리만 되돌아오는 걸요."

그 대답을 듣고 나는 불쑥 공에 다가가서 소리가 흘러나오는 부분을 살펴보았습니다. 그리고 굴러다니는 공의 표면에서 한두 개 공기 구멍처럼 보이는 것을 금세 발견할 수 있었지요. 그래서 그 구멍에 눈을 대고 쭈빗쭈빗 공의 내부를 살펴보았는데, 안에는 뭔가 묘하게 눈을 찌르는 듯 자극하는 빛만 번쩍번쩍하면서 사람이 신음하는 기색과 불길하고 광기 어린 웃음소리만 들려올 뿐, 조금도 보이지는 않더군요. 그곳으로 두세 번 친구의 이름을 불러보았지만 상대가 인간인지 인간이 아닌 다른 것인지 전혀 반응이 없었습니다.

그런데 굴러다니는 공을 한참 바라보고 있자니, 문득 그 표면 중 한곳에 사각형 모양의 묘한 흔적이 있는 것을 발견했습니다. 아무래도 공 안으로 들어가는 문 같아서 눌러보니 덜컹덜컹 소리는 나지만 손잡이고 뭐고 아무것도 없어서 열지는 못했지요. 다시 잘 살펴보니 손잡이의 흔적 같은 금속 구멍도 남아있더군요.

'혹시 사람이 안으로 들어간 뒤에 어쩌다 손잡이가 빠져버려서 안에서도 문을 못 열고 있는 것은 아닐까? 그렇다면 이 남자는 하룻밤 내내 공 속에 갇혀 있었다는 말인데……'

혹시 이 근처에 손잡이가 떨어져 있지 않을까 싶어서 주위를 살펴보니 예상이 틀리지 않았습니다. 방 한쪽에 둥근 쇠붙이가 떨어져 있기에, 그것을 쇠 구멍에 대어보니 딱 맞아떨어졌기 때문입니다. 그러나 곤란하게도 손잡이가 부러져서 이제는 구멍에 갖다 붙여도 문을 열 수는 없었습니다.

그럼에도 참 이상한 것은, 안에 갇혀 있는 사람이 구조를 요청할 생각은 안 하고 마냥 킬킬킬킬 웃고만 있다는 점이었지요.

"설마?"

저도 모르게 새파랗게 질려버렸습니다. 이미 무엇을 생각할 여유도 없었지요. 그저 공을 부수느라 정신이 없었습니다. 이 방법 외에는 안에 있는 인간을 구할 방법이 없었던 것입니다. 저는 재빨리 공장으로 달려가서 커다란 망치를 집어 들고 다시 방으로 돌아온 다음, 공을 겨냥하여 힘껏 내리쳤습니다. 그러자 놀랍게도 내부는 두터운 유리로 되어있었는지 와장창창! 하는 끔찍한 소리와 함께 무수한 파편이 쏟아지더군요.

그리고 안에서 기어 나온 것은 분명한 제 친구였습니다. 설마라고 생각했던 것이 역시 사실이었습니다. 그렇지만 어떻게 인간의 모습이 불과 하루 사이에 저렇게 변할 수 있을까요?

어제까지만 해도 쇠약하기는 했어도 신경질적으로 긴장한 얼굴이 얼핏 무서워 보이는 정도였지만, 지금은 완전히 죽은 사람마냥 안면의 모든 근육이 축 늘어져 있었고, 손가락으로 마구 휘저은 것 같은 머리칼이며 실핏줄이 선연하면서 초점 없는 눈, 그리고 멍청하게 벌린 입으로 낄낄낄낄 웃고 있는 그의 모습은 지금까지 한 번도 본 적이 없었습니다. 얼마나 처참했는지 그렇게나 총애를 받고 있던 그 하녀조차도 두려움에 뒷걸음질 쳤을 정도였지요.

말할 것도 없이 그는 정신이 나가버린 것입니다. 그러나 무엇이 그를 정신 나가게 한 것일까요? 공 안에 갇혀 있었다고 미쳐버리는 남자는 본 적도 없는데 말이지요. 무엇보다 그 이상한 공은 대체 무엇에 쓰는 물건이었을까요? 그는 왜 그 안에 들어갔을까요? 그곳에 있던 어느 누구도 그 공의 존재를 알지 못했다고 하니 아마도 그가 공장에 명령하여 비밀리에 제작한 것이겠지만, 이 커다란 유리 공을 대체 어떻게 할 작정이었을까요?

방 안을 어슬렁대면서 계속 웃기만 하는 그, 간신히 정신을 차리더니 소맷자락으로 눈물을 훔치는 그녀. 그 이상한 흥분 속에서 불현듯 유리 공장의 기사가 출동했습니다. 저는 그 기사를 붙들고, 그가 머쓱해하는 것도 상관하지 않고 재빨리 소낙비처럼 질문을 퍼부었습니다. 그리하여 웅얼웅얼 횡설수

설하는 그의 답을 모두 요약해 보면, 결국 이렇게 된 일이었더군요.

기사는 상당히 오래전부터 1센티미터 정도의 두께에다가 내부에 직경 120센티미터 정도의 빈 공간이 있는 유리 공을 만들라는 지시를 받았다고 했습니다. 비밀리에 작업을 서둘러 드디어 어제저녁 늦게 완성이 되었답니다. 기사들은 그 용도를 알 수 없었지만, 공의 바깥에는 수은을 바르고 내부에는 빈틈없이 거울을 달았습니다. 그리고 내부 여러 곳에 빛이 강한 작은 전등을 장치했고, 한쪽에 사람이 드나들 정도의 문을 설계하라는 기이한 명령에 따라 그것도 만들었답니다. 그것이 완성되자 한밤중에 실험실로 옮겼고, 작은 전등 코드에는 실내 등의 선을 연결하여 주인에게 건넨 다음 귀가했을 뿐, 그 이상은 기사들도 전혀 모르고 있었습니다.

저는 기사를 돌려보낸 뒤 친구는 하인들에게 간호를 부탁하고, 그 주변에 흩어져 있는 기이한 유리 공 파편을 바라보며 이 이상한 사건의 수수께끼를 어떻게 풀 수 있을까 고민했습니다. 저는 긴 시간을 유리 공과 눈싸움하고 있었지요. 그러다 드디어 문득 이런 생각이 났습니다. 그는 자기 지혜로 생각해 낼 수 있는 모든 거울 장치를 시험해 봤고, 그 즐거움도 모두 누렸기에 마지막으로 그 유리 공을 고안한 것은 아닐까? 그리고 스스로 안에 들어가서 그곳에 비칠 기이한 영상을 바라보고자 한 것은 아닐까 하고요.

　그렇지만 대체 왜 미쳐버렸을까요? 아니, 그보다 유리 공 안에서 대체 무엇을 본 것일까요? 대체 무엇을 보았을까……. 거기까지 생각하던 저는, 갑자기 척추 한가운데를 얼음 봉으로 찌르는 듯한 예사롭지 않은 공포에 심장까지 싸늘하게 식어들었습니다.

　'그는 유리 공 안으로 들어가서 반짝반짝 빛나는 작은 전등 불빛으로 자신의 영상을 보고 난 뒤 미쳐버린 것일까? 아니면 공 안에서 빠져나오려고 하다가 실수로 손잡이를 부숴버리고 좁은 구체 안에서 죽음의 고통에 신음하다 마침내 미쳐버리는 데 이른 것인가?'

　아마도 그 둘 중 하나였을 것입니다. 그럼 대체 무엇이 그를 그토록 두렵게 만들었을까요?

　도저히 인간의 상상이 허락하지 않는 부분이었습니다. 지금까지 거울로 된 구체 중심에 들어간 인간은 아무도 없었던 걸까요? 그 둥근 벽에 어떠한 영상이 비치는지는 물리학자라도 계산하기가 불가능할 것입니다. 어쩌면 우리들에게는 몽상조차 허락되지 않는 공포와 전율을 주는, 인간 세상 외의 것이 아니었을까요? 세상에 다시 없을 끔찍한 악마의 세계가 아니었을까요? 그곳에서는 그의 모습이 그로서 비치지 않고 좀 다른 이상한 것, 그것이 어떤 모습이었을지는 상상도 할 수 없지만, 여하튼 인간이 미치지 않고는 견딜 수 없는 그 어떤 것이 그의 눈과 그의 우주를 모조리 뒤덮으면서 나타났던 것은 아닐까요?

단지 억지로라도 우리들이 해볼 수 있는 것이라면, 구체의 일부였던 오목 거울의 공포를 구체로까지 연장시켜 볼 수밖에는 달리 없을 것입니다. 여러분도 아마 오목 거울의 공포라면 잘 알고 있을 것입니다. 마치 자기 자신을 현미경으로 들여다보는 듯한 악몽의 세계. 구체의 거울은 그 오목 거울이 끝없이 연장되어 우리의 전신을 감싸는 것과 똑같을 것입니다. 단순히 그것만으로도 오목 거울의 공포보다 수 배, 수십 배에 달할 것이 분명합니다. 그렇게만 상상해도 전신의 털이 곤두서지 않습니까? 그것은 오목 거울로 가둔 작은 우주였을 것입니다. 우리들이 사는 이 세상이 아니라, 전혀 다른 어떤 미치광이들의 세상임이 분명할 것입니다.

저의 불행한 친구는 그렇게 렌즈와 거울에 대한 그의 광적인 집착을 풀어보려 발을 들어서는 안 될 곳을 디디려 하다가 신의 노여움을 샀는지 악마의 유혹에 진 것인지 마침내 스스로를 망가뜨리고 말았던 것입니다.

그 뒤, 그는 미쳐버린 상태로 이 세상을 떠났기에 사건의 진상은 정확하게 밝힐 수 없었습니다. 그렇지만 적어도 나만은, 그가 거울로 만든 공의 내부를 침범했기에 결국 미치고 말았다는 상상을 지금껏 버리지 못하고 있습니다.

木馬は廻る

목마는 돌아간다

"이곳은 고향에서 수백 리 떨어진 머나먼 만주의……."

빙글빙글 데그럭데그럭 빙글빙글 데그럭데그럭 회전목마
는 돌아간다.

올해 쉰 몇 살이 되는 가쿠지로는 자신이 좋아서 나팔수가
된 사람으로, 한때는 고향 마을 공연관에서 꽤 인기 있는 악
사였다. 그러나 세월이 흘러 관현악이 유행하면서 찌그러지기
시작하더니 〈이곳은 고향〉이나 〈바람과 물결〉 같은 곡만 가지
고는 도대체 쓰려는 사람이 없어서 마침내 가게의 상품 광고
나 하는 도보 악대로까지 전락하게 되었다. 그렇게 10여 년이
라는 긴 세월 동안 세상의 풍파에 시달리면서 매일매일 길 가
는 사람들의 조롱감이 되었지만, 그래도 좋아하는 나팔을 버

리지 못했다. 아니 버리려고 해도 달리 생계가 막막해서 어쩔 수 없이 악대 생활을 계속할 수밖에 없었다.

그러다가 작년 말, 그 도보 악대마저 그에게서 등을 돌리는 바람에 이 목마관까지 흘러든 것이 인연이 되어 지금은 목마관의 정식 직원으로 데그럭데그럭 빙글빙글 돌아가는 목마 한가운데 마련된 가장 높은 무대에 서게 되었다. 붉고 흰 휘장과 머리 위로는 사방으로 만국기가 펄럭이는 현란한 무대 위에서 그는 다른 악사들처럼 금실로 짠 제복에 붉은 모직 모자를 쓴 채 삘릴릴리 울리는 감독의 피리 소리를 신호로 아침부터 밤까지 5분마다 '이곳은 고향에서 수백 리 떨어진 머나먼 만주의……' 같은 노래들을 그의 특기인 나팔로 목청껏 연주했다.

세상에는 참 별의별 희한한 직업이 다 있다 싶다. 1년 365일 손때로 반질반질 빛이 나는 목마 열세 마리와 쿠션도 시원찮은 자전거 다섯 대에 삼륜차 세 대, 양복 차림의 감독과 표를 파는 여자 직원 둘, 그것들이 어울려 판자로 만들어진 빙글빙글 돌아가는 무대처럼 질리지도 않고 잘도 돌아갔다. 그러면 어린 공주님들과 도련님들이 아빠와 엄마의 손을 잡아끌어서 어른들은 자동차, 아이들은 목마, 아기는 삼륜차를 타고 5분간의 피크닉을 어쩌면 저리도 즐겁게 노는지! 휴가를 얻어 고향으로 돌아온 어린 승려, 학교에서 돌아오는 개구쟁이, 개중에는 한창 물이 오른 탱탱한 젊은 무리까지 "이곳은 고향에서 수백 리······"라고 흥얼대면서 말 위에서 즐거이 기쁜 춤을 췄다.

다른 사람들이 보면 저렇게 즐거운 광경 앞에 어찌 저리 무뚝뚝한 표정인가 싶어 도리어 우습기조차 했지만, 그래도 나팔수는 마음껏 볼을 부풀려 나팔을 불고 큰북을 치는 고수鼓手는 마음껏 북채를 들어 북을 두드렸다. 그러면 그들의 마음도 어느새 손님들과 일심동체가 되어 목마의 목이 흔들리는 대로 정신이 아득할 정도로 회전목마처럼 함께 돌아갔다.

돌아라, 돌아라, 시곗바늘처럼 멈추지 말고. 네가 돌고 있는 동안은 가난도, 늙은 아내도, 코흘리개 어린애의 울음소리도, 안남미로 지은 푸석한 도시락도, 매실 장아찌 하나뿐인 반찬도 모든 걸 잊는다. 이 세상은 즐거운 목마의 세계다. 그렇게 오늘 하루도 저물고, 내일도 모레도 또 그렇게 흘러갈 것이다.

매일 아침 시계가 6시를 알리면 가쿠지로는 연립 주택의 공동 수도에서 얼굴을 씻고, 짝! 짝! 경쾌하게 울리는 박수 소리로 그날 하루를 시작한다. 올해 열두 살 난 학교 가는 큰딸이 아직 부엌에서 투덜대는 동안, 그는 늙은 아내가 싸준 도시락을 들고 서둘러 목마관으로 출근했다. 큰딸이 용돈을 달라고 조르거나, 간질을 앓고 있는 여섯 살 아들 녀석이 울음

보를 터뜨리거나, 그 밑에 또 세 살짜리 어린놈까지 늙은 아내 등에 업혀 코를 흘리거나, 아예 한술 더 떠서 늙은 아내마저 이달 치 곗돈이 없다고 히스테리를 부리거나 하는 그런 것들로 가득한 연립 주택의 게딱지만 한 방을 빠져나와 목마관이라는 별천지로 출근하는 것은 그에게는 너무도 즐거운 일이었다. 더욱이 새파란 페인트를 칠한 가설 건물 목마관에는 '이곳은 고향에서 수백 리'라는 노래 가사와 온종일 돌아가는 목마와 손때 묻어 익숙한 나팔 외에도 그를 위로하는 것이 하나 더 기다리고 있었다.

목마관은 입구에 매표소가 없다. 그래서 손님들은 일단 마음대로 목마를 골라 탄다. 그러다 목마며 자동차가 반 정도 차면 감독이 드디어 피리를 불고 목마도 데그럭데그럭 돌아갔다. 그때부터 양복 같은 파란 옷을 입은 두 여자가 차장처럼 가방을 어깨에 걸고 손님 사이를 누비면서 돈과 티켓을 교환해 준다. 그 여차장 가운데 한 명은 그의 동료이기도 한 큰북을 치는 고수의 마누라로, 서른이 훨씬 넘었는데 무슨 식모가 양복을 입고 있는 듯했고, 나머지 또 한 명은 열여덟 살 먹은 처녀였다. 물론 이 처녀도 목마관에 고용될 정도니까 찻집 여급처럼 아름답지는 않지만 그래도 여자 나이 열여덟 살이면 역시 어딘지 모르게 사람을 잡아끄는 매력적인 곳이 있는 법이었다. 몸에 딱 붙는 푸른 목면 양복의 작은 주름 하나하나조차도 육감적인 굴곡을 요염하게 드러내고 있었고, 젊은 피부의 향기가 목면을 통과해서 흠씬 남자의 코를 자극했다. 게다가 이쁘지는 않아도 어딘지 귀여운 구석이 있어서 가끔 남자들이 티켓을 사면서 괜히 집적거릴 때도 있었다. 그러면 이 처녀도 끄덕끄덕 목을 흔드는 목마 갈기에 손을 올리고는 다소 기쁜 듯이 희롱을 당하기도 했다. 그녀의 이름은 오후유라고 하는데, 사실 카카쿠지로의 출근을 날마다 기쁘게 만드는 가장 중요한 요인이기도 했다.

나이 차가 엄청날 뿐 아니라 그에게는 엄연히 아내까지 있고, 자식도 세 명이나 된다. 그런 것을 생각하면 '핑크빛 사랑'이란 사실 너무 부끄럽고 아직 그만한 감정까지는 아니었을지도 모르지만, 가쿠타로는 매일 아침 구질구질한 집을 벗어나 목마관으로 출근해서 오후유의 얼굴을 한 번 보게 되면 묘하게도 기분이 밝아졌다. 말이라도 한 번 나누게 되면 청년처럼 가슴이 뛰면서 나이에 어울리지 않게 소심해지지만 그래도 한층 더 기뻐지기도 했다. 그러니 어쩌다 그녀가 결근이라도 하게 되면 아무리 힘차게 나팔을 불어도 어쩐지 맥이 빠진 것처럼 느껴지고, 그토록 활기찬 목마관도 이상하리만치 스산하고 쓸쓸하게 보였다.

초라하고 가난한 처녀 오후유를 가쿠지로가 그토록 생각하게 된 것은 첫째로 자기 나이를 돌아봤을 때 처녀의 그 초라함이 도리어 마음 편하고 서로 걸맞다고 생각한 것이겠지만, 둘째로는 집이 같은 방향이어서 일을 마치고 돌아갈 때면 늘 서로 함께 다니다 보니 자연스럽게 이야기할 기회가 많았기 때문이다. 그로서는 오후유만 잘 따라준다면 자신이 젊은 처녀와 사이좋게 지내는 것도 남들 눈에 그리 꼴사납지 않을 거라는 계산이었다.

"그럼 내일 또 봐요."

교차로에서 서로 헤어질 때면 오후유는 정해진 듯이 살짝 목례를 하면서 다소 어리광 섞인 말투로 이렇게 인사를 했다.

"그래, 내일 봐."

그러면 가쿠지로도 잠시 어린애가 되어 '바이—바이—' 하듯이 도시락을 딸깍딸깍 울리며 손을 흔들어 인사를 했다. 그리고는 결코 아름답다고는 할 수 없는, 도리어 초라하게까지 보이는 오후유의 뒷모습을 바라보고 또 바라보면서 달콤한 기분에 빠져들었다.

오후유의 형편이 자기 사는 것과 별반 다르지 않을 거라 생각한 것은 퇴근할 때 푸른 목면 양복 대신 갈아입는 옷만 보아도 충분히 짐작이 되었고, 또는 함께 노점 앞을 지날 때 그녀가 눈을 반짝이면서 사뭇 갖고 싶은 듯이 들여다보는 장신구의 질만 보아도 알 수 있었다. 또 "저런 거 예쁘죠?" 하면서 오가는 마을 처녀들의 옷차림을 선망하는 말만 들어도 가 없지만 이미 충분히 드러나곤 했다.

　그러므로 지갑이 가벼운 가쿠지로로서도 그녀의 환심을 사기가 크게 어렵지는 않았다. 꽃비녀 하나, 팥죽 한 그릇만 해도 오후유는 그를 위해 넘치도록 귀여운 미소를 보여주었으니까.

　"이거, 꼴 보기 싫죠?"

　어느 날 오후유는 어깨에 걸치고 있는 유행 지난 숄을 손끝으로 문지르면서 이렇게 말했다. 그러니까 당연히 꽤 쌀쌀해졌을 즈음이었다.

　"재작년 거거든요. 저런 게 올해 유행하는 거예요."

　그녀는 어느 양품점 쇼윈도 속의 근사한 물품이 아니라 길가 상점 끝에 매달아 놓은 값싼 것을 손가락질하면서 "아아, 빨리 월급날이 왔으면……" 하고 한숨을 쉬었다.

　오호라! 올해의 유행이 저런 거구나. 가쿠지로는 그런 것도 처음 알았기에 '저 애가 얼마나 갖고 싶었을까? 가격이 싸면 내가 하나 사주고 싶군. 그러면 정말 기뻐하겠지' 싶어 다가가서 가격표를 봤더니 7엔 몇십 전(현재 가치로 약 4만 원)이었다. 문득 그의 열두 살 난 딸아이가 생각나면서 자기로서는 도저히 무리라는 것을 깨닫자, 새삼 이 세상이 서글프게 느껴졌다.

　그로부터 오후유는 날마다 숄에 대해 떠들면서 어떻게 하면 사게 될지, 그러니까 한마디로 월급날만 손꼽아 기다렸다.

어느덧 월급날이 되어 이십 몇 엔의 월급봉투를 손에 들었으니 돌아가는 길에 사겠지 생각하고 있었더니 막상 그러지는 않고, 언제나처럼 그 교차로에서 그대로 헤어졌다. 아마도 수입은 일단 무조건 어머니에게 건네야 하는가 보다 생각하면서 가쿠지로는 그로부터 오늘은 새로운 숄을 하고 올까, 내일은 하고 올까 하면서 자기 일처럼 기다렸건만 그런 낌새는 전혀 보이지 않았다. 묘한 일은, 숄 얘기를 꺼낸 지 어느덧 보름 정도가 지났지만 오후유가 월급날 이후로 두 번 다시 그 얘기는 꺼내지 않으면서, 완전히 포기한 것처럼 언제나 그 유행 지난 숄을 어깨에 걸치고 (하지만 내내 조신한 얼굴을 잊지 않고) 목마관으로 통근을 게을리 하지 않는다는 사실이었다.

그 가련한 모습을 보니, 가쿠지로도 자신의 가난에 대해서는 일찍이 가져본 적도 없는 어떤 분노 같은 것을 느끼지 않을 수 없었다. 겨우 7엔 얼마 하는 돈이, 그렇다고 해서 그에게도 아주 만만히 볼 수 없는 금액인 것을 생각하면 한층 더 부글부글 속이 끓어올랐다.

"어지간히 불어제끼십니다?"

옆자리 젊은 고수가 느물느물 웃으면서 그의 얼굴을 봤을 정도로 가쿠지로는 아무렇게나 나팔을 불어댔다.

'될 대로 되라지.'

그는 그런 심정이었다. 여느 때 같으면 클라리넷이 절^節을 바꾸기 전까지는 그에 맞춰 연주를 했겠지만, 그런 규칙을 깨고 그의 나팔이 먼저 척척 절을 바꿔갔다.

"금비라♦의 배들이 순풍에 돛을 달고 싸우느라 아수라……"
하면서 그는 고개를 흔들면서 불어댔다.

"나팔이 미쳤나 보군."

다른 세 명의 악사들도 당황해서 서로 눈짓을 하면서 이 늙은 나팔수의 폭주를 의아해할 정도였다. 비단 한 장의 솔이 문제가 아니었다. 요즘의 모든 분노가, 히스테릭한 아내며 제멋대로인 아이들, 가난, 노후의 불안, 이제는 돌아갈 수 없는 청춘, 그런 것들이 금비라의 배로 구절을 바꾸면서 시끄럽게 나팔을 불어대게 했다.

그리고 공원을 떠도는 젊은 애들이 "목마관 나팔수, 엄청 시끄럽게 불어대더군. 그 영감탱이 분명 좋은 일이라도 있었던 게야" 하면서 서로 킬킬댔을 정도로, 그날 저녁에도 가쿠지로는 다시 그와 오후유의 탄식을 담아, 아니 이 세상 모든 탄식들을 나팔 하나에 빌어 공원 구석에서 구석까지 울려 퍼지게 실컷 불어댔다.

무신경한 목마들은 여전히 시곗바늘처럼 악대들을 중심으로 돌고 있었다. 목마를 탄 손님들도, 둘러싼 구경꾼들도 그

♦ 여러 야차들을 거느리고 불법을 지키기를 맹세한 야차왕의 우두머리.

들 역시 가슴 깊은 곳에는 온갖 괴로움을 감추고 있을까? 하지만 겉보기에는 모두들 즐거운 듯이 목마와 함께 목을 흔들면서, 악대에 맞춰 발을 구르면서 "바람에 물결에 떠밀려서……" 하고 노래를 부르며 한순간 세파를 잊은 모습들이었다. 그러나 그날 저녁은, 아무런 변화도 없는 아이들과 술주정뱅이들만의 동화 나라는 아니었다. 늙은 나팔수 가쿠지로의 마음속에 조그마한 풍파가 생겼으니까.

그것은 공원이 가장 북적대는 저녁 8시에서 9시 사이였을 것이다. 목마를 둘러싼 구경꾼들도, 거창하게 표현하자면 검은 산처럼 모여들 때라 가끔 술 취한 직장인 따위가 목마 위에서 얄궂은 자세를 해 구경꾼들 사이에서는 한바탕 눈사태처럼 웃음소리가 터지곤 하는데, 그런 소동을 가르고 술주정뱅이도 아닌 한 젊은이가 때마침 멈춘 목마 위에 휙 하니 올라탔다.

설령 그 젊은이의 얼굴이 다소 창백하고 그 태도가 불안해 보인다 해도 군중 속에서 그런 사실을 알아챈 이는 아무도 없었지만 딱 한 사람, 무대 위의 가쿠지로만은 달랐다. 젊은이가 탄 목마가 마침 그의 눈앞에 있었던 것이다. 그가 목마를 타기 바쁘게 이내 곧 오후유가 기다렸다는 듯이 쪼르르 달려가서 티켓을 끊었기에 반은 질투심에서, 나팔을 불면서도 눈을 번쩍 뜨고 허락하는 모든 시야 안에서 젊은이의 일거수일

投足을 감시했다. 그런데 어찌 된 일인지 티켓을 끊었으면 더는 볼일이 없을 터인데 오후유는 그대로 젊은이 곁에서 앞에 있던 자동차에 손까지 올리고 기대서서는 보란 듯이 몸을 꼬고 있는 것이 그로서는 한층 더 신경이 쓰여 죽을 것 같았다.

그러나 그의 감시가 결코 헛된 것은 아니었다. 이윽고 목마가 두 번도 채 돌지 않았을 때 목마 위에서 묘한 자세로 한 손을 윗옷 안주머니 속에 넣고 있던 젊은이가 그 손을 슬슬 빼더니만 눈은 태연하게 다른 곳을 보면서 앞에 서 있는 오후유의 양복 엉덩이 주머니에 뭔가 하얀 것을 (가쿠지로는 틀림없이 봉투라고 생각했다) 재빨리 집어넣고는 다시 본래 자세로 돌아가더니 비로소 안심한 듯 한숨을 몰아쉬었던 것이다.

'연애편지인가?'

깜짝 놀라 숨을 멈추고 나팔도 멈춘 채 가쿠지로의 눈은 오후유의 엉덩이에, 봉투 같은 것의 한 귀퉁이가 실처럼 보이는 그 호주머니에 못이 박힌 형국이었다. 만약 그가 이전처럼 냉정했더라면 얼굴은 잘생겼지만 심하게 불안해 보이는 젊은이의 눈빛이라든지, 수상쩍은 정도로 초조해하는 모습이라든지, 또 구경꾼 무리에 섞여 젊은이를 의미심장하게 바라보고 있는 낯익은 형사의 모습도 깨달을 수 있었을 것이다. 하지만 그의 마음은 이미 다른 것으로 충만해 있었기에 그저 오로지 질투와 말로 표현하기 힘든 쓸쓸함으로 가슴만 터질 것 같았다. 그러니까 그 젊은이의 목적은 형사의 눈을 돌리기 위해서 태연한 척하면서 곁에 있는 오후유에게 말을 건네며 희롱하고 있었던 것이지만, 가쿠지로에게는 그게 더 화가 나고, 슬프기 짝이 없었다. 게다가 오후유까지도 제 잘난 줄 알고 들떠서 은근히 기뻐하는 것처럼 보여 한층 더 부글부글 분노가 끓었다.

'아아, 대체 뭐가 좋다고 저렇게 부끄럼도 모르는 거지 같은 계집애와 사이좋게 지냈단 말인가. 바보, 멍청이, 저런 못생긴 계집애를 위해 7엔이 넘는 술까지 사줄 생각을 다 했다니. 젠장, 이놈도 저놈도 모두 다 썩어서 뒈져버렸으면 좋겠다!'

"붉은 석양에 물들어 친구는 들녘 돌 아래……."

그의 나팔 소리는 점점 더 기세 좋게, 한층 더 쾌활하게 울려 퍼졌다.

그런데 한참 지나서 슬쩍 보았더니 이미 젊은이는 어디로 가버렸는지 그림자조차 찾을 수 없었고, 오후유는 다른 손님 곁에 서서 무심한 얼굴로 자기 할 일인 티켓을 끊느라 분주했다. 그리고 그 엉덩이 호주머니에는 여전히 실처럼 하얀 봉투 끝이 살짝 고개를 내밀고 있었다. 그녀는 봉투 같은 건 전혀 모르는 눈치였다. 그런 모습을 보자 가쿠지로는 다시금 미련이 생기면서 역시 천진하게 보이는 그녀의 모습이 사랑스럽게 느껴졌다. 그 잘생긴 젊은이와 경쟁해서 이길 자신은 털끝만큼도 없었지만, 가능하다면 최소한 하루라도 이틀이라도 지금처럼 자신과 그녀 사이에 아무도 끼어들 수 없도록 만들고 싶었다.

어차피 짜증 나는 사랑 고백이 나열된 내용이겠지만 만약 오후유가 그 편지를 읽는다면 세상 물정 모르는 그녀로서는 아마 태어나서 처음 받는 연애편지일 테니 얼마나 가슴이 설레면서 달콤한 기분에 빠져들 것인가. 게다가 그때는 손님이 아이나 여자들이 대부분이어서 젊은 손님이라고는 그밖에 없었으니 당연히 편지 주인도 그 젊은이라는 것을 알게 될 텐데, 그렇게 되면 아마 틀림없이 그놈만 생각하느라 자기와는 이전처럼 사이좋게 지내지도 못할 것이다. '아아, 그래! 아예 기회를 봐서 오후유가 편지를 읽기 전에 감쪽같이 저 호주머니에서 빼내어 찢어버려야겠다.'

물론 그런 고식적인 수법으로 젊은 남녀 사이를 찢어놓을 수 없다는 건 그도 잘 알고 있었지만 그래도 오늘 밤 단 하루만이라도 그가 알고 있는 순결한 그녀와 이야기를 나누고 싶었다.

마침내 10시쯤 되었을까, 공연관이 문을 닫았는지 단번에 사람들이 북적대더니 또 순식간에 다시 고요해졌다. 공원에서 진을 치고 있는 건달들 외에는 구경꾼도 다 돌아가 버리고, 늦은 손님이 두세 명 오는가 싶더니 그나마도 이내 발길이 뚝 끊어져 버렸다. 그러자 직원들은 판자로 칸막이가 된 세면

대로 가서 살짝 손을 씻기도 하며 귀가 준비를 서둘렀다. 가쿠지로도 짬을 보아 무대에서 내려와 딱히 손을 씻을 생각은 아니었지만 오후유의 모습이 보이지 않았기에 혹시 세면대로 간 건 아닐까 하고 안으로 들어가 보았다. 마침 우연히도 오후유가 세면대에서 열심히 얼굴을 씻고 있었다. 탐스럽게 부푼 엉덩이 쪽에는 조금 전 그 연애편지가 반쯤 삐져나와서 금방이라도 떨어질 것 같았다. 처음부터 그럴 작정으로 온 건 아니지만 가쿠지로는 문득 잡아 빼고 싶은 생각이 들었다.

"오후유, 준비성이 좋구먼."

그는 괜히 딴소리하면서 태연하게 그녀의 등 뒤로 다가가서 재빨리 봉투를 뽑아 자기 호주머니에 집어넣었다.

"어머, 깜짝 놀랐어요! 아저씨였구나, 난 또 누군가 했네."

오후유는 가쿠지로가 혹시 자기에게 무슨 장난이라도 쳤나 싶어 눈치를 살피더니, 손을 엉덩이에 문지르면서 젖은 얼굴을 돌렸다.

"아무렴, 곱게 치장해야지."

그는 나오는 대로 아무렇게나 대답하고는 세면대를 나와 그 옆에 있는 기계실 한구석에서 몰래 빼낸 봉투를 호주머니에서 꺼내 들었다. 그때 문득 편지치고는 어쩐지 무게감이 다르다는 생각이 들었다. 그래서 서둘러 봉투의 앞을 살펴보았는데 이상하게도 받는 사람이 오후유가 아니라 사각 글씨로 된 어려운 남자 이름이 적혀 있었고, 뒤쪽에는 이게 어떻게 연애편지인가 싶도록 어떤 회사 이름이 소재지며 전화번호까지 조그맣게 인쇄되어 있었다. 그리고 봉투 안에는 손이라도 벨 것 같은 **빳빳한 10엔짜리**가 여러 장이어서 떨리는 손끝으로 헤아려보니 딱 열 장, 바로 누군가의 월급봉투였던 것이다.

한순간 내가 꿈이라도 꾸고 있는 것은 아닐까, 어쩐지 무슨 큰일을 저지르고 말았다는 느낌에 가쿠지로도 화들짝 당황했지만 곰곰이 생각해 보니 그저 연애편지라고만 생각했던 것은 그의 착각이었고, 좀 전의 그 젊은이는 아마도 소매치기였을 거라는 생각이 들었다. 그래서 형사를 봤지만 도망갈 길이 없어 아무렇지 않은 듯 태연하게 목마를 타는 척하면서 속이고 그래도 역시 불안하니까 소매치기한 월급봉투를 마침 앞에 있던 오후유의 뒷주머니에다 잽싸게 찔러 넣었던 것이 확실했다.

그러자 다음 순간에는 굉장한 횡재를 한 듯한 기분이 들었다. 봉투에 이름이 적혀 있으니까 물론 누구 돈인지는 알지만 어차피 당사자는 이미 체념했을 테고, 그 젊은 소매치기도 자기 쪽이 더 위험하니까 설마 다시 돌려달라고 나서지는 못할 것이었다. 설사 찾아온다고 해도 모른다고 딱 잡아떼면 어차피 증거도 없는 데다, 정작 오후유는 이런 사실을 전혀 모르고 있으니 결국에는 모든 것이 흐지부지 끝날 게 뻔했다. 그렇다면 결국 이 돈은 마음대로 사용해도 된다는 뜻이기도 했다.

그렇지만 하늘이 부끄러운 짓이다. 아무리 멋대로 핑계를 댄들 결국 도둑의 돈을 가로채는 짓이니까. 하늘은 모든 것을 알고 있는데 내가 어떻게 그 죄를 모면할 수 있겠는가?

'하여간 너는 왜 그렇게 사람만 좋아가지고 덜덜 겁만 내니까 이날 이때까지 그토록 비참하게 생활하는 거 아니냐? 하늘이 주신 이 돈을 쉽사리 버린다니 그게 말이 돼? 벌을 받는지 마는지는 차치하고라도, 이 정도의 돈이면 그 가엾고 사랑스러운 오후유에게 사주고 싶은 것은 다 사줄 수도 있는데? 아껴 쓴다면 언젠가 양품점 쇼윈도에서 보았던 비싼 옷도 제대로 한 벌 갖춰줄 수 있을 거야.

그러면 오후유의 즐거워하는 얼굴도 보고, 마음으로부터 감사하다는 인사도 받으면서 함께 밥이라도 먹는다면…… 아아, 그런 것들이 지금은 내가 결심만 하면 모두 가능해지는 거야. 오, 어떻게 해야 하나? 정말 어떻게 해야 하지?'

가쿠지로는 월급봉투를 가슴 안주머니에 깊게 숨기고는 기계실 주변을 어슬렁어슬렁 왔다 갔다 하고 있었다.

"아유, 이상한 아저씨 같으니, 대체 이런 데서 뭘 우물쭈물하고 있는 거예요?"

설령 그것이 잘 펴지지도 않는 싸구려 화장품이어서 얼굴이 되레 얼룩덜룩해졌건 말건, 여하튼 오후유가 세면장에서

화장을 하고 나오는 모습을 보고 가슴 깊은 곳을 간질이는
듯한 그녀의 목소리를 듣자, 가쿠지로는 벼락이라도 맞은 듯
금세 야릇한 기분에 잠겨 들면서 꿈속처럼 이렇게 황당한 말
을 해버렸다.

"아, 오후유구나! 오늘 집에 갈 때 그 숄, 내가 사줄게. 돈
은 미리 잘 준비해 왔단다. 어때, 놀랐지?"

혹시 다른 사람에게까지 들릴까 조심하며 가쿠지로는 작
은 소리로 말했지만, 막상 그렇게 말해놓고 나니 스스로가 더
놀라서 자기 입이라도 틀어막고 싶은 심정이었다.

"정말? 아, 정말 고마워요!"

다른 애들 같으면 그 즉시 농담이라도 하나 던지면서 놀려
댔겠지만 이 귀여운 오후유는 의심 없이 그 말을 받아들이면
서 진짜로 기쁜 듯이 수줍게 살짝 허리까지 꼬는 것이었다. 이
렇게 되니 가쿠지로도 지금 와서 꽁무니를 뺄 수도 없는 노릇
이었다.

"좋았어. 그럼 일 끝나고 가게에서 네가 좋아하는 걸 사줄게."

가쿠지로는 자못 신이 난 듯 그렇게 맞장구를 쳤지만, 마
음 한편으로 열여덟 살밖에 안 되는 어린 처녀에게 물불을 못
가리는 자신의 주책을 생각하면 당장이라도 이 자리에서 꺼
져버리고 싶을 정도로 부끄러웠다. 그렇지만 일단 말을 한 이
상에는 뭐라고 할 수도 없으니 형용할 수 없이 가슴이 답답해

지고, 어처구니없고, 쓸쓸해지는 이상한 기분에 휩싸였다. 또 다른 한편으로는 이 부끄러운 쾌감을 도둑의 돈을 가로챈 부정한 돈으로 얻으려 하는 자신의 처참함과 비참함에 견딜 수 없게 양심의 가책을 받았다. 오후유의 사랑스러운 모습 너머로 늙은 아내의 히스테릭한 얼굴, 열두 살짜리를 시작으로 세 자식들의 얼굴이 머릿속에서 소용돌이치는 만자卍字처럼 뒤섞이더니 마침내 사물을 판단할 기력조차 사라지면서 뭐 될 대로 되라는 식으로 자포자기가 되어 그는 갑자기 큰소리로 외쳤다.

"기계실 아범, 기분 좋게 말 한 번 돌려주구려. 내 한 번 타보고 싶어서 그런다오. 오후유야, 짬이 나면 너도 같이 타려무나. 저기 계신 아주머니, 이런 실례, 실례, 오우메 씨도 타보시구려. 어이, 악대들도 나팔 없이 음악 좀 울려주겠소?"

"바보같이 왜 그런대요? 그러지 말고 빨리 정리하고 돌아들 갑시다."

오우메라고 하는 나이 많은 매표인은 불만스럽게 대답했다.

"에이, 왜 그러슈. 오늘은 내 조금 기쁜 일이 있어서 그런다오. 어이, 여러분들, 나중에 한잔 살 테니까 어떻게 한 번 돌려주지 않으실라우?"

"에구 무서워라. 알겠소이다, 어이, 한 번 돌려주자고요. 감독님, 피리 좀 불어주세요."

큰북 고수가 기분이 나서 덩달아 소리를 질렀다.

"나팔수, 오늘 좀 이상한 거 아닌가? 어쨌건 너무 소란 피우지 말기 바라네."

감독님이 쓰게 웃었다.

그래서 결국 목마는 돌아가기 시작했다.

"자아, 한 바퀴 돌고 나면 오늘은 내가 한턱낼 거야. 오후유도, 오우메 씨도, 감독님도 다들 목마를 탔구나 탔어."

술주정뱅이처럼 변해버린 가쿠지로의 눈앞으로 산과 산이, 바다가, 나무들이, 멀리 보이는 양식 건물들이 마치 기차 창으로 바라보는 배경처럼 뒤쪽으로 달려가면서 사라져버렸다.

"만세!"

참을 수 없어서 가쿠지로는 목마 위에서 양손을 크게 벌려 만세를 불렀다. 나팔 없는 미묘한 악대들의 연주가 그 소리에 화합하며 울려 퍼졌다.

"이곳은 고향에서 수백 리 떨어진 머나먼 만주의⋯⋯."

그리고는 빙글빙글 데그럭데그럭 빙글빙글 데그럭데그럭 회전목마는 쉼 없이 돌아갔다.

芊
虫

애벌레

    도키코는 안채에 인사를 건네고, 벌써 어둑어둑해진 넓고 황폐한 정원에 제멋대로 자란 잡초를 헤치며 자신의 거처인 별채로 향했다. 걸어가면서 방금 안채 주인인 예비역 소장의 상투적인 칭찬이 영 찝찝해 자기가 가장 싫어하는 가지무침이라도 씹는 듯한 물컹한 뒷맛을 느끼면서 다시금 곱씹고 있었다.

    "스나가 중위(우습게도 주인 영감은 이제는 사람 같지도 않은 폐병廢兵을 옛날의 당당한 직함으로 부르고 있다)의 충렬忠烈은 더 말할 것도 없이 우리 육군의 자랑이며 이미 세상에도 잘 알려진 일이네. 자네 또한 모든 욕구를 버리고 정절을 지키며, 그 폐인을 3년이나 되는 세월 동안 싫은 기색 하나 없이 성심껏 잘 돌보고 있지 않나. 물론 아내로서 당연한 일이라고 해버리면 그만이겠지만, 그것은 절대 아무나 할 수 있는 게 아니지. 오늘날에는 좀처럼 보기 드문 미담이 아닐 수 없네. 하지만 앞으로도 힘든 일이 많을 걸세. 그러니 아무쪼록 마음 변하지 말고 앞으로도 계속 더 수고해 주게나."

늙은 와시오 소장은 매번 얼굴을 볼 때마다 이런 말을 하지 않으면 면목이 없다는 듯, 지금은 완전히 쓸모없는 인간으로 전락해 버린 옛 부하 스나가 중위와 그의 아내 도키코를 아낌없이 칭찬했다. 조금 전에도 말했듯 도키코는 그런 칭찬을 듣는 게 가지무침을 씹는 것처럼 불쾌했기에 가능한 한 그 영감이 없는 때를 노려 안채를 드나들었다. 온종일 말도 못하는 불구자만 마주 하고 있기가 힘들어서, 주인 아주머니나 딸을 만나 이야기라도 나누고 싶었던 것이다.

사실 그 칭찬도 처음 얼마 동안은 도키코의 희생정신과 드문 정절에 어울리게 더할 나위 없는 자부심으로 도키코의 심장을 건드려주었으나, 요즘은 사실 전처럼 순수하게만 받아들일 수 없었다. 왠지 그 칭찬의 말이 두려워졌기 때문이다. 그런 말을 들을 때마다 '넌 정절이라는 미명 아래 끔찍한 죄악을 범하고 있다'고 손가락질당하며 책망을 듣는 듯해서 소름 끼치게 무서워졌던 것이다.

생각해 보면 제 스스로도 사람의 기분이란 게 이렇게 변하는가 싶도록 달라도 너무 달라졌다. 처음에는 내성적이고 순진하고 정숙했던 그녀가, 지금은 겉보기에 어떻든 간에 마음속으로는 소름이 끼칠 만큼 정욕의 귀신이 소굴을 틀고 있어, 한때는 나라의 충성스러운 군인이었던 가엾은 불구자(이 불구자란 말로도 부족할 만큼 무참한 불구자였다) 남편을 마치 자신의 정욕을 채우기 위해 사육하는 짐승처럼, 또는 그런 도구처럼 생각하게 된 것이다.

이 추잡한 괴물은 대체 어디에서 온 것일까? 그 누런 살덩이가 풍기는 기이한 매력의 장난일까? (사실 그녀의 남편은 누런 고깃덩이에 지나지 않았다. 마치 기형 팽이처럼 그녀의 정욕을 자극하는 누런 고깃덩이 말이다.) 아니면 서른 살이나 된 그녀의 몸뚱이에 가득한 정체 모를 업보인지도 모를 일이다. 아니면 그 양쪽 다일지도 모르고.

주인 영감에게 무슨 말을 들을 때마다 도키코는 요즘 더욱더 살이 오른 자신의 육체와 체취를 떠올리며 한층 더 꺼림칙해졌다.

"대체 난 왜 이렇게 바보처럼 투실투실 살이나 찌는 걸까?"

그런데도 낯빛은 이상하게 창백했다. 주인 영감은 판에 박힌 칭찬을 하면서도 언제나 수상쩍은 눈길로 그녀의 기름진 몸매를 훑어보는 듯했다. 어쩌면 도키코는 그런 눈빛이 가장 싫었던 것인지도 몰랐다.

외진 촌이라 안채와 별채 사이는 50미터가량 떨어져 있었다. 그 사이는 길도 없는 거친 풀밭이었는데 걸핏하면 사각사각 풀 소리를 내며 구렁이가 기어 나온다거나, 자칫 발을 잘못 디디면 풀에 가린 옛 우물로 빠질 위험마저 있었다. 넓은 저택 둘레에는 형식적인 산울타리가 엉성하게 처져 있고 그 바깥은 논밭으로 이어지는데, 멀리 하치만 신사◆의 숲을 배경으로 그녀의 거처인 2층 별채가 홀로 검게 서 있었다.

　하늘에는 별들이 하나둘 반짝이기 시작했다. 벌써 방 안은 캄캄해졌으리라. 그녀가 없으면 남편은 램프에 불도 못 붙일 테니, 분명 어둠속에서 소파에 기대앉았거나, 소파에서 떨어져 바닥을 뒹굴며 고깃덩이처럼 눈만 깜박이고 있을 것이다. 그런 처참한 모습을 생각하면 속이 상하고 비참하고 슬프기도 하지만, 어쩐지 육욕의 감정이 끼어들면서 순식간에 그녀의 등골을 스친다.

　별채에 가까워질수록 2층 창문이 뭔가를 상징하듯 뻥 하니 검은 입을 벌리고 있는 것이 보였고, 탕탕탕 방바닥을 두드리는 둔중한 소리가 들려왔다.

◆ 하치만 신을 모신 신사. 하치만 신은 옛날에는 황실의 조상신, 겐지(源氏) 가문의 시조신으로 신앙되었으나 겐지 가문이 일본에서 무사들의 수장 지위를 차지하며 후에는 무가(武家)의 수호신으로 널리 모셔지고 있다.

'어이구, 또 저러고 있군.'

도키코는 눈꺼풀이 뜨거워질 만큼 가엾은 마음이 들었다. 보통 사람이라면 손으로 두드려 사람을 부를 텐데, 몸이 자유롭지 못한 남편은 천장을 쳐다보고 뒹굴며 머리로 탕탕 바닥을 찧어 그의 유일한 반려인 도키코를 급히 부르고 있는 것이다.

"지금 가요! 시장하신가 보네요."

도키코는 남편이 듣지 못한다는 것을 알고 있었으나, 버릇처럼 이렇게 말하며 황망히 부엌문으로 뛰어들어가 계단을 올랐다.

다다미 여섯 장짜리 2층 방에는 허울만 남은 도코노마♦ 구석에 램프와 성냥이 덩그러니 놓여 있었다. 마치 어미가 젖먹이에게 말하듯, '많이 기다렸지요, 미안해요'라든가 '빨리 하라고 해도 너무 어두워서 잘 안 보여요. 금방 램프를 켤게요. 조금만 더……'라는 등 온갖 혼잣말을 하며 (남편은 귀가 전혀 안 들린다) 불을 밝혀 책상 옆으로 가져갔다.

책상 앞에는 모슬린 천을 씌운 신안 특허라나 뭐라는 좌식 의자가 놓여 있었는데, 의자는 텅 비어있고 거기서 조금 떨어진 바닥에 기이한 물체가 나뒹굴고 있었다. 그 물체는 낡은 비

♦ 일본의 주택에서 방바닥 한곳의 단을 조금 높게 만들어 족자를 걸거나 화병 등으로 장식하는 곳.

단 기모노를 입은, 사실 입고 있다기보다는 싸여 있다고 하거나 혹은 그런 보자기에서 삐져나왔다고 하는 편이 더 타당하리만큼 기이한 모습이었다. 그 보따리 한구석으로 삐죽하니 사람 머리가 하나 나와 있었는데 마치 메뚜기처럼, 또는 기묘한 자동기계처럼 탕탕탕 바닥을 두들기고 있었다. 그럴 때마다 커다란 보따리도 그 반동으로 조금씩 돌아가고 있었다.

"그렇게 성질부리지 말아요. 뭐가 필요해요? 이거?"

그러면서 도키코는 손으로 밥 먹는 시늉을 해 보였다.

"아니에요? 그럼, 이거?"

그녀는 또 다른 시늉을 해 보였다. 하지만 말 못하는 그녀의 남편은 일일이 고개를 저으면서 다시 발작적으로 탕탕탕탕 바닥에 머리만 찧었다. 남편은 포탄 파편 때문에 얼굴 전체가 볼품없이 망가져 있었다. 왼쪽 귓불은 아예 날아가 버린 채 그 자리엔 작고 검은 구멍만이 겨우 귀의 흔적을 남기고 있을 뿐이었고, 왼쪽 입가에서 볼을 지나 눈 아래까지 비스듬히 꿰맨 커다란 흉터도 그에 못지않았다. 오른쪽 관자놀이부터 머리에 걸쳐 보기 흉한 상처가 이어져 있었다. 목은 푹 도려낸 것처럼 패여 있었고 코와 목도 본 모양을 찾기가 어려웠다. 괴물 같은 모습 중에서 그나마 가장 온전한 것이 두 눈이었는데, 추한 다른 모습과는 달리 이것만은 순진무구한 어린아이처럼 맑고 둥글고 귀여웠다. 지금 그 두 눈이 초조한 듯

깜빡이고 있었다.

"할 얘기가 있나 보네요. 기다리세요."

그녀는 책상 서랍에서 노트와 연필을 꺼내 연필을 남편의 비뚤름한 입에 물린 다음, 노트를 펼쳐주었다. 남편은 말도 할 수 없고 붓을 들 수 있는 손이나 발도 없었던 것이다.

"내가 싫어졌어?"

페인은 마치 전생의 저주스러운 업보를 물려받은 불운한 사람처럼 아내가 내미는 노트에 입으로 글을 썼다. 오랜 시간을 들여 쓴 글이었지만, 그것은 제대로 알아보기도 힘든 가타카나◆였다.

"호호호, 또 질투하시는군요. 그렇지 않아요. 안 그래요."

그녀는 웃으면서 고개를 옆으로 세게 저어 보였다.

그러나 페인은 또 성급하게 머리를 바닥에 찧기 시작했으므로 도키코는 다시 한번 남편에게 노트를 갖다 댔다. 그러자 연필이 어설프게 움직였다.

"어디 있었어?"

도키코는 쌀쌀맞게 페인의 입에서 연필을 낚아채서 노트의 여백에 '와시오 씨 댁'이라고 써 남편의 눈앞에 내밀었다.

◆ 일본에서 사용하는 문자의 하나. 19세기 중후반의 메이지 유신 때부터 1945년까지 일본의 모든 공문서는 가타카나와 한자로만 작성되었다.

"다 알잖아요. 달리 제가 어딜 가겠어요?"

폐인은 다시 노트를 달라더니 '3시간'이라고 썼다.

"3시간이나 혼자 기다렸다는 거죠? 그래요, 내가 잘못했어요. 이제는 가지 않겠어요. 다신 안 간다구요."

도키코는 그제야 미안하다는 표정을 지으며 고개를 숙이고 손을 저었다. 보따리 같은 남편은 아직 할 말이 남은 듯했으나, 입으로 글씨 쓰기가 귀찮은지 힘없이 고개를 떨어뜨리고는 움직이지 않았다. 대신 커다란 두 눈에 온갖 의미를 담아 도키코의 얼굴을 찬찬히 바라보았다.

도키코는 이럴 때 남편의 기분을 바꾸는 방법은 하나밖에 없음을 알고 있었다. 구질구질한 변명을 해도 들리지도 않고, 가장 뚜렷하게 마음을 전하는 미묘한 눈빛 따위도 이제는 머리가 둔해진 남편에게는 통하지 않았기에 언제나 이런 기묘하고 어리석은 말다툼 끝에는 서로가 답답해져서 가장 손쉬운 화해의 방법을 택하기 마련이었다.

그녀는 갑자기 남편 위로 몸을 구부리고 바늘로 꿰맨 커다란 상처가 미끈미끈하게 남은 입술 위로 소낙비처럼 키스를 퍼부었다. 그러자 남편은 겨우 안도한 눈빛으로 비뚤어진 입가에 마치 우는 듯한 추악한 미소를 지었다. 도키코는 여느 때처럼 미친 듯이 키스했다. 내키지 않았지만 상대의 추악함을 잊고 스스로 달콤한 흥분을 불러일으키기 위함일뿐더러,

일상생활에서 필요한 자유로운 몸놀림을 잃어버린 이 가엾은 불구자를 자기 마음대로 괴롭히고 싶다는, 이해하기 힘든 감정도 작용했기 때문이다.

하지만 남편은 그녀의 과분한 호의에 당황해 숨도 쉴 수 없는 괴로움으로 몸을 비틀고 추한 얼굴을 기묘하게 찡그리며 궁시렁거렸다. 그런 모습을 보고 있노라면 도키코는 버릇처럼 특별한 감정이 몸속에서 뭉클뭉클 솟구치는 것을 느꼈다.

그녀는 사납게 달려들어 보자기로 싼 보따리를 잡아 뜯듯이 남편의 기모노를 벗겨버렸다. 그러자 그 안에서 무어라 형용하기 어려운 몸뚱이가 굴러 나왔다. 이렇게 되도록 어떻게 목숨이 붙어있는지 이해하기 어렵다며 당시 의학계가 떠들썩해지고 신문에서는 전대미문의 기담으로 대서특필했던 대로, 남편의 몸은 마치 수족을 뭉개버린 인형처럼 더 이상 심할 수 없을 정도로 무참하고 꺼림칙한 상처투성이였다. 두 팔과 다리는 뿌리부터 잘려 나가 살짝 튀어나온 살덩이만 남은 것도 모자라, 몸통만 남은 괴물 같은 전신도 얼굴을 시작으로 크고 작은 무수한 상처들로 번뜩이고 있었다.

그야말로 무참한 일이었지만 그의 몸은 또 이해할 수 없을 만큼 영양 상태가 좋아 나름대로 건강을 유지하고 있었다. (주인 영감이 도키코의 헌신과 봉사를 칭찬할 때도 항상 그런 내용을 절대 빠뜨리지 않았다.) 오로지 식탐만이 즐거움인 탓인지 복부는 번들번들 터질 듯 뚱뚱했고, 그저 덩어리뿐인 육체 가운데 특히 남자의 상징만이 눈에 두드러져 보였다.

그것은 마치 커다랗고 누런 애벌레 같았다. 또는 도키코가 언제나 마음속으로 빗대고 있던 것처럼, 퍽이나 기괴하게 변형된 살로 된 팽이 같기도 했다. 어떤 때는 팔다리의 잔재인 네 개의 살덩어리(그 끝부분에는 마치 보자기처럼 사방에서 표피가 당기는 통에 깊은 주름이 가득했고, 그 중심에 동그마하게 꺼림칙한 홈이 있을 뿐이지만)를, 그 살로 된 돌기를 마치 애벌레의 다리처럼 기이하게 떨면서, 엉덩이를 중심으로 머리와 어깨가 마치 팽이처럼 바닥을 빙글빙글 돌곤 했다.

지금 도키코에 의해 벌거숭이가 된 남편은 별다른 저항 없이, 마치 무언가를 기대하듯 치켜뜬 눈길로 머리맡에 웅크리고 앉아 마치 사냥감을 노리는 짐승마냥 가늘게 뜬 묘한 눈과 다소 굳어져버린 아내의 부드러운 이중 턱을 올려다보고 있었다.

도키코는 남편의 그 눈빛을 읽을 수 있었다. 이럴 때 그녀가 한 걸음 더 나아간다면 그런 눈빛은 곧 사라질 것이다. 그러나 만약 그녀가 곁에서 바느질이라도 하고 있을라치면 이 폐인은 어처구니없게도 한층 더 깊은 눈빛으로 어두운 허공을 하염없이 응시하면서 어떤 고민에 잠겨 있었다.

시각과 촉각 외의 모든 오관五官을 상실한 이 폐인은 본래 독서욕 같은 것이 아예 없던 독재자였으나, 총상으로 머리가 둔해진 후에는 더욱더 글과는 인연을 끊어버려서 지금은 동물처럼 오로지 물질적인 욕망 외에는 아무 위안도 얻을 수 없는 몸이 되었다. 그러나 시커먼 진창 같은 지옥 생활 속에서도 가끔 정상인이었을 때 배운 군대식 윤리관이 그의 둔한 머리를 스치고 지나갈 때가 있었다. 그럴 때면 불구자이기 때문에 더욱 민감해진 정욕과 싸우느라 그의 눈에는 이토록 기이한 고민의 그림자가 떠올랐다.

도키코는 무력한 남편의 눈에 떠오른 겁먹은 고뇌의 표정을 보는 것이 그렇게 싫지만은 않았다. 어떨 땐 굉장히 울보기도 한 그녀이지만 묘하게도 약한 자를 괴롭히는 취미가 있었다. 게다가 이 가엾은 불구자의 고민은 그녀의 싫증 나지 않는 자극물이기도 했다. 지금도 그녀는 남편의 마음을 위로하기보다는 도리어 도전하듯 민감해진 불구자의 정욕에 육박해 갔다.

정체 모를 악몽에 가위눌려 외마디 비명을 지른 도키코는 땀을 흠뻑 흘리며 잠에서 깨어났다. 베갯머리에 놓인 램프 갓에 이상한 모양의 기름 연기가 쌓여서 가늘게 줄인 심지가 지지지직 하고 울고 있었다. 방 안은 천장도 벽도 등빛으로 흐리게 보였고, 옆에서 자는 남편의 얼굴에 꿰맨 상처 자리도 등불에 반사되어 같은 색깔로 번들번들 빛나고 있었다. 방금 외친 비명이 들릴 리도 없었겠지만, 남편은 두 눈을 또렷이 뜨고 물끄러미 천장만 바라보고 있었다. 책상 위 자명종 시계를 보니 어느덧 1시가 조금 넘어있었다.

아마 이래서 악몽을 꾸었나보다 싶게 도키코는 몸이 개운치 않았지만 아직은 잠이 덜 깬 상태라서 그 개운치 않다는 게 뭔지 정확히 알 수 없었다. 그저 어쩐지 이상하다고 생각은 하면서도 얼핏 조금 전의 기이한 유희의 모습을 환상처럼 떠올리고 있었다. 거기에는 빙글빙글 돌아가는 팽이 같은 살덩이가 보였고, 통통하게 살이 오른 30대 여자의 흐트러진 육체가 있었다. 그것들이 마치 지옥처럼 엉클어져 있었다. 그야말로 얼마나 끔찍하고 추악한 모습인가. 그러나 그런 끔찍하고 추악한 것이 마약처럼 다른 어떤 대상보다도 그녀의 정욕을 불러일으키고 신경을 마비시키는 힘을 갖고 있으리라고는 지난 30년 세월 동안 상상조차 할 수 없었던 일이다.

"아흐……아흐……."

도키코는 자신의 가슴을 꼭 안으면서 한탄인지 신음인지 모를 소리를 웅얼거리며 망가진 인형 같은 남편의 자는 모습을 바라보았다. 그때 비로소 그녀는 처음 눈을 떴을 때부터 느꼈던 육체적 불쾌감의 원인을 확실히 깨달았다. 그래서 '여느 때보다는 조금 이른거 같은데……?'라고 생각하며 자리에서 일어나 계단을 내려갔다. 다시 자리에 들어 남편의 얼굴을 보니 그는 여전히 아내 쪽은 거들떠보지도 않고 천장만 응시하고 있었다.

"또 생각 중이에요?"

눈 외에는 자기의 의지를 드러낼 기관을 갖지 못한 인간이 물끄러미 한곳만 응시하는 모습은 아무리 한밤중이어도 기분 나쁘게 보였다. 어차피 둔해 빠진 머리라고 무시하면서도 어쩌면 이런 극단적인 불구자의 머릿속에도 내가 모르는 다른 세상이 있는지 모른다 싶었다. 그래서 지금 저렇게 그 별세계를 헤매고 있는지도 모른다고 생각하니 갑자기 소름이 쫙 끼쳤다. 그녀는 잠이 확 달아났다. 머릿속에서 드득드득 소리를 내면서 불길이 소용돌이치는 것 같았다. 온갖 망상도 떠올랐다가는 사라졌다. 그중에는 그녀의 생활을 이처럼 단번에 바꿔버린 3년 전의 사건도 뒤섞여 있었다.

남편이 부상당해 본국으로 송환된다는 소식을 받았을 때는 그나마 전사가 아니라서 다행이라고 생각했다. 그 무렵 친하게 지내던 동료 부인들로부터도 당신은 그나마 행운이라며 부러움까지 받았다. 이윽고 신문에 남편의 빛나는 공로가 보도되었을 때, 그의 부상이 상당히 심하다는 것을 알았으나, 이렇게까지 심할 줄은 상상도 하지 못했다.

그녀는 육군병원으로 남편을 만나러 가던 날을 죽을 때까지 잊지 못할 것이다. 새하얀 시트 속에 무참히 부상당한 남편의 얼굴이 멍하니 그녀 쪽을 향하고 있었다. 의사가 어려운 의학용어를 섞어서 부상 때문에 귀가 먹고 발성 기능에 이상한 장애가 생겨 말조차 할 수 없게 되었다고 말했을 때, 그녀는 이미 눈까지 빨개져 연신 코를 훌쩍이고 있었다. 그 뒤 얼마나 무서운 것이 기다리고 있는지도 몰랐다. 의사는 엄숙한 표정에 제법 불쌍하다는 얼굴로 놀라지 말라고 하면서 조용히 시트를 제쳤다. 거기에는 악몽 속의 괴물처럼 팔이 있어야 할 곳에 팔이, 다리가 있어야 할 곳에 다리가 전혀 보이지 않고 붕대를 칭칭 감은 둥그런 몸통만이 섬뜩하게 누워 있었다. 마치 생명 없는 석고 흉상을 침대에 눕혀놓은 듯했다.

도키코는 세상이 빙글빙글 돌아가는 듯한 어지럼증을 느끼며 침대 다리 쪽에 쪼그리고 앉았다. 너무나 슬퍼서 남의 눈도 아랑곳하지 않고 엉엉 소리내어 울기 시작한 것은 의사나 간호사에게 안내되어 별실에 들어섰을 때였다. 그녀는 더러운 테이블 위에 엎드려 아주 오랫동안 목을 놓았다.

"정말 기적입니다. 양팔 양다리를 잃은 부상병이 스나가 중위뿐은 아니지만, 목숨을 부지한 사람은 아무도 없었습니다. 정말 기적입니다. 이건 전적으로 군의관과 기타무라 박사의 놀라운 의술의 결과입니다. 아마 다른 육군병원에서도 이런 예는 없을 겁니다."

엎드려 우는 도키코의 귓가에 의사는 위로한답시고 기뻐

해야 할지 슬퍼해야 할지 모를 그런 '기적'이라는 말을 여러 번 되풀이했다. 신문은 스나가 중위의 혁혁한 무훈은 말할 것도 없고 이 의학계의 기적 같은 일을 대서특필했다.

꿈처럼 반년이 지나가버렸다. 상관이며 동료들과 더불어 스나가의 산 몸뚱이가 집으로 운반되자마자 거의 동시에, 잃어버린 사지에 대한 보상으로 공5급 금치훈장이 수여되었다. 도키코가 불구자의 병구완으로 눈물을 흘리고 있을 때, 세상은 개선을 축하하느라 떠들썩했다. 그녀에게도 친척이며 지인, 동네 사람들로부터 명예, 명예 하는 소리가 비처럼 쏟아졌다.

이윽고 얼마 안 되는 연금으로는 살림이 어려웠던 그녀는 전쟁터에서 남편의 상관이던 와시오 소장의 호의를 입어 이 저택 별채를 세도 없이 빌려 쓰게 되었다. 시골로 이사 간 탓도 있겠지만, 그 무렵부터 그녀의 생활은 완전히 쓸쓸하게 변해버렸다. 개선 당시의 떠들썩한 열기도 식어버리고 세상은 더 이상 관심을 갖지 않았다. 이제 남편의 병문안을 오는 이조차 없어졌다. 세월이 지나면서 승전의 홍분도 가라앉고 전쟁 공로자들에 대한 감사의 마음도 희미해졌다. 스나가 중위에 대한 일은 아무도 입에 담지 않았다.

남편의 친척들도 불구자는 꺼려졌는지 아니면 물질적으로 도와주는 일이 귀찮아졌는지 거의 찾아오지 않게 되었다. 도키코의 부모님도 이미 돌아가셨고 오빠나 여동생들은 모두 인색한 사람들이었다. 가엾은 불구자와 그의 정숙한 아내는 마치 세상과는 격리된 것처럼 시골 별채에서 외로운 삶을 이어가고 있었다. 그곳 2층짜리 세 칸 방이 그들의 유일한 세상이었다. 게다가 그중 한 사람은 말도 할 수 없고 귀도 들리지 않고 아무런 행동도 할 수 없는 흙인형이나 마찬가지였다.

갑자기 이 세상으로 내보내진 별세계 인류처럼 폐인은 완전히 달라진 생활 양식에 당황해했다. 건강을 회복한 후에도 한동안 멍청하게 꼼짝 않고 누워 있거나 시도 때도 없이 꾸벅꾸벅 졸기만 했다. 그래서 도키코의 제안으로 연필로 대화를 나누게 되었을 때, 남편이 맨 처음 쓴 글은 '신문'과 '훈장'이었다. 신문이란 그의 무훈을 크게 실은 전쟁 당시의 신문 기사 발췌문이었고, 훈장이란 말할 것도 없이 그의 금치훈장이었다. 그가 의식을 되찾았을 때 와시오 소장이 제일 먼저 그의 눈앞에 내보인 것도 바로 그 두 가지였는데, 남편은 그것을 잘 기억하고 있었다.

남편은 종종 같은 글을 써서 그 두 가지 물건을 원할 때가 있었다. 도키코가 그것들을 들고 눈앞에 대고 있으면, 남편은 한도 끝도 없이 들여다보았는데, 그녀는 손이 저려오는 것을 참으면서 남편이 같은 기사를 읽고 또 읽으면서 대단히 흡족해하는 눈빛을 한심스러운 기분으로 쳐다보았다.

그녀가 '명예'를 경멸하게 된 것은 꽤 나중의 일이었지만, 남편도 역시 싫증이 난 것 같았다. 이제 전처럼 그 물건들을 요구하지 않게 되었다. 그리하여 이제 남은 것은 불구자여서 그런지 오히려 병적으로 강해진 육체적 욕망뿐이었다. 그는 회복기의 위장병 환자처럼 탐욕스럽게 먹을 것을 요구했고, 시도 때도 없이 그녀의 육체를 요구했다. 도키코가 응하지 않을 때는 거대한 살덩어리 팽이가 되어 미치광이처럼 방바닥 위를 기어 다녔다.

도키코는 처음 얼마 동안은 그런 상황이 무서우면서도 꺼림칙했으나, 이윽고 세월이 지나면서 그녀도 서서히 육욕의 아귀가 되어갔다. 벌판 외딴집에 갇혀 아무 희망도 남지 않고 무지하기까지 한 두 사람에게 그것은 생활의 전부였다. 마치 동물원 쇠창살 안의 두 마리 짐승처럼.

그런 처지였으니 도키코가 남편을 자기 마음대로 다룰 수 있는 커다란 장난감처럼 여기게 된 것도 어찌 보면 당연한 일이었다. 또 수치를 모르는 불구자의 행동에 감화된 그녀가, 정상인에 비해 훨씬 체력이 넘쳐나던 그녀가 그를 괴롭히는 것을 낙으로 삼게 된 것도 어쩌면 지극히 당연한 결과였다.

그녀는 이따금 자신이 미친 것은 아닐까 두려웠다. 내 마음 어디에 이런 저주스러운 감정이 깃들어 있었는지 스스로도 끔찍해서 몸서리를 칠 때도 있었다.

말을 할 수도 들을 수도 없으며 자기 스스로는 움직일 수도 없는 이 기괴하고 가엾은 도구는 결코 나무나 흙으로 만들어진 것이 아니라 희로애락을 가진 생물이라는 점이 한없는 매력처럼 여겨졌다. 게다가 유일하게 표정을 나타낼 수 있는 동그랗고 귀여운 두 눈은 그녀의 끝없는 요구에 대해서 어떤 때는 제법 슬프게, 또 어떤 때는 제법 화난 표정을 보였다. 그렇지만 아무리 슬퍼도 그 몸뚱이는 결국 눈물을 흘리는 것밖에는 할 수 있는 게 없었고, 아무리 화가 나도 그녀를 위협할 힘도 없었으므로 결국은 압도하는 그녀의 유혹에 못 견뎌 그 역시도 이상한 병적 흥분에 빠질 수밖에 없었다. 이렇게 무력한 생물을 상대로 강제로 괴롭히는 일이 이제 그녀에게는 더 없는 희열이 되고 있었다.

도키코의 감은 눈꺼풀 속으로 지난 3년간의 사건들이, 격정적인 장면만이 차례차례 또는 이중삼중이 되어 단편적으로 떠올랐다가는 사라졌다. 이런 단편적인 기억들이 매우 선명하게 눈꺼풀 속에서 영화처럼 나타났다가 사라지는 것은 그녀의 몸에 이상이 있을 때면 반드시 나타나는 현상이었다. 그리고 이런 현상이 일어날 때는 그녀의 야성도 더욱 거칠어져서 불쌍한 불구자 남편을 한층 더 심하게 괴롭혔다. 그녀도 스스로 의식은 하고 있었지만 몸 안에서 솟구치는 흉포한 힘을 자신의 의지로는 도저히 어찌할 수 없었다.

　문득 정신을 차리니 방 안이 마치 그녀의 환상처럼 안개에 싸인 듯 아슴푸레했다. 환상 너머에 또 다른 환상이 지금 스러져가는 듯한 기분이었다. 그런 느낌은 신경이 예민해진 그녀를 두렵게 해서 가슴의 고동 소리도 한층 더 격렬해졌다. 그러나 잘 생각해 보면 아무것도 아니었다. 이부자리에서 빠져나와 머리맡 램프의 심지를 돋우었다. 가늘게 해둔 심지가 다 타서 불이 거의 꺼져가고 있었던 것이다.

　방 안이 갑자기 밝아졌다. 그런데도 여전히 흐릿해 보이는 것이 어쩐지 이상했다. 도키코는 생각난 듯이 남편의 자는 얼굴을 들여다보았다. 그는 여전히 자세를 바꾸지 않고 천장의 같은 곳만 바라보고 있었다.

　'대체 무슨 생각을 저렇게 하고 있는 걸까?'

　그녀는 까닭 모를 불쾌감이 서렸지만 볼품없는 불구자 주제에 혼자 곰곰이 생각에 잠겨 있는 모습이 밉살스러웠다. 그녀는 또다시 슬금슬금 몸 안에서 그 잔학한 마음이 솟구치는 것을 느꼈다.

　그녀는 갑자기 남편의 이불 위를 덮쳤다. 그리고 느닷없이 남편의 어깨를 안고 아주 세게 흔들었다. 그 행동이 너무 당돌했기 때문에 남편은 온몸이 발작하듯 깜짝 놀랐다. 그리고는 심하게 질책하는 듯한 눈길로 도키코를 노려보았다.

　"화났어요? 뭐예요, 그런 눈은?"

도키코는 그렇게 외치면서 남편을 집적거리기 시작했다. 일부러 상대의 눈길은 피하면서 여느 때처럼 장난질을 했다.

"화내도 아무 소용없어요. 당신은 내 마음대로예요."

그런데 무슨 수를 써도 남편은 여느 때처럼 자기편에서 먼저 타협해 오지 않았다. 아까부터 천장만 바라보던 꼴이 더는 타협하지 않겠다는 표시였단 말인가? 아니면 단순히 아내가 제멋대로 행동하는 것이 심기를 건드린 것인가? 그는 커다란 눈을 부릅뜨고 오래도록 도키코의 얼굴을 쏘아보았다.

"뭐예요, 그 눈은?"

도키코는 외치면서 양손으로 남편의 눈을 덮었다. 그리고 "뭐예요? 대체 뭐냐구요?" 하면서 격렬하게 외쳤다. 병적인 홍분이 그녀를 무감각하게 만들었다. 양 손가락에 어느 정도의 힘이 가해졌는지조차도 거의 의식하지 못했다.

꿈에서 깨어난 것처럼 퍼뜩 정신이 들자 남편은 밑에 깔려서 발악하듯 버둥대고 있었다. 몸통뿐이기는 하지만 굉장한 힘으로 필사적으로 버둥대니 무겁게 짓누르고 있던 그녀가 도리어 튕겨져 나갈 정도였다. 이상하게도 남편의 두 눈에서는 새빨간 피가 솟아오르고 꿰맨 얼굴 전체가 데친 문어처럼 새빨갛게 상기되어 있었다.

도키코는 그때서야 모든 것을 분명히 깨달았다. 바깥 세계로 향하는 딱 하나밖에 남지 않는 남편의 유일한 창을, 정신없이 부숴버렸다는 사실을.

그러나 결코 정신없이 저지른 과실이라고는 할 수 없었다. 그녀 자신도 잘 알고 있었다. 한 가지 분명한 사실은, 마치 말이라도 하는 것 같은 남편의 두 눈이, 서로가 편안한 짐승으로 변하는 데 몹시 성가신 방해물처럼 느껴졌다는 것이다. 때때로 그 눈에 떠오르는 정의감은 가증스럽기만 했다. 두 눈은 보기 싫은 방해물일 뿐만 아니라 그 속에는 훨씬 더 기분 나쁜 무언가가 느껴지기까지 했다.

그러나 그것도 거짓이었다. 마음속 깊은 곳에는 훨씬 더 무서운 생각이 존재하지는 않았을까? 완전히 살로 된 팽이로 만들고 싶었던 것은 아닐까? 오관이 존재하지 않는, 몸통과 촉각뿐인 생물체로 만들어버리고 싶었던 것은 아닐까? 그리하여 끝없는 잔인성을 철저하게 만족시키고 싶었던 것은 아닐까? 그 처참한 몸뚱이 가운데 그나마 인간적인 면모를 남기고 있는 눈이 어쩐지 불완전한 느낌이 들었던 것이다. 자신이 원하는 진짜 살로 된 팽이가 아니라는 생각이 들었던 것이다.

그런 생각들이 순식간에 도키코의 머릿속을 지나갔다. "꺄악!" 하는 비명이 들리는가 싶더니 버둥거리고 있는 살덩이를 그대로 둔 채 도키코는 구르듯 계단을 뛰어 내려가 맨발로 컴컴한 바깥으로 달려 나갔다. 그녀는 악몽 속에서 무서운 것에 쫓기듯 정신없이 달렸다. 뒷문을 빠져 마을길을 오른쪽으로,

그러면서도 300미터쯤 떨어진 곳에 의사가 있다는 사실은 의식하고 있었다.

　겨우 의사를 데리고 왔지만 그 살덩이는 여전히 격렬하게 꿈틀대고 있었다. 마을 의사는 소문만 들었지 실제로 본 적이 없었기에 너무도 처참한 남편의 모습에 넋을 잃은 듯, 도키코가 자칫 실수해서 이런 참사가 생겼다는 장황한 변명도 귀에 잘 들리지 않는 듯했다. 그는 진통제 주사와 응급 처치만 끝내고 서둘러 돌아가 버렸다.

　남편이 버둥대는 것을 겨우 그만둘 즈음에는 이미 희부옇게 날이 밝아오고 있었다. 도키코는 남편의 가슴을 쓰다듬고 눈물을 뚝뚝 흘리며 미안하다는 말만 되풀이했다. 살덩이는 부상 때문에 열이 났는지 얼굴은 벌겋게 부어있었고, 가슴도 심하게 고동치고 있었다.

　도키코는 종일 남편 곁을 떠날 수 없었다. 식사도 하지 못했다. 그녀는 남편의 머리와 가슴에 젖은 타월을 계속 갈아주면서, 미친듯이 사죄의 말을 계속 중얼거리기도 하고, 환자의 가슴에 손가락으로 '용서해 줘요'라고 몇 번이고 써 보이면서 슬픔과 죄의식에 시간 가는 줄 몰랐다.

　저녁이 되자 남편의 열도 다소 내리고 숨소리도 편안해졌다. 도키코는 남편의 의식이 이젠 정상으로 돌아온 것이 분명하다고 생각해서 다시 그의 가슴에 한 자 한 자 또렷하게 '용서해 줘요'라고 쓰면서 반응을 살폈다. 그러나 살덩이는 아무 대꾸도 없었다. 눈으로 보지 못한다고는 하나 고개를 흔들거나 미소를 짓는다거나 어떤 식으로든지 대답을 못 할 것도 없건만, 더는 몸을 움직이지도 않았고 표정도 아무런 변화가 없었다. 숨 쉬는 모양으로 보아 잠든 것도 아니었다. 가슴에 쓴 글자를 이해할 힘조차 잃어버린 것인지 아니면 분노 때문에 계속 침묵을 지키고 있는지 전혀 짐작조차 할 수 없었다. 이제 남편은 포동포동하고 따뜻한 물체일 뿐이었다.

도키코는 뭐라고 형용하기 어려운 살덩이를 바라보면서 난생처음 느껴보는 두려움에 부들부들 몸을 떨었다.

여기 누워 있는 것은 하나의 생명체일 뿐이었다. 폐나 위는 있지만 사물을 볼 수는 없다. 소리도 못 듣는다. 한마디 말도 할 수 없고, 뭔가를 잡을 손도 없고, 일어설 다리도 없다. 그에게 이 세계는 영원한 정지이자, 부단한 침묵이며, 끝없는 어둠일 뿐이다. 일찍이 누가 그런 무서운 세상을 상상이나 할 수 있었겠는가. 그런 세상에 사는 사람의 마음을 과연 어디에 비할 수 있겠는가. 그는 아마도 살려달라고 목청껏 외치고 싶을 것이다. 어떤 희미한 빛이라도 상관없다. 사물의 모습을 보고 싶겠지. 아무리 희미한 소리라도 상관없으니 물건이 울리는 소리를 듣고 싶겠지. 뭔가에 매달려 무어라도 꽉 잡고 싶겠지. 그러나 그에게는 모든 것이 불가능했다.

도키코는 갑자기 아악 하고 울음을 터뜨렸다. 그리고 돌이킬 수 없는 죄악과 구원할 수 없는 슬픔에 어린애처럼 훌쩍이면서 오로지 사람이 보고 싶어서, 정상적인 세상에서 정상적인 모양을 갖춘 사람이 보고 싶어서 남편을 놓아둔 채로 본채로 뛰어갔다.

심한 울음 때문에 알아듣기 힘든 장황한 그녀의 참회의 말을 묵묵히 다 들은 주인 영감은 너무도 놀라 한동안 아무 말도 하지 못했다.

"여하튼 스나가 중위가 어떤지 봐야겠네."

이윽고 그가 허탈하게 말했다.

벌써 밤이 되었기 때문에 제등이 준비되었다. 두 사람은 어두운 풀밭을 저마다 생각에 잠겨 말없이 별채를 향해 더듬더듬 나아갔다.

"아무도 없는데 어찌 된 일인가?"

먼저 2층에 올라갔던 영감이 놀라서 물었다.

"아니에요, 바닥에 있을 거예요."

도키코는 영감을 따라 아까까지 남편이 누워 있던 이불로 가보았다. 그러나 정말 이상한 일이었다. 그곳은 덩그렇게 빈 이불만 놓여있었다.

"이럴 수가……!"

도키코도 놀라서 망연자실했다.

"그 불편한 몸으로 설마 이 집을 나가지는 못했겠지. 집 안을 좀 더 살펴보세."

영감이 재촉하듯 말했다. 두 사람은 2층과 아래층을 샅샅이 뒤졌다. 그러나 그 살덩이의 모습은 그림자도 보이지 않고 대신 이상한 것이 섬뜩하게 남아있었다.

"이…… 이게 뭘까요?"

도키코는 아까까지 남편이 누워 있던 베개 옆 기둥을 뚫어지게 바라봤다. 거기에는 어지간히 생각해 보지 않고선 읽을 수 없는 어린애의 장난 같은 연필 글씨가 희미하게 남아있었다.

'용서해.'

도키코가 간신히 용서한다는 뜻으로 그 글씨를 이해했을 때야 이 모든 사정을 한순간에 알 것만 같았다. 남편은 움직이지도 못하는 몸을 이끌고 책상 위의 연필을 찾아 그로서는 어마어마한 고생을 한 끝에 겨우 가타카나 석 자를 남긴 것이다.

"자살했는지도 몰라요."

그녀는 겁을 집어먹고 영감의 얼굴을 보며 핏기 잃은 입술을 떨며 말했다.

안채에 위급한 사태가 전해지자 하인들이 모두 손에 등을 들고 본채와 별채 사이의 잡초가 무성한 정원으로 모여들었다. 그리하여 정원 여기저기를 제각기 맡아서 어두운 밤 수색이 시작되었다.

도키코는 영감이 비추는 희미한 등불 빛에 의지하여 뒤따라가면서 극심한 불안에 휩싸였다. 기둥에는 '용서해'라고 적혀 있었다. 그것은 그녀가 남편의 가슴에 손가락으로 썼던 '용서해 줘요'라는 말에 대한 대답이 분명했다. 그리고 '나는 죽는다. 그러나 네 행동에 화가 난 건 아니다. 안심해라'는 의미이기도 했다. 그 관대함이 더욱 그녀의 가슴을 아프게 했다. 팔다리도 없는 남편이 한 단 한 단 계단을 몸통으로 굴러떨어져 내려왔을 것을 생각하니 슬픔과 무서움에 소름이 끼쳤다.

잠시 걸어가는 동안 그녀는 얼핏 어떤 사실을 떠올렸다. 그래서 조용히 영감에게 속삭였다.

"요 앞에 오래된 우물이 있었지요?"

"그렇지."

영감도 고개만 끄덕이더니 그쪽으로 나아갔다. 등불은 빈 어둠 속에서 사방 한 칸 정도만 희미하게 밝혀줄 뿐이었다.

"우물이 분명 이 근방에 있을 텐데……?"

영감은 혼잣말을 하면서 등불을 들어 올려 되도록 멀리까지 비추려고 애썼다. 그때 도키코는 갑자기 어떤 예감에 사로잡혀 발걸음을 멈췄다. 귀를 기울이자 어디선가 희미하게 뱀이 풀을 헤치며 기어가는 소리가 났다. 그녀도 영감도 거의 동시에 그곳을 보았다. 그리고 두 사람 다 끔찍한 두려움에 장승처럼 굳어버렸다.

등불 빛이 닿을까 말까 한 어스름 속 무성한 잡초 사이로 새까만 물체 하나가 느릿느릿 움직이고 있었다. 그 물체는 징그러운 파충류처럼 고개를 쳐들고 물끄러미 앞을 노려보다가 묵묵히 동체를 물결처럼 꿈틀거렸다. 몸통 네 귀퉁이에 혹처럼 붙어있는 돌기를 버둥거려 땅바닥을 긁으며 마음처럼 안 되는 게 초조한 듯 엉금엉금 앞으로 나아갔다.

이윽고 치켜든 머리가 별안간 덜렁 아래로 떨어지더니 눈앞에서 사라졌다. 방금보다 더 거칠게 풀잎들이 스치는 소리가 났고, 드디어 몸 전체가 거꾸로 곤두서더니 주르륵 땅속으로 끌려 들어가듯 완전히 보이지 않게 되었다. 곧이어 깊은 땅속에서 첨벙 하는 둔중한 물소리가 들려왔다.

잡초로 덮인 낡은 우물의 입구는 그곳에 나 있었던 것이다. 두 사람은 그 광경을 보았지만 급히 뛰어갈 기력도 없이 방심한 듯 언제까지나 우두커니 그 자리에 굳어있었다.

참으로 이상한 일이지만 그 황급한 순간에도 도키코는, 칠흑 같은 밤에 애벌레 한 마리가 마른 나뭇가지를 기어 다니다 가지 끝에서 제 무게를 이기지 못하고 툭! 하니 바닥 모를 구덩이 속으로 떨어지는 광경을 마치 환영처럼 그리고 있었다.

押絵と旅する男

누름꽃과 여행하는 남자

    만약 이 이야기가 내 꿈이거나 일시적인 광기로 인한 환상이 아니라면, 그 누름꽃◆과 여행하던 남자야말로 틀림없이 미치광이일 것이다. 허나 가끔은 꿈을 통해 어쩐지 이 세상과는 다소 어긋나는 별세계를 살짝 들여다볼 때가 있는 것처럼, 미치광이들이 우리가 전혀 감지할 수 없는 것을 보거나 듣는 것처럼, 이것은 내가 용기를 내서 들여다본 기이한 렌즈 장치를 통해 이 세상 밖 다른 세계의 한구석을 한순간 얼핏 훔쳐본 것에 지나지 않을지도 모른다.

◆ 꽃과 잎을 말려서 만든 장식성이 높은 그림. 식물의 잎과 줄기, 야채, 버섯, 과일, 해초 등 다양한 재료를 이용해 풍경화, 회화, 인물화까지도 뛰어나게 표현할 수 있다.

언제였던지 모르겠지만 따뜻하고 엷은 구름이 깔린 그런 날이었다. 일부러 우오즈◆까지 신기루를 보러 갔다가 돌아오던 길이었다. 내가 이런 이야기를 꺼내면 친구들은, "넌 우오즈 같은 덴 가지도 않았잖아" 하면서 반박할 때도 있다. 물론 그런 소릴 듣는다고 해도 내가 언제 그곳에 갔었는지 확실히 증명할 방법은 없다. 그러니 역시 그건 꿈일 수도 있다. 하지만 나는 일찍이 그토록 농후한 색채를 띤 꿈을 꾼 적이 없다. 꿈속에 나오는 풍경은 늘 흑백 영화처럼 전혀 색채감이 없었는데, 그때 기차 안에서 본 경치만큼은, 특히 그 누름꽃 중심부에서 선명하게 두드러지던 보라색과 연지색은 마치 뱀의 눈알처럼 지금도 생생하게 내 기억 속에 남아있다. 천연색 영화 같은 꿈도 있는 것일까?

그때 나는 태어나서 처음으로 신기루라는 것을 보았다. 조개의 숨결 속에 아름다운 용궁성이 떠 있는 그런 고풍스러운 그림을 상상하고 있던 나는, 나무 같은 신기루를 보고는 기름땀이 배어나올 것 같은 공포에 가까운 경이감에 사로잡혔다.

우오즈항港 송림에 콩알만 한 인간들이 우글우글 모여들어서 숨을 죽이고 시야 가득 드넓은 하늘과 바다를 바라보고

◆ 일본 도야마현 북동부에 위치한 항구 도시. 봄에는 신기루를 관찰할 수 있는 것으로 유명하다.

있었다. 나는 그토록 고요하게 도자기처럼 침묵하고 있는 바다는 본 적이 없다. 거친 바다를 상상하고 있던 나로서는 너무나도 의외였다.

그 바다는 잔물결 하나 없이 아득한 피안까지 이어지는 잿빛 저수지처럼 보였다. 태평양과 달리 수평선은 없는 대신, 하늘과 바다가 서로 같은 잿빛으로 녹아들어 두께를 알 수 없는 깊은 안개에 뒤덮여 있는 듯했다. 하늘이라고만 생각했던 위쪽의 안개 속에도 의외로 해면이 있어서 커다란 범선이 유령처럼 둥실둥실 물살을 가르며 나아가곤 했다.

우오즈의 신기루는, 우윳빛 필름 표면에 먹물을 떨어뜨린 뒤 그것이 저절로 주름이 잡히는 것을 거대한 영화로 만들어서 넓은 하늘에 비추고 있는 듯했다.

아득한 노토반도◆의 삼림이, 어긋나버린 대기大氣라는 변형 렌즈를 통해 마치 초점이 잘 안 맞는 현미경 아래 놓인 검은 벌레처럼 바로 눈앞에 펼쳐진 하늘에다가 애매하면서도 어처구니없도록 확대되어, 보는 사람의 머리 위를 압박하듯 덮쳤다. 그것은 묘한 형태의 검은 구름과도 닮았지만 구름은 그 소재를 확실히 알 수 있는 데 비해, 신기루는 기이하게도 보는 사람의 거리 감각을 상당히 애매하게 만들었다. 먼바다를

◆ 일본 혼슈섬 중앙부에 위치한 반도.

떠도는 커다란 괴물 같기도 하고, 어떻게 보면 눈앞 30센티미터도 안 되는 거리까지 다가온 기이한 안개처럼 보이다가, 나중에는 보는 사람의 각막 표면에 살짝 떠오른 한 점 얼룩처럼 느껴졌다. 이런 애매한 거리감 때문에 신기루가 상상 이상으로 기분 나쁘고 광기 어리게 느껴졌는지도 모를 일이다.

모호한 형태의 새까맣고 거대한 삼각형이 탑처럼 쌓이는가 싶으면 또 순식간에 무너지고, 옆으로 기다란 기차처럼 달리는가 싶으면 또 몇몇 개가 부서지고, 즐비한 아라비아 삼나무의 가지 끝이 보이는가 싶으면 또 미동조차 하지 않으면서 어느 틈인지 완전히 다른 형태로 변해갔다.

신기루의 마력이 인간을 미치게 하는 것이라면, 아마 나는 적어도 돌아오는 기차 안에 있었을 때에는 그 마력에서 벗어날 수 없었으리라. 2시간 넘게 줄곧 서서 넓은 하늘의 요상하고 기이한 모습을 바라봤던 나는, 그날 저녁 우오즈를 떠나는 기차 안에서 하룻밤을 보낼 때까지 그야말로 일상과는 전혀 다른 기분으로 있었던 것이 확실하니까. 그렇다면 혹시 그것은 인간의 마음에 영원한 두려움을 남기는 그런 일시적 광기 같은 종류란 말인가?

우오즈역에서 우에노행 열차를 탄 것은 저녁 무렵인 6시쯤이었다. 기이한 우연이기는 해도 그 근처에서 타는 기차는 항상 그렇듯이 내가 탄 이등차(당시는 삼등차까지 있었다)도 교

회당처럼 텅 비어있었다. 나를 제외하면 딱 한 사람의 승객만
이 건너편 구석 의자에 웅크리고 있을 뿐이었다.

기차는 외로운 해안의 험준한 낭떠러지며 모래사장 위를
단조로운 기계음을 울리면서 끝없이 달렸다. 저수지 같은 바
다의 깊은 안개 너머로 검붉은 핏빛 석양이 희미하게 떠돌고
있었다. 이상하리만치 커다랗게 보이는 새하얀 범선이 그 안
에서 꿈결처럼 헤엄치고 있었다. 바람이 전혀 불지 않는 후텁
지근한 날씨여서 군데군데 차창이 열려 있었는데, 달릴 때마
다 스며드는 산들바람조차도 형체 없는 유령처럼 어정쩡하기
만 했다. 수없이 많은 짤막한 터널과 눈사태를 막기 위해 줄지
어 세워진 기둥들이 광막한 잿빛 하늘과 바다를 줄무늬처럼
가르며 스쳐 지나갔다.

오야시라즈◆의 절벽을 통과할 때쯤에는 차 안의 전등 불빛
과 하늘이 똑같이 느껴질 정도로 석양이 가까워졌다. 마침 그
때 건너편 구석에 앉아있던 딱 한 명뿐인 승객이 갑자기 일어
나 수놓은 커다란 검은 보자기를 의자 위에 펼치더니만, 차창
에 기대 놓은 50센티미터 정도 되는 얇고 평평한 짐을 싸기
시작했다. 어쩐지 기묘한 모습이었다.

그 짐은 아마도 그림 액자겠지만, 무슨 특별한 의미라도 있

◆ 나가타현에 위치한 험준한 해안.

는 것처럼 액자의 앞쪽을 유리창으로 향하게 세워 놓았던 것이다. 보자기에 싸여 있던 것을 꺼내서 일부러 그런 식으로 돌려서 세워 놓았던 것 같았다. 게다가 다시 짐을 쌀 때 슬쩍 보았더니 액자에 그려진 정밀하고 짙게 칠해진 고운 빛깔의 그림이 기이할 정도로 생생하여 마치 이 세상 물건이 아닌 것처럼 보였다.

나는 다시 정색을 하고 이 이상한 짐의 주인을 관찰했다. 그러다가 짐도 기이하지만 주인은 한층 더 기이하다는 사실에 새삼 놀랐다.

그는 우리들 아버지 세대가 젊었을 때 찍은 사진에서나 볼 수 있는 그런 옷깃이 좁고 어깨도 작은 너무도 고풍스런 검은 양복을 입고 있었다. 키가 크고 다리도 긴 그에게는 묘할 정도로 잘 어울렸고 심지어는 근사하게 보이기까지 했다. 좁은 얼굴 윤곽에 두 눈이 지나칠 정도로 반짝반짝 빛나고 있는 것 외에는 모든 게 잘 정돈되어 있었고, 스마트한 느낌을 주었다. 깨끗하게 가르마를 탄 머리카락은 풍부한 검은색으로 빛나고 있어 언뜻 보아 마흔 전후로 보이지만, 주의해서 살펴보면 얼굴 가득 주름이 빼곡해서 금방 예순으로도 보였다. 그 검은 머리와 새하얀 얼굴을 종횡으로 가로지른 주름의 대조가, 보는 순간 나를 깜짝 놀라게 할 정도로 대단히 기분 나쁜 느낌을 주었다.

그는 정성껏 짐을 다 싸고 나더니 언뜻 내 쪽으로 얼굴을
돌렸는데, 마침 나도 상대의 동작을 열심히 지켜볼 때였는지
라 시선이 딱 맞아버리고 말았다. 그러자 그는 약간 쑥스러운
듯이 입꼬리를 비틀면서 희미하게 웃음을 보냈다. 나도 얼떨
결에 고개를 끄덕여 인사를 했다.

그로부터 작은 역을 두세 개 지날 동안 우리는 서로 구석
자리에 앉은 채로 멀리서 이따금 시선을 교환하다가 겸연쩍
게 외면하기를 되풀이했다. 바깥은 완전히 어둠에 휩싸였다.
유리창에 얼굴을 붙이고 내다보면, 이따금 어선들의 어지러운
불빛이 멀리 외로이 떠 있는 것 외에는 그야말로 어둠뿐이었
다. 한없는 어둠 속에서 우리가 있는 좁고 긴 기차의 실내만
이 유일한 세상인 양 언제까지나 덜컹덜컹 움직이고 있었다.
어슴푸레한 실내에 우리 두 사람만 남겨진 채 전 세계가, 모
든 생물이 흔적도 없이 사라져버린 듯했다. 우리가 탄 이등실
에는 새로 올라오는 승객은 하나도 없었고, 서비스 보이나 차
장조차도 전혀 얼굴을 보이지 않았다. 지금 생각해 보면 그런
일마저도 너무나 괴기스럽게 생각된다.

나는 마흔인지 예순인지 모를 그 서양 마술사 같은 풍채의
남자가 점점 무서워졌다. 달리 기분 전환을 할 수 없는 상태
에서 두려움은 더욱더 커지기만 하면서 온몸 가득 퍼져가는
법이다. 마침내 머리털까지 곤두서는 기분이 되자 나는 견딜

수가 없어서 자리에서 벌떡 일어나 건너편 구석의 남자에게로 성큼성큼 다가갔다. 그자가 너무 두렵고 무서워서 도리어 그에게 다가간 것이었다.

나는 그와 마주 보는 의자에 살짝 걸터앉아서, 가까이서 보니 더욱 이상한 주름투성이의 하얀 얼굴을 마치 요괴라도 보는 심정으로 눈을 가늘게 뜨고 숨을 죽이면서 빤히 노려봤다.

그는 내가 자리에서 일어날 때부터 계속 눈으로 나를 맞이하듯이 바라보았는데, 그렇게 내가 그의 얼굴을 들여다보자 기다렸다는 듯이 턱으로 한쪽에 놓인 그 평평한 짐을 가리키면서 아무런 전제도 없이 불쑥, 마치 당연한 인사라도 되는 것처럼 다짜고짜 입을 열었다.

"이것 말이오?"

그의 말투가 너무도 당연하게 들려서 내가 도리어 눈이 휘둥그레졌다.

"이게 보고 싶은 거요?"

내가 아무 대답이 없으니까 그는 다시 한번 더 같은 말을 했다.

"보여주시겠습니까?"

나는 상대의 분위기에 휩쓸려 마침내 이상한 소리를 입 밖으로 꺼냈다. 결코 그 짐을 보기 위해 온 것은 아니었지만.

"기꺼이 보여드리리다. 나는 좀 전부터 생각하고 있었다오.

자네가 분명 이것을 보러 올 거라고."

　남자는 (아니 노인이라고 하는 편이 낫겠지만) 그렇게 말하면서 기다란 손가락을 교묘히 움직여서 커다란 보자기를 풀더니, 이번에는 그 액자 같은 것을 정면이 보이게 창가에 세웠다.

　나는 한 번 슬쩍 그 그림을 보고는 무심결에 눈을 감아버렸다. 무엇 때문인지 그 이유는 지금도 모르겠지만, 어쩐지 그렇게 하지 않으면 안 될 것 같은 기분이 들어서 몇 초 동안 눈을 꼭 감고 있었다. 다시 눈을 떴을 때, 내 앞에는 지금까지 한 번도 본 적 없는 기묘한 것이 놓여 있었다. 그렇다고 내가 그 '기묘'한 점을 분명하게 설명할 재주도 없지만.

　액자에는 가부키 연극에 나오는 궁궐의 배경처럼 푸른 다다미방과 격자무늬 천장이 극도의 원근법으로 끝없이 이어지고 있었는데, 남색이 주가 된 디스템퍼◆로 강렬하게 칠해져 있었다. 왼쪽 앞에는 검은 먹으로 그린 어설픈 서원풍의 창문과, 같은 색으로 된 책상이 각도를 무시한 채 멋대로 놓여 있었다. 그러한 배경은 에마◆◆의 독특한 화풍을 닮았다고 하면 아마도 가장 쉽게 이해가 될 것이다.

　그 배경 속에 키가 한 자 정도 되는 두 인물이 부각되어 있

◆　풀가루를 섞은 진흙같이 생긴 불투명하고 탁한 물감.
◆◆　기원이나 보시를 하기 위해 사찰에 봉납하는 나무판 그림.

었다. 부각되었다고 한 이유는, 그 인물들만이 누름꽃 기법으로 만들어져 있었기 때문이다. 고풍스런 검은 벨벳 양복을 입은 백발 노인이 심심한 듯 앉아있노라면 (기이하게도 노인의 용모는 머리색이 하얀 것만 제외하면 액자 주인과 너무도 흡사할 뿐 아니라 심지어는 입고 있는 양복까지도 똑같았다) 주홍빛 홀치기 염색을 한 긴 소매 기모노에 흑색 공단 띠가 잘 어울리는 열일곱 열여덟 살 정도의, 금방이라도 물이 떨어질 것 같은 머리카락을 둥글게 올려 묶은 미소녀가 무어라 형용하기 어려운 교태를 담아 그 노인의 양복 무릎에 기대고 있는, 이른바 연극의 정사 장면에 해당하는 화면이었다.

양복 입은 노인과 요염한 소녀의 대조가 대단히 이상했다는 것은 말할 것도 없지만, 내가 '기묘'하다고 느낀 것은 그런 이유 때문이 아니었다.

어설프게 처리한 배경과는 달리 누름꽃의 정교한 세공은 그저 놀라울 따름이었다. 얼굴 부분은 새하얀 비단으로 요철을 만들어 세세한 주름까지 하나하나 모두 표현해 놓았고, 처녀의 머리카락도 진짜 머리카락을 하나하나 심은 뒤 사람 머리 만지듯 올려서 묶어 놓았으며, 노인의 머리카락도 진짜 백발을 정성껏 옮겨 심은 것임에 틀림없어 보였다. 양복에는 반듯한 재봉 땀이 있었으며 적당한 자리에 밤톨만 한 단추까지 붙어있었다. 처녀의 봉긋한 가슴도 그럴싸했고, 허벅지의 요염한 곡선도 좋았으며, 흐드러진 주홍빛 비단과 언뜻 엿보이는 살결, 손가락에는 조개껍질 같은 손톱마저 자라고 있었다. 아마 돋보기로 들여다본다면 땀구멍이나 솜털까지도 전부 표현해 놓은 건 아닐까 싶도록 정교함의 극치였다.

나는 누름꽃이라고는 하고이타◆에 그려진 배우의 얼굴밖에 본 적이 없었다. 물론 그것도 상당히 정교하게 만들어져 있긴 해도 이 누름꽃은 아예 비교가 안 될 정도로 그야말로 교묘함의 극치를 이루고 있었다. 아마도 그 방면의 명장이 만들었을 것이다. 하지만 이것도 내가 말한 '기묘'한 점은 아니었다.

액자는 어지간히 오래된 것인 듯 배경 물감들이 군데군데 벗겨지고 떨어져 나갔으며, 처녀의 주홍빛 옷도 노인의 검정 벨벳 양복도 볼품없이 색이 바래 있었다. 그러나 칠이 벗겨지든 색이 바래든 간에 너무도 선연함을 간직하고 있어서 번쩍번쩍 빛을 내며 보는 이의 눈 속 깊이 각인시키는 생기를 갖고 있었던 것도 기이하다면 기이했다. 하지만 그것도 내가 말한 '기묘'의 의미는 아니었다.

그것을 굳이 말로 표현하자면, 누름꽃의 인물이 둘 다 살

◆ 제기와 유사한 일본의 전통 놀이에 사용하는 장방형의 나무 채. 이 채에는 그림을 그리거나 누름꽃을 붙이는데, 장식용으로도 사용한다.

아있는 듯했다는 사실이다.

분라쿠 인형극에서는 온종일 연기를 하다 보면 딱 한 번이나 두 번, 그것도 정말 아주 짧은 순간 동안 명인이 사용하는 인형이 불현듯 신의 숨결이라도 불어넣은 것처럼 진짜로 살아 움직일 때가 있다고 하더니만, 그 살아있는 짧은 순간의 인형에게서 생명이 미처 달아날 겨를도 없이 순식간에 그대로 판에다 붙여버린 듯이 이 누름꽃의 인물들은 영원히 살아있는 것처럼 보였다.

내 표정에서 놀라움의 빛을 놓치지 않았던 탓일까. 노인은 굉장히 즐거운 어투로 외치듯이 "아아, 자네라면 이해해 줄지도 모르겠군"하고 말하더니, 어깨에서 내려놓은 검은색 가죽 케이스를 조심스럽게 열쇠로 열고 그 안에서 너무도 고풍스런 쌍안경을 꺼내 내 앞으로 내밀었다.

"이걸로, 이 망원경으로 한 번 보시게. 아니, 그곳은 너무 멀어. 미안하지만 좀 더 저쪽으로 가서. 그렇지, 바로 그쯤이 좋을 거요."

정말 이상한 부탁이었지만 나는 참을 수 없는 호기심에 노인이 시키는 대로 자리에서 대여섯 걸음 물러났다. 지금 생각해도 정말이지 미치광이들의 이상한 모습이었을 것이다.

그 망원경이라고 하는 것은 아마도 40년은 됨직한 수입품으로 우리가 어릴 적에 망원경 상점 간판에서 자주 본 적이 있는 이상한 형태의 프리즘 쌍안경이었다. 손때가 타서 검은 가죽도 벗겨지고 군데군데 속에 든 알루미늄까지 드러나 있는, 물건 주인의 양복처럼 너무도 고풍스런 어린 시절의 추억이 어린 물건이었다.

하도 오랜만이라서 그 쌍안경을 이리저리 돌려보다가 드디어 양손으로 눈앞까지 가져갔을 때였다. 그런데 갑자기, 그야말로 느닷없이 노인이 비명에 가까운 고함을 지르는 바람에 하마터면 쌍안경을 떨어뜨릴 뻔했다.

"안 되오. 그럼 안 되지. 그건 거꾸로네. 거꾸로 들여다봐선 안 돼. 절대 안 되오."

새파랗게 질린 노인은 눈이 휘둥그레져서 연거푸 손사래를 쳤다. 쌍안경을 거꾸로 들여다보는 것이 왜 그렇게 큰일 나는 일인지 나는 어안이 벙벙했다.

"아, 거꾸로 들었군요."

나는 쌍안경을 들여다볼 생각에만 정신이 팔려 노인의 기이한 표정은 그다지 마음에 두지 않고, 다시 고쳐 잡은 뒤 서둘러 누름꽃의 인물들을 살펴보았다.

초점이 맞춰지면서 두 개의 원형으로 보이던 시야가 서서히 하나로 겹쳤다. 희미한 무지개 같은 것이 점점 선명해지자, 깜짝 놀랄 만큼 커다란 처녀의 상반신이 마치 세상의 전부이기라도 한 것처럼 내 눈에 가득 들어왔다.

사물이 그런 식으로 드러나는 것을 나는 예전이나 나중에도 본 적이 없기에 이 글을 읽는 사람에게 과연 어떻게 이해시킬지 꽤 난감한 일이다. 그것에 가까운 느낌을 떠올려본다면 마치 배 위에서 바다로 잠수한 해녀의 어떤 순간적인 모습과 닮았다고 형용해야 할까? 해녀의 나신이 물속에 있을 때는 푸른 수면의 복잡한 움직임 때문에 그 육체가 마치 해초처럼 부자연스럽게 흔들흔들 일렁이고 윤곽도 희미해져 새하얀 괴물처럼 보이지만, 그것이 쓰윽 떠오름에 따라 수면의 푸르름도 점점 엷어지다가 형태가 확실해지면서 불쑥 물 밖으로 모습을 드러내는 그 순간에 갑자기 눈이 번쩍 뜨이는 것처럼 말이다. 수중의 새하얀 괴물이 순식간에 인간임이 드러나는 그런 느낌으로 누름꽃의 처녀는 쌍안경 속에서 내 눈앞에 모습을 드러냈고, 실물 크기의 살아 숨 쉬는 처녀처럼 움직이기 시작했다.

　19세기의 고풍스런 프리즘 쌍안경 너머에는 생각도 못 할 놀라운 별세계가 있어, 그곳에서 머리를 올려 묶은 요염한 처녀와 고풍스런 양복을 입은 백발노인이 기묘한 생활을 하고 있었다. 엿봐서는 안 될 것을 지금 이렇게 마법을 사용하여 훔쳐보는 듯한 야릇하기 그지없는 기분으로, 거의 홀린 것처럼 나는 그 불가사의한 세계를 들여다보고 말았다.

　처녀가 실제로 움직이고 있었던 것은 아니지만 그 전신의 느낌이 육안으로 봤을 때와는 완전히 다르게 생기가 가득하고, 파르스름하니 새하얀 얼굴은 점차 복숭앗빛으로 상기되면서 가슴이 두근대고(실제로 나는 심장의 고동조차 들었다), 주홍빛 의상 속 육체로부터는 젊은 처녀의 생기가 물씬물씬 증발하고 있는 듯했다.

나는 일단 처녀의 전신을 쌍안경 끝으로 훑듯이 살펴본 다음, 그녀가 몸을 기대고 있는 행복한 남자 쪽으로 시선을 옮겨 갔다.

노인도 쌍안경의 세계에서 살아 숨 쉬듯 생생한 것은 똑같았다. 얼핏 봐도 마흔 살이나 차이 나는 젊은 처녀의 어깨에 손을 두르고 너무도 행복한 듯이 보였지만, 묘한 일은 렌즈에 가득 들어차게 바라본 그의 주름 가득한 얼굴에서, 그 수백 개의 주름 밑으로 수상쩍은 고민이 드러났다. 노인의 얼굴이 렌즈 때문에 바로 눈앞에 있는 것처럼 가까워져서 대단히 크게 보인 탓도 있겠지만. 보면 볼수록 등골이 오싹해질 정도로 비통함과 공포가 뒤섞인 이상한 표정을 짓고 있었다.

나는 그 모습에 신음이라도 터질 것 같은 기분이 되어 더는 쌍안경을 들여다볼 수가 없었다. 나도 모르게 눈을 떼고 두리번두리번 주위를 둘러보았지만 여전히 쓸쓸한 밤 기차 안이었고, 누름꽃 액자도, 그것을 보여준 노인의 모습도 다 그대로였다. 창밖도 여전히 새카맣고, 단조로운 차바퀴의 울림도 변함없이 들려왔다. 악몽에서 깨어난 기분이었다.

"자넨 꽤나 기이한 표정을 짓고 있구먼."

노인은 액자를 다시 창가로 가져가 세우고 자리로 돌아와서 건너편 자리에 앉으라는 손짓을 하더니 내 얼굴을 들여다보며 그렇게 말했다.

"제 머리가 좀 이상해졌나 봅니다. 엄청 덥군요."

나는 쑥스러움을 감추듯 사의를 표했다. 그러자 노인은 고양이 등을 하고는 얼굴을 내 앞으로 가져오더니 무릎 위에서 가늘고 기다란 손가락으로 신호라도 보내는 것처럼 살살 움직이면서 아주 낮은 목소리로 속삭였다.

"그들이 살아있었지?"

그리고는 자못 중대한 일이라도 털어놓는 것처럼 더욱더 고양이 등이 되어 번쩍번쩍 빛나는 눈을 둥그렇게 뜨고는 내 얼굴을 구멍이 뚫어져라 바라보면서 이런 말을 속삭였다.

"자넨 그들의 진짜 신상 이야기를 들어보고 싶은 마음이 없나?"

나는 기차의 흔들림과 차바퀴의 울림 때문에 노인의 나지막한 속삭임을 잘못 들었는가 하고 귀를 의심했다.

"신상 이야기라고 하셨습니까?"

"신상 이야기지."

노인은 역시 낮은 음성으로 대답했다.

"특히 백발노인 쪽 신변에 얽힌 이야기라오."

"젊은 시절부터 말입니까?"

나도 그날 밤은 왠지 희한하게도 비상식적인 말을 해댔다.

"그렇네. 그가 스물다섯 살 적 얘기지."

"꼭 듣고 싶군요."

나는 평범한 산 사람의 신상 이야기이라도 조르듯 극히 자연스럽게 노인을 재촉했다. 그러자 노인은 얼굴 주름을 사뭇 즐거운 듯이 찡그리면서 "아, 자넨 역시 그렇게 얘기해 주시는구려" 하면서 다음과 같은 너무도 기이한 이야기를 시작했다.

"그건 내 생애의 대사건이니까 너무도 잘 기억하고 있다오. 형이 이렇게 (그러면서 누름꽃의 노인을 가리켰다) 된 것은 1895년 4월 27일 저녁 무렵이었지. 당시 나나 형은 아직 부모님과 함께 니혼바시 거리 3가에서 살고 있었고, 부친은 기모노 가게를 운영하고 있었다오. 어하튼 아사쿠사에 12층짜리 건물이 생긴 지 얼마 되지 않았을 때였지. 그러다 보니 형은 매일같이 그 료운각◆에 올라가면서 좋아했는데, 우리 형이 좀 묘하게도 이국적인 것을 좋아하던 유행 주의자였다오. 이 망

◆ 아사쿠사 공원에 있던 12층짜리 벽돌 건물로, 1890년에 건설되어 도쿄의 명소가 되었지만 1923년 관동대지진으로 부서진 뒤 철거되었다. '아사쿠사 12층' 혹은 '12층'이라고도 불렸다. 당대 일본에서 가장 높은 건물로, 최초의 전동 엘리베이터, 전등, 전화 설비 등 최신식 시설을 갖췄다.

원경만 해도 그런 취미의 하나로, 외국인 선장이 갖고 있던 것을 요코하마 중국인 거리의 얄궂은 만물상에서 발견해 낸 거라오. 당시로서는 대단히 큰돈을 지불했다고 들었소이다."

노인은 '형'이라고 할 때마다 마치 그곳에 진짜 형이 앉아있기라도 한 것처럼 누름꽃 노인에게 눈길을 주거나 손가락으로 가리키곤 했다. 노인은 기억에 남아있는 진짜 형과 그 누름꽃 백발노인을 혼동하여, 그림 속 노인이 살아서 그의 이야기라도 듣는 것처럼 바로 옆에 있는 제삼자를 의식하는 말투였다. 그러나 기이하게도 나는 그것이 조금도 이상하게 생각되지 않았다. 우리는 그 순간 자연의 법칙을 초월하여 우리들의 세계와는 어딘가 어긋나있는 어떤 다른 세상에 있는 것 같았다.

"자넨 '12층'에 올라간 적이 있으신가? 아아, 없으시군. 그것 참 유감일세. 그건 도대체 어떤 마술사가 세운 건지 실로 이상하기 짝이 없는 건물이었지. 표면상으로는 이탈리아의 버턴이라는 건축기사가 설계했다고는 하네만 생각해 보시게. 그즈음 아사쿠사 공원의 명물이라면 우선은 거미 남자의 곡예, 처녀 검무, 공 타기, 마츠이 겐스이◆의 팽이 돌리기, 엿보기 장치◆◆,

---

◆ 팽이 돌리기 재주를 보이며 사람들을 모아 치과 치료나 치약 등을 팔던 아사쿠사의 유명한 치과 치료사.
◆◆ 노조키 가라쿠리(覗きからくり)라 불리며 전경을 그린 그림을 볼록렌즈 너머로 볼 수 있게 하는 거리 공연의 하나.

아니면 기껏해야 후지산을 본뜬 작은 인공 산이나 삼나무 은신처라 불리는 미로 정도가 고작이었으니까. 놀랍지 않은가? 83미터가 넘었으니 100미터 조금 모자라는 엄청난 높이에 꼭대기는 당나라 사람들 모자처럼 팔각형으로 뾰족하게 만들어 놨으니 조금 높은 곳에만 올라가면 도쿄 어디에서건 그 붉은 괴물이 보였을 정도였지.

　방금 말한 대로 1895년 봄, 형이 이 망원경을 손에 넣은 지 얼마 안 되었을 때였네. 형의 신변에 묘한 일이 일어나기 시작했지. 아버님도 형이 혹시 정신이 좀 이상해진 건 아닌가 하고 굉장히 걱정하셨지. 나는 말이지, 혹시 눈치챘는지 모르겠네만 정말 미련할 정도로 형을 좋아했기에 형의 이상한 행동이 걱정돼서 정말이지 견딜 수가 없었다네. 어떤 상태였냐고 하면 말일세, 형은 밥도 잘 먹지 않고, 집안 식구들과는 말도 안 하고, 집에 있을 때도 방에만 들어박혀서 뭔가를 골똘히 생각만 하고 있었다네. 몸은 점점 말라갔고, 얼굴은 폐병 환자처럼 흙빛이 되었는데 눈만 바쁘게 두리번거리고 있었다네. 하기야 보통 때도 얼굴빛이 그리 좋은 편은 아니었네만 그것이 한층 더 창백해져서 축 가라앉아 있으니까 정말 가엾기 그지없었다네. 그런 와중에도 버릇처럼 하루도 빠짐없이 마치 출근이라도 하는 사람마냥 점심때부터 저녁 어스름까지 터벅터벅 어딘가로 외출을 하는 것이었네. 어디 가냐고 물어도 절대 말을 안 했다네. 어머님은 걱정이 되어 형이 왜 말을 안 하는지 이 방법 저 방법 쓰느라 물건으로 어르고 달래며 물었지만 영 털어놓지를 않는 거였네. 그런 날이 한 달 가량 계속되었지.

너무 걱정이 되니까 하루는 내가 형의 뒤를 살짝 따라가 보았다네. 물론 어머님이 그렇게 하라고 말씀하셨지. 그날도 마치 오늘처럼 하늘이 무겁게 가라앉은 기분 나쁜 날이었는데, 점심 조금 지나서부터 형은 그즈음 자기가 궁리해서 만든, 당시로서는 대단히 세련된 하이칼라의 검은 벨벳 양복을 입고는 이 망원경을 어깨에 걸고 뚜벅뚜벅 니혼바시 거리의 마차철도 쪽으로 걸어가는 것이었네. 형은 우에노행 마차철도를 기다렸다가 성큼 올라타고 말았지. 지금의 전철과는 달라서 다음 차로 뒤따른다는 건 말도 안 되는 소리였다네. 수도 적었지만 느려터졌으니까. 하는 수 없이 나는 어머님께 받은 용돈을 과감히 지불하고는 인력거를 탔네. 인력거도 좀 덩치가 좋은 사람이 끌면 마차철도를 놓치지 않고 뒤따르는 것쯤 문제가 없었으니까.

형이 마차철도에서 내리자 나도 인력거에서 따라 내려 다시 뚜벅뚜벅 뒤를 밟았네. 그리하여 도착한 곳이 바로 아사쿠사의 센소지淺草寺가 아니겠는가! 형은 인왕문에서 사당 앞을 그냥 지나치더니 뒤편 구경거리를 보여주는 가게 사이로 인파를 헤치며 나아가 조금 전에 말한 바로 그 12층까지 가더군.

탑문으로 들어가 돈을 내더니 '묘운각'이라는 현판이 달린 입구로 들어가 모습을 감춰버렸다네. 설마 형이 매일 이런 곳을 다녔으리라고는 꿈에도 생각지 못했으니까 나도 어이가 없어져서 어린 마음에, 아직 그때는 스무 살도 안 되었을 때였네만, 혹시 형이 이 12층이라는 괴물에게 홀린 것은 아닐까 하는 별 이상한 생각을 다 했다네.

12층에는 아버지와 함께 한 번 올라 본 것이 다였지. 그 뒤에는 한 번도 간 적이 없었으니까 어쩐지 꺼림칙한 생각도 들었네만, 형이 올라갔으니까 하는 수 없이 나도 한 층 정도 떨어져서 그 어두침침한 돌계단을 밟고 올라갔네. 창문은 크지 않았지만 벽돌로 된 벽이 두꺼워서 안은 토굴처럼 서늘했다네. 더욱이 청일전쟁 때였으니까 그즈음은 보기 드문 유화 그림들이 전쟁을 테마로 한쪽 벽에 죽 걸려 있었지. 마치 늑대처럼 무서운 얼굴로 으르렁대면서 공격하고 있는 일본 병사며, 총검에 옆구리를 찔려 뿜어져 나오는 피를 양손으로 누르면서 얼굴이며 입술이 보랏빛으로 변해 신음하고 있는 중국 병사, 잘려 나간 변발 머리가 풍선처럼 하늘 높이 튀어 오르는 장면이라든지 정말 뭐라고 표현할 수 없도록 선연한 피투성이 유화들이 창에서 들어오는 희미한 빛 아래 번뜩번뜩 빛을 내고 있었다네. 그 사이로 음습한 돌계단이 달팽이 껍질마냥 위로 또 위로 한도 없이 이어지고 있었던 게지.

난간만 있는 팔각형의 정상은 벽이 없어 전망이 좋은 복도처럼 되어있었네. 그곳에 도착하자 갑자기 환하게 밝아져서 지금까지의 어두침침한 길이 길었던 만큼 깜짝 놀라고 말았지. 구름이 낮게 깔린 곳은 금방이라도 손에 잡힐 듯했고, 둘러보니 도쿄 시내의 지붕들이 쓰레기처럼 빽빽하게 보였으며, 시나가와의 오다이바◆가 조그마한 정원 장식돌처럼 보이더군. 현기증이 나려는 것을 참으면서 아래를 내려다보니 센소지 사당도 역시 저 아래 있었고, 구경거리를 보여주는 가게들도 장난감처럼 작았으며, 오가는 사람들은 머리와 발만 보였다네.

　정상에는 열 명 정도의 구경꾼이 한데 모여 즐거운 표정으로 속닥속닥 귓속말을 하면서 시나가와 쪽 바다를 바라보고 있었네. 형은 어디 있나 살펴보니, 그들과는 따로 떨어진 곳에서 혼자 망원경에 눈을 대고 쉴 새 없이 센소지 경내를 둘러보고 있더구먼. 뒤에서 보고 있자니 아래쪽의 복잡한 광경들은 아무것도 보이지 않아서인지 하얗고 묵직한 구름 사이로 형의 벨벳 양복 차림만 선명히 떠올라서 마치 서양 유화 속의 인물처럼 어쩐지 신성하게 보여서 감히 말을 걸 엄두를 내지 못했다네.

　하지만 어머님 생각을 하니 마냥 그렇게 있을 수만은 없어

◆　에도 막부가 시나가와 바다에 쌓아 올린 포대(砲臺).

서 다가가서 '형, 뭘 보고 있어요?'라고 말을 걸었지. 형은 당황해서 뒤돌아보았지만 불편한 얼굴로 아무 말도 하지 않더구먼. 나는 '형, 요즘 형 때문에 부모님이 굉장히 걱정하고 계세요. 형이 매일매일 어디로 가는지 이상하게 생각하고 있었는데, 고작 이런 데 와있는 거예요? 제발 이유라도 말해주세요. 저랑은 사이좋게 지냈으니까 적어도 제게만은 얘기를 좀 해줘야죠'라고 마침 근처에 사람이 없는 것을 다행스럽게 생각하며 형에게 물었다네.

형은 좀처럼 털어놓으려고 하지 않았지만 내가 워낙 간청하니까 결국은 졌다고 생각했는지 드디어 한 달에 걸친 가슴속 비밀을 말해주었지. 그런데 형이 번뇌한 원인이라고 하는 것이 이게 또 참 기묘하기 짝이 없는 일이었다네. 형이 말하기를, 한 달 전쯤 이 12층에 올라와서 망원경으로 센소지 경내를 둘러보고 있을 때 북적대는 사람들 사이로 얼핏 한 처녀의 얼굴을 보았는데 이루 형언할 수 없을 만큼 아름다웠다고 하더구먼. 평소에는 여자에게 무조건 냉담하던 형이었는데, 그 망원경 속의 처녀에게만큼은 소름이 끼칠 정도로 완전히 마음을 빼앗기고 말았는가 봐.

그때 형은 처녀의 얼굴을 보고 깜짝 놀라서 망원경을 놓고 말았는데, 다시 보려고 같은 장소를 아무리 열심히 찾아봐도 그 처녀는 두 번 다시 보이지 않았다는구먼. 망원경으로는 가까이 보여도 실제로는 먼 곳이니, 인파 속에서 한 번 보았다고 해서 두 번째도 반드시 찾을 수 있는 게 아니었지.

그때부터 형은 망원경 속의 아름다운 처녀를 잊지 못해, 원래 극히 내성적인 사람이라 고풍스런 상사병을 앓기 시작한 거라네. 요즘 사람들이 들으면 코웃음을 칠 일이지만 그 당시는 사람들도 가리는 게 많다 보니 오가는 길에 어쩌다 눈길이 마주친 여인을 사랑해서 병을 앓는 일도 많았던 시대였다네. 말할 것도 없이 형은 밥도 잘 넘기지 못할 정도로 고민하면서 쇠약해진 몸을 이끌고 그 처녀가 다시 센소지 경내를 지나가지 않을까 싶은 슬픈 바람으로 매일매일 출근하듯이 12층까지 올라와서는 망원경을 들여다보고 있었던 것이지. 사랑이라고 하는 건 정말 알 수 없는 것이라네.

형은 나에게 다 털어놓고 나더니 다시 열병에라도 걸린 것처럼 죽어라 망원경만 들여다보기 시작했네. 나는 그런 형이 가엾어서 어쩔 줄 몰랐다네. 손바닥만 한 희망도 없는 헛된 짓이지만 그만두라고 말릴 마음도 없어지고, 너무 안타까워서 그저 눈물만 머금은 채 형의 뒷모습만 물끄러미 바라보았을 뿐이지. 그런데 마침 그때, 아아! 나는 그토록 요염하고 아름다운 광경을 지금도 잊을 수 없다네. 35, 36년이나 지난 옛일이지만 이렇게 눈을 감으면 마치 꿈과 같은 그 놀라운 색채가 선명하게 떠오를 정도니까.

조금 전에도 말했던 대로 형 뒤에 서 있으니 보이는 것은 하늘뿐이고, 희뿌연 뭉게구름 속에 형의 외로운 양복 차림만이 그림처럼 떠올라 있어서 구름이 움직이는 것이 마치 형의 몸이 우주로 떠오르는 것 같은 환각만 일어날 뿐이었는데, 갑자기 불꽃놀이라도 하는지 새하얀 허공 속으로 빨강, 파랑, 보라 같은 무수한 방울들이 앞을 다투어 둥실둥실 떠올랐다네. 이렇게 말로만 해서는 잘 알지 못하겠지만 정말로 그림처럼, 혹은 무슨 전조처럼 보여서 나는 말문이 막힐 정도로 야릇한 기분이 되었지.

이게 뭔가 싶어 서둘러 아래를 내려다보니 풍선 가게가 실수로 고무풍선을 한꺼번에 다 하늘로 날려 보낸 것이었네. 그즈음은 고무풍선이라는 것이 지금보다 훨씬 보기 드문 시절이었으니까 사태는 파악이 되었지만 나는 여전히 묘한 기분에 휩싸여 있었다네.

그것이 계기가 되었는지는 모르겠지만 기이하게도 마침 바로 그때 형이 굉장히 홍분했는지 창백한 얼굴로 숨결을 드높이면서 내게로 다가와 느닷없이 내 손을 잡아끌면서 '어서 가. 빨리 안 가면 놓쳐'라고 하면서 나를 힘껏 끌어당기는 것이었네. 그렇게 끌려가다시피 탑의 계단을 총총히 내려가면서 이유를 물었더니, 그 처녀가 지금 푸른 다다미가 깔린 넓은 방에 있는 것 같으니까 빨리 가면 만날지도 모른다고 하더구먼.

형이 가늠한 장소는 센소지 뒤편 커다란 소나무 쪽으로, 그곳에 넓은 방이 있었다고 해서 하여튼 우리 둘은 그곳으로 달려갔다네. 그런데 소나무는 그 자리에 제대로 있었지만 그 주변에는 집다운 집이라고는 보이지도 않아서 정말 여우에게라도 홀린 기분이었네. 형이 아무래도 착각한 거라는 생각은 들었지만, 그 들뜬 모습이 차마 가슴이 아파서 마음이라도 달래주고 싶었지. 그래서 근처 찻집 등을 돌아다니며 물었지만 처녀의 모습은 그림자조차 찾아볼 길이 없었다네.

　처녀를 찾는 도중에 어쩌다 형과는 서로 헤어진 채 찻집을 한 바퀴 돌고 한참 후에 원래 소나무 자리로 왔는데, 그곳에는 여러 가지 노점들이 늘어서 있더구면. 그중 한 가게가 엿보기 가게였는데 휘익 착! 휘익 착! 하는 채찍 소리를 내면서 장사를 하고 있기에 살펴보았더니만, 형이 허리를 구부리고 정신없이 그 엿보기 안경을 들여다보고 있는 게 아닌가. 형에게 뭐 하냐고 물으면서 어깨를 두드리니 깜짝 놀라 뒤돌아보았는데, 그때 형의 표정을 지금도 잊을 수가 없네. 뭐라고 해야 좋을지 모르겠네만 꿈을 꾸는 듯이 얼굴 근육은 딱딱하게 굳었고, 먼 곳을 바라보는 그윽한 눈매로 나를 바라보면서 이상할 정도로 촉촉해진 음성으로 이렇게 말했지. '우리가 찾는 그 처녀가 이 속에 있어'라고.

　그렇게 얘기하니 나도 서둘러 돈을 지불하고 엿보기 안경을 들여다보았는데, 그것은 '야채 가게 오시치◆'라는 엿보기 장치였다네. 마침 기치조우지 절의 서원에서 오시치가 기치자에게 어리광을 부리며 기대어 있는 그림이 나왔네. 지금도 선연히 기억하네만, 엿보기 가게 주인 부부는 메마른 음성을 합하여 채찍으로 박자를 맞추면서 '무릎으로 다가와 얼굴을 마주하고 눈으로 알려라' 하는 문구를 노래하는 중이었다네. 아아, 그 '무릎으로 다가와 얼굴을 마주하고 눈으로 알려라' 하는 이상한 구절이 지금도 귓가에 맴도는 것 같군.

엿보기 그림 속의 인물은 누름꽃으로 만들어져 있었는데, 아마도 그 분야에서는 명인이 만든 것일 게 분명했네. 오시치의 얼굴은 실감날 정도로 생생하고 아름다웠지. 내 눈에도 정말 살아있는 것처럼 보일 정도니까 형이 그런 말을 하는 것도 결코 무리는 아니었다 싶더군. 형은 '이 처녀가 사람 손으로 만든 누름꽃인 걸 알았다 하더라도 나는 도저히 포기할 수가 없어. 슬픈 일이지만 체념이 안 돼. 단 한 번이라도 좋으니까, 나도 그 기치자처럼 누름꽃 속의 남자가 되어 처녀와 얘기를 나누고 싶어'라고 말하면서 혼자서 멍하니 서서 움직일 생각

◆ 에도 시대 도쿄에 있던 어느 야채가게의 딸 오시치는 1862년 대화재로 인해 절로 피난을 갔다가 절에서 심부름하는 소년 기치자를 사랑하게 되었고 그와 재회하고 싶은 마음에 방화를 하다 화형에 처했다. 이후 이 이야기는 일본 음악이나 가부키로 각색되었다.

을 하지 않았네. 생각해 보면 그 엿보기 장치의 그림은 광선을 받기 위해 위쪽이 열려 있었는데, 그것이 비스듬하게 12층 정상에서도 보였던 게 틀림없었네.

그때는 이미 날도 저물어서 사람의 발길이 뜸해져 엿보기 가게 앞에도 두세 명의 개구쟁이들만 미련이 남는 듯 떠나지를 못하고 서성일 뿐이었다네. 점심때부터 묵직하게 내려앉은 하늘이 저녁 무렵에는 금방이라도 빗방울을 떨어뜨릴 듯이 낮게 가라앉아서 한층 더 마음이 답답하고 정신이 이상해질 것 같은 기분 나쁜 날씨로 바뀌었네. 그리고 귓속에서 둥둥둥 둥 하는 큰북이 울리는 소리까지 들려오는 것이었네. 그 속에서 형은 계속 먼 곳을 바라보며 한없이 못 박혀 있더군. 아마도 족히 한 시간은 그러고 있었을 것이야.

이젠 날도 완전히 어두워져서 멀리 공 타기 가게의 꽃장식 가스등이 반짝반짝 아름답게 빛나기 시작한 시간이 됐지. 형은 번쩍 눈이 뜨이는 것처럼 갑자기 내 팔을 붙들더니 '아아, 좋은 생각이 났어. 너에게 부탁이 있는데, 그곳에서 이 망원경을 거꾸로 해서 커다란 렌즈 쪽으로 눈을 대고 나를 봐줘'라는 이상한 말을 꺼냈다네. 왜냐고 물어봐도 '그냥 시키는 대로 해'라고 하면서 말도 안 듣는 것이었지. 나는 본래 안경 종류는 그다지 좋아하지 않았다네. 망원경이든 현미경이든 멀리 있는 것이 갑자기 눈앞으로 뛰어든다거나 작은 벌레가 괴물처럼 커지는 괴물 같은 작용이 싫었던 거지. 그래서 형이 아끼던 망원경도 그다지 들여다볼 일이 없었고, 또 들여다본 일이 적었던 만큼 한층 더 그것이 마성의 기계처럼 생각되었던 것이라네. 게다가 날도 저물어서 사람 얼굴도 제대로 안 보이는 한적한 센소지 뒤에서 망원경을 거꾸로 들고 형을 바라본다는 게 미친 짓처럼도 생각되었고 꺼림칙하기도 했는데, 형이 하도 부탁하는지라 하는 수 없이 시키는 대로 했다네. 거꾸로 보니 두세 칸 거리에 서 있는 형의 모습이 60센티미터 정도로 작아졌고, 작은 만큼 어둠 속에 더 선명히 부각되어 보이더군. 다른 경치는 아무것도 보이지 않도록 해서 양복 입은 형의 모습만 망원경 한가운데 딱 서도록 했다네. 그런데 아마도 형이 뒷걸음질 쳤던 모양이었네. 보고 있는 동안 점점 작아지는가 싶더니 30센티미터 정도의 인형처럼 귀여운 모습이 되었네. 그리고는 그 모습이 쓱 하고 허공에 떠오르는가 싶더니 눈 깜짝할 사이에 어둠 속으로 녹아들고 말았다네.

난 무서워져서 (이런 말을 하면 나잇값도 못 한다고 하겠지만 그때는 정말로 온몸의 털이 곤두서는 두려움을 절감했다네) 급히 망원경을 내리고 '형!'하고 부르면서 형이 사라진 방향으로 달려갔네. 어찌 된 일인지 아무리 찾아봐도 형의 모습은 보이지 않더군. 시간을 따져 봐도 그리 멀리까지 갈 리가 없는데 대체 어디부터 찾아봐야 할지 모르겠더구먼. 그런데 이보게, 그렇게 해서 우리 형은 그길로 이 세상에서 모습을 감춰버렸다네……. 그로부터 어떻게 되었냐 하면, 나는 한층 더 망원경이라는 마성의 기계를 겁내게 되었네. 특히 어느 나라 선장인지는 모르겠지만 그가 갖고 있었다는 이 망원경이 너무도 싫어서, 다른 망원경은 또 몰라도 이것만은 무슨 일이 있어도 거꾸로 보지 않으려고 애썼다네. 거꾸로 보면 흉사가 일어난다고 굳게 믿고 있기 때문이지. 자네가 조금 전에 이것을 거꾸로 들었을 때 내가 그토록 당황해서 그만두라고 한 것도 다 그런 이유일세.

그런데 형을 오랫동안 찾아다니다 그 엿보기 가게로 돌아왔을 때였네. 나는 문득 놀라운 생각이 들었지. 뭐냐 하면 누름꽃 처녀와 사랑에 빠진 형은 망원경의 마성을 빌려 자기 몸을 누름꽃 처녀와 똑같은 크기로 줄여서 살짝 누름꽃 세계로 들어간 것이 아닐까 싶었던 거지. 그래서 나는 아직 문을 닫지 않은 가게로 가서 주인에게 부탁하여 기치조우지 장면을 보았는데, 아니나 다를까 놀랍게도 형은 누름꽃이 되어 칸데라 불빛 속에서 기치자 대신 기쁜 듯이 오시치를 끌어안고 있지 않겠나!

그런데도 난 슬프다는 생각보다는 그렇게 해서라도 희망을 이룬 형의 행복이 눈물이 날 정도로 기뻤다네. 나는 아무리 비싼 값이라도 좋으니까 그 그림을 반드시 내게 팔라고 가게 주인과 굳은 약속을 하고는 (기묘하게도 기치자 대신 양복 차림의 형이 그림 속에 앉아있는 것을 가게 주인은 전혀 모르고 있었다네) 집으로 날듯이 뛰어가서 자초지종을 어머님께 알렸네. 부모님은 대체 무슨 소릴 하느냐, 너까지 정신이 이상한 거 아니냐며 전혀 이해해주지 않으시더군. 하기야 정말이지 어이없는 소리처럼 들렸겠지. 하하하하하하."

노인은 그때 너무도 즐겁게 웃음을 터뜨렸다. 게다가 기이하게도 나까지 노인의 말에 동감하면서 함께 낄낄거렸다.

"부모님은 사람이 누름꽃이 되다니 그게 말이 되는 소리냐고 생각하셨던 게지. 하지만 누름꽃이 된 증거로 그 뒤 형의 모습이 연기처럼 이 세상에서 사라져버리고 말았지 않은가. 그걸 가지고도 두 분은 형이 가출한 거라는 식으로 정말 어긋나는 추측을 하고 계셨다네. 우스운 일이었지. 결국 나는 뭐라고 하든 말든 어머니께 돈을 졸라서 마침내 그 엿보기 그림을 손에 넣었고. 그것을 들고 하코네 지역에서 가마쿠라 쪽으로 여행을 했다네. 형을 신혼여행 보내주고 싶었거든. 이렇게 기차를 타고 있으면 그때 일이 저절로 떠오른다네. 그래서 어제도 이 그림을 창가에 세워서 형과 형의 연인에게 바깥 경치를 구경시켜준 것이라네. 형은 얼마나 행복했겠나. 처녀도 형의 저런 진심이 어떻게 싫을 수 있겠고. 두 사람은 금방 결혼한 신혼부부처럼 부끄러운 듯 얼굴을 붉히면서 서로의 살과 살을 맞대고 너무도 금실 좋게 끝없는 정담을 나누고 있더군.

그 뒤 아버님은 도쿄에서 하던 가게를 정리하고 후지산 근처의 고향으로 내려가셨고 나도 아버님을 따라가 계속 그곳에 살고 있었는데, 그로부터 어느덧 30여 년의 세월이 흘렀기에 오랜만에 형에게도 달라진 도쿄의 풍경을 보여주려고 이렇게 형과 함께 여행하는 거라네.

　　그런데 말일세, 누름꽃 처녀는 아무리 살아있는 것처럼 보이지만 어차피 처음부터 사람이 만든 것이어서 세월이 가도 나이를 먹는 법이 없었네. 그런데 슬프게도 우리 형은 무리하게 모습을 바꿔 누름꽃 그림이 되었지만 본래 수명이 정해진 인간인지라 우리처럼 세월이 가면서 나이를 먹고 말았다네. 스물다섯 살의 미소년이던 형이 이제는 보다시피 저토록 늙어버려서 얼굴에는 보기 싫은 주름도 많이 생겼지. 형으로서는 얼마나 슬픈 일이겠는가. 상대편 처녀는 언제까지나 젊고 아름다운데 자기만 지저분한 노인이 되어가는 중인걸. 두려운 일이지. 그래서 형은 슬픈 얼굴을 하고 있다네. 수년 전부터 언제나 저렇게 고통스런 얼굴을 하고 있는 걸세. 그 생각만 하면 나는 형이 불쌍해서 어쩔 줄을 모르겠어."

　　노인은 어두운 표정으로 한동안 말없이 누름꽃 그림 속의 노인에게 눈길을 주고 있다가 문득 생각난 듯이 말했다.

　　"아아, 쓸데없이 이야기가 길어졌구먼. 그래도 자넨 이해해 주시겠지? 다른 사람들처럼 나를 정신병자라고 놀리지 않을 테지? 아아, 이로써 나도 말한 보람이 있었네. 이런, 형님 내외가 녹초가 되었겠구먼. 더욱이 내가 자네를 앞에 두고 그런 얘기까지 다 했으니 얼마나 부끄럽게 생각하시겠는가. 이제는 그만 좀 쉬게 해드림세."

그러면서 노인은 누름꽃 액자를 살며시 검은 보자기로 감쌌다. 그 짧은 순간 내 착각이었는지는 모르지만, 누름꽃 인형들의 얼굴이 조금 일그러지는가 싶더니 부끄러운 듯이 입꼬리를 살짝 올리면서 나에게 미소로 인사를 대신하는 것 같았다.

노인은 그것을 끝으로 말이 없어졌다. 나도 침묵을 지켰다. 기차는 여전히 변함도 없이 덜컹덜컹 둔탁한 소리를 내면서 어둠 속을 달리고 있었다. 10분쯤 그렇게 있자니 차바퀴 소리가 점점 느려지면서 창밖으로 언뜻언뜻 두세 개의 등불이 보이더니 기차는 어딘지 모를 산간 작은 역에 정차했다. 딱 한 명뿐인 역무원이 외로이 플랫폼에서 있었다.

"그럼, 나 먼저 실례하리다. 오늘 하룻밤 여기 있는 친척 집에 머물 예정이라서."

노인은 액자 꾸러미를 끌어안고 훌쩍 일어서더니 그런 인사를 남기고 밖으로 나갔다. 차창으로 보고 있자니, 호리호리하고 길쭉한 노인의 뒷모습이 (어쩌면 그토록 누름꽃 노인과 닮았던지!) 엉성한 철책 근처에서 역무원에게 차표를 건네는가 싶더니 곧 어둠 속으로 녹아들 듯 사라졌다.

目羅博士の不思議な犯罪

메라 박사의 이상한 범죄

1.

나는 탐정 소설 줄거리를 생각하느라 아무 데나 돌아다닐 때가 있는데, 도쿄를 떠나지 못할 땐 대개 갈 곳이 정해져 있다. 아사쿠사 공원, 꽃집, 우에노 박물관과 동물원, 스미다강의 증기선, 료코쿠 국기관◆(둥근 지붕은 왕년의 파노라마 관◆◆을 연상시켜 나를 매료한다). 지금도 국기관에서 '요괴 대회◆◆◆'라

◆ 도쿄 스미다구에 있는 스모 대회 경기장.
◆◆ 우에노 공원에 세워진 일본 최초의 영화관.
◆◆◆ 미로 형태로 만든 '귀신의 집'의 출구를 찾아나가는 공포 체험으로, 1931년 료코쿠 국기관에서 〈일본 전설 요괴 대회(日本伝説お化け大会)〉라는 이름으로 개최했다.

는 것을 보고 돌아가는 길인데, 오랜만에 미로를 빠져나오느라 출구를 찾아 헤매기도 하면서 어린 시절의 그리운 추억에 잠겼던 시간이었다.

그런데 내가 하고 싶은 이야기는, 역시 그놈의 불같은 원고 재촉 때문에 집에 가만히 있지 못하고 일주일 가까이 도쿄 시내를 돌아다니다 어느 날 문득 우에노 동물원에서 묘한 인물과 만난 것에서 비롯된다.

날도 어느덧 저물어서 폐관 시간이 가까워졌고, 구경꾼들도 대개는 돌아간 뒤라 관내는 고요하기만 했다. 연극이나 대중예술 흥행장 같은 곳에서도 그렇지만, 마지막 장은 제대로 보지도 않고 출구의 혼잡도만 신경 쓰는 도쿄 토박이들의 성질은 아무래도 내 기풍과는 맞지가 않는다.

동물원에서도 마찬가지였다. 도쿄 사람들은 왜 그렇게 서둘러 돌아가는가. 아직 문이 닫힌 것도 아닌데 장내는 벌써 텅텅 비어서 사람 하나 없는 꼴이라니! 나는 원숭이 우리 앞에서 멍하니 혼자 걸음을 멈추고, 방금 전과는 완전히 달라진 원내의 기이한 고요를 즐기고 있었다. 원숭이들도 놀리는 상대가 없어진 탓인지 적막하고 쓸쓸해 보였다.

주위가 고요한 곳에서 한동안 그러고 있었던 터라, 갑자기 뒤에서 인기척이 났을 때는 등에서 한기가 느껴질 정도로 놀라고 말았다. 머리를 길게 기른 얼굴빛이 창백한 청년이었다.

솔기가 뜯어진 옷에서 느껴지는 입성하며 그야말로 백수 같은 느낌을 주었는데, 얼굴빛이 좋지 않은 것과는 달리 쾌활하게 우리 속 원숭이를 놀리기 시작했다.

동물원에 자주 오는지 원숭이를 놀리는 것 정도는 식은 죽 먹기처럼 보였다. 먹이 하나만 해도 온갖 재주를 부리게 하면서 실컷 웃고 난 뒤에야 겨우 하나 던져주는 식이었는데, 그게 또 대단히 흥미로워 나도 킬킬 웃으면서 계속 지켜봤다.

"원숭이들은 어째서 상대의 흉내를 내고 싶어 할까요?"

느닷없이 청년이 내게 말을 걸었다. 그때 그는 밀감 껍질을 위로 던졌다가 받기를 되풀이하고 있었는데, 우리 속의 원숭이 하나도 흉내 내어 똑같이 밀감 껍질을 위로 던지고 받기를 계속하고 있었다. 내가 말없이 웃자, 그는 다시 얘기했다.

"생각해 보면 흉내를 낸다는 건 참 무서운 거지요. 신이 원숭이에게 그런 재능을 주었다는 게 말입니다."

나는 이 청년이 철학자 백수라고 생각했다.

"원숭이가 상대를 흉내 내는 것은 웃기지만, 인간이 상대를 흉내 내는 것은 결코 웃을 일이 아니지요. 신은 인간에게도 원숭이 같은 본능을 몇 개 주신걸요. 이것도 생각해 보면 참 무서워요. 당신은 산속에서 커다란 원숭이를 만난 여행자의 얘기를 아십니까?"

말하는 걸 좋아하는지 청년은 점점 말수가 많아졌다. 나는 낮을 가리는 타입이라 모르는 사람이 말을 걸어오는 것을 그다지 좋아하지 않았지만 이 남자에게는 묘한 흥미를 느꼈다. 창백한 얼굴과 헝클어진 머리카락이 나를 끌어당겼는지도 모른다. 아니면, 그의 철학자 같은 말투가 마음에 들었는지도.

"모릅니다. 큰 원숭이가 어떻게 했는데요?"

나는 얘기를 재촉하고 싶었다.

"인가에서 멀리 떨어진 깊은 산속에서 말이죠, 외로운 한 여행자가 커다란 원숭이를 만난 거지요. 그리고 옆구리에 차고 있던 칼을 원숭이에게 빼앗기고 말았답니다. 원숭이는 빼앗은 칼을 재미삼아 휘휘 돌리기까지 하면서 덤벼들었죠. 여행자는 상인이었는데, 하나밖에 없는 칼을 빼앗긴 상태라서 목숨까지도 위험한 처지였답니다."

해 질 녘 원숭이 우리 앞에서 낯빛이 창백한 청년이 기묘한 이야기를 시작했다는 정경이 나를 즐겁게 했다. 나는 "저런" 하면서 맞장구를 쳤다.

"칼을 되찾고 싶었지만 상대가 나무타기의 달인인 원숭이니까 어쩔 도리가 없었지요. 그러나 여행자는 상당히 지혜로운 남자라서 그럴싸한 방법을 생각해냈답니다. 그는 주변에 떨어져 있는 나뭇가지를 주워 마치 칼처럼 여러 가지 모습을 취했답니다. 원숭이는 신으로부터 사람 흉내를 내라는 본능을 물려받은 슬픔 덕분에 여행자의 행동을 일일이 다 흉내 내었지요. 그리고는 마침내 자살해 버렸답니다. 왜냐하면 원숭이가 점점 흥이 나는 걸 보고 여행자가 나뭇가지로 자기의 목을 때렸기 때문이지요. 원숭이는 그대로 흉내를 내려고 칼로 자기 목을 때렸으니까 어떻게 되겠습니까? 피를 흘리고, 또 피를 철철 흘리면서도 여전히 자기 목을 칼로 내리치다가 결국 절명해 버렸지요. 여행자는 칼을 되찾은 것은 물론이고 커다란 원숭이 한 마리까지 선물로 가져갈 수 있었다는 얘기랍니다. 하하하하."

청년은 얘기가 끝나자 웃었는데, 묘하게도 음울한 웃음 소리였다.

"하하하하. 에이, 설마?"

내가 웃자 그는 갑자기 진지한 얼굴로 이렇게 말했다.

"아닙니다. 정말이에요. 원숭이란 녀석은 그토록 슬프고도 끔찍한 숙명을 갖고 있는 거지요. 한번 실험해 볼까요?"

청년은 근처에 떨어져 있는 나뭇조각 하나를 원숭이에게 던져준 뒤, 자기는 짚고 있던 지팡이로 턱을 자르는 시늉을 해 보였다. 그러자 과연 어떠했겠는가. 이 청년은 원숭이에 대해서는 완전히 파악하고 있는 모양이었는지, 원숭이는 나뭇조각을 주워 들더니 갑자기 자기 목을 쓱쓱 베는 것이 아닌가!

"저것 봐요. 만약 나뭇조각이 아니고 진짜 칼이었다면 저 원숭이는 벌써 황천으로 갔을 테지요."

넓은 원내는 텅텅 비어서 사람이라곤 하나도 보이지 않았다. 무성한 나무 그늘에는 이미 음습한 어둠이 테두리를 치고 있었고, 나는 어쩐지 소름이 끼쳤다. 내 눈앞에 서 있는 저 창백한 청년이 보통 사람이 아닌 마법사인 것처럼 느껴졌다.

"흉내 낸다는 게 얼마나 무서운지 알겠죠? 인간도 마찬가집니다. 인간 또한 흉내를 내지 않고는 견딜 수 없는 슬프고도 무서운 숙명을 갖고 있으니까요. 타르드*라고 하는 사회학자는 인간 생활을 결국 '모방'이라는 두 글자로 정리하려고 했을 정도가 아닙니까?"

이제는 하나하나 전부 다 기억할 수 없어도 청년은 그로부터 '모방'의 공포에 대해 여러 가지로 설을 풀었는데, 그는 또 거울에 대해서도 이상한 공포심을 갖고 있었다.

"거울을 오래 들여다보면 무서워지지 않습니까? 전 그렇게 무서운 건 또 없을 거라고 생각합니다. 대체 왜 무서울까요? 거울 너머에 또 한 사람의 자신이 있어서 원숭이처럼 인간의 흉내를 내고 있기 때문이겠죠"

그런 말을 한 것도 기억한다.

동물원 폐원 시간이 되어 직원들이 우리를 몰아냈지만, 우

◆ 프랑스 사회학자이자 범죄학자인 가브리엘 타르드. 모방을 사회 현상의 기본 원칙으로 해석했다.

리는 동물원을 나와서도 헤어지지 않고 다시 어깨를 나란히 하고 어둠이 깔린 우에노의 숲속을 걸으며 이야기했다.

"난 알고 있답니다. 당신은 에도가와 씨죠? 탐정 소설 쓰시는?"

어두운 나무 아래를 걷고 있다가 갑자기 그런 말을 들으니 다시금 가슴이 오그라들었다. 상대가 정체 모를 두려운 남자 같았지만, 동시에 그에 대한 흥미도 한층 더 커졌다.

"애독하고 있습니다. 요즘은 솔직히 말해 별로 재미는 없지만, 예전 것들은 그런 게 드물었던 탓인지 정말 열심히 읽었지요."

남자는 거리낌 없이 말했는데, 그것도 호감을 주었다.

"아아, 달이 나왔군요!"

청년의 말은 걸핏하면 이렇게 급격히 비약했기에 혹시 이 녀석이 미치광이가 아닐까 싶은 의심까지 불현듯 생길 정도였다.

"어제가 14일이었습니까? 정말 만월이군요. 쏟아져 내릴 듯한 달빛이라고 하는 게 바로 이런 거겠죠. 달빛이란 참 이상하지 않습니까? 달빛이 요술을 부린다는 말을 어디선가 읽었는데, 참말이더군요. 똑같은 경치건만 낮과는 완전히 달라 보이지 않습니까? 당신 얼굴도 마찬가집니다. 조금 전 원숭이 우리 앞에 서 있을 때와는 완연히 딴사람처럼 보이거든요."

그렇게 말하면서 내 얼굴을 빤히 들여다보았다. 괜히 나까지 기분이 이상해져서 청년의 얼굴 한구석에 붙어있는 두 눈과 거무스름한 입술이 어쩐지 기묘하고 두렵게 보였다.

"달은 거울과 연관이 있지요. '수면에 비친 달그림자' 같은 말이나 '달이 거울이면 좋을 텐데♦'라는 말이 생긴 것은, 달과 거울이 어딘가 공통점이 있는 증거지요. 보십시오, 이 경치를."

그가 손가락으로 가리킨 곳에는 그을린 은처럼 퇴색한 시노바즈 연못♦♦이 대낮보다 배는 더 넓어 보이게 펼쳐져 있었다.

"실은 낮의 경치가 진짜이고, 지금 달빛에 비치는 이것은 잔상처럼 남은 거울 속 그림자라고는 생각하지 않습니까?"

창백한 청년은 그 자신도 역시 거울 속 그림자처럼 희미하고 뿌연 모습으로 그런 말을 했다.

"당신은 소설에 쓸 얘깃거리를 찾고 계신 것은 아닙니까? 제가 실제로 경험한 것 중에 당신에게 적당한 얘깃거리가 하나 있는데, 말해도 될까요? 들어주시렵니까?"

사실 나는 소설의 소재를 찾고 있었다. 그러나 그런 것은 별개로 치더라도 이 묘한 청년의 경험담이 호기심을 자극했다. 지금까지 말하는 폼으로 미루어 결코 흔하거나 지루한 이야기는 아닐 것 같았다.

"들려주십시오. 그런데 어디 가서 식사라도 함께 하지 않겠

♦ '멀리 떨어져 있어 그리울 때는 달이 거울이면 좋을 텐데'라는 민요의 한 구절.
♦♦ 우에노 공원에 있는 커다란 연못.

습니까? 조용한 방에서 천천히 들었으면 해서요."

내 말에 그는 고개를 저었다.

"얻어먹는 게 싫은 건 아닙니다. 전 사양 같은 건 하지 않거든요. 하지만 제 얘기는 밝은 전등과는 잘 어울리지 않습니다. 당신만 괜찮다면 여기 정원석에라도 앉아 요술을 부리는 월광을 받으며 거대한 거울에 비친 시노바즈 연못을 바라보면서 얘기하고 싶군요. 그리 긴 얘기는 아니거든요."

나는 청년의 기호가 마음에 들었다. 그래서 연못이 잘 보이는 높은 둔치의 숲속 정원석에 나란히 앉아 청년의 기이한 얘기를 듣기로 했다.

2.

"도일의 소설 중에 《공포의 계곡》이라는 것이 있었지요?"

청년은 당돌하게 시작했다.

"그건 어딘가의 험준한 산과 산이 만든 협곡일 것입니다. 하지만 공포의 계곡이란 게 반드시 자연에만 있는 것은 아니지요. 이 도쿄 한복판에도, 심지어는 마루노우치◆에도 그런

◆ 도쿄 치요다구의 한 지역. 황궁의 동쪽에 위치하며 현대적인 오피스 거리로 유명하다.

무서운 계곡이 있답니다.

높은 빌딩과 빌딩 사이에 끼어있는 좁다란 골목. 그곳은 자연의 협곡보다 훨씬 더 험준하고 훨씬 더 음습하지요. 문명이 만든 유령의 계곡인 셈입니다. 과학이 만든 계곡의 바닥이지요. 그 계곡 바닥에 해당하는 도로에서 보면 양쪽에 늘어선 6층이나 7층쯤 되는 살풍경한 콘크리트 건축물은 자연의 절벽처럼 푸른 잎도 없고, 계절마다 피어나는 꽃도 없고, 눈이 즐거운 요철도 없는, 말 그대로 칼로 자른 듯한 거대한 회색 단면에 불과합니다. 올려다보는 하늘도 띠처럼 좁지요. 해도 달도 하루에 그야말로 몇 초밖에는 제대로 비치지 않는 곳이고, 그 계곡 바닥에서는 낮에도 별이 보일 정도입니다. 정체 모를 서늘한 바람이 쉴 새 없이 불어대는 그런 곳이지요.

대지진 이전까지는 저도 그런 협곡 가운데 하나에서 살고 있었답니다. 건물 정면은 마루노우치의 S 거리와 마주보고 있었습니다. 정면은 밝고 근사하지요. 그러나 다른 빌딩과 등줄기를 마주하고 있는 뒤로 한 번 돌아가 보면, 창문 달린 낭떠러지가 서로 살풍경한 콘크리트를 있는 대로 드러내며 불과 두 칸밖에 안 되는 통로를 사이에 두고 마주보고 있지요. 도시의 유령 계곡이란 결국 그런 곳입니다.

빌딩의 방들은 이따금 주택으로 겸용하는 사람도 있지만 대개는 낮 동안만 사무실로 쓸 뿐 밤에는 모두 돌아가 버립니다. 대낮이 활기찼던 만큼 밤의 쓸쓸함이란 깊은 산속 같은 느낌이지요. 예의 그 뒤쪽 협곡이라는 것도 밤이 되어야 그야말로 완전한 협곡 그 자체가 됩니다. 저는 그때 낮에는 현관 문지기로 근무하고 밤에는 빌딩 지하실에서 잤습니다. 함께 자는 동료도 네댓 있었지만 저는 그림을 좋아해서 시간만 나면 혼자서 캔버스를 칠하느라 자연히 다른 동료들과는 말도 나누지 않는 날들이 많았답니다.

그 사건이 일어난 곳도 방금 말한 뒤쪽의 협곡이니까 그 곳의 모양을 좀 더 설명해 둘 필요가 있습니다. 그 건물에는 본래부터 실로 신기하면서도 기분 나쁜 우연의 일치가 있었답니다. 우연치고는 너무 지나칠 정도로 일치했기에 혹시 그 건물을 설계한 기사의 변덕스런 장난이 아닐까 하는 생각까지 했으니까요. 왜 그러냐 하면, 두 빌딩은 크기가 비슷한 5층 건물이었는데 정면이나 옆모습, 벽 색깔이며 장식 등은 전혀 다름에도 불구하고 협곡에 해당하는 뒤쪽만큼은 정말이지 하나에서 열까지 완전히 똑같게 만들어져 있었기 때문입니다. 지붕 모양에서 회색 벽, 각층에 네 개씩 뚫려 있는 창의 구조까지 마치 사진으로 옮겨놓은 듯이 똑같았던 것이지요. 어쩌면 콘크리트에 생긴 균열까지도 똑같았을지도 모릅니다.

그 협곡으로 나 있는 방은 햇살이 들어오는 시간이 (이건 좀 과장이지만) 하루에 겨우 몇 분 동안에 불과했으므로 임차인이 별로 없었답니다. 특히 가장 불편한 5층은 항상 빈 상태라 저는 시간만 나면 캔버스와 그림붓을 들고 자주 그곳으로 갔는데, 그 창으로 내다볼 때마다 건너편 건물이 마치 사진처럼 닮아있는 것이 너무도 꺼림칙했습니다. 어떤 두려운 사건의 전조처럼 느껴져서 말이지요. 그리고 머지않아 제 예감이 적중할 시간이 다가왔습니다. 5층 북쪽 구석 창에서 누군가가 목을 매고 죽어버린 것이지요. 그것도 얼마 안 되는 간격으로 세 번씩이나 되풀이된 것입니다.

최초의 자살자는 중년의 향료 브로커였습니다. 그는 처음에 사무실을 빌리러 왔을 때부터 어쩐지 인상에 남았던 인물이었지요. 상인인 주제에 어쩐지 상인답지 않게 어둡고 늘 뭔가를 생각하고 있는 듯했거든요. 이 사람이 어쩌면 협곡에 위치한 그 햇볕도 들어오지 않는 방을 빌릴지 모르겠다고 생각했는데 아니나 다를까, 5층 중에서도 가장 인가와 멀리 떨어진 (빌딩 안에서 인가라는 말은 좀 이상하지만, 여하튼 그렇게 인가와 멀리 떨어진 느낌이 드는 그런 방이었답니다) 제일 어둡고, 따라서 임대료도 제일 싼 두 칸짜리 방을 골랐더군요.

그렇습니다, 이사 온 지 1주일 정도였으니까 지극히 짧은 시간이 지난 뒤였습니다. 독신자였던 그 향료 브로커는 한쪽 방을 침실로 삼아 싸구려 침대를 들여놓고 밤이면 그 유령 계곡이 내려다보이는 음습한 절벽의 인가에서도 멀리 떨어진 암굴 같은 방에서 홀로 잠을 잤던 것입니다. 그러다 어느 달빛 좋은 밤, 전선을 끌어당기는 용도로 걸쳐놓은 창밖의 작은 가로대에 가느다란 끈을 걸어 목을 매고 자살해 버린 것입니다.

아침이 되어 그 주변 일대를 담당하고 있는 도로 청소부가 아득한 머리 위, 벼랑 꼭대기에 흔들흔들 대롱거리고 있는 자살한 사람을 발견하고는 큰 소동이 났습니다.

그가 왜 자살했는지 결국 알아내지 못한 채 사건은 종결되었습니다. 여러 가지로 조사해 보았지만 특별히 사업이 어려워졌다거나 채무가 많아 힘든 것도 아니었습니다. 더욱이 독신자여서 가정적인 번민이 있는 것도 아니고 그렇다고 치정적인 자살, 이를 테면 실연 같은 것도 없었다고 하더군요.

'아무래도 마가 낀 거야. 처음 왔을 때부터 묘하게 착 가라앉아 있는 이상한 남자라고 생각했어.'

사람들은 그런 식으로 정리해 버리더군요. 한 번은 그것으로 끝이 났습니다. 그런데 얼마 안 가 같은 방에 다음 임차인이 들어왔고, 그 사람은 그곳에서 자거나 하지는 않았습니다만 어느 날 밤 철야로 뭔가를 조사할 게 있다면서 틀어박혀 있었는데 다음 날 아침 역시 대롱대롱 그네처럼 매달려 흔들리는 소동이 벌어졌습니다. 전과 완전히 똑같은 방법으로 목을 매어 자살했던 것입니다.

역시 자살의 원인은 전혀 찾지 못했습니다. 이번에 죽은 사람은 향료 브로커와는 달리 지극히 쾌활한 인물로, 그런 음습한 방을 고른 것도 단지 임대료가 싸다는 단순한 이유였습니다. 공포의 계곡을 향해 열려 있는 저주의 창. 그 방에 들어서면 아무 이유도 없이 혼자 죽고 싶어진다는 괴담 같은 소문을 사람들은 곳곳에서 속삭였지요.

세 번째 희생자는 그냥 방을 빌리는 보통 사람이 아니었습니다. 그 빌딩의 사무원 가운데 한 호걸이 있어서 자기가 한번 시험해 보겠다고 나선 것이지요. 도깨비 집을 탐험이라도 하듯이 의욕이 만만했습니다."

청년이 여기까지 말했을 때 나는 조금 지루해져서 끼어들었다.

"그럼, 그 호걸도 같은 방식으로 죽었단 말입니까?"

청년은 잠깐 놀란 듯 내 얼굴을 보더니 불쾌한 듯 대답했다.

"네, 그렇습니다."

"한 사람이 목을 매고 죽자, 같은 장소에서 몇 사람이고 계속 목을 맨다. 즉, 그것이 무서운 모방 본능이라고 주장하는 겁니까?"

"아아, 그래서 좀 지겨워지신 거군요. 아니에요, 전혀 아닙니다. 그런 시시한 얘기가 아닙니다."

청년은 안심한 듯이 내 생각이 잘못되었음을 정정했다.

"마의 건널목에는 항상 죽음이 기다리고 있다는 식의 흔해 빠진 얘기가 아닙니다."

"실례했습니다. 그럼, 계속 얘기해 주십시오."

나는 은근하게 내 오해를 사과했다.

3.

"그 사무원은 혼자서 사흘이나 그 마의 방에서 밤을 보냈습니다. 그러나 아무 일도 없었지요. 그는 마치 악마라도 물리친 얼굴로 위세가 등등했지요. 그래서 제가 말했습니다. '당신이 잤던 사흘 밤은 모두 날이 흐려서 달이 없었잖아요?'라고요."

"오호라, 그 자살과 달이 무슨 관계라도 있다는 말인지요?"

나는 놀라서 되물었다.

"네, 있었습니다. 첫날 향료 브로커도, 그다음 임차인도 모두 달이 훤한 밤에 죽었답니다. 불과 몇 분 동안 은백색 달이 요망한 빛을 내려 보낸 그사이에 일어난 일이었거든요. 전 월광의 요술이라고 굳게 믿고 있습니다."

청년은 말을 하면서 무심하게 흰 얼굴을 들어 월광에 감싸인 발밑의 시노바즈 연못을 바라보았다. 그곳에는 청년의 말처럼 거대한 거울에 비친 연못의 경치가 희뿌옇고 요염하게 누워 있었다.

"이것입니다. 이 기이한 달빛의 마력이지요. 월광은 차가운 불처럼, 음기의 격정을 유발합니다. 사람의 마음을 불꽃처럼 타오르게 하지요. 말하자면 그런 기이한 격정이 〈월광 소나타〉를 낳은 것이지요. 시인이라면 반드시 달의 무상을 배우게 됩니다. '예술적 광기'라는 말이 허락된다면 달은 사람을 '예술적 광기'로 이끄는 것이 아닐까요?"

청년의 화술이 조금씩 나를 질리게 만들었다.

"그래서 결국 월광이 그 사람들을 목매달게 했다는 말인가요?"

"그렇습니다. 거의 월광의 죄이지요. 그러나 달빛이 금방 사람을 죽이지는 않습니다. 만약 그렇다면 지금 이렇게 전신에 달빛을 받고 있는 우리도 곧 목을 매어야 하지 않겠습니까?"

거울에 비친 듯이 보이는 청년의 창백한 얼굴이 기분 나쁘게 웃었다. 나는 괴담을 듣는 어린아이처럼 두려움을 느꼈다.

"그 호걸 사무원은 나흘째 밤에도 그 마의 방에서 잤는데, 불행하게도 그날 밤은 달이 환하게 떠 있었지요.

저는 한밤중에 지하실 이불 속에서 문득 눈을 떴다가 높은 창에서 쏟아지는 달빛을 보고는 어쩐지 가슴이 덜컹해서 자리에서 벌떡 일어났습니다. 그리고 잠옷 차림으로 엘리베이터 옆 좁은 계단을 정신없이 달려서 5층까지 올라갔습니다.

한밤중의 빌딩이 활기찬 낮에 비해 얼마나 고요하고 끔찍한 것인지 아마 상상조차 할 수 없을 겁니다. 수백 개나 되는 방을 가진 커다란 무덤 같지요. 말로만 듣던 로마의 카타콤◆입니다. 완전히 어둠만 있는 것이 아니라 복도에 군데군데 전등이 켜져 있지만 그 어두침침한 빛이 한층 더 두려움을 느끼게 하지요.

간신히 5층까지 올라가 그 방에 도착하니 새삼 몽유병자처럼 폐허의 빌딩을 떠돌고 있는 내 자신이 무서워져서 미친 듯이 문을 두드렸습니다. 그 사무원의 이름을 불렀지요. 그러나 안에서는 아무런 대답이 없었습니다. 내 목소리만 복도를 울리다가 외로이 꺼져버리는 것밖에는.

손잡이를 돌리니 문은 쉽게 열렸습니다. 실내에는 구석 쪽 큰 테이블 위에 파란 우산 모양의 탁상 전등만 달랑 켜져 있더군요. 둘러보니 아무도 없었어요. 침대는 텅 비어있고, 그 창은 활짝 열려 있더군요. 창밖에는 건너편 빌딩이 5층 중간부터 지붕에 걸쳐 달아나려 하는 마지막 달빛을 받으면서 은색으로 빛나고 있었습니다. 이쪽 창 바로 건너편에 있는 똑같은 모양의 창도 역시 활짝 열린 채 퀭한 검은 입을 벌리고 있더군요. 하나에서 열까지 모두가 똑같았던 거지요. 그것이 야

◆ 초기 기독교시대의 비밀 지하 묘지.

룻한 달빛을 받아 한층 더 닮아보였습니다.

저는 두려운 예감에 몸을 떨면서 확인을 위해 창밖으로 목을 내밀었지만, 그 쪽을 바로 볼 용기가 없어서 우선은 아득한 계곡 바닥을 내려다봤습니다. 달빛은 건너편 건물의 위를 살짝 비추고 있을 뿐, 건물과 건물 사이에는 완전한 어둠뿐이어서 바닥 모를 깊이처럼 보였습니다.

저는 말을 듣지 않는 목을 무리하게 억지로 끌듯이 오른쪽으로 돌렸습니다. 건물 벽은 그늘이 져 있었지만 건너편의 달빛이 반사되어 물건의 형체가 아주 보이지 않을 정도는 아니었지요. 서서히 머리를 돌려보니 마침내 예상하고 있던 것이 나타났습니다. 검은 양복을 입은 남자의 발이었지요. 축 늘어진 손목과 있는 대로 쭉 뻗은 상반신, 깊게 졸린 목, 그리고 두 개로 접힌 듯이 완전히 늘어져버린 머리가 차례로 보였습니다. 호걸 사무원 역시 달빛의 요술에 걸려 그곳 전선 가로대에 목을 매었던 것입니다.

저는 서둘러 창에서 목을 뺐습니다. 저까지 요술에 걸리면 큰일이라고 생각했습니다. 바로 그때였습니다. 목을 집어넣으면서 얼핏 건너편을 보니, 똑같이 생긴 그쪽 창문의 새카만 사각형 구멍에서 인간의 얼굴이 보이지 않겠습니까? 달빛을 받아 그 얼굴만이 선명하게 떠올라 있었던 것입니다. 달빛 속에서조차 누렇게 시든 것처럼 보이는 아주 기형적이고 보기 싫은 얼굴이었지요. 그 얼굴이 저를 빤히 바라보고 있는 게 아니겠습니까? 저는 등골이 오싹해져서 한순간 목석처럼 굳어버렸답니다.

너무도 의외였거든요. 왜냐하면 아까 말씀을 드리지 않은 것 같은데, 그 건너편 빌딩은 소유주와 담보를 잡은 은행 사이에 분쟁이 생겨 재판이 벌어진 탓에 그 당시에는 완전히 비어 있었기 때문입니다. 사람은 한 명도 살지 않는 건물이었지요. 그런데 한밤중에 그 빈 건물에 사람이 있다니, 그것도 문제의 목매단 시체가 있는 창 바로 맞은편에서 누런 괴물 같은 얼굴이 엿보인다니 보통 일이 아니었지요. 혹시 내가 환상을 보고 있는 것이 아닐까? 그리고 그 누런 놈의 요술 때문에 지금까지 이 방의 임차인들이 목을 매달고 싶어졌던 것은 아닐까?

등줄기에 찬물을 붓는 듯한 한기가 들면서 공포를 느꼈지만 저는 건너편 누런 놈에게서 눈을 떼지 않았습니다. 찬찬히 살펴보니, 놈은 체구도 작고 마른 50세 정도의 노인이더군요. 노인도 절 보고 있었지만 마침내 의미심장하게 킬킬킬킬 커다랗게 웃는가 싶더니 갑자기 안쪽 어둠 속으로 사라지면서 보이지 않았습니다. 웃는 얼굴이 얼마나 소름이 끼치던지, 모습이 바뀌면서 온 얼굴이 주름투성이가 되어 입만 찢어질 정도로 좌우로 쓰윽 늘어나더군요."

4.

"다음 날 동료며 다른 사무실의 심부름하는 노인들에게도 물어봤습니다만 그 건너편 빌딩은 틀림없이 비어있고, 밤에도 경비원조차 없다는 것이 확실해졌습니다. 그렇다면 저는 역시 환상을 보고 있었던 것일까요?

전혀 이유도 없이 세 번이나 계속된 기묘하기 짝이 없는 자살 사건에 대해서는, 경찰들도 일단 조사는 해봤지만 그저 자살이라는 점에는 의심의 여지가 없다는 정도로 끝이 나고 말았답니다. 하지만 저는 이치에 맞지 않는 것은 믿을 수가 없었습니다.

그 방에서 자는 사람은 하나같이 미치광이가 되었다는 식의 황당무계한 해석으로는 도저히 만족할 수 없더군요. 저는 '그 누런 놈이 범인이고 그 놈이 세 사람이나 죽였다, 목을 매고 죽은 바로 그날 밤 그 건너편 맞은 창에서 놈이 내다보고 있었다, 그리고 의미심장하게 킬킬 웃었다, 거기에 어떤 끔찍한 비밀이 숨어있다'라고 확신하고 말았던 것입니다.

그런데 그로부터 일주일 정도 지나서 저는 놀랄 만한 발견을 했답니다.

어느 날 심부름을 나갔다가 그 빈 빌딩 앞으로 난 큰길로 돌아오고 있을 때였습니다. 그 빌딩 바로 옆에는 미츠비시 몇

호관인지 하는 벽돌로 지은 고풍스런 연립 주택풍의 소형 임대 사무실이 늘어서 있었는데, 그중 어떤 건물의 돌계단을 휙휙 나듯이 올라가는 한 신사가 눈에 띄었습니다. 모닝 슈트를 입은 작은 체구에 약간 고양이 등을 하고 있는 신사였는지요. 옆얼굴이 어디선가 본 듯한 생각이 들어 걸음을 멈추고 자세히 살펴보고 있는데 사무실 입구에서 신발을 닦으면서 훌쩍 내 쪽을 돌아보더군요. 저는 가슴이 철렁하면서 숨이 딱 멈출 만큼 놀랐습니다. 점잖은 노신사처럼 보이는 이가, 언젠가 야밤에 텅 빈 빌딩 창으로 내다보던 누런 얼굴의 괴물과 아주 쏙 빼닮았기 때문이었지요.

신사가 사무실 안으로 사라지기에 그곳 철간판을 올려다보니 '메라 안과, 의학박사 메라 료사이'라고 적혀 있었습니다. 저는 그 근처에 있던 인력거꾼을 붙잡아 지금 들어간 사람이 메라 박사냐고 확인했습니다. 의학 박사가 되는 사람이 한밤중에 남의 빈 빌딩에나 들어가고, 게다가 목매는 남자를 훔쳐보고 킬킬 댄다고 하는 이해할 수 없는 사실을 어떻게 해석해야 좋을까요? 저는 호기심이 들끓을 수밖에 없었습니다. 그래서 되도록 많은 사람들에게 지나가는 말처럼 메라 료사이 박사의 경력이라든지 일상생활 같은 것들을 캐묻고 다녔습니다.

메라 씨는 오랜 박사 생활을 했음에도 세상에는 그다지 알려지지 않았고, 돈도 그리 많이 벌지는 못했는지 노년이 되었어도 그런 임대 사무소에 개업을 했으며, 굉장히 이상한 사람이어서 환자를 다루는 것도 무뚝뚝하고 퉁명스러워 어떤 때는 미치광이처럼 보일 때도 있다는 것입니다. 부인도 자녀도 없이 줄곧 독신을 고수하며 지금도 그 사무실을 주거 겸용으로 삼아 그곳에서 잠까지 잔다는 사실도 알게 되었습니다. 또 대단한 독서가여서 전문 분야 외에도 오래된 철학서라든지 심리학이며 범죄학 같은 책도 상당히 많이 갖고 있다는 소문도 들었습니다.

'그 진료실 안쪽 방에는 말이지, 유리상자 속에 온갖 형태의 의안이 가득 들어있어서 그 수백이 넘는 유리 눈알이 빤히 이쪽을 노려보고 있는 거야. 의안도 그만큼 늘어놓으면 진짜 기분이 나쁠 거야. 게다가 안과에 그런 것들이 뭐 그리 필요한 것인지 해골이며 사람 크기만 한 납인형들이 몇 개씩이나 징그럽게 서 있다네.'

우리 빌딩의 어떤 상인이 메라 씨에게 진찰을 받았던 기묘한 경험을 들려주었습니다. 저는 그때부터 짬만 나면 박사의 동정을 주의 깊게 살펴보았지요. 또 한편으로는 빈 빌딩의 그 5층 창문도 이따금 살펴보았는데 별로 이상한 일은 없었습니다. 누런 얼굴은 한 번도 나타나지 않았던 거지요.

'아무래도 메라 박사가 수상해. 그날 밤 건너편 창에서 내다보던 누런 얼굴은 박사가 틀림없어. 하지만 어떻게 이상한

가? 만약 목을 맨 그 세 번의 자살이 실은 메라 박사가 기획한 살인 사건이라고 가정해 봐도 대체 왜? 어떤 방법으로?'

이렇게 생각을 따라가다 보면 딱 궁지에 몰리고 마는 것입니다. 그렇지만 역시 메라 박사가 그 사건의 가해자처럼 생각되어 참을 수가 없었지요. 저는 매일매일 그 생각만 하고 있었습니다. 어떤 때는 박사의 사무실 뒤쪽 벽돌담까지 기어 올라가서 창 너머로 박사의 개인 방을 들여다볼 때도 있었습니다. 해골이라든지 납인형이며 의안 유리상자 같은 것들은 모두 그 방에 있더군요.

하지만 아무리 해도 알 수가 없었습니다. 협곡을 사이에 두고 건너편 빌딩에서 어떻게 이쪽에 있는 인간을 자유자재로 조종할 수 있는지 알 수가 없더군요. 최면술이오? 아니, 그건 안 됩니다. 죽음이라고 하는 중대한 암시는 최면술에서 전혀 효과가 없다고 들었거든요.

그런데 마지막 자살자가 생긴 이래 반년 정도가 지나서 간신히 저의 의심을 확인할 기회가 찾아왔습니다. 그 마의 방에 새로운 임차인이 들어오게 된 거지요. 임차인은 오사카에서 올라온 사람이어서 괴상한 소문은 조금도 모르고 있었고, 빌딩 사무실 입장에서도 임대료가 조금이라도 생기는 편이 좋으니까 아무 말도 하지 않고 빌려준 것이지요. 설마 반년이나 지난 지금에 또다시 같은 일이 되풀이될까 싶었을 겁니다.

그러나 적어도 저만큼은 이 임차인도 반드시 목을 맬 것이라고 확신하고 있었습니다. 그리고 어떻게 해서든 내 힘으로 그것을 미연에 막고 싶었습니다. 그날부터 저는 제가 해야 할 일은 나 몰라라 하고 메라 박사의 동정에만 온 신경을 쏟고 있었습니다. 그리고 마침내 냄새를 맡았답니다. 박사의 비밀을 찾아낸 것이지요."

5.

"오사카 사람이 이사해 온 지 3일째 되는 저녁 무렵, 박사의 사무실을 감시하던 저는 그가 어쩐지 사람 눈을 피하면서 왕진 가방도 들지 않고 도보로 외출하는 것을 놓지 않았습니다. 물론 미행했지요. 그러자 박사는 뜻밖에도 근처 큰 빌딩 속에 있는 유명한 양복점에 들어가서 많은 기성 제품 가운데서 양복을 한 벌 골라 산 뒤 그대로 사무실로 돌아가더군요.

아무리 돈을 못 버는 의사라고 해도 박사가 기성품을 입을 까닭은 없겠지요. 그렇다고 조수에게 입힐 옷이라면 굳이 박사가 직접 사람 눈을 피해가며 사올 필요는 없을 것입니다. '이놈 변태로군! 대체 그 양복은 어디에 쓸 생각인 거지?' 하고 생각하며 저는 박사가 들어간 사무실 입구를 노려보듯 감시하면서 한동안 서 있었습니다. 그러다 그때 문득 아까 이야기했던 뒤쪽 담에 올라가서 박사의 개인 방을 염탐해 보자는 생각이 들었습니다. 잘하면 그 방에서 무슨 짓을 하고 있는지 훔쳐볼 수 있을지도 모른다 생각하고 저는 사무실 뒤쪽으로 달려갔습니다.

담에 올라가 그곳을 들여다보니 역시 박사는 그 방에 있었습니다. 게다가 실로 이상한 짓을 하고 있는 것이 훤히 들여다보였습니다. 누런 얼굴의 의사 선생이 그곳에서 무슨 짓을 하고 있었을까요? 바로 납인형이었어요. 왜, 조금 전에 말했던 등신대의 납인형 말입니다. 박사는 그 인형에 방금 산 양복을 입히고 있더군요. 그 모습을 수백 개나 되는 유리 눈알이 빤히 지켜보고 있었습니다.

당신은 탐정 소설가니까 여기까지만 말해도 전부 알아차리셨을 거라 생각합니다. 저도 그때 순식간에 모든 것을 깨달았답니다. 그리고 그 의학자의 너무도 기괴한 착상에 경탄할 수밖에 없었지요. 납인형에게 입힌 기성 양복은 놀랍게도 색깔에서 줄무늬까지 그 마의 방에 새로 들어온 임차인의 양복과 조금도 다르지 않았던 것입니다. 박사는 많은 기성 제품 중에서 그런 것을 찾아내어 사들고 온 것이었지요.

더 이상 우물쭈물하고 있을 때가 아니었습니다. 마침 달이 뜰 시간도 머지않았기에 당장 오늘 밤에 그 놀라운 사건이 일어날지도 모를 일이었습니다.

'뭔가 조치를 취해야 한다. 그렇지 않으면…….'

저는 발을 동동 구르듯이 머릿속을 굴렸습니다. 그리고 퍼뜩 제 스스로도 놀랄 만큼 멋진 방법을 찾아냈습니다. 그 얘기를 하면 당신도 분명 무릎을 치면서 감탄할 겁니다.

저는 완전히 준비를 마치고 밤이 되기를 기다려서 커다란 보자기 꾸러미를 안고 마의 방으로 올라갔습니다. 새로운 임차인은 저녁이면 자택으로 돌아가니까 문은 잠겨 있었지만 준비한 여벌 열쇠로 방으로 들어가 책상에 앉아서 야근이라도 하는 것처럼 위장했습니다. 그 파란 우산 같은 탁상 전등이 그 방의 임차인으로 분장한 제 모습을 비추고 있었습니다. 옷은 임차인의 것과 많이 닮은 줄무늬 양복을 동료에게서 빌렸습니다. 머리 가르마도 그 사람과 비슷하도록 주의를 했습니다. 그리고 예의 그 창과는 등을 지고 가만히 기다렸습니다.

말할 필요도 없이 그것은 건너편 창에서 바라볼 그 얼굴 누런 놈에게 제가 그곳에 있음을 알리기 위함이었지만, 저는 결코 뒤돌아보지 않도록 해서 상대가 충분히 틈을 얻을 수 있도록 궁리했습니다.

3시간쯤이나 그러고 있었을까요? 과연 제 상상이 적중할지, 그리고 제 계획대로 잘 풀릴지, 실로 기대하는 마음으로 가슴이 쿵쾅거리는 3시간이었습니다. 뒤돌아보고 싶어서 좀 이 쑤실 지경이라 몇 번이나 고개를 돌릴 뻔했습니다. 그렇지만 마침내 그 순간이 찾아왔습니다.

손목시계가 10시 10분을 가리킬 때였습니다. 호우 호우 하는 올빼미의 울음소리가 두 번 들려왔던 것입니다.

'오호라! 이게 신호로군, 올빼미의 울음소리로 창밖을 내다보게 하는 수작이로군!'

마루노우치 한가운데서 올빼미의 울음소리가 들린다면 누구라도 바깥을 내다보고 싶겠지요. 그것을 깨닫자 조금도 망설이지 않고 창가로 다가가 유리문을 열었습니다.

건너편 건물은 넘치는 달빛을 받아 은회색으로 빛나고 있었습니다. 앞에서도 말했듯이 정말 이 건물과 똑같이 생긴 구조였습니다. 그러니 참으로 기묘한 기분이었죠. 여기서 이렇게 말로만 해서는 그 광기 어린 기분을 잘 이해할 수 없을 겁니다. 갑자기 눈앞 가득 어처구니없도록 커다란 거울로 된 벽이 생긴 느낌으로, 그 거울에 이쪽 건물이 그대로 반사되는 것 같았지요. 구조가 서로 닮은 데다가 달빛의 요술이 더해져서 그런 식으로 보였던 것입니다.

제가 서 있는 창이 정면에서도 보입니다. 유리창이 열려 있는 것도 똑같습니다. 그리고 나는……

'이런, 이 거울은 이상해! 왜 내 모습만 빼놓고 비쳐주지 않는 걸까……?'

저도 모르게 그런 기분에 빠지는 것이지요. 그런 기분이 될 수밖에 없답니다. 그래서 온몸의 털이 곤두서는 함정이 있다는 것이지요.

'과연 나는 어디로 간 것일까? 분명히 이렇게, 창가에 서 있었는데……?'

두리번두리번 건너편 창을 찾아봅니다. 그렇게 찾지 않을 수가 없는 겁니다. 그러다 퍼뜩 자신의 그림자를 발견하게 되지요. 그러나 창문 속에서가 아닙니다. 저 벽 위에서 말이지요. 전선용 가로대에 가늘게 매달린 자신의 모습이지요.

'아아, 그렇구나! 나는 저곳에 있었지.'

이런 식으로 말하면 그저 우습게만 들릴지도 모르겠지만, 그 야릇한 기분은 도저히 말로는 표현할 수가 없답니다. 실로 악몽이지요. 그렇습니다, 악몽 속에서 그럴 작정도 아니었는데 그만 그렇게 해버리는 기분입니다. 어떻습니까? 저 역시도 똑같이 눈을 감지 않고는 견딜 수 없어지더군요.

그러니까 즉, 거울 속 그림자와 나를 일치시키기 위해서 스스로 목을 매달지 않고는 견딜 수가 없어지는 것입니다. 건너편에서는 내가 목을 매달고 있는데, 진짜 나는 이렇게 한가롭게 서 있을 수만은 없다는 생각이 드는 겁니다.

목을 매단 자신의 모습이 조금도 무섭거나 추하게 보이지 않습니다. 오로지 아름다움뿐이지요. 그림처럼 말입니다. 나도 저렇게 아름다운 그림이 되고 싶다는 충동을 느끼게 되는 것입니다. 만약 달빛의 요술이 도와주지 않는다면 메라 박사의 이 환상적이고 기괴한 트릭은 전혀 효과가 없을 것입니다.

물론 아셨을 거라고 생각하지만 박사의 트릭이라는 것은 예의 그 납인형에게 이쪽 방 주인과 똑같은 양복을 입혀서, 이쪽 전선 가로대와 똑같은 장소에 나무 조각을 달아 가느다란 끈으로 그녀를 타듯이 흔들리게 만드는 간단한 일에 지나지 않았던 것입니다. 완전히 동일한 구조의 건물과 야릇한 월광이 그곳에 놀라운 효과를 준 것입니다.

이 트릭의 무서운 점은, 그 사실을 알고 있는 저까지도 순간적으로 따라 할 뻔하다가 창턱에 한 발을 걸치고서야 겨우 정신이 퍼뜩 들었다는 것입니다. 마취에서 깨어날 때처럼 저는 그 무서운 고뇌와 싸우면서 준비해간 보자기 꾸러미를 풀고는 건너편 창을 열심히 바라보았습니다. 너무도 지루했던 그 몇 초……, 그러나 제 예상은 적중했습니다. 제 모습을 보기 위해 건너편 창에 그 누런 얼굴이, 그러니까 메라 박사가 살짝 나타난 것이지요.

기다리고 기다렸던 저였습니다. 그 한순간을 놓칠 수는 없었습니다. 저는 보자기 속의 물체를 양손으로 안아 올려서 창턱에 살짝 걸터앉혔습니다. 그게 뭔지 아시겠습니까? 역시 납인형이었답니다. 그 양복점에서 마네킹을 빌려다가 모닝 슈트를 입힌 것이었습니다. 메라 박사가 항상 입고 있는 것과 똑같은 것으로 말입니다. 그때 달빛은 계곡 바닥까지 쏟아지고 있었으므로 반사된 빛으로 이쪽 창도 희뿌옇게 되어 물체의 모습은 확실히 구분이 되었겠지요.

저는 결투하는 기분으로 건너편 창의 괴물을 노려보고 있었습니다. '빌어먹을 자식! 이래도 해볼 테냐, 이래도 견디겠어?' 하고 마음속으로 염불처럼 되뇌면서 말이지요. 그러자 어떻게 되었겠습니까? 인간은 역시 원숭이와 같은 숙명을 신으로부터 받은 게 틀림없더군요. 메라 박사는 자기 자신이 생각해 낸 트릭에 그대로 걸려들고 말았지요. 작은 체구의 노인은 가엾게도 슬금슬금 창턱으로 기어 올라가 이쪽 마네킹과 똑같이 자리에 앉는 것이 아닙니까?

저는 인형 조종사였습니다. 마네킹 뒤에 서서 손을 올리면, 건너편 박사도 손을 올리더군요. 발을 흔들면, 박사도 흔들었습니다. 그리고 다음에 제가 무엇을 했겠습니까?

하하하하하…… 사람을 죽여버렸지요. 창턱에 앉아있는 마네킹을 뒤에서 있는 힘껏 밀어버렸던 것입니다. 인형은 덜커덩 소리를 내면서 창밖으로 사라졌습니다. 그러자 정말로 그와 동시에 건너편 창에서도 마네킹의 그림자처럼 모닝 슈트 차림의 노인이 쓱 하는 바람 가르는 소리를 내면서 아득한 계곡 바닥으로 추락해가는 것이 아니겠습니까? 그리고 쿵! 하면서 물체가 찌그러지는 소리가 희미하게 들려왔습니다……. 메라 박사는 죽은 것입니다.

예전 어떤 밤에 누런 얼굴이 웃었던 것 같은 웃음을 웃으면서 저는 오른손으로 잡고 있던 끈을 끌어당겼습니다. 주르르르 하면서 빌린 마네킹이 창턱을 넘어 방으로 돌아왔습니다. 아래에 떨어뜨린 채로 놔두어 제가 살인 혐의를 받게 되면 큰일이니까요."

이야기를 마치고 청년은 그 누런 얼굴의 박사처럼 등골이 오싹해지는 미소를 띠면서 나를 말끄러미 바라봤다.

"메라 박사의 살인 동기 말입니까? 그것은 탐정 소설가인 당신에게는 굳이 말할 필요도 없겠지요. 아무 동기가 없어도 사람을 죽이기 위해서 살인을 저지르는 것쯤은 이미 다 꿰뚫고 계실 당신에게는요."

청년은 그렇게 말하면서 자리에서 일어나 내 기어드는 목소리는 들리지도 않는다는 얼굴로 재빨리 건너편으로 걸어버렸다. 나는 안개 속으로 사라져가는 그의 뒷모습을 지켜보면서 흐드러지게 쏟아져 내리는 달빛을 받으며 멍하니 돌 위에 앉아서 꼼짝할 줄 몰랐다. 청년을 만난 것도, 그의 이야기도, 심지어는 청년이라는 그 사람조차도 어쩌면 그가 말하던 이른바 '달빛 요술'이 만들어낸 기이한 환상은 아닐까 혼돈스러워 하면서.

에도가와 란포 기담집

초판 1쇄 발행 · 2024년 7월 31일
초판 2쇄 발행 · 2024년 10월 10일

지은이 에도가와 란포
옮긴이 김은희
펴낸이 김동하

편 집 최선경
디자인 김수지
펴낸곳 부커
출판신고 2015년 1월 14일 제2016-000120호
주 소 (10881) 경기도 파주시 산남로 5-86
문 의 (070) 7853-8600
팩 스 (02) 6020-8601
이메일 books-garden1@naver.com
인스타그램 www.instagram.com/thebooks.garden/

ISBN 979-11-6416-219-2 03830

번역 저작물 사용을 위해 김은희 번역가와의 연락을 다방면으로 시도하였으나 연락이 닿지 않아
부득이하게 도서를 우선 출간하게 되었습니다. 번역가와 연락이 닿는 대로 필요한 절차를 밟겠습니다.
김은희 번역가 본인께서 확인하실 경우 부커로 연락 주시길 바랍니다.